Kairo, 2011. Alles scheint möglich. Die ganze Welt schaut hin, als die ägyptischen Aufständischen lautstark gegen die Diktatur protestieren, trotz aller Gewalt von Polizei und Militär. Mittendrin: Mariam und Khalid. Sie lernen sich im Getümmel einer Demonstration kennen, und fortan wird sie die Angst, dass dem anderen etwas zustoßen könnte, nicht mehr loslassen. Mutig engagieren sich die beiden in einer Aktivistengruppe und versenden rund um die Uhr Nachrichten in alle Welt. Und nicht zuletzt kämpfen sie um ihre Liebe …

Omar Robert Hamilton ist Sohn einer ägyptisch-palästinensischen Mutter und eines britischen Vaters. Er arbeitet als Filmemacher und Essayist. Außerdem ist er Mitbegründer eines Aktivisten- und Medienkollektivs in Kairo und des Palestine Festival of Literature. Sein Debütroman »Stadt der Rebellion« erschien gleichzeitig in mehreren Sprachen. Er lebt in Kairo und London.

Omar Robert Hamilton

Stadt der Rebellion

Roman

Aus dem Englischen
von Brigitte Walitzek

btb

Für Alaa

Es wäre ein besseres Buch geworden,
hätte ich mit dir reden können.

TEIL 1

MORGEN

Unterschätze nie die Weisheit naiver Menschen ...
#25Jan Lang lebe die Revolution.
@Alaa
20:17 – 28. Jan. 2011

1

9. Oktober 2011

Vor einer Stunde hat sie aufgehört, die Toten zu zählen. Die Flure sind so voller Menschen, Wut und Trauer, dass eine Explosion unausweichlich ist. Überall Aufschreie über neue Verluste, aufgeregte Fragen, panische Gesichter, Anrufe unter Tränen. *Sie sind tot, sie sind tot, sie sind alle tot.* Die Leichenhalle des Krankenhauses ist überfüllt, sie ist für so etwas nicht ausgerichtet. Außer ihr sind zwölf Personen in diesem verschlossenen Krankensaal. Elf davon sind tot. Sie kann die Eltern durch die dicke Metalltür hören. *Wir müssen sie jetzt beerdigen! Noch heute Nacht!* Elf hier, mindestens vier werden noch erwartet, zehn in einem anderen Raum, wer weiß, wie viele es noch werden, wie viele Verletzte es gibt, wie viele immer noch vor der Armee fliehen? *Der Leichenbeschauer ist unterwegs. Nur noch eine Stunde. Haben Sie bitte Geduld.* Elf – und eine Frau, die auf dem Boden sitzt und mit tränenüberströmtem Gesicht die leblosen Finger eines Mannes an ihre Brust drückt. Seine Augen – ihr Ehemann, ihr Bruder, ihr Geliebter? – sind geschlossen, seine Kleider sind zerfetzt und blutig vom gezackten Metall der Panzerketten. Ein Tuch mit aufgesticktem Jesusgesicht bedeckt seine Brust. Elf hier drin, in diesem Raum, in dem es von Minute zu Minute heißer wird, wie viele werden noch kommen? Wie lange wird das Töten weitergehen? Wie lange werden wir noch in diesem Raum eingeschlossen sein, in dem die Luft dicker ist als jede andere Luft, und die bis ins letzte Atom aus Tod besteht? Eisblöcke schmelzen zwischen den toten Körpern der Gefallenen, Dünste steigen flüsternd vom Fleisch derer auf, die für immer zum Schweigen gebracht wurden. Sie atmet tief ein. Dieser Saal. Dieser winzige Saal, in dem man mit jedem Atemzug die Toten einatmet. Wir werden euch weitertragen. Wir werden euch in uns tragen. Atme ein. *Nafas.* Atme ein. *Nafs.* Die Geruchsmoleküle, die von euren Körpern aufsteigen, eure letzte Mitteilung an die Welt der Lebenden. Ich atme euch ein. Ich werde euch in mir tragen.

»Wir müssen sie jetzt beerdigen.« Die Stimme eines Mannes. Fetzen der lauten Auseinandersetzung dringen durch die Tür zu Mariam. »Gerechtigkeit ist etwas für das nächste Leben. Überlasst die Gerechtigkeit Gott. Wir müssen sie jetzt beerdigen.«

Atme ein. Nimm den Geruch nach Früchten, Schweiß und Staub deiner Brüder in dich auf, süß wie Blut, immer durchdringender mit der nahenden Verwesung. Bald wird die Sonne aufgehen. Atme ein. Wir sind jetzt zusammen. Wir werden dafür sorgen, dass sie hierfür bezahlen.

»Aber« – eine jüngere Stimme, höflich, angespannt – »ohne Autopsie haben wir keine Beweise, und dann wird die Armee alles abstreiten.« Mariam erkennt Alaas Stimme. Er war der Erste, den sie im Krankenhaus gesehen hat, das Gesicht genauso von Locken umrahmt wie im Fernsehen. »Wenn wir Gerechtigkeit wollen, brauchen wir die Autopsien.«

Atme ein. Bleib stark. Wir werden Gerechtigkeit herstellen. Bleib stark, bleib stark für diese Frau, deren Namen du noch nicht kennst, für ihre Tränen, für ihren Geliebten. Frag sie, wie sie heißt, ob sie etwas braucht. Sie braucht ihren Mann, will, dass er aufwacht. Lass sie in Ruhe. Eis. Wir brauchen mehr Eis. Wer weiß, wie lange wir es hinauszögern müssen, dass man diese Toten beerdigen kann. Atme ein. Atme die schwere Luft ein, die sich in deinen Lungen kräuselt, sich in deinen Bronchien festsetzt, sie für alle Zeiten mit dieser Nacht auskleidet. Diese Toten werden sich in etwas Unvergessliches verwandeln.

»Mit welchem Recht redest du von *Gerechtigkeit*? Welche Gerechtigkeit? Welche? Es wird niemals Gerechtigkeit geben, erzähl mir nichts von Gerechtigkeit, beleidige mich nicht mit deinen Worten. Mein Sohn ist tot. Mein Sohn liegt da drin, tot, und wir reden von Gerechtigkeit? Welche Gerechtigkeit gibt es denn schon? Für die Armen? Für die Schwachen? Für die Kopten? Es *kann niemals* Gerechtigkeit geben. Welche Gerechtigkeit? Wie willst du für Gerechtigkeit sorgen? Der Priester sagt, wir müssen sie jetzt beerdigen, vor Sonnenaufgang. Also vergiss deine Gerechtigkeit. Vergiss deine Autopsien. Wir müssen unsere Kinder beerdigen.«

»Bitte, lassen Sie uns Ruhe bewahren.« Eine andere Stimme, die einer Frau, leise, voller Autorität. »Mein Bruder liegt dort drin neben Ihrem Sohn, HaDritak. Das hier sind die Freunde der beiden. Sie haben ihnen vertraut. Sie haben gemeinsam für die Revolution gekämpft. Wir sollten auf sie hören.«

»Und was hat uns diese Revolution gebracht?«

Sie waren nach Maspero marschiert, zum staatlichen Fernseh- und Radiosender. Die Armee eröffnete das Feuer. Ohne Zögern. Zerquetschte Leute mit ihren Panzern. Wie viele Tote liegen in diesem Krankenhaus in irgendwelchen Zimmern? Wie lange, bis sie auch hier nach uns suchen? Vor dem Krankenhaus wartet eine verunsicherte Menschenmenge. Wird die Armee kommen, um sich die mit Stahl vollgepumpten Toten zu holen, und die Beweise verschwinden lassen? Mariam war vor den Schüssen davongerannt und hatte sich in einem Gebäude versteckt, dann den blutenden Körper eines jungen Mannes zu einem Auto geschleppt, auf den Rücksitz gelegt, ihr Shirt auf seine Wunde gedrückt und ihm gesagt, alles werde gut. Sie hatte ihn hierher gebracht, ins Koptische Krankenhaus, und dann hatte ein Arzt ihn übernommen und sie wie gelähmt im neonbeleuchteten Flur zurückgelassen.

»Mariam«, sagte eine Stimme. Die eines Arztes. Eines Freundes ihrer Mutter. »Alles okay mit dir? Ja? Komm bitte mit mir. Die Leichenhalle ist überfüllt. Wir benutzen jetzt einen Krankensaal. Ich brauche dort jemanden, der dafür sorgt, dass niemand reinkommt. Kann ich dich darum bitten?«

Vor dem Saal blieben sie stehen. Wenn sie durch diese Tür ginge, würde es kein Zurück mehr geben. Das Gesehene würde sich nicht ungesehen machen lassen. Sie drehte den Knauf.

Die Frau, die die Hand ihres Geliebten an ihre Brust drückt, hat sich nicht bewegt. Mariam zieht das Handy aus ihrer Tasche. Akku leer. Wo ist Khalil jetzt? Sie hat ihn zurückgelassen. Sie haben den verletzten Mann gemeinsam getragen, ihn ins Auto gelegt. Fahr, rief er. Ich find dich. Sie drehte sich noch einmal um und sah, wie er, das weiße T-Shirt braun vor getrocknetem Blut, wieder in die Erste-Hilfe-Station ging. Wo ist er jetzt? Irgendwo da draußen, bei den Familien der Toten? Geh und besorg dir ein Ladegerät, Wasser. Bring dieser Frau Wasser. Frag sie, ob sie etwas braucht. Nein, niemand kann ihr geben, was sie braucht.

Draußen gelingt es der Stimme der Frau, die mit leiser Autorität von Zugehörigkeit, Verlust und Geduld spricht, die Angehörigen allmählich zu überzeugen. *Ja. Doch. Wir müssen kämpfen. Wir werden für Gerechtigkeit sorgen.* Eine um die andere vereinen sich die Stimmen der Trauernden zu einem Chor eines gemeinsamen Ziels. Es wird kein schnelles Beerdigen von Leichen und Wahrheiten geben. Es wird Autopsien geben. Beweise. Gerechtigkeit.

Mariam tritt auf den Flur. Die Welt ist inzwischen ruhiger geworden. Die Sonne geht auf. Sie sieht sich nach Alaa um, kann ihn aber nirgends entdecken. Noch immer säumen Menschen, die rechts und links an den Wänden sitzen, den Flur und warten – auf den Leichenbeschauer, den Angriff oder was immer als Nächstes kommt. Auf der Suche nach Wasser geht sie den Flur entlang. Die Luft hier ist frischer, sie spürt, wie sie an ihren Wangen vorbeistreicht, ihre Lungen gieren danach, aber sie versucht, ihren Atem flach zu halten. Aus Respekt.

Im Hof des Krankenhauses sitzt eine junge Frau in einem schwarzen Hoodie, vor sich eine offene Plastiktasche voller Wasserflaschen.

»Kann ich eine davon haben?«, fragt Mariam.

»Ja, natürlich«, sagt die junge Frau und reicht ihr eine.

Mariam setzt sich auf eine niedrige staubige Mauer. Ein Stück weiter sitzt eine ältere, ganz in Schwarz gekleidete, völlig reglose Frau. »Ihr seid gute Kinder«, sagt sie in die Stille hinein, wie zu sich selbst. »Mein Sohn ... vielleicht kennst du meinen Sohn? Er heißt Ayman. Er ist ...«

Mariam wartet, sagt nichts.

Er ist da drin. Das weiß sie. Ayman ist da drin, unter dem Eis. Immer und immer wieder sind sie auf uns losgegangen. Jeden Monat, mit Knüppeln und Masken und Gewehren und Stiefeln und Kugeln, wieder und wieder und wofür? Mariam rückt näher an die Frau heran, legt sanft eine Hand auf ihre Schulter, als neue Tränen aufsteigen. »Mein Sohn ... er ... er hat gesagt, auf dem Tahrir ist er zum Leben erwacht.«

2

18. Oktober 2011

Die Fahrt mit dem Aufzug hinauf ins Büro ist beängstigend: der ruckelnde Aufstieg in den zehnten Stock jedes Mal ein Akt des Glaubens an eine höhere Macht. Aber das Risiko lohnt sich: wegen der klassizistischen Ausmaße von Holzböden und hohen Decken, wegen des hereinströmenden Lichts des Spätnachmittags, wegen des Balkons, von dem aus man die niedrigeren Gebäude der Altstadt und den Nil sieht, und dort, im Zentrum des Panoramas, die ewig schwelenden Ruinen des Hauptquartiers von Mubaraks Nationaldemokratischer Partei, hinter dessen verkohltem Betonskelett die Sonne wie gemalt untergeht. Khalil liebt dieses Gebäude, liebt die Tatsache, dass es dort für die vielen zehntausend Menschen, die Tag für Tag daran vorbeifahren, als Zeugnis steht: als Zeugnis für alles, was möglich, und für alles, was vergänglich ist. Ein verkohltes Symbol unseres Sieges, unser Anti-Monument für die Zukunft. Eine riesige Plakatwand erhebt sich zwischen den ausgebrannten Ruinen. Unberührt von den Flammen wird der bedeutungslose Wahlslogan zu einem Versprechen: *Für die Zukunft Ihrer Kinder.* Welche Poesie die Stadt uns schenkt. Auf diesem Balkon singt ihm Kairo von überallher seine Geschichte zu. Der früher einmal moderne Internationalismus des Nile-Hilton, dessen breite, einladende Fassade auf die verschlossenen Gärten und ihre geheimnisvollen Ausgrabungen hinausgeht; das muskelbepackte Terrakotta des Ägyptischen Museums, das immer noch unverrückbar dasteht, trotz der Jahre des Grauens in seinem Inneren, angefangen bei schattenhafter Korruption und schamlosem Diebstahl bis hin zu den Peitschenhieben und Knüppelschlägen der Militärpolizei, die das Gebäude, und vor allem den Keller, besetzt hatte. Oder nach Osten, wo die Gebäude landeinwärts drängen und mit ihren modernistischen Balkonen und Flachdächern zum Chor des Talaat Harb Square vorstoßen und – Khalils Liebling – dem Gebäude mit dem hohen Mansardendach und der dramatischen Schräge der grauen Schindeln, das besser in den Regen von Köln als in die Hitze Kairos passen würde, aber schön auch hier, in dieser Stadt unendlicher Vermischungen und Metaphern. Kairo ist Jazz: lauter kontrapunktische Einflüsse, die miteinander um Aufmerksamkeit rangeln, gelegentlich brillante Solos, die sich hoch über den steten Rhythmus der Straße hinaufschrauben. Vergiss New York, von hier aus kann man die ganze Geschichte der Welt sehen, sie fließt *hier* an uns vorbei, im Nil, der von seinen Quellen aus nach Norden strömt und dann in die Gewässer verschiedener Imperien, und all die Brutalitäten und Schönheiten, die sie bringen, die sich aufrührerisch, trotzig und streitbar in etwas Neues, Undefinierbares und Unkontrollierbares verwandeln. Diese Straßen, angelegt, um Ordnung, Vernunft und soldatische Leitung der modernen Stadt widerzuspiegeln, sind inzwischen geprägt vom unermüdlichen Rhythmus der Hausierer, Straßenhändler, Autohupen und Benzinverkäufer, alle haben sie sich ihre Stadt angeeignet, mischen Vergangenheiten mit ihrer eigenen Gegenwart, bringen ein neues Jetzt aus Süden und Norden, Jung und Alt, Stadt und Land hervor – all das vereint sich und macht laut und schrill und mit einer unbegreiflichen Schönheit auf sich aufmerksam. Ja, Kairo ist Jazz. Kein Lounge-Jazz, nicht der kommerzialisierte Lobby-Jazz, der die Geschichte weißen will, sondern die Hitze von New Orleans und die Schlachthofabfälle von Chicago. Der Jazz, der Schönheit in der Zerstörung der Vergangenheit hervorbringt, der Jazz einer unbekannten Zukunft, der Jazz, der Freiheit von den schlimmen alten Zeiten verspricht.

Ja, denkt Khalil, das hier ist es. Die ganze Arbeit, die sie bisher in Cafés und bei jedem zu Hause und in Rosas Wohnung erledigt haben, kann hier jetzt gebündelt werden. Chaos – ihr Magazin, ihre Website, ihr Podcast – wird hier ein neues Zuhause finden. Er dreht sich um, geht vom Balkon wieder hinein und sieht Rania gegen zersplitterte Bodenbretter treten, ihre kleine Gestalt ganz in Schwarz gekleidet, die Haare an den Seiten modisch kurz geschnitten, ein Spinnen-Tattoo auf der linken Schulter.

»Was sollen wir hier?«, fragt sie, deren Stimme immer lauter ist als die aller anderen. »Die Spinnweben sind älter als das ganze Gebäude! Der Boden ist völlig morsch. Warst du schon in der Küche? Sieht aus, als wäre jemand dort abgeschlachtet worden.«

»Komm schon, Rania«, sagt Khalil. »Die Decken sind hoch, der Aufzug funktioniert und der Pförtner ist so alt, dass ihm alles egal ist. Es ist perfekt!«

»Hast du das Bad gesehen?«, gibt Rania zurück. »Garantiert spukt es da drin. Ich bin ja echt für Industrieromantik oder was auch immer, aber diese Bude wird über uns zusammenfallen. Wir haben für so was keine Zeit. Ich für meinen Teil hab keine Ahnung, wie man eine Wohnung instand setzt. Ich hab ja schon Probleme, einen Wasserkocher zu bedienen. Ich schalte ihn ein, und manchmal sitzt er einfach nur da und starrt mich an. Wir stecken mitten in einem Medienkrieg. Wir müssen arbeiten!«

»Aber sieh dir den Balkon an«, antwortet Khalil. »Wenn er erst mal sauber ist, wird die ganze Welt dort rumhängen wollen.«

»Wir wollen nicht die ganze Welt.«

»Wir wollen zumindest einen Teil davon.«

»Dann mach dich mal lieber bereit, es mit den Ratten aufzunehmen, weil es nämlich *ihr* Balkon ist. Weißt du, was passiert, wenn du eine Ratte in die Enge treibst? Hast du schon mal eine in die Enge getrieben?«

Hafez hört der Auseinandersetzung schweigend zu. Er lehnt im Türrahmen des Balkons und betrachtet die neue Aussicht. Wie immer ist er elegant gekleidet, die Haare kurz geschnitten, Brille mit modisch dicker Fassung, ein Taschenbuch in die Außentasche seiner dünnen Jacke gequetscht: Herodot, Joyce, Gramsci, nichts Besonderes. Nach zwei Jahren Arbeit an seiner Dissertation in London orientiert er sich unverkennbar am Edward-Said-Modell akademischer Gelehrsamkeit.

»Wollen wir nicht lieber im Greek Club weiterstreiten?«, schlägt er vor. »Da ist eine Party heute Abend, und ich muss so langsam ein bisschen vorglühen.«

»Meinetwegen«, sagt Rania. »Aber sag mir vorher doch bitte noch, wie wir dieses Riesending bezahlen sollen?«

»Crowdfunding«, antwortet Khalil. »Vermietung von einzelnen Räumen, ein Café. Rosa hat es durchgerechnet.«

Rosa leuchtet mit der Taschenlampe ihres Handys unter die Spüle in der Küche. Der Lichtstrahl fällt ungebrochen durch ein klaffendes Loch in den Kacheln. »Sieht aus, als hätte hier jemand Beweise entsorgt.«

»Super«, stöhnt Rania. »Sehr tröstlich.«

»Mach dir keine Sorgen«, antwortet Rosa. »Da draußen ist jede Menge Geld. Wir kriegen das schon hin.«

»Und wenn es doch knapp wird«, ergänzt Khalil, »können wir immer noch schwedische Fördermittel oder was weiß ich beantragen.«

»Hatten wir uns nicht darauf geeinigt, dass wir keine Förderung wollen?« Ranias Stimme wird noch lauter, erfüllt den riesigen Raum. »Mein Gott, wenn ich euch auch nur eine Sekunde aus den Augen lasse! *Schwedische Fördermittel,* sagt er! *Schwedische!* Erst drängst du uns eine Wohnung auf, die wir nicht bezahlen können, die von einer Armee von Ratten beherrscht wird und in der es keine funktionierenden Toiletten gibt. Und wenn wir den Vertrag unterschrieben haben und die Rechnungen uns über den Kopf wachsen, schleppst du uns Botschafter Björn oder Kulturattaché Helmut an, mitsamt einem Haufen Antragsformularen. Weißt du, was passiert, wenn du anfängst, Fördergelder anzunehmen?«

»Entspann dich, ich hab doch nur Spaß gemacht.«

»Also, wie sieht's aus?«, wirft Hafez ein. »Gehen wir in den Greek Club?«

»Ich muss arbeiten«, wehrt Khalil ab.

»Woran?«

»Maspero.«

»Scheiße. Kannst du das nicht morgen machen?«

»Es hätte schon vor Tagen fertig sein sollen.«

»Hättest du Lust, morgen mit mir rauszufahren? Raus aus Kairo?«

»Wohin?«

»Ich hab einen Tipp bekommen. Anscheinend verleiht die Armee Rekruten an die Farm eines Geschäftsmanns. Ich will versuchen, ein paar Fotos zu machen. Rekruten, Mann. Verdammt, das ist Sklaverei.«

»Nur wenn ich mit dem Schnitt fertig werde.«

»Das kannst du doch morgen früh machen. Heute Abend gehen wir auf die Party, du legst dir einen schönen kreativen Kater zu, und ich hole dich gegen Mittag ab. In Ordnung?«

»In Ordnung, Hafez.«

»Selbst in Ordnung. Jetzt hast du mir ein schlechtes Gewissen gemacht.«

Rania sieht sich noch einmal im Raum um und öffnet den rostigen Stromverteilerkasten. Zwei kleine Spinnen huschen heraus. »Da habt ihr's. Aber gut, ich sag nichts mehr.«

3

Ein ganzes Universum kann von einem Blick abhängen, einer Zigarette, einem Scherz.

Als Erstes hörte er ihre Stimme. »Wir gehen nirgendwohin«, schrie sie.

»Sie haben Ihren Standpunkt klargemacht.« Die Stimme des Offiziers war laut, fest. »Sie haben Ihren Standpunkt klargemacht, und jetzt reicht es. Wenn Sie jetzt bitte …« Er deutete auf die Straßen, die in die Altstadt zurückführten. Er trug eine Sonnenbrille, natürlich, obwohl es mitten in der Nacht war. Fünfzehn Männer mit Sturmmasken bildeten einen Halbkreis hinter ihm. Aber Mariam hatte keine Angst. »Wir gehen nirgendwohin, solange die Forderungen der Revolution nicht erfüllt sind!«

Die Wangenmuskeln des Offiziers verkrampften sich angesichts dieser Unverschämtheit. »Und was«, fragte er kalt, den Blick starr auf Mariam gerichtet, »würde Sie dazu bringen, nach Hause zu gehen?«

Sie zögerte keinen Augenblick: »Die Verhaftung von Ahmad Schafiq und all seiner Minister. Für den Anfang.«

Einer der Soldaten rollte mit den Schultern, bewegte den massigen, offenbar steifen Hals hin und her. Irgendjemand rennt immer als Erster. Wenn eine Büffelherde zusammenbleibt, ist sie unangreifbar. Aber die Wölfe streichen um die Ränder herum. Das Knacken von Tasern erfüllte die Luft. Die Menge brach auseinander. Die Wölfe nahmen die Verfolgung auf.

Die hohen gelben Straßenlaternen, die unter den hastigen Schritten der Rennenden erzittern, die Rufe der auseinanderspritzenden Menge, die Soldaten mit ihren Gewehren und Knüppeln: alles nichts im Vergleich zu ihrer zur Faust geballten Hand, die sich, während sie rennen, rhythmisch neben ihm hebt und senkt, und alles, was er sehen kann, ist die nahende Entscheidung.

Eine ganze Zukunft entsteht durch die Berührung einer Hand. Eine ganze Welt, die möglich gewesen wäre, wird zerstört.

Und jetzt ist sie hier, lebt mit ihm zusammen, liegt neben ihm im Bett und liest die Nachrichten auf ihrem Handy.

»Frühstück?«, fragt er.

»Klar«, antwortet sie.

»Soll ich dir zeigen, wie man ein Ei brät?«

»Nicht heute.«

»Jeder muss doch wenigstens eine Sache kochen können.«

»Ich kann kochen.« Sie legt das Handy hin.

»Und was?«

»Toast.«

»Toast hat nichts mit Kochen zu tun.«

»Er muss heiß werden.«

»Heiß ist nicht genug.«

»Hitze verändert ihn aber, also ist es Kochen. Außerdem kann ich ein Ei braten.«

»Irgendwann machen wir Pasta.«

»Ich hasse Pasta.«

»Du hasst Pasta?«

»Weil man nicht weiß, ob sie aus einer Armeefabrik kommt.«

Ihr Handy summt, sie greift danach.

Rania: Zurzeit sechs aktive Streiks. Wir sollten als Nächstes eine Sonderepisode dazu bringen.

»Rania findet, wir sollten eine Episode über die Streiks bringen.«

»Ich dachte, wir fahren raus, um was über die Befreiung von Suez zu machen?«

»Ich weiß. Aber das können wir jederzeit. Die Streiks finden jetzt statt.«

»Klar. Ich besorg uns Frühstück.« Er steht auf, zieht seine Hose an.

Im Aufzug denkt er wieder an jenen Moment, als sie Hand in Hand rannten und sich dann in den dunklen, fast zugewucherten Türeingang eines Gebäudes drückten. Khalil nickte dem alten Pförtner zu. Sie ließ ihre Hand in seiner, als sie durch die spiralförmigen Schatten der Treppe nach oben stiegen, ein einziger gelber Lichtstrahl fiel durch die staubigen Fenster.

Er blieb stehen, drehte sich zu ihr um. »Du heißt Mariam, oder?«

Sie zog ihre Hand aus seiner. »Woher weißt du das?«

»Ich war im Camp auf dem Platz in deiner Nähe. Ich muss … ich muss gehört haben, wie jemand deinen Namen gesagt hat.«

Sie saßen auf dem Balkon, beobachteten, wie die Soldaten nun langsam wieder zurück in Richtung Tahrir gingen. »Arschlöcher«, sagte Mariam und schnippte ihre Zigarette über die Balkonbrüstung.

Dann drehte sie sich zu ihm um. »Und? Was machst du so?«

»Eine Zeitlang hab ich als Stringer gearbeitet«, sagte er. »Du weißt schon, als einer, der ausländische Journalisten rumführt, mit Leuten in Kontakt bringt, für sie übersetzt und was nicht alles.«

»Und dann?«

»Dann kam die Revolution.«

»Und?«

»Und jetzt will ich einen Radiosender aufbauen.«

»Wirklich?« Sie klang interessiert. »Und wie willst du das anstellen?«

Nachdem sie einmal angefangen hatten zu reden, konnten sie nicht mehr aufhören. Als die Soldaten sich verzogen hatten, sagte sie, sie müsse ihre Freunde suchen, blieb aber in der Tür noch einmal stehen. »Und?«, fragte sie. »Wie kommt es, dass wir uns nicht schon auf dem Tahrir kennengelernt haben?«

»Weil meine Freunde zu nichts zu gebrauchen sind.«

»Du hättest ja auch von selbst Hallo sagen können.«

»Findest du es denn gut, auf Demos angebaggert zu werden?«, sagte er lächelnd, und sie lachte.

4

27. Oktober 2011

Eine Insel aus Weiß schwebt hell erleuchtet auf einer fernen Plakatwand, und mit etwas Mühe kann sie die Worte erkennen: »WIR MÜSSEN UNSERE KINDER SO ERZIEHEN, DASS SIE WERDEN WIE DIE JUNGEN MENSCHEN IN ÄGYPTEN« – BARACK OBAMA. Sie empfindet einen leisen Anflug von Stolz, unterdrückt ihn aber sofort wieder. Scheiß auf Obama. Und scheiß vor allem auf Mobinil, die diesen Satz für ihre Werbung benutzen. Sie geht rein. Sie hat Anrufe zu erledigen. Der Tag ist einfach nicht lang genug. Listen. In ihren Taschen finden sich immer irgendwelche Listen auf irgendwelchen Zetteln, ihre Jeans sind stets voller Tintenflecke von billigen Kugelschreibern. Der Tag ist einfach nicht lang genug. Wenn sie zu viel darüber nachdenkt, über die Unmengen an Arbeit, die vor ihr liegen, über diese grenzenlose Stadt voller Verletzungen und Narben und Bedürfnisse, die nie erfüllt werden können, alles, wofür es zu kämpfen gilt, und alles, was gewonnen werden muss, wenn diese Gedanken überhand nehmen, dreht sich ihr der Kopf. Sie hätte Ärztin werden sollen, es gibt keinen Zweifel am Wert von Ärzten, wie können beide Eltern Ärzte sein und die Tochter nicht? Einen Moment lang wird ihr schwindlig, sie hält sich am Geländer fest und senkt den Blick hinunter auf den Boden, wo eine lange Ameisenprozession über die staubigen Kacheln zieht, ihre Lebensaufgabe liegt klar vor ihnen: das Tragen eines Blatts; Hunderte pflichtbewusster Arbeiter schuften unermüdlich bis zu ihrem Ende, ohne ihr Tun zu hinterfragen, arbeiten zum Wohl aller. Ein Leben voller Listen und Internetseiten und schlafloser Nächte kann niemals bewirken, was ein Arzt an einem einzigen Tag bewirkt. Aber was hätte sie anderes tun können? Ihre Mutter mit ihren kostenlosen Sprechstunden alleinlassen, um in Minya zu studieren? Ihren Vater um Hilfe bitten, um die glückliche Erleichterung auf seinem Gesicht zu sehen, weil er ihr jetzt doch einen Studienplatz an einer privaten Universität kaufen konnte? Nein, es gab keine andere Möglichkeit. Sie ist eine Organisatorin, eine Maschine, eine Macherin. Also mach. Und zwar jetzt. Du hast Glück. Du wurdest hierfür geboren. Sie spürt die Papiere in ihrer Tasche, zieht Kraft aus den Listen, den aktiven Streiks, den zu erledigenden Anrufen, den bevorstehenden Protesten, den Ereignissen, die publik gemacht werden müssen, den großen Projekten und den flüchtigen Gedanken, den Leuten, an die sie sich erinnern, den Büchern, die sie lesen, den Fertigkeiten, die sie sich aneignen muss. Und aus den Ideen für Aktionen. Sie wirft einen letzten Blick auf die Stadt. Du bist nicht allein. Tahrir ist überall. Die neuen Verbindungen, die gelernten Lektionen sind eine unaufhaltsame Flutwelle der Möglichkeiten.

Ihr Handy summt –

Brillante neue Episode von @ChaosCollective. Unbedingt anhören.

Von @ChaosCollective zusammengestellte Beweise zu den Toten von Maspero sollten Internationalem Gerichtshof vorgelegt werden.

Da sie das Handy schon einmal in der Hand hat, geht sie auf Twitter –

Heute, 11:00. Erstes Treffen zur Diskussion von Plänen für neuen Radiosender.

Essam Atta wurde von Polizei zu Tode gefoltert und –

Klick. Das Handy ist aus. Ein Reflex. Sie ist noch nicht bereit für einen weiteren Märtyrer. Sie muss sich erst wappnen.

Website und Podcast sind eingerichtet und in Betrieb, ein monatliches gedrucktes Magazin ist in Arbeit. Jede Woche produziert Mariam die Show, Rania führt die Interviews, Khalil zeichnet sie auf und schneidet alles zusammen, Rosa schreibt die Überleitungen und säuselt ihr samtiges *Señorita-Love-Daddy*-Intro: »Hallo, geliebte Befreite auf den Straßen unserer Revolution, heute bringen wir euch Neuigkeiten von der Front, Musik aus dem Underground und den politischen Beat, den ihr braucht, um durch die Woche zu kommen.« Die Maspero-Episode wurde 70 000 Mal runtergeladen und von fast jedem unabhängigen ägyptischen Fernsehsender übernommen, die Analyse der Militärkugeln wurde von einem Dutzend ausländischer Zeitungen aufgegriffen, jeden Tag hat der Chaos-Twitter-Feed tausend neue Follower.

Aber was, wenn die Leute nicht mehr auf die Straße gehen? Neun Monate sind vergangen, seit Mubarak zurücktreten musste und die Armee die Macht übernommen hat, und alle sind erschöpft von den ständigen Sit-ins und den kleineren Schlachten des Sommers. Es gibt Wut, das steht außer Frage. Aber wenn Maspero nicht der Funke ist, was dann? Wie viele müssen noch sterben? Wann werden die unbesiegbaren Massen auf die Straße zurückkehren?

Nein. Die Revolution ist unaufhaltbar. Chaos wird Nachrichten verbreiten, Analysen, Taktiken und Triumphe aus Bahrain, Libyen, Jemen, Syrien, Palästina. Wir fangen mit den Ländern des Arabischen Frühlings an, weiten aus auf die ganze arabische Welt und dann? Wer weiß. Sie können nicht mit uns mithalten, einer Armee aus Samsungs, Twitter-Feeds, HTCs, E-Mails, Facebook-Events, privaten Chat-Gruppen, iPhones, Anrufen, SMS-Nachrichten, die sich Millionen Mal pro Sekunde vernetzen. Eine Armee von unendlicher Beweglichkeit – unmöglich auszumanövrieren. Das Einzige, was *sie* können, ist, den Stecker zu ziehen, die Leitung zu kappen. Und die ganze Welt hat gesehen, was passiert ist, als sie das versuchten. Sie haben keine Optionen mehr. Wir haben einen nicht zu überbietenden taktischen Vorteil. »Teile und herrsche« gilt nicht mehr, weil wir nicht mehr geteilt werden können. Wie wollen sie uns kontrollieren, wenn wir uns endlich alle sehen, miteinander reden, gemeinsam planen können? Erst auf Arabisch, dann mit dem Rest der Welt auf Englisch. Das Imperium sät seine eigene Niederlage.

Sie haben den Stecker gezogen, und wir haben sie bekämpft, wir haben ihre Polizeiwachen niedergebrannt, wir haben sie aus unseren Städten verjagt. Sollen sie ruhig noch einmal kommen. Sie haben jetzt Angst vor uns.

5

16. November 2011

»Schaut euch das an«, sagt Khalil und wendet sich den französischen Dokumentarfilmern zu. »Ich liebe dieses Viertel. Die Leute kriegen nichts, aber auch gar nichts vom Staat, aber schaut's euch an: Die Straßen sind sauber, die Häuser gestrichen, überall Pflanzen. Alle können sich sicher fühlen.«

Die Straßen sind so lang, so gerade und so schmal, dass man das Ende nicht sehen kann. Hohe rote Backsteinmauern neigen sich nach vorne und bilden schattige Straßenschluchten, die kaum breit genug sind, um ein Auto durchzulassen. Ein Tuk Tuk zuckelt an ihnen vorbei. Khalil nimmt Blickkontakt zu einem alten Mann auf, der vor seinem Laden sitzt und einladend auf zwei leere Stühle deutet. Khalil legt dankend die Hand auf die Brust und fährt fort.

Kairo: die Stadt der Zukunft, die neue Metropole voller Pflanzen, die kaskadenartig über die Kanten von mit Sonnenkollektoren bestückten Dächern hinabstürzen, breite Alleen mit weißgetünchten Gebäudefassaden, sorgfältig restaurierte Häuser neben baulichen Innovationen, und alles singt gemeinsam in einem Chor aus Neu und Alt. Bürgerinitiativen werden bald in den verlassenen architektonischen Schätzen der Altstadt ein neues Zuhause finden, auf dem Fluss wird reger Nahverkehr herrschen, die schattigen Flächen unter Brücken und Überführungen werden zu gemeinschaftlich genutzten Anlagen erblühen, durch Straßenbahnen verbunden mit ausgezeichneten Schulen, sauberen Krankenhäusern, gut sortierten Buchhandlungen und allen zugänglichen Parks. Die Revolution hat begonnen, und Tag für Tag ersetzen die Menschen in dieser Superkolonie aus Zement, die in den Jahrzehnten staatlichen Versagens durch die Intelligenz des Kollektivs zusammengehalten und vor dem Zusammenbruch bewahrt wurde, das Regime durch ihre Energie und Eigeninitiative. Irgendetwas hier, in Kairos Mischung aus Dauerhaftigkeit und Frömmigkeit und Nähe, verbindet die Menschen miteinander. Hier hat Gesellschaft noch einen Wert, denkt er, hier gibt es noch echte Nachbarschaftlichkeit.

»Ich finde nicht, dass die Straßen so besonders sauber aussehen«, murmelt der Regisseur, schiebt die Sonnenbrille in seine weißen Haare und sieht sich misstrauisch um.

Khalil wendet sich von ihm ab. Das hier ist nur ein Job, sagt er zu sich selbst. Du bist nur ihr Stringer. Du musst dich nicht mit ihnen anfreunden. Jeden Tag treffen neue Journalisten, Filmemacher und Künstler ein. Mit nichts kann man im Augenblick leichter Geld verdienen als mit der Arbeit eines Stringers. Zwei Aufträge pro Monat decken die halbe Miete für das Chaos-Büro ab. Er geht ihnen voran.

Als die Graffitidichte zunimmt, weiß er, dass sie in der Nähe sind.

DIE REVOLUTION GEHT WEITER
NIEDER MIT DER MILITÄRHERRSCHAFT
MÄRTYRER BASSEM GOUDA, HELD VON MAADI

Sie gehen die schmale Treppe hinauf. Von oben ist das Gemurmel eines Fernsehers zu hören. Leise, respektvoll geht er die Stufen hinauf, die zur Wohnung des Märtyrers führen. Der Fernseher wird lauter.

Ja, Alaa ist weiterhin standhaft und weigert sich vehement, die Fragen eines Militärgerichts zu beantworten …

Die Tür oben ist offen, ein einziges Paar Schuhe steht davor. Khalil zieht seine aus und bedeutet den anderen, es ihm nachzutun. Er klopft an die Tür, erhält aber keine Antwort. Kein Licht brennt, nur der Fernseher läuft.

Als Zivilist muss sein Fall vor einem Zivilgericht verhandelt werden. Tausende Ägypter wurden bereits von Militärgerichten verurteilt, aber erst Alaas Verhaftung hat das Augenmerk nun auf diese Tatsache gelenkt.

Durch den schmalen Flur wirft er einen Blick ins erste Zimmer. Abu Bassem sitzt vor dem Fernseher, ein Telefon in der Hand, zwei weitere auf einem kleinen Tisch vor sich.

»Abu Bassem?«, sagt Khalil. Seinen richtigen Namen weiß er nicht, er ist überall einfach nur als Abu Bassem bekannt, Bassems Vater.

»Ach ja.« Abu Bassem winkt sie herein. »Treten Sie ein. Einen Moment nur. Kommen Sie herein. Ich schreibe gerade einen Tweet, damit die Leute sich diese Sendung ansehen.«

Während Abu Bassem noch mit Handy und Fernseher beschäftigt ist, nehmen die Besucher in dem beengten Raum Platz und beobachten ihn schweigend. Er ist schmal, aber drahtig, die Trauer zeigt sich nur in seinen Schultern.

Über Abu Bassem, in der Mitte des kleinen Zimmers, hängt ein Hochglanzposter. BASSEM GOUDA: MÄRTYRER DER REVOLUTION. Die Augen des jungen Märtyrers blicken durch die Kamera hindurch, er ist zum Schutzheiligen seines eigenen Zuhauses geworden.

Alaa weiß, dass die ganze Welt zusieht und das Land hinter ihm steht, und das gibt ihm Kraft.

Einen Moment später gibt der Regisseur ein missmutiges Brummeln von sich und sieht demonstrativ auf seine Uhr. Aber Abu Bassem konzentriert sich immer noch auf den Fernseher. Das ganze Land redet über Alaa, seinen Widerstand gegen die Armee, seine Verhaftung, die baldige Geburt seines ersten Sohnes. Abu Bassem sagt kein Wort, bis das Interview mit Manal, Alaas Frau, zu Ende ist.

»Tut mir leid. Einen Tee vielleicht? Eine Pepsi?«

»Vielen Dank, wir brauchen nichts«, antwortet Khalil. »Wie ich schon am Telefon gesagt habe, sind diese Männer vom französischen Fernsehen. Sie möchten etwas über Ihren Sohn hören. Und wenn es Ihnen recht ist, möchte ich das Gespräch aufzeichnen, um es online zu stellen.«

»Natürlich.« Abu Bassem sitzt würdevoll unter dem Poster seines Sohnes.

Hinter ihnen baut der Kameramann auf.

»Also … wo fangen wir an?«

»Wir wollen natürlich einfach was über seinen Sohn hören!«, erklärt der Regisseur auf Englisch, in den Raum hinein.

»Wir finden es wichtig«, übersetzt Khalil und positioniert sich zwischen Abu Bassem und dem Regisseur, »zuerst etwas über Ihren Sohn zu erfahren, über sein Leben.«

»Mein Sohn war ein großartiger Junge. Ein großartiger Junge. Immer hilfsbereit. Er hat mir immer geholfen. Hat immer gelächelt. Wenn wir ihn um etwas gebeten haben, hat er es sofort gemacht. Er konnte es kaum erwarten, erwachsen zu werden.«

Die Würde Abu Bassems ist fast unerträglich. Er weint nicht, flucht nicht, schwört keine Rache. Aber er ist auch nicht gebrochen. Khalil kommt sich irgendwie vor wie ein Tier, im Vergleich zu dem älteren Mann, der so still ist, dass er das Gefühl hat, für ihn zornig sein zu müssen, für ihn weinen und um Worte ringen zu müssen.

»Mein Sohn wollte Musiker werden. Mit dem Computer. Er und seine Freunde haben mehrere Songs geschrieben.«

»Was sagt er?«, flüstert der Regisseur Khalil ins Ohr.

»Er spricht über seinen Sohn«, antwortet Khalil.

»Sag ihm, dass er erzählen soll, wie er getötet wurde.«

»Immer mit der Ruhe«, murmelt Khalil, aber Abu Bassem hat schon aufgehört zu reden. »Es tut mir leid« – Khalil konzentriert sich wieder auf ihn. »Bitte, fahren Sie fort.«

»Mein Sohn hat sich gegen Mubarak erhoben, für die Rechte von uns allen. Er war schon am fünfundzwanzigsten dabei, nicht erst am achtundzwanzigsten, wie die anderen von der Muslimbruderschaft. Er wollte nicht, dass seine Kinder so chancenlos aufwachsen wie er.«

Khalil betrachtet Bassems Poster, sieht in die Augen, die in die Welt blicken, und fragt sich, ob er ihn gesehen hat. Am achtundzwanzigsten Januar. Dem Tag, an dem wir die Polizei auf der Qasr al-Nil Bridge schlugen. Vielleicht standen sie in der Menge sogar nebeneinander. Da war ein junger Mann. Das erste Leben, das Khalil an diesem Tag verlöschen sah. Zwei Zentimeter weiter links, ein Windstoß, ein Blick auf die Uhr – der unvorhersehbare Unterschied zwischen Leben und Tod.

»Was sagt er?«, flüstert der Regisseur.

»Erzähl ich später«, antwortet Khalil. »Sie sagen also, Bassem war kein Mitglied der Muslimbruderschaft. Und seine Freunde?«

»Nein, seine Freunde auch nicht. Aber ich und sein Onkel sind Mitglieder.«

»Verstehe.«

»Ich habe immer gehofft, er würde sich uns anschließen, wenn er ein bisschen älter ist. Vielleicht bei den Wahlen. Aber er hatte seinen eigenen Kopf. Kennen Sie seine Musik? Ich verstehe sie nicht wirklich, aber seine Freunde ... Wollen wir vielleicht ins Internetcafé gehen?«

»Möchtet ihr ins Internetcafé seines Sohnes gehen?«, fragt Khalil den Regisseur.

»Nein, wir müssen uns beeilen.«

Plötzlich fühlt sich Khalil zutiefst fremd unter diesen Leuten, ein Reiseführer, der das Unglück anderer zu Geld macht, ein billiger Vergil, der Fremde durch das Märtyrer-Labyrinth der Stadt geleitet.

»Es tut mir leid«, sagt er auf Arabisch zu Abu Bassem. »Diese Leute haben einen langen Tag hinter sich. Aber ich würde Sie gern begleiten.«

»Was hast du zu ihm gesagt?«, fragt der Regisseur fast aggressiv. Khalil spürt, wie ihm das Blut in den Kopf schießt.

»Dass ich gern mit ihm ins Internetcafé gehe.«

»Ich habe doch gesagt, wir haben dafür keine Zeit!«

»*Ihr* habt keine Zeit.«

»Unsere Versicherung deckt uns nicht ab, wenn wir so spät noch hier sind.«

»Hier?«

»Ja, hier. In einem Viertel wie diesem.«

»Dann solltet ihr jetzt lieber gehen«, sagt Khalil.

Er wendet sich wieder Abu Bassem zu. Er versteht genug Französisch, um ein paar Beleidigungen mitzubekommen.

»Es tut mir leid«, sagt Khalil noch einmal. »Sie haben einen Anruf bekommen und müssen dringend über etwas anderes berichten. Sollen wir gehen?«

Abu Bassem erhebt sich, schüttelt Hände und begleitet die Franzosen zur Tür, durch die sie hastig verschwinden. Khalil spürt, wie sein Herzschlag sich verlangsamt, fühlt sich allmählich wieder sauber. Er wird nicht mehr als Stringer arbeiten. Zum ersten Mal seit Hunderten von Jahren haben wir es nicht nötig, unsere Geschichten nach Frankreich oder England oder Amerika zu verkaufen. Wir werden alles hier gewinnen oder verlieren.

»Haben Sie es denn nicht eilig?«, fragt Abu Bassem.

»Wenn Sie es nicht eilig haben, habe ich es auch nicht.«

Abu Bassem hängt sich bei Khalil ein, und gemeinsam gehen sie langsam aus der Wohnung, die Treppe hinunter und die langen Straßen der Erinnerung entlang.

»Am Morgen des achtundzwanzigsten haben wir uns gestritten. Ich hatte Probleme mit dem, was er tat. Aber er war nie unhöflich oder respektlos. Er konnte gut mit Menschen umgehen. Das konnte er. Ich habe ihn angefahren, habe etwas Gemeines gesagt. An dem Tag, an dem er starb. Ich muss jeden Tag daran denken. Wir wollen einfach nur, dass er als Märtyrer anerkannt wird. Es wird erst dann Gerechtigkeit geben, wenn diese Straße nach ihm benannt wird.«

ABU BASSEM

Er zieht den Reißverschluss seiner Jacke bis oben hin zu, bindet sich ein Tuch um den Hals, öffnet leise die Wohnungstür und geht die Betonstufen der dunklen Treppe hinunter, vorbei an dem Graffito, das seine Welt mit traurigem Stolz erfüllt. Er geht durch die schmalen Straßen, hält sich dicht am Rand, um den Winterpfützen auszuweichen, die in der kraterähnlichen Mitte vor sich hinmodern, bis die Sonne wieder zum Vorschein kommt, geht denselben Weg, den er jetzt jeden Tag einschlägt. Er weiß, er weiß, er weiß, dass er es nicht so oft tun sollte. Dass er sein Leben wieder in den Griff bekommen muss. Dass er die, die er noch hat, lieben und beschützen muss. Noch nicht. Bald, aber jetzt noch nicht. Wir werden dafür sorgen, dass unsere Straße nach dir benannt wird. Er wendet sich nach links. Die nackte Glühbirne hängt über der Tür. Er geht hinein und setzt sich in die dritte Nische, die tiefste, die abgeschiedenste. Er nickt dem Jungen zu, der an einem angestoßenen alten Laptop sitzt und den Gruß respektvoll erwidert. Er legt die Hand auf die Maus und beginnt mit den erlernten Bewegungen. Zweimal auf den orange-blauen Kreis klicken, den Pfeil hochziehen zu dem weißen Feld ganz oben, noch einmal klicken und يو تيوب. tippen. Zwei Worte, die er vor Monaten gelernt und deren Bedeutung er nie hinterfragt hat. Wenn der Bildschirm sich verändert, auf das erste große englische Wort drücken: YouTube. Als Nächstes zieht er das zusammengefaltete Stück Papier aus seiner Brieftasche und tippt, einen nach dem anderen, die englischen Buchstaben ein: *kiko mahragan*. Und Bassem erscheint, das Gesicht in ernste Falten gelegt, die Mütze ein kleines bisschen schief. Die rechte Hand deutet in Richtung Kamera, die linke Hand hält ein Mikrofon, der junge Mann, der Musiker, sein Sohn. Das Bild bewegt sich nicht, lässt sich nicht bewegen, es ist einfach nur da, und dahinter erklingt die Musik, Bassems junge Stimme, von einer Maschine so verzerrt, dass sie kaum noch zu erkennen ist, aber sie ist da, und dieselben Gefühle wie immer brechen über ihn herein, und seine Brust zerspringt fast vor Trauer und Stolz und Zorn.

6

Der Junge im Video bewegt sich nicht. Sein Blut hat sich auf dem Pflaster schwarz verfärbt. Niemand weiß, was zu tun ist. Niemand kennt seinen Namen.

Khalil drückt auf Pause, bewahrt den Moment in der Intimität seines Tonstudios mit der Rolle Dämmwolle, die von der Decke hängt, dem breiten Holzschreibtisch mit den zwei Mikrofonen und Mariams VISIT-PALESTINE-Poster darüber. Er atmet tief ein, bevor er die Kopfhörer aufsetzt. Der Dirigent vor seinem Orchester. Noch einen Augenblick, dann wird er sich die Tondateien eine nach der anderen anhören, sie nach Höhepunkten durchsuchen und mit groben, brutalen Schnitten in seine fünf Kategorien einordnen: *wichtig, zweitrangig, atmosphärisch, Motivwechsel, Effekt.* Fünf Farben für fünf Säulen, aus denen er das Klanggebäude der Woche errichten wird. Fünf Farben, die den Hörer dazu bringen sollen, Abu Bassems Schmerz zu sehen, sich seiner Mahnwache anzuschließen. Er drückt noch einmal auf Play. Inzwischen wissen wir, wie er heißt. Er heißt Bassem.

Er spürt das Gewicht der Hand des alten Mannes auf seinem Arm, und in seinem Herzen erklingt eine alte Musik:

I've been in
the storm
so lo-ong

Der Plattenspieler in der mit Linoleum ausgelegten Ecke. Die lange verbotenen LPs. Der alte Mann allein in seinem Labyrinth. Eine lautlose Kugel, ein zersplitterter Schädel, ein Anruf aus dem Leichenschauhaus.

Khalils Vater ging zum Studium nach Amerika und kam nie wieder zurück. Er sollte Geiger werden, seine Eltern schickten ihn an die Juilliard, damit er sich, fernab von der grundlegenden Unvorhersehbarkeit des Lebens in Nablus, ganz auf seine Karriere konzentrieren konnte. Alles verlief nun in ruhigeren Bahnen. Gewissheiten wurden geschaffen. Aus Nidal wurde Ned.

Sie sprachen nie darüber. Über Palästina. Zuhause. Sie sprachen überhaupt nie richtig über irgendwas. Nur über die Musik. Die Musik und die Empfindungen, die sie dabei teilten. Die Musik erklärte für Nidal mehr, als Worte es jemals gekonnt hätten.

Khalil sieht das Internetcafé, das einsame Licht in der dunklen Gasse, bemerkt, wie vorsichtig Abu Bassem auftritt, spürt seinen Arm und fragt sich, ob er, und sei es auch nur für einen Augenblick, die Stelle seines Sohnes einnehmen kann. Bassem wacht über uns alle. Der Märtyrer ist ein Zeuge, der von der Ungerechtigkeit spricht, die er sieht. Er stellt sich gegen die Gewalt und wird von ihr besiegt. Rachel Corrie vor ihrem Minotaurus.

»Und jetzt werden wir gefragt, wieso wir immer noch protestieren. Von Leuten, die glücklich sind und essen und heiraten und sich verhalten, als wäre niemand für sie gestorben, als ob da draußen nicht weiterhin Menschen für sie protestierten und für sie verprügelt würden. Diesen Leuten kann ich nur eines sagen: Fragt uns nicht, *wieso.* Mein Sohn ist für sie gestorben, und jetzt werde ich für sie sterben, und alle auf dem Tahrir werden für sie sterben – also sagt nicht, dass es Zeit ist, ruhig zu sein, sagt nicht, wir sollen nicht protestieren, sagt uns nicht, dass wir zu Hause bleiben sollen, fragt uns nicht, *wieso.* Für wen sterben wir denn? Für uns selbst? Wir haben hier gelebt und waren glücklich und alles. Und wir sterben, um das Töten und die Korruption zu stoppen. Wir sterben, weil wir Respekt wollen. Wir sterben für Brot, Freiheit und soziale Gerechtigkeit. Und wir sterben für euch. Fragt uns also nicht, wieso. Bitte. Bleibt ruhig zu Hause. Aber morgen werden sie euch antun, was sie uns angetan haben. Oder Schlimmeres. Weil genügend Leute es zulassen. Bleibt zu Hause, esst, ruht euch aus, habt ein schönes Leben und wartet ab, was morgen mit euch geschieht.«

Der Märtyrer stirbt für das Zeugnis, das er ablegt, und du, Abu Bassem, bist der *shahed* deines Sohnes, des *shaheed,* bist der Zeuge des Märtyrers, derjenige, der sich nicht zum Schweigen bringen lässt, derjenige, der die Wahrheit sieht und spricht.

Eine simple Kirchenorgel, die ein paar ganz gewöhnliche Töne anschlägt, um die Leute auf sich aufmerksam zu machen. Dann erhebt sich die Stimme –

I've been in
the storm
so lo-ong

Khalil hört die Musik im Kopf und lässt den Tag, an dem er versuchte, von seinem Vater etwas zu erfahren, noch einmal ablaufen. Palästina. Wie ist es? Es war eine einfache Frage, doch sie wussten beide, wie die wirkliche Frage lautete: Wieso ist es nicht unser Zuhause? Und die Antwort, der Blick, der tiefe Zug an der Zigarette, die Pause. Sein Vater stand aus dem Sessel auf, knöpfte seine schäbige Weste zu, strich sie glatt und ging zum Plattenspieler. Es gibt nicht nur eine Antwort, hatte er gesagt. Khalil sah das Plattencover, ein Schwarzweißfoto von Reverend Franklin. Schweigend hörten sie zu, wie die Stimme des Reverend sich mit seinem Chor vereinte und jenen tiefen Ton langempfundenen Schmerzes hielt, bevor sie hinabstürzte in Klagen an Gott. Die Stimme, schwer wie ein Berg, erfüllte das Zimmer mit den Niederlagen und Verlusten ganzer Generationen.

I've been in
the storm
so lo-ong

Khalils Finger schweben über der Tastatur, warten auf seine Musik. Er wird sich das Video noch einmal ansehen. Ein Windstoß, eine Drehung des Kopfs, schwarzes Blut auf dem Asphalt, die Kälte der Leichenhalle. Heute bin ich Brutalist und baue logische Blöcke ein, die nicht infrage gestellt werden können: Nachrichten, Interview, Musik, Abspann. Heute bin ich Modernist und zerschneide die Segmente, um versteckte Wahrheiten durch katalytische Kombinationen aufzudecken. Heute bin ich Romantiker, und das musikalische Spektakel wird über der Logik des Interviews und der Faktentreue der Nachrichten thronen. Heute werde ich deine Musik finden.

I've been in
the storm
so lo-ong
children

Die fluoreszierende Leere im Zimmer eines toten Sohnes.

Sein Vater, die Einsamkeit der Schneelandschaft und die stille Zelle. Abwesenheit, ein leeres Fluoreszieren.

I've been in
the storm
so lo-ong
Oo-o-o-oh
Lord, give me little time
to pray

7

17. November 2011

»Du musst helfen, Mariam, du musst. Er hat die Wand von Umm Aymans Haus bemalt und sie haben ihn mitgenommen und wir wissen nicht wohin und sein Telefon ist aus und du musst uns helfen sie haben ihn letzte Nacht mitgenommen und wir haben es erst heute Morgen gemerkt und wissen nicht wo er ist du musst helfen, Mariam, ich weiß nicht, was ich tun soll.«

»Ist ja gut, Tante, beruhig dich«, sagt Mariam. »Alles wird gut. Erzähl mir alles, was du weißt, und wir finden ihn. Wo genau wurde er denn verhaftet?«

Keine Stunde später stürmt Mariam die Stufen zur Polizeiwache Qasr al-Nil hinauf, dicht gefolgt von Rania und Malik, einem Anwalt. Ohne das geringste Zögern tritt sie vor den jungen Beamten, der an dem ziemlich mitgenommenen Schreibtisch in der Eingangshalle sitzt.

»Sie halten jemanden rechtswidrig fest.«

»Was? Wer sind Sie überhaupt?«

»Dieser Mann hier ist Anwalt der Ägyptischen Initiative für Persönlichkeitsrechte.« Sie deutet auf Malik, ohne seinen Namen zu nennen. »Wir suchen einen jungen Mann namens Abdulrahman Ahmed. Er wurde letzte Nacht rechtswidrig verhaftet, weil er jemandes Haus verziert hat.«

»Verziert?«

»Ja, verziert. Wir wissen, dass Sie ihn haben, und verlangen seine unverzügliche Freilassung.«

»*Verlangen?*«

»Ja, verlangen. In zehn Minuten werden die Medien informiert, dass ein junger Student, der der Mutter eines Märtyrers freundlicherweise geholfen hat, ihr Haus zu verzieren, rechtswidrig festgehalten wird. In einer Stunde werden fünfhundert Leute auf der Straße stehen. Wenn er nicht bis spätestens morgen früh wieder auf freiem Fuß ist, werden die Familien von fünf Märtyrern eine Pressekonferenz abhalten –«

»Okay, okay, warten Sie.«

Der Beamte wirkt verunsichert. Er steht auf und verschwindet in einem dunklen Flur.

Mariam denkt an Umm Aymans Haus, an die Mauern, auf denen jetzt das Gesicht ihres Sohnes zu sehen ist, sein Name. Jede Woche sitzt Mariam mit den Familien der Märtyrer in Umm Aymans Wohnung, trinkt Tee mit ihnen, spricht mit ihnen über ihre Pläne und Träume, darüber, wie die Erinnerung an ihre gefallenen Kinder bewahrt werden kann. Neue Netzwerke des Vertrauens, des Trostes und des Aufbegehrens sind entstanden. Stellungnahmen der Märtyrerfamilien besitzen ein politisches Gewicht, das schwerer wiegt als alle anderen.

»Bitte.« Der junge Beamte ist zurück. »Nehmen Sie Platz.«

Malik marschiert vor ihnen auf und ab, Rania schreibt Tweets und E-Mails und speichert sie als Entwürfe, wartet auf das Signal, sie zu veröffentlichen. Mariam ruft Abu Bassem an und bittet ihn, die Familien auf einen Auftritt am nächsten Morgen vorzubereiten. Die Zellen liegen unter der Erde, unter ihren Füßen. Sie lauscht auf Geräusche, Vibrationen, geheime Mitteilungen. Aber die Mauern sind dick. 99 Polizeiwachen wurden bis auf die Grundmauern niedergebrannt, aber die Qasr al-Nil steht noch.

Ihr Handy summt –

Umm Ayman: Bitte um Update über Abdu. Sollen wir
die Pressekonferenz jetzt einberufen?

Umm Ayman ist so stark geworden. Mein Sohn, sagt sie, mein Sohn ist für diese Revolution gestorben, jetzt werde auch ich meinen letzten Blutstropfen dafür geben.

»Sollen wir die Pressekonferenz einberufen?«

»Gib ihnen eine Stunde«, sagt Rania.

»Okay. Aber sprich am Telefon mit so lauter Stimme, als hättest du Yosri Fouda am Apparat.«

Rania stellt ihr Handy stumm und fängt an, neben Malik herzulaufen. »Yosri?«, schreit sie ins Telefon. »Yosri, kannst du mich hören? Ja, wir sind noch auf der Wache. Sie halten ihn weiterhin fest. Nein, ich weiß nicht, ob er gefoltert wird. Die Leute fragen schon nach ihm? Sag ihnen, wir wissen es nicht. Richtig. Qasr al-Nil. Richtig, er hat nur das Haus verziert.«

Mariam muss nach draußen gehen, um nicht laut zu lachen. Sie steckt sich eine Zigarette an und denkt beim ersten Zug erneut daran, dass ihr altes Leben komplett fortgeschwemmt worden ist. Schulfreunde, Kollegen, Jugendträume, Ex-Freunde – alle sind aus ihrem Leben verschwunden.

»Ja, in Ordnung, Yosri. Du sagst also allen Bescheid? Gut. Super. Okay, bis gleich.«

Es dauert nicht lange, bis die Tür zum dunklen Flur aufschwingt und ein Junge erscheint. Er strahlt, als hätte er gerade ein Tor geschossen.

UMM AYMAN

Jeden Morgen denkt sie daran, wie er den Käse fürs Frühstück zubereitete. Ayman, ihr Junge, ihr Ayman, jeden Tag der stolze Augenblick, wenn er den Käse für die Familie auf den Tisch stellte. Die weiche weiße Masse aus der Packung herausgelöffelt und mit einer schwungvollen Bewegung in die flache Schale gekippt, die Kräuter – meistens *zaatar*, manchmal Minze –, dann ein gehöriger Schuss Olivenöl und der Ausdruck stiller Befriedigung in seinen Mundwinkeln, wenn er die Flasche wieder wegstellte. Sein Beitrag. Das, was er uns jeden Morgen geben konnte. Sie macht den Käse so wie er, die Kräuter, die schwungvolle Bewegung, und stellt ihn vor die verbliebenen Mitglieder ihrer Familie. Die sich jetzt jeden Morgen versammeln, umgeben von Trauer und Abwesenheit. Sie ist dankbar. Sie wird wachsam sein. Und wenn das Frühstück vorbei ist, bleibt immer ein kleiner Rest übrig. Darauf achtet sie. Sie stellt die Schüssel in den Kühlschrank. Sie denkt nicht weiter darüber nach. Sie soll einfach nur da sein. Heba, ihre Jüngste, die sie nicht aus den Augen lässt, nimmt sie jeden Morgen als Erstes heraus und wäscht sie ab, bevor ihre Mutter aufsteht. Und der Tag beginnt aufs Neue. Die Hinterlassenschaften der Toten. Die Schweißtücher der Heiligen. Die Sterne, die uns den Weg weisen. Hören sie einen? Hört ihr mich? Wieder und wieder und auf ewig. Die Rhythmen und Rituale, die uns am Leben halten, dafür sorgen, dass wir trotz aller Grausamkeiten in unserem Glauben und unserer Arbeit stark bleiben. Sie weiß, dass es sinnlos ist. Dass es sogar lächerlich ist, darüber nachzudenken, aber sie kann den Gedanken nicht abschütteln: dass er hungrig war. Wieso haben wir nicht gemeinsam gegessen? Waren wir alle zu sehr mit den Nachrichten beschäftigt? Ihr Junge ist hungrig gestorben. Er ging aus dem Haus wie ein Mann, um für sein Volk und seine Kirche und seine Familie einzustehen, und er marschierte, und er marschierte hungrig. Mach dir keine Gedanken. Sie kann seine Stimme klar und deutlich hören. Ich werde was essen, versprochen. Mach dir keine Gedanken, Mama. Mein Junge. Mein geliebter Junge. Hättest du dann ein winziges bisschen schneller laufen können? Diese eine Sekunde länger auf den Beinen bleiben können? Auch nur einen einzigen Atemzug mehr tun können?

8

19. November 2011
18:09

Mariam öffnet ihren Rucksack und bewegt sich mit schnellen Schritten durch die Wohnung: Ladegerät, Wasser, zwei Päckchen Zigaretten, zwei Feuerzeuge, kleines Notizbuch, Desinfektionsspray, Kuli, Schmerztabletten, Zahnbürste, Unterwäsche, Socken, T-Shirt zum Wechseln, Ausweis. Geld, Handy und Schlüssel in die Hosentaschen.

Sie zückt ihr Handy und twittert:

> An alle: Geht zum Tahrir. Sagt allen Bescheid. Polizei attackiert Protest der »Verletzten der Revolution«. Massenhaft Leute auf der Straße.

»Bist du so weit?«, fragt Khalil.

»Ja«, antwortet sie. »Wir können.«

In vier Sekunden kann sie die Kufiya um ihr Gesicht wickeln, an der Seite zusammenbinden und sich in einen Jungen verwandeln. Sie übt noch einmal, vor dem Schlafzimmerspiegel. Er beobachtet ihre Hände, die den Knoten geschickt zuziehen.

Er zieht sie an sich, und sie halten einen Moment inne, bevor es rausgeht. Endlich ist es wieder so weit. Die Straßen sind voll. Sie küsst ihn, schmiegt sich an ihn; der Lärm des Aufstands dringt von der Straße herauf.

»Mach keine Dummheiten«, sagt sie. »Oder was Heldenhaftes.«

»Ich könnte dasselbe sagen.«

Sie schmiegt sich für einen letzten Moment an ihn, und er ist wieder in ihrer ersten gemeinsamen Nacht, hört das Echo der Kugeln, die durch die Nacht pfeifen, spürt das Rauschen seines Bluts, als seine Hände ihren Körper an sich zogen – aber die Tür ist offen, es ist Zeit zu gehen.

Auf der Straße keine Autos. Die eleganten Boulevards der Altstadt sind so gut wie verlassen. Die wenigen Leute, die unterwegs sind, hasten zum Tahrir. Auf dem Platz brennt ein Polizeitransporter. Khalil und Mariam eilen durch die Menge in Richtung Mohamed Mahmoud Street, dem Widerhall von Schüssen entgegen. Auf dem ganzen Platz erschallen immer wieder und wieder dieselben Rufe:

Nieder! Nieder mit der Militärherrschaft!

Mariam muss lächeln.

Nieder! Nieder mit der Militärherrschaft!

Endlich ist es wieder so weit.

Brennende Reifen erhellen die lange, dunkle Enge der Mohamed Mahmoud Street. Silhouetten gleiten zwischen den Flammen hindurch. Gegenüber bildet die Polizei eine dunkle Linie. Ganz vorne die Rekruten. Hinter ihnen die Offiziere in düsterer Erwartung, die Laster und Schusswaffen in Bereitschaft. Weiter hinten steht noch immer das Innenministerium, trotz all der vielen, die im Januar ihr Leben ließen bei dem Versuch, es einzunehmen. Motorradambulanzen bringen die Verletzten von der vordersten Linie nach hinten. Mariam drückt Khalils Hand und ist weg. Er zückt sein Handy und aktiviert die Aufnahmefunktion der Mikrofone in seinen Kopfhörern. Einen Moment lang bleibt er am Rand stehen und beobachtet Form und Rhythmus der Schlacht.

Ungefähr hundert Leute nehmen jeweils die vorderste Linie ein, informelle Reihen aus Steineschmeißern und Parolenrufern, die die Polizisten mit allem bewerfen, was sie haben. Hinter ihnen erstreckt sich ein mittlerer Pulk die ganze Straße hinunter – die Sofortverstärkung, Leute, die entweder Pause vom Steinewerfen machen oder Kraft sammeln für diese letzten paar Schritte hinein in die Schusslinie, Leute, die einfach nur besser sehen wollen, und die Feuerleger und die Gasfänger, die die rauchenden Kanister dahin zurückwerfen, wo sie hergekommen sind. Hinter ihnen, wo die Mohamed Mahmoud Street in den Tahrir mündet, sind die Zuschauer, die Sprechchöre, die Trommler, die Ärzte, die Steinebrecher, die Händler.

Ein Stein kracht in den Baum über Khalil und knallt ihm auf den Kopf, ein weiterer streift seine Schulter, ein dritter prallt vom Pflaster ab und gegen sein Schienbein, und er hebt ihn auf und schleudert ihn zurück auf die Polizei. Er kann nicht sehen, wo er landet. Er zieht sich die Kapuze über den Kopf und gleitet in die Menge, in die Einheit der Anonymen, und mit jedem Stein, den er ins Niemandsland schleudert, spürt er eine wachsende Macht, während immer mehr Körper zur vordersten Linie vordrängen. Nach jedem Schuss läuft eine kleine Welle durch die Menge, jeder, der zu Boden geht, wird so schnell wie möglich zu den Ärzten nach hinten gebracht, jeder Stein in der Luft ein unsichtbares Schicksal, geworfen mit kraftspendendem Fatalismus.

Eine Sirene ertönt, blaues Licht flackert panisch durch die Dunkelheit. Ein Gewehrschuss kracht. Zwei Panzerfahrzeuge schieben sich Schrot verschießend in die Menge, ein Gaskanister landet vor Khalils Füßen. Das Gift bemächtigt sich seiner binnen Sekunden, verkrampft seinen Magen, verätzt ihm die Augen, und er rennt inmitten der panischen Menge zurück zum Tahrir, hält den Atem an, und geschüttelt von einem trockenen Würgen beugt er sich vor, bis sich sein Magen wieder entkrampft. Durch den salzigen Schleim, der seine Augen verklebt, sieht er verschwommen einen Jungen mit Kapuze, spürt, dass ihm dieser den Rücken reibt, und erst als er wieder einigermaßen atmen kann, sieht er, dass es Mariam ist.

»Alles in Ordnung?«, fragt sie.

»Ja, alles gut.«

Sie nimmt den Rucksack ab, fischt eine halbe Zwiebel heraus und hält sie ihm unter die Nase.

»Funktioniert das?«, fragt er.

»Versuch's.«

Er atmet ein.

»Ich dachte, Zwiebeln sind ein altes palästinensisches Mittel«, sagt sie.

»Ach ja?«

In der Menge hinter ihr klatschen sich mindestens drei Leute Pepsi in die Augen, um das Brennen zu lindern.

»Bis jetzt hab ich auch immer Pepsi genommen«, sagt Khalil. »Aber Zwiebel ist besser.«

Ein Mann mit einem großen Karton auf dem Kopf schlängelt sich durch die Menge. »Gasmasken! Zehn Pfund! Hier gibt's Gasmasken!«

»Wieder okay?«, fragt sie.

»Ja.«

»Ich muss meine Mutter finden«, sagt Mariam, drückt seine Hand und ist wieder verschwunden.

Khalil steckt sich eine Zigarette an. Das Gas hat sich verzogen, die Menge strömt, bereit für die nächste Runde, wieder in die Mohamed Mahmoud Street zurück. Seine Brust schwillt an vor kriegerischem Stolz.

Nieder! Nieder mit der Militärherrschaft!

Eine Frau mit einer Pepsiflasche in der hoch erhobenen Hand hält Ausschau nach Patienten. Khalil zieht das Handy aus der Tasche und checkt seine Aufnahme.

»Tolles Bild, was?«, sagt jemand hinter ihm. Er dreht sich um. Es ist Hafez. Selbst mitten im Getümmel des Aufstands wirkt Hafez elegant mit seiner lässigen, aber gut geschnittenen Jacke über einem dunklen Hemd aus derbem Stoff. Über einer Schulter hängt eine alte Hasselblad, und an seinem Hals baumelt eine normale Digitalkamera.

»Nicht schlecht.«

»Die Armee hat nur neun Monate dafür gebraucht.«

Die Flammen des Polizeitransporters lodern hoch auf.

»Bist du schon lange hier?«, fragt Hafez.

»Ein paar Stunden.«

Hafez mustert die vor- und zurückwogende Menge, studiert ihre Bewegungen, immer auf der Suche nach einem guten Bild.

Acht Leute tragen den Körper eines Mannes. »Erste-Hilfe-Station?«, rufen sie. »Wo ist die Erste-Hilfe-Station?« Zwei Jungen kommen dazu und laufen ihnen voraus.

»Hast du gesehen, wie es losging?«, fragt Khalil.

»Soweit ich weiß, sind die Schweine gekommen und haben angefangen, das Protestcamp der Verletzten der Revolution zusammenzuschlagen.«

»Eine dumme Idee.«

»Oder eine Provokation.«

Jedes Mal, wenn er Hafez ansieht, denkt er an den 28. Januar zurück. Vom Zufall zusammengebracht und seither unzertrennlich. Seit dem Tag der Tage. Dem Tag unseres Sieges. Dem Tag, an dem die Polizei die Flucht ergriff. Der Feuerprobe, in der neue Bünde, neue chemische Verbindungen entstanden. Khalil sieht es immer noch vor sich: ein eingefrorener Augenblick im hellen Licht der Sonne, der Himmel strahlend blau, das glitzernde Metallding, das wie ein Blechspielzeug auf sie zusteuert, die Menge, die sich teilt, rennt, schützend die Hände über die Augen legt, als es immer näher kommt, und dann Hafez, der aus dem Meer des Zögerns hervortritt und den Fuß daraufsetzt, auf den zischenden Gaskanister, der seine Boshaftigkeit in die Welt verströmt, und dann ist das Ding wieder in der Luft, und die Menge umdrängt Hafez und schreit ihren Trotz heraus, als der letzte Gasrest seinem Grab im Nil entgegentrudelt, und Hafez steht da, wilden Stolz in den Augen, einen roten Striemen versengten

Fleischs quer über der Hand, und die Menge wogt zurück zur Brücke.

»Die Dinger sind verdammt heiß«, hatte er überrascht, fast lachend gesagt und seine verbrannte Hand in der Luft herumgewedelt, um sie zu kühlen. Wir wussten nicht einmal, dass die Kanister heiß waren. Der 28. Januar. Wir waren nur ein Haufen Kinder, draußen auf der Straße.

Ein Mann löst sich aus der Menge. Er hat drei Tränengaskanister in der Hand. »Fotografier sie«, ruft er Hafez zu. »Fotografier sie! Es steht *Made in America* drauf, siehst du? Nichts hat sich geändert! Mach ein Foto! Scheiß-Tantawi und Scheiß-Armee!«

Hafez macht das Foto, bedankt sich, und der Mann geht wieder.

Eine Ärztin im weißen Kittel, eine schwarze Gasmaske vor dem Gesicht, schiebt sich durch die Menge. Ein alter Mann sitzt auf dem Boden, den Kopf in den Händen vergraben. »Geht es Ihnen gut?«, fragt sie ihn. Er nickt und hält ihr die Hand hin, und sie hilft ihm auf und stützt ihn einen Augenblick, dann geht er zurück in die Schlacht.

»Dieser Scheiß-Tantawi!« Hafez schüttelt den Kopf. »Wissen die eigentlich, was sie tun?«

»Wissen sie nicht.«

»Nein? Sie schlagen rein zufällig einen Haufen von Invaliden zusammen, und das alles live im Fernsehen?«

»Das waren die Bullen.«

»Und du glaubst, die Polizei tut irgendwas ohne ein Okay von oben?«, erwidert Hafez.

»Polizei und Armee sind nicht unbedingt Freunde.«

»Im Augenblick schon.«

»Sie wurden gedemütigt«, sagt Khalil. »Vielleicht wollen sie einfach nur Rache, und Tantawi hat sie nicht mehr unter Kontrolle.«

»In fünf Tagen ist Wahl«, gibt Hafez zurück. Vor ihnen brennt der Polizeitransporter immer noch. Drei Fernsehkameras zeichnen die hungrigen Flammen auf. »Das ist kein Zufall. Die haben das Ding hier stehenlassen, damit wir es anstecken.«

»Aber die Armee *will* die Wahlen«, sagt Khalil. »Das hier wollen sie nicht.«

»Die Muslimbrüder auch nicht«, sagt Hafez. »Und genau deshalb sind sie nicht hier draußen.«

Ein Triumphschrei erschallt von der Frontlinie. Hunderte von Menschen drängen die Straße hinunter. Khalil folgt ihnen, voller Aufregung darüber, sich endlich wieder in den Kampf gestürzt zu haben, darüber, nach Hause zu kommen und sich seine neuen Aufnahmen anzuhören, die gasgetränkten Klamotten auszuziehen und, lebendig, mit Mariam ins Bett zu fallen, den neuen Podcast auf Facebook zu posten und zu beobachten, wie die Downloads in die Höhe schießen, voller Aufregung über die Geschichten dieses Tages, die sie noch Jahre später erzählen werden.

19. November 2011
20:47

»Was brauchst du?« Mariam schlüpft unter dem Seil hindurch, das die Erste-Hilfe-Station von der Straße trennt. Sie hat ihre Mutter schon von Weitem gesehen, die grauen Haare straff am Hinterkopf zusammengebunden, die Stirnlampe, die schnellen Bewegungen.

»Desinfektionsmittel, Watte, Gaze«, antwortet ihre Mutter, ohne den Blick vom Rücken ihres Patienten zu lösen, der von Schrotkugeln durchsiebt ist.

Mariam kennt sich aus und legt ihrer Mutter schnell alles parat.

»Verbinden?«, fragt Mariam.

»Ja.«

Sie arbeiten Hand in Hand. Mariam liebt es, ihrer Mutter bei der Arbeit zuzusehen. Als sie noch klein war, sah sie sich selbst als Ärztin in der Notaufnahme, schnell und klar in ihren Anweisungen, ruhig und gelassen unter Druck, einfühlsam den Patienten gegenüber, ein Vorbild für ihre Kollegen, ihr Kittel immer makellos.

»Alles okay bei dir?«, fragt ihre Mutter.

»Ja, alles okay.«
»Und Khalil?«
»Alles gut.«
»Gut … Du bist bald wieder auf den Beinen, mein Junge«, sagt Nadia zu dem Jungen, der vor Schmerzen die Zähne zusammenbeißt. »Gott sei Dank ist es nichts Ernstes. Wir machen dich jetzt sauber, und bald ist alles wieder in Ordnung.«
»Vielen Dank«, murmelt der Junge durch zusammengebissene Zähne.
Mariams Telefon summt:

Hab das Material. Treffen wo?

Zehn Minuten später trifft sie den alten Freund ihrer Eltern an der Börse. Er lächelt, als er sie entdeckt, und öffnet den Kofferraum seines Autos.
»So ziemlich alles, was auf der Liste stand«, sagt er.
»Großartig.« Schnell zählt sie die Kartons durch. »Vielen Dank.«
»Morgen bringe ich mehr. Sei vorsichtig.«
Sie können weder mit dem Auto bis zur Erste-Hilfe-Station fahren noch kann Mariam die vielen Kartons allein tragen. Vier Jugendliche sitzen rauchend in einem Straßencafé. »He!«, ruft Mariam. Die Jungen sehen zu ihr herüber. »Ja, ihr«, ruft sie noch mal. »Könnt ihr mir helfen, die Sachen hier zur Revolution zu bringen?«
Sie springen sofort auf, schnappen sich jeder zwei Kartons und folgen ihr durch die Menge zur Erste-Hilfe-Station.
Ihr Telefon vibriert –

Rosa: Alle Verletzten ins Krankenhaus Qasr al-Aini bringen. Ruf mich an. Es gibt dort Ärzte, denen wir trauen können.

Alle 30 Sekunden trifft eine neue Motorradambulanz mit einem jungen Verwundeten voller blutender Schrotkugelverletzungen ein.

»Entschuldigen Sie bitte«, sagt eine tiefe, förmliche Stimme über Mariam.

»Ja?« Sie sieht nicht einmal auf.

»Würden Sie das hier bitte aufsetzen?«

Ihre Augen zucken zu ihm hoch. Das hier aufsetzen? Das Arschloch hat vielleicht Nerven! *Das hier* aufsetzen! Wenn er eine Mütze oder sogar ein Scheiß-Kopftuch in der Hand hat, kann er –

Er hält ihr einen weißen Helm hin.

»Bitte«, sagt er. »Wir haben Helme für die Ärzte gekauft. Euch darf nichts zustoßen. Wir brauchen euch.«

20. November 2011
2:19

Rania, die Hände voller Papiere und Telefone, beherrscht den Raum. Über den Fernseher hinweg, der in der Ecke vor sich hinplärrt, schreit sie Anweisungen: »Gasmasken! Sag ihnen, sie sollen Gasmasken und Lebensmittel kaufen. Bananen, Kekse, Käse-Sandwiches. Nichts Fettiges. Und Gasmasken! Alles muss in die Moschee Omar Makram gebracht werden – sie ist ab jetzt Ausgabestelle. Und Saft! Saft in kleinen Packungen. Verstanden? Sorgt dafür, dass der Blutzuckerspiegel der Leute oben bleibt. Wie viele Kameras haben wir vor Ort? Wir müssten eigentlich jetzt schon Videos ins Netz stellen! Wir brauchen eine Liste von Leuten mit Kameras, von Redakteuren. Die Videos müssen noch heute Abend raus!« Rania ist das Zentrum eines Informationsnetzes, das Nachrichten über die gesamte Altstadt und über sie hinaus verbreitet.

Der Esstisch in der Mitte des Chaos-Büros quillt über vor Laptops, über die ständig Nachrichten, Videos, Fotos, Tweets und Push-Meldungen hereinkommen. Mariams Freund Ashraf, der Riese, verlegt Verlängerungskabel, während Hafez USB-Kabel von einer riesigen externen Festplatte zu den Computern darüber fädelt. Rosa befestigt eine Anschlagtafel für neue Informationen an der

Wand: *Kameraleute, Redakteure, medizinische Transporte, Lebensmittelkäufe, Essensausgabe, Medienkontakte.* Das Chaos-Büro ist zur Großhirnrinde im Zentrum des Informationskriegs geworden.

Der Fernseher in der Ecke zeigt ununterbrochen die staatlichen Nachrichten:

Wir können unseren Mitbürgern versichern, dass Tränengas höchstens dann eingesetzt wird, wenn es um die nationale Sicherheit geht.

»Haben wir das Video mit den Schrotgewehren schon an den Presseverteiler geschickt?«

»Sorg dafür, dass es national *und* international verschickt wird.«

»In wie vielen Sprachen können wir es untertiteln?«

Und es steckt kein Körnchen Wahrheit in den verleumderischen Gerüchten, dass scharfe Munition verwendet wurde.

»Hat Nancy schon diese Nachtsichtkamera gekauft?«

»Wer stellt die Liste der Krankenhäuser zusammen, denen wir trauen können?«

»Wo ist die Anleitung, wie man ein Katapult baut?«

Schenken Sie ungeprüften Gerüchten keinen Glauben. Verlassen Sie sich nicht auf Medien, die vom Ausland kontrolliert werden.

»Kann jemand diese Scheiße abschalten?«, brüllt Hafez unter dem Esstisch. »He, Khalil! Ich hab ein großartiges Interview für dich.« Seine beiden Kameras liegen auf dem Tisch. »Ich hab mit einem Arzt über die Auswirkungen von Tränengas gesprochen. Hier.« Er reicht Khalil eine SD-Karte.

Hüten Sie sich vor Unruhestiftern. Hüten Sie sich vor Spitzeln. Hüten Sie sich vor allen, die Ägypten in die Knie zwingen wollen.

20. November 2011
7:45

Khalil schneidet die Tränengas-Aussagen des Arztes schnell mit Straßenkampfgeräuschen und weiteren Interviews zusammen.

> *In all den Jahren, die ich schon als Notarzt arbeite, habe ich noch nie vergleichbare physische Reaktionen gesehen. Die Regierung experimentiert offenkundig mit einem neuen Gas, möglicherweise ein Nervengas. Die Betroffenen ersticken.*

Dann folgen Kurzmeldungen über die bevorstehenden Proteste und eine Auflistung aller Dinge, die für den Tahrir gebraucht werden. Er macht das Ganze fertig, exportiert die Datei und lädt sie hoch.

Minuten später ist das Hashtag #egywarcrimes geboren; noch am selben Abend reden die meisten nichtstaatlichen Fernsehmoderatoren darüber und nehmen den Militärsprecher in die Mangel; am nächsten Morgen zitieren mehr als ein Dutzend ausländische Internetseiten den Arzt; bis zum Abend häufen sich E-Mails von NGOs, Aktivistenorganisationen und Wissenschaftlern, die wissen wollen, ob Proben des neuen Gases aus dem Land geschmuggelt werden können, um sie zu testen. Und zwei Tage später bestreitet ein Sprecher des US-Außenministeriums, dass Mittel aus der Militärhilfe an die ägyptische Regierung je für den Kauf von Tränengas verwendet wurden.

21. November 2011
2:36

Ihre Hände sind von Steinen zerschnitten. Der Himmel ist voller scharfkantiger Pflastersteine, die rund um ihre Köpfe herunterkrachen. Als sie getroffen wird, denkt sie erst, jemand hätte sie geschlagen, und fährt zu den Männern herum, aber als der Schmerz sich auf ihren Wangenknochen konzentriert, versteht sie und stolpert hinter einen Baum am Straßenrand. Ein brennender Reifen erhellt riesige Worte, die an der Mauer hinter ihr aufflackern: »WIR WERDEN IHNEN GERECHTIGKEIT VERSCHAFFEN ODER GENAU WIE SIE STERBEN!«

Ihr Handy summt.

Mama: Du solltest jetzt deinen Vater anrufen.

Zorn flammt in ihr auf. Als wäre jetzt die Zeit für Anrufe! Sie ist wütend, ihr ist kalt, aber sie will hierbleiben, in der Nähe der Gefahr. Sie will an vorderster Front stehen. Es kann nicht sein, dass immer nur die armen Jungen sterben.

Sie reißt sich zusammen. Viele Menschen verlassen sich auf dich. Die Erste-Hilfe-Stationen brauchen Nachschub, die Krankenhäuser Medikamente. Also ruf deinen Vater an.

Sie lässt den Stein fallen, den sie in der Hand hält, und entfernt sich von der Front, während sich die Scheinwerfer der Motorradambulanzen einen Weg durch den Wald menschlicher Silhouetten bahnen, um neue Verletzte wegzubringen.

Sie biegt in die Gasse neben McDonald's ein und wählt die Nummer ihres Vaters. Früher haben ihre Eltern zusammengearbeitet. Haben richtige Arbeit geleistet, haben gemeinsam ein ganzes Krankenhaus zusammengehalten. Die beste Krebsstation in ganz Ägypten, hieß es. Er war der beste Krankenhausleiter im ganzen Land. Vielleicht ist er es immer noch. Aber der Ruhm stieg ihm zu Kopf, wie so oft, und er warf alles hin, verließ seine Familie und entschied sich für das blaue Glas und den schimmernden Marmor einer Privatklinik draußen in der Wüste.

»Hi«, sagt sie. »Ich bin's, Mariam.«

»Ich erkenne die Nummer meiner eigenen Tochter«, antwortet ihr Vater.

»Wir brauchen Hilfe. Wir brauchen Nachschub.«

»Für das Chaos, das ihr anrichtet?«

»Das *wir* anrichten? Hast du Gewehre in *unseren* Händen gesehen?«

»Ihr werdet von der Muslimbruderschaft manipuliert. Sie wollen die Armee diskreditieren. Und ihr diskreditiert ganz Ägypten vor den Augen der Welt.«

»Die Muslimbruderschaft hat nichts mit uns zu tun. Sie stehen jetzt auf der Seite der Armee.«

»Was nicht heißt, dass sie euch nicht hereinlegen. Sie benutzen euch dafür, die Wahlen zu erzwingen, bevor irgendjemand sonst dafür bereit ist.«

»Bitte! Können wir vielleicht ein andermal darüber reden?«

»Hör mir zu, Mariam. Genau das tun sie. Am Ende bescheißen sie einen immer. Frag deine Mutter.«

Und wo stehst *du,* Vater? Du mit deiner jahrelangen Erfahrung. Wieso bist du nicht hier und hilfst uns, sie auszutricksen?

»Wenn du hier wärst, würdest du sehen, dass niemand kontrollieren kann, was passiert. Wir sind dabei zu gewinnen. Wir brauchen einfach nur Material.«

Er schweigt lange.

Sie steckt sich eine Zigarette an.

»Das Übliche?«, fragt er dann. »Das Gleiche wie in den Achtzehn Tagen?«

»Ja, und wir brauchen Mittel gegen das Gas.« Sie zieht eine Liste aus ihrer Tasche. »Alle möglichen Augentropfen, Ventolin-Inhalatoren, Gasmasken. Plus die Achtzehn-Tage-Sachen. Hast du die Liste noch?«

»Wird nicht schwer sein, sie zu finden. Ich bekomme ja nicht allzu viele Nachrichten von meiner Tochter.«

Sie sagt nichts. Es ist nicht der richtige Zeitpunkt für Familiendramen.

21. November 2011
13:12

Khalil und Hafez stehen ein paar Straßen von der Schlacht entfernt, machen eine kurze Kaffee- und Zigarettenpause. Umm Ayman spricht im Fernseher in der Ecke in die Kamera. Das *qahwa* verstummt, und ihre Worte erfüllen die Gasse:

> *Denkt an das Blut des Märtyrers. Sie haben mit Kugeln auf ihn geschossen und ihn überfahren. Los, Tantawi, geh und sieh es dir an. Sieh es dir an. Er sagt, sie erschießen niemanden. Geht hin. Seht es euch an. Seht euch an, was den jungen Ägyptern angetan wird. Was der Jugend Ägyptens angetan wird. Jenen, die auf Müllhaufen geworfen wurden. Die Jugend Ägyptens wurde erschossen und auf den Müll geworfen. Aber jeder auf dem Tahrir ist Ayman. Jeder einzelne auf dem Tahrir ist Ayman. Und Aymans Blut wird nicht verloren sein, solange sie auf dem Tahrir sind. Solange sie standhalten. Aymans Blut wird erst verloren sein, wenn sie aufgeben. Wenn sie vor ihnen in die Knie gehen und aufgeben, dann wird das Blut meines Sohnes Ayman verloren sein. Aber solange sie standhalten, ist mein Sohn am Leben. Das Blut meines Sohnes wird nicht bereitwillig verschwinden. Jeder einzelne von ihnen ist Ayman. Jedes Mädchen unter ihnen ist Ayman. Jeder Junge ist Ayman. Sie alle sind zu Ayman geworden. Alle auf dem Tahrir sind jetzt Ayman. Und sie werden seinen Tod rächen. Sie werden erst gehen, wenn der ganze Staat niedergerissen und neu wieder aufgebaut ist. Sie werden erst gehen, wenn jeder Polizist und jeder Soldat, der auf sein eigenes Volk geschossen hat, vor Gericht gestellt und ins Gefängnis geworfen wird. Ich schwöre, sie werden dafür sorgen, dass ihm Gerechtigkeit widerfährt. Gott wird das nicht ungesühnt lassen.*

21. November 2011
19:49

Ein junger Mann liegt halb bewusstlos auf dem Boden, das eine Bein hochgelegt, die Hose blutdurchtränkt. Mariams Mutter kniet vor ihm und bindet das Bein ab.

»Oberschenkelarterie«, sagt Nadia, als Mariam sich neben sie kniet.

»Soll ich übernehmen?«, fragt Mariam.

»Ist schon okay.«

»Mama – du hast so viele Patienten. Ich hab das im Griff.«

Nadia überlässt Mariam die Aderpresse. Oberschenkelarterie bedeutet, dass er eine Menge Blut verloren hat.

»Versuch ganz ruhig zu bleiben«, sagt Nadia mit sanfter Stimme zu dem Jungen. »Du bist sehr tapfer, mein Junge, wirklich tapfer. Und das hier ist eine meiner besten Schwestern.« Sie streicht ihm über die Stirn und wendet sich ruhig dem nächsten Verletzten zu. Mariam zieht den improvisierten Knebel aus der Bandage und bindet sie zu. Die Aderpresse kann die Blutung stoppen, aber wenn nicht bald ein Krankenwagen kommt, wird er das Bein verlieren.

Der Junge sieht zu Mariam auf, als sie den Knoten festzieht. »Du wirst wieder gesund«, sagt sie. »Der Krankenwagen ist unterwegs.«

»Wo werden die mich hinbringen?«

»Ins Krankenhaus.«

»Aber die Krankenhäuser gehören alle Mubarak.«

»Nicht alle.«

Reifen quietschen, ein Motorrad kommt zum Stehen. »Hey!«, ruft jemand. »Wir brauchen Hilfe!« Zwei Ärzte tragen einen neuen Verletzten herein. Mit qualmenden Reifen rast das Motorrad zurück an die vorderste Linie.

»Komm mit mir ins Krankenhaus«, sagt der Junge.

»Ich kann nicht.«

»Ist es ein gutes Krankenhaus? Gehört es zur Revolution?«

»Ja. Wir müssen diese Blutung stoppen. Und im Krankenhaus sind sie besser ausgerüstet.«

»Besuchst du mich? Um zu sehen, ob sie alles richtig gemacht haben?«

Zum ersten Mal sieht sie ihm ins Gesicht und ist erstaunt darüber, wie hübsch er ist mit seinen hohen Wangenknochen und der zierlichen Nase.

»Ich werde morgen früh versuchen, dich zu finden.«

»Danke.«

21. November 2011
23:49

»Das ist ein Scheiß-Generationenkrieg«, schreit Malik über das Echo der Gewehrschüsse und das Geprassel Tausender Steine hinweg. »So ein richtiger Scheiß-Krieg, mit allem Drum und Dran, und wenn wir nichts *tun*, werden wir bald auf unseren Scheiß-Knien liegen, bis wir alle tot sind, fuck! Weil sie nicht aufhören werden, bevor wir alle tot sind! Hier! Hier habt ihr eure verfickte Wahl, ihr Wichser. Bitte sehr, und jetzt haltet gefälligst die Fresse, klar? Uns bleibt nichts anderes übrig, wir müssen ihnen alles aus den Händen reißen, den *Alten*. Es geht nicht mehr um rechts oder links – ist doch dasselbe. Es geht um Jung gegen Alt. Wenn sie könnten, würden sie uns alle in den Krieg schicken und verrecken lassen, die Schweine. Alle unter 40, los, ab mit euch. Nehmt eure Schulden und eure blöden Studentendarlehen und eure sinnlosen beschissenen Uniabschlüsse und verpisst euch! Es ist ein *Krieg*, Mann. Jung gegen Alt. Überall auf der ganzen verfickten Welt.«

Malik: ein weiterer Rückkehrer aus der Diaspora. Zurück aus Glasgow, um das neue Land aufzubauen. Ein Anwalt, der in einer Initiative zur Reform der Polizei mitarbeitet. Wäre er weniger intelligent, würden einem Maliks Stimme und Lautstärke unglaublich auf die Nerven gehen. Khalil hält den Blick auf die Einmündung zur Mohamed Mahmoud Street gerichtet, wartet auf Sirenen, Panik, auf Mariams Kufiya.

Sein Handy piept, eine Facebook-Nachricht –

> Hab deine Posts verfolgt. Bin so beeindruckt von
> deiner Tapferkeit und deinem Mut. Versprich mir,
> dass du auf dich aufpasst.
> x Diane

Khalils Rücken strafft sich vor männlichem Stolz, die ganze Welt schaut zu. All seine Ex-Freundinnen schauen zu.

> Wichtige Mitteilung von @ChaosCollective. Druck auf
> ägypt. Armee steigt – und jetzt Giftgas.

»Weißt du, wie sie aussieht?« Malik ist so unnachgiebig wie die Schlacht hinter ihm. »Die Welt, die sie sich so verdammt sorgfältig zusammengezimmert haben? Sie ist wie eine von diesen verfickten *humanen* Mausefallen. Da, siehst du das kleine Stückchen Käse da drin? Und schon spazierst du rein, weil a) wieso eigentlich nicht?, b) du hast Hunger und c) du bist eine Scheiß-*Maus*, und dann, schnapp, oh tut mir leid, oh entschuldige bitte, anscheinend ist die Tür hinter dir zugefallen und jetzt bist du ganz human gefickt und darfst den Rest deines nutzlosen Lebens an dem klitzekleinen Stückchen Käse knabbern, mit dem sie dich gekauft haben.«

Hafez beobachtet die Menge. Khalil klickt sich durch sein Handy.

> Unglaubliches Missmanagement bei ägypt. Armee.
> Sofortige Übergabe der Macht an Zivilregierung!

The One hört sich Maliks Tirade schweigend an. The One ist ein europäischer Immigrant der alten Schule, der einfach rumhängt und seit Jahrzehnten in derselben Altstadtwohnung lebt und kurz mit einer Ägypterin verheiratet war. Ein Reisender aus Zeiten, als man noch irgendwohin fuhr und sich nicht sofort umdrehte, um mit dem nächsten Billigflieger wieder zurückzufliegen. Khalil kann sich nie merken, ob er Bulgare oder Ungar ist, und er kann ihn unmöglich noch einmal fragen. Es kann sich nicht mal mehr jemand daran erinnern, wieso er The One genannt wird.

Khalil sieht Mariam auf sie zukommen. Sie zieht sich die Kufiya vom Kopf und sieht erschöpft, aber auch quicklebendig aus.

»Alles okay?«, fragt Khalil.

»Ja«, sagt Mariam. »Ich hab Hunger.«

»Was ist mit dem neuen Rat?«, fragt Hafez.

»Mit welchem Rat?«, will Malik wissen.

»Dem Revolutionsrat«, antwortet Mariam.

»An den die Armee übergangsweise die Macht übergeben soll«, ergänzt Hafez.

»Wer ist drin?«, fragt Malik weiter.

»Angehörige von Märtyrern. Anwälte. Religionsvertreter. Leute von der Uni. Rechtswissenschaftler. Die Liste ist nicht schlecht«, sagt Hafez.

»Und ihr meint, die Armee wird sich darauf einlassen?«

»Wenn sie sehen, dass diese Scheiße nicht ohne größere Zugeständnisse aufhört, vielleicht. Jede Minute, die es so weitergeht, lässt sie schwächer aussehen.«

Khalils Handy vibriert –

Kraft und Solidarität aus Athen für meine Chaos-Genossen! Ihr seid eine Inspiration für die ganze Welt!

Malik beugt sich vor. »Es heißt, es stehen schon Flugzeuge bereit, damit der ganze Oberste Militärrat sich absetzen kann.«

»Ach komm.«

»Doch.«

»Was tun wir dann noch hier? Wir müssen wieder da rein.«

22. November 2011
3:34

Khalil schert aus der vordersten Linie aus. Seine Schulter schmerzt vom tagelangen Steinewerfen, aber er ist hellwach.

> Hallo Kumpel. Jim von Huffpost. Danke für das Interview heute. Kennst du jemanden in der Muslimbruderschaft, mit dem ich reden könnte?

Im gelben Licht der Straßenlampen sieht er Ashraf, Mariams Freund aus Kindertagen, der so laut lachen kann, dass ganze Zimmer verstummen, dessen Hände so groß sind, dass sie einen Schädel zerquetschen könnten, dessen Gang Wassergläser zum Erzittern bringt und der, wie Mariam beteuert, kein Rivale und keine Bedrohung und kein Ex ist, nicht an ihr interessiert oder sonstwas – aber er ist zu ihrem persönlichen Bodyguard geworden.

»Khalil«, sagt Ashraf lächelnd und hält ihm seine Pranke hin.

»Hi«, antwortet Khalil und ergreift Ashrafs Hand mit männlicher Festigkeit, die aber nichts mit Konkurrenzgebaren zu tun hat. Schließlich ist er nicht besorgt wegen Ashraf, sondern im Gegenteil froh, dass er auf Mariam aufpasst.

»Wir sehen uns zu Hause«, sagt Mariam zu Khalil. »Wir müssen noch ins Leichenschauhaus.«

22. November 2011
4:28

Er ist da, Mariam hat es gewusst. Alle Farbe ist aus seinem Körper gewichen, die Aderpresse ist durchtränkt von getrocknetem, schwarz gewordenem Blut. Und da ist die Telefonnummer, sorgfältig mit Marker auf den linken Unterarm geschrieben.

»Hallo?«, meldet sich eine gehetzte Stimme. Im Hintergrund weint ein Baby.

»Hallo«, antwortet Mariam, unsicher, wie sie vorgehen soll. »Ich heiße Mariam.«

Der Junge bewegt sich nicht, und sie weiß nicht, wie er heißt. Der Junge bewegt sich nicht. Natürlich bewegt er sich nicht. Er wird sich nie wieder bewegen. Hast du die Aderpresse auch wirklich fest genug angezogen? Hättest du es doch lieber deiner Mutter überlassen sollen? Hat deine Behandlung ihn die eine entscheidende Sekunde gekostet? Hast du übernommen, bevor du dazu bereit warst? Seine Hand bewegt sich nicht. Sie wird sich nie wieder bewegen. Hätte eine Sekunde, ein Atemzug den Unterschied ausgemacht?

»Ja?«

»Ist das Ihre Telefonnummer?«, versucht Mariam den Augenblick hinauszuzögern.

Sein Körper liegt kalt vor ihr im gleißenden Neonlicht. Sein Hemd ist zerfetzt, seine schmale Gestalt der Kälte ausgesetzt, den Kühlfächern aus Aluminium, dem Metalltisch des Leichenbeschauers.

»Was soll das heißen, ob das meine Telefonnummer ist? Sie haben mich doch gerade angerufen, oder?«

»Sie haben recht, ja.«

Es gibt kein Laken, um ihn zuzudecken. Es gibt nichts als Feuchtigkeit und Moder und fleckigen Stahl. Der Angestellte lässt sich nicht blicken. Niemand hätte die Nummer angerufen.

»Ich rufe aus dem städtischen Leichenschauhaus an.«

»Oh Gott! Was ist mit ihm? Oh Gott, hab Erbarmen! Was haben sie ihm angetan?«

»Ihr Sohn war sehr tapfer.«

Niemand hätte sie angerufen. Sie hätten ihn mit all den anderen Niemanden in der Wüste vergraben. Wie viele andere Mütter suchen immer noch nach ihren Kindern?

»Ihr Sohn war sehr mutig. Er ist ein Märtyrer.«

22. November 2011
4:59

Seine Hand liegt kalt auf dem Chromtisch. Mariam würde sie gern nehmen und halten. Noch immer weiß sie nicht, wie er heißt. Wenn ich seine Hand halten würde, würde nichts passieren. Wenn ich sie halten würde, wäre er vielleicht nicht so allein. Wenn ich sie halten würde, käme der Leichenbeschauer herein, und es gäbe einen Skandal.

Sie hält also stattdessen die Hände an ihren Körper gedrückt und wartet darauf, dass die Mutter des Jungen eintrifft.

Wie viele haben wir bis jetzt verloren? Was macht das mit uns? Wie oft haben wir die Leute gewarnt? Du hättest mehr tun müssen. Es gibt immer irgendetwas. Nichts steht fest. Nicht bis zum Tod. Wir hätten das hier verhindern können. Wir hätten mehr Widerstand leisten müssen, früher. Was, wenn wir den Platz nicht verlassen hätten, als Mubarak zurücktrat? Wenn fünf Minuten anders verlaufen wären? Wenn auch nur ein Wort anders ausgesprochen worden wäre? Wir hätten uns anders verhalten müssen – weil ihr nur eines versteht. Ihr mit euren Lastern voller unterernährter Männer, die ihr irgendwo auf dem Land eingesammelt habt, damit sie in fremden Städten Steine auf ihre eigenen Leute werfen und als Kanonenfutter vor den Offizieren mit ihren Gewehren und ihren Schutzmonturen stehen. Ist das alles, was ihr habt? An diesem elenden bisschen Macht wollt ihr euch festklammern? An eurer Sklavenarmee aus Zwangsrekruten, die in euren Fabriken und auf euren Feldern schuften, an eurer Pasta und euren Klimaanlagen, an euren Herrenclubs mit den lachsrosa Wänden? Dafür führt ihr Krieg gegen euer eigenes Volk?

Sie nimmt doch die kalte Hand des Jungen und hält sie sanft in ihrer, hört dabei den Kugelhagel und das Echo des Todes. Sie erinnert sich an Khalil, in jener ersten Nacht, als sie sich in der Nähe des Tahrir versteckten, während die Kugeln der Armee durch die Altstadt pfiffen. Er ist inzwischen Monate her, der 8. April. Sie rannten und versteckten sich und blieben im Dunkel der Treppe stehen, und sie zerrte an seinem Hemd und strich mit den Händen über seinen Körper. »Bist du angeschossen?«, wiederholte sie immer wieder. „Bist du angeschossen? Bist du angeschossen?« Und sie überprüfte seine Hose auf die feuchte Wärme von Blut: »Bist du angeschossen? Bist du?« Und dann griffen seine Hände nach ihr. Er war nicht angeschossen und seine Hände gruben sich in ihre Haare und strichen über ihren Rücken und keiner von ihnen blutete und keiner von ihnen war tot.

22. November 2011
5:21

Die Mutter wird Hilfe brauchen. Wie viele andere Mütter noch? Wie viele Leichen warten in den Aluminiumkühlfächern darauf, dass ihre Onkel sie waschen? Sie würde gern eine der Türen öffnen, aber sie fürchtet sich. Was, wenn in jedes Fach fünf Leichen gestopft wurden? Was, wenn sie ungekühlt verwesen? Sie rührt sich nicht weg von der Seite des Jungen, dessen Körper sich im kalten Neonlicht gelblich verfärbt. Sie streichelt seinen Handrücken und denkt dabei an Verena, die nach Maspero im Leichenschauhaus die Hand ihres Mannes an ihre Brust drückte, schmeckt die letzten Atemzüge der Toten, die ihre Kehle auskleiden, sich tief in ihren Lungen festsetzen. Das Ende kommt so schnell.

Wir hätten mehr tun können. Wir hätten ständig mehr tun können. Wir hätten die Leute früher dazu bringen müssen zuzuhören. Wir waren zu langsam, und jetzt haben sie sich mit der Muslimbruderschaft geeinigt, und alles, was wir haben, sind Steine. Die Muslimbruderschaft sorgt für Ruhe, und die Armee sorgt für ihre Bankkonten. Die Wahlen stehen bevor, die Falle ist gestellt. Sie glauben, Wahlen können die Revolution beenden? Sie glauben, mehr braucht es nicht? Khalil überlegt tatsächlich, ob er wählen gehen soll. Wie kann er überhaupt darüber nachdenken? Was denkt er sich dabei?

Was sollen wir tun – die Leichenschauhäuser vergessen und brav vor den Wahllokalen Schlange stehen? Soll das etwa alles sein? Dieser Tod – nur dafür? Um durch eine Wahl vergessen zu werden?

22. November 2011
5:44

Einmal, als sie tief im neonbeleuchteten Inneren eines Regierungsgebäudes – es muss die Mogamma3 gewesen sein – in einer der ewig langen Schlangen stand, war sie plötzlich in Tränen ausgebrochen. Mariam erinnert sich deutlich daran. Die Grausamkeit des Ganzen. Die bürokratische Verachtung für unseren kostbaren Atem; Sekunden, die uns von Millionen unwiederholbaren Zufällen und göttlichen chemischen Koinzidenzen geschenkt worden waren, lösten sich vor ihren Augen in Rauch auf, verdampften, Sekunden aus den Seelen aller verdampften in der irdischen Starre der staatlichen Bürokratie. Sie krallte die Hände in ihre Brust und rannte hinaus in den wartenden Winter. Wie kurz das Leben ist. Das Leben muss gelebt und der Tod muss gefürchtet und gehasst und im Gedächtnis behalten und jeden Tag bekämpft werden. Es gibt nur das Jetzt, es gibt nicht einmal ein Morgen. Ein Leben, über das andere sprechen werden, wenn es uns verlassen hat. Das ist das Ziel. Ein Leben, das den Tod durch die Erinnerung besiegt. Sie weiß nicht, wie der Junge heißt.

Ihr Handy vibriert:

> Hallo. Mein Sohn ist verschwunden. Jemand hat mir Ihre Nummer gegeben. Ich glaube, die Armee hält ihn fest. Man hat mir gesagt, dass Sie mir helfen können.

Sie zieht einen Kuli und einen zerfledderten Notizblock aus der hinteren Tasche ihrer Jeans und fügt ihrer Liste für den Vormittag diese Nummer hinzu.

UMM X

Sie sah den Stift in seiner Hand, sah die Ziffern an seinem Arm hinaufklettern. Ihre Telefonnummer. Seit er die Schule abgebrochen hatte, hatte sie keinen Stift mehr in seiner Hand gesehen. Ein Teil von ihr war stolz. Dann verstand sie. Und da hätte sie ihn im Haus einsperren sollen. Sie hätte ihm das Handy wegnehmen, ihren Bruder anrufen und die Tür verbarrikadieren sollen. Sie hätte ihn aus der Stadt ins Dorf schicken sollen. Sie hätte ihm die Schuhe wegnehmen und zerschneiden müssen. Sie hätte die Tür verschließen und den Schlüssel einschmelzen müssen. Sie wusste, sie wusste, dass er sich allein in seinem Zimmer dieses Video angesehen hatte. Was für eine Mutter lässt ihren Sohn so etwas tun? Wie konnte sie das Flehen mitten in der Nacht mitanhören und ihm das Handy nicht wegnehmen? *Bitte, basha, bitte, aufhören. Bitte, bitte, aufhören.* Wie oft hat er sich das Video angesehen, das körnige Bild, die Demütigung seines Vaters, den Knüppel des Polizisten, die blutigen Stricke. *Bitte, basha, bitte, bitte! Ich flehe Sie an!* Worte, die uns alle seit Jahren verfolgen, Worte, die ich im Glanz jedes Messers vernehme, im Schimmern dieses Metalltischs. Wie kann man sich anhören, wie der eigene Sohn diesem Dreck lauscht und es ihm nicht wegnehmen? Hattest du Angst vor ihm, vielleicht ein bisschen? Wusstest du, dass er es dir nicht geben würde? Dass er sich würde rächen müssen? Du hättest es ihm nicht wegnehmen können. Du wusstest es, seit du ihn das erste Mal mit dem Handy in der Ecke sitzen sahst, die flehende Stimme seines Vaters aus der Vergangenheit, die Polizeipeitsche, die durch die Nacht knallte. Du hast es gewusst, hast es gewusst. Und jetzt haben sie dir auch deinen Jungen genommen.

22. November 2011
6:47

Mariam tritt hinaus ins Tageslicht und versteht nicht, als sie Khalil draußen auf der niedrigen Mauer vor dem Leichenschauhaus sitzen sieht. Es ist noch jemand tot, denkt sie.

»Was machst du hier?«, fragt sie.

Er steht auf. »Ich dachte, du brauchst vielleicht jemanden, der dich nach Hause fährt.«

»Danke.« Sie legt den Arm um seine Schultern, und als sie das Auto sieht, erfasst die Müdigkeit ihren Körper, und ihre Beine zittern ein bisschen. Sie setzt sich und versinkt in dem tiefen Sitz, ihre Knochen, ihre Haut, ihre Haare, alle schwer vor Erleichterung, endlich sitzen zu können. Sie legt die Hand auf sein Knie.

»Willst du nach Hause?«, fragt sie.

»Wieso? Willst du etwa zu den Kämpfen?«

»Lass uns nur kurz gucken«, sagt sie.

22. November 2011
7:39

In der Dämmerung liegt ein Abwarten. Ein Austrudeln. Die dunklen Möglichkeiten der Nacht sind vorübergegangen, und die reale Welt hat überlebt. Überall um sie herum gewinnt sie neue Kraft, während Geschäfte öffnen und die ersten Busse vorbeidröhnen. Bald wird es nichts mehr außer dem Wunsch nach einer Dusche geben, um die Chemikalien der Nacht von sich abzuwaschen. Das Licht der aufgehenden Sonne streut ein dumpfes Grau in die Straßen, erhellt langsam die lange, zerstörte Straße, die zwischen den wenigen verbliebenen Revolutionären und der Polizei liegt. Khalil und Mariam sitzen nebeneinander auf einem in der Bab al-Louq geparkten Auto, rauchen und schauen zu, ihre Beine berühren sich. Ein Gaskanister keucht seine letzten Atemzüge hervor. Die

Polizei, in voller Kampfmontur, steht am Ende der Straße, Gewehre in Wildwestmanier auf Hüfthöhe. Die Revolutionäre, Zigaretten im Mundwinkel und Steine in den Händen, warten ab. Die Entfernung ist zu groß, um zu werfen.

24. November 2011
6:47

Bei Anbruch der Dämmerung kommen sie mit einem Kran und Lastwagen. Soldaten drängen die Menge die Mohamed Mahmoud Street hinunter, weg vom Innenministerium. Der Kran lässt Betonblöcke auf die Straße fallen. Block für Block wird eine Mauer errichtet. Ärzte der Muslimbruderschaft in weißen Kitteln, die Bärte gestutzt, klettern auf die Mauer. Einer steht Hand in Hand mit einem General und ruft der Menge durch ein Megafon zu:

»Geht zurück auf den Platz. Die Revolution findet auf dem Platz statt! Die Armee hat diese Mauer zu eurer eigenen Sicherheit errichtet! Auf dem Tahrir könnt ihr gefahrlos protestieren! Geht zurück auf den Platz! Die Revolution findet auf dem Platz statt! Die Revolution findet auf dem Platz statt!«

Ein paar Leute trotten zum Tahrir zurück.

Eine Stimme ruft: »Was soll das heißen, auf dem Platz? Was für eine bescheuerte Revolution findet denn auf einem Platz statt, ihr Arschlöcher?«

»Verzieht euch, ihr Verräter!«, brüllt ein anderer Mann. »Das hier ist eine Sache zwischen uns und der Polizei!«

»Die Revolution findet auf dem Platz statt! Protestiert gefahrlos und demokratisch auf dem Platz!«

Eine Reihe von Muslimbrüdern stellt sich vor der neuen Mauer auf. Sie halten lange Stahlstangen vor sich und fangen an, die Menge weg von der Mauer und zurück zum Platz zu drängen. Man konnte es kommen sehen. Seit Mubaraks Sturz hat die Muslimbruderschaft die Armee umworben. Im Grunde genommen haben alle die Armee umworben, aber die Muslimbruderschaft muss ihnen das beste Angebot gemacht haben. Die Armee verschwindet mitsamt ihren Privilegien wieder hinten in den Kulissen, während die Muslimbruderschaft die Wahlen gewinnt. So einfach ist das. Die beiden müssen sich nicht bekriegen. Es soll bloß nicht so aussehen, als würde die Armee regieren. Der eine sorgt für den anderen.

»Fasst mich nicht an, ihr Hurensöhne! Ihr Scheiß-Kollaborateure! Wir waren dabei zu gewinnen! Sie sind weggerannt! Verräter! Ihr seid Verräter! Ihr habt uns an die Armee verkauft! Ihr habt uns verraten und verkauft, ihr Scheiß-Verräter!«

Aber die Reihe der Muslimbrüder ist stark, und die Menge wird Meter für Meter zum Tahrir zurückgedrängt.

9

26. November 2011

Die Aufzugtür geht auf, ein kleiner Mann in mittleren Jahren steigt ein und nickt grüßend. Einen Moment später nimmt er seine goldgeränderte Brille ab und sieht Khalil mit entwaffnender Ernsthaftigkeit an.

»Wie geht es Ihrem Freund?«, fragt er.

»Wie bitte?«

»Ihrem Freund im Gefängnis. Dem mit den langen Haaren. Auf dem Aufkleber an Ihrer Tür.«

»Sie meinen Alaa?«

»Ja.«

»Er ist immer noch im Gefängnis.«

»Es tut mir leid, das zu hören.«

Khalil lehnt sich schwer an die Wand des Aufzugs. Das Gas hat merkwürdige Auswirkungen. Manchen Leuten wird schlecht, und sie müssen sich übergeben. Er selbst ist heute kaum aus dem Bett gekommen. Er hatte sich hingelegt und war schwitzend und verwirrt aufgewacht, als die Welt schon wieder dunkel war. Der ältere Mann wartet schweigend darauf, dass er etwas sagt.

»Aber der Druck nimmt zu. Sie mussten seinen Fall an ein Zivilgericht überstellen.«

»Gut, gut.« Mit einer abrupten kleinen Bewegung dreht er sich zur Tür um, dann wieder zurück zu Khalil, anscheinend in gesprächiger Stimmung. »Ihr Akzent – Sie sind nicht hier geboren?«

»Nein, in Amerika.«

»Dann willkommen zu Hause. Wissen Sie, es ist eine Schande,

was sie mit ihm machen. Die Armee denkt, sie können ihm einfach etwas anhängen. Aber jeder weiß, was in Maspero passiert ist.«

»Sie streiten es ab.«

»Aber das ist doch jetzt gar nicht mehr möglich. Ihr jungen Leute mit eurem Facebook – unmöglich.«

Der Aufzug kommt unten an, und sie gehen gemeinsam auf die Straße.

»Es war nett, mit Ihnen zu reden«, sagt der Nachbar. »Ach so, übrigens – hätten Sie vielleicht noch mehr von diesen Aufklebern?«

»Ich kann Ihnen einen besorgen.«

»Vielen Dank«, sagt der Nachbar. »Ich wäre Ihnen sehr dankbar.«

Khalil nickt zum Abschied, überquert die breite Straße und biegt in eine Gasse ab. Die Altstadt besteht nur aus Abkürzungen, versteckte Fußwege führen zwischen dicht an dicht gedrängten Gebäuden hindurch, ein schnelles Abbiegen nach rechts, weg von der Menge hin zum stillgelegten Brunnen vor dem Grillon, die Schwingtüren des Estoril, dann die *qahwa*-Stühle, die in der Enge vor Umm Dahabs Straßenküche aufgereiht sind, der kurze Abzweig hinter dem Rathaus, rauf zum Odeon auf einen allerletzten Absacker, ehe man den Abend für beendet erklärt. Kairos Gassen werden für einen Moment zum Komplizen deiner Verruchtheit.

Aus der Stereoanlage eines Taxis dringt das dumpfe Dröhnen von Elektro-Shaabi: der neue Sound aus dem Ghetto. Was würde mein Vater von dieser neuen Musik halten, von ihren rebellischen Ursprüngen in den Straßen, geschaffen von den Jungen und den Entrechteten und denen, die neue Hoffnung schöpfen? Der Hip-Hop unserer Zeit, live aus dem Ghetto und auf USB-Sticks übertragen. Würde er die Verbindung spüren zwischen damals und heute, würde er die Verwandtschaft von Run-D. M. C. und Oka & Ortega erkennen? Oder würde er die Musik ausschalten und in der wie auch immer gearteten Box verschließen, die er für diesen Teil der Welt reserviert hat, würde er sich weiter nur die A-Seite seiner Geschichte anhören?

Es war die Musik, die Khalil nach Ägypten gebracht hat. Er würde das *qanun* lernen, würde durch die vielen Bedeutungsschichten steuern, die fest in seine 72 Saiten eingebunden sind und sich durch die Vierteltöne in feinen Schwingungen jenseits der Sprache mitteilen. Das *quanun*. Das Gesetz. Ein ganzes Universum der Möglichkeiten wartet straff und gespannt in seiner Höhlung. Das *qanun* würde sein Zuhause werden. Er würde derjenige sein, der den majestätischsten aller Klänge von den Orientalisten zurückfordern würde, er würde ihm einen Platz in der Zukunft verschaffen, in der Moderne, diesen Klang strahlend und neu in die digitale Welt herüberholen.

Wer hätte noch vor ein paar Monaten gedacht, dass wir heute hier sein würden? Wie weit weg sie jetzt scheinen, die langen Wochenenden in Kofis Garage, wo wir Pabst Blue Ribbon tranken und an Songs herumfeilten. Die endlosen Freitagnachmittage in der Bibliothek, wo wir nur darauf warteten, dass es endlich 18 Uhr war, und wir die obdachlosen Männer mit einer Entschuldigung wieder hinaus in die Kälte schickten. Die schlaflosen Nächte in Dianes Zimmer mit den schwarzen Vorhängen und den Hopper-Postern und dem kleinen grünen Sessel, auf dem sich ihre Kleider häuften. Ihr unnachgiebiger, naiver, verzweifelter Wunsch zu verstehen. Gibt es in Palästina Internet? Ja, Diane, es gibt Internet in Palästina. Aber die Mauer rettet doch auch Leben, oder? Nein, Diane, die Mauer ist ein Symbol für die Landnahme eines Apartheid-Systems. Könnten sie denn nicht einfach nach Jordanien gehen? Wer, Diane? Die … die Palästinenser? Nein, Diane, das wäre ethnische Säuberung, lass uns nicht mehr darüber reden. Oh, aber ich möchte es doch so gern *verstehen*.

Er öffnet eine unauffällige Tür und geht die Granittreppe hinauf in den Greek Club. Man muss sich nicht telefonisch verabreden, man geht einfach hin. Die Tische sind immer voller Revolutionäre, Männer und Frauen, auf dem Tahrir zusammengewürfelte Gruppen, die jetzt daran arbeiten, dass die Revolution eine Zukunft hat. Aktivisten und Filmemacher und Journalisten und Psychotherapeuten und Städteplaner und Historiker und Anwälte, und jeden Tag werden es mehr: Diaspora-Ägypter, die zurückkommen, um beim Aufbau des neuen Landes zu helfen; internationale Aktivisten, die nach Möglichkeiten suchen, die neue Welt von ihren Fesseln zu befreien; Künstler und Wissenschaftler, fasziniert von den überraschenden Ereignissen, die alles verändern.

Khalil drückt die hohe Holztür auf, begrüßt den Chef und erhascht im Vorbeigehen am Spiegel einen kurzen Blick auf sich selbst. Seine Haare sind unordentlich nachgewachsen, und selbst von hier aus kann er das erste Grau an seinen Schläfen sehen. Er durchquert die Bar, geht vorbei an Tischen mit lauter vertrauten Gesichtern, die sich über unvertraute Ideen unterhalten: die Dissidenten der frühen Blogosphäre diskutieren darüber, wie man durch Crowdsourcing eine neue Verfassung erarbeiten könnte; die Cineasten aus der Adly Street arbeiten an einem Manifest für eine neue Gewerkschaft regionaler Künstler; die Journalisten sammeln Geld für den Aufbau eines freien öffentlichen Fernsehsenders; die Medienaktivisten schmieden Pläne für ein globales Archiv politischer Filme; die neu gegründete Koalition aus Schauspielern und Therapeuten bastelt an einem öffentlichen Kunstraum für Risiko-Kinder; und im Hintergrund klimpert ein Mann am Flügel einen Lionel-Richie-Song.

Khalil bleibt einen Augenblick stehen, um zuzuhören. Dann hört er Rania.

»Arash!«, schreit sie. »Komm her. Ich muss dich den anderen vorstellen.« Arash, groß, modisch gekleidet, intellektueller Typ, grüßt in die Runde. »Arash hat einen absolut großartigen Film gemacht. Hast du ihn gesehen, Khalil? Er handelt von der iranischen Revolution, und jetzt organisiert er eine Vorführungsreihe in ganz Ägypten.«

Khalil zieht sich einen Stuhl an den langen, dicht besetzten Tisch heran und bestellt sich was zu trinken; Lionels seidige Klänge schlängeln sich zwischen den Worten hindurch. Khalil hat eine bestimmte Vorstellung von der Welt, von einer Balance, von der er dachte, er könne sie mit Musik ausdrücken, wo es ihm mit Worten nicht gelang. *Musik,* sagte sein Vater gern, *ist die einzige Möglichkeit, die Welt zu verstehen.* Und es war die Musik, die ihn hierher gebracht hat. Es ist die Musik, hat er sich selbst gesagt, die das Unausdrückbare ausdrücken kann. In Melodien stecken Antworten und gesellschaftliche Werte in Harmonien. Musik kann die Zukunft freisetzen, und über die Musik hat er versucht, eine Verbindung zu diesem Land und seiner Geschichte aufzubauen.

»Layla!«, schreit Rania. »Komm, setz dich! Ich muss dich den anderen vorstellen.« Layla zieht sich mit breitem, strahlendem Lächeln und schnellen, kompakten Bewegungen einen Stuhl heran. »Layla hat ein großartiges Buch über Denshawai und den ägyptischen Widerstand geschrieben und hält – wann nochmal? Am Montag? – einen Vortrag darüber.«

»Hanan!«, schreit Rania. »Komm her und rede mit uns, du Genie! Hanan recherchiert zu Mubaraks toxischen Anleihen und dazu, wie wir es schaffen können, dass die Schweine vom IWF unsere – wie hast du es nochmal genannt? – ›unsere widerwärtigen Schulden‹ streichen.«

Aber Khalils Finger waren den Ansprüchen seiner Ohren nicht gewachsen. Nach zwei Jahren, in denen es immer langsamer voranging, gab er auf. Eine Zeitlang studierte er Jura, arbeitete als Stringer und Übersetzer, fing an, eine Graphic Novel zu zeichnen, unterrichtete Englisch und half Flüchtlingen, ihre Papiere zu bekommen, engagierte sich in einer NGO, die die Wasserversorgung verbessern wollte, und in einer anderen, bei der es um Solaranlagen ging, lernte ein bisschen Französisch und traf sich jeden Dienstag zum Schach, meldete sich freiwillig, um mit Straßenkindern Fußball zu spielen und Theater-Workshops für sie zu leiten. Er arbeitete als Korrektor und Journalist bei einer englischsprachigen Zeitung und verdiente gelegentlich ein bisschen Geld mit dem Übersetzen geschriebener Worte ins Englische und gesprochener Worte ins Arabische. Er kaufte sich eine alte Kamera und lernte, wie man einen Film entwickelt, drehte sich seine Zigaretten selbst, fand neue Freunde und verlor sie wieder aus den Augen – alles, das sieht er jetzt, auf der Suche nach einer Idee, nach einer Möglichkeit, in der Welt zu sein.

»Lizzie!«, schreit Rania. »Wie weit sind wir mit dem Diplomatengepäck? Wir müssen diese Tränengaskanister so schnell wie möglich in das Labor nach Brighton schaffen.«

10

»Palästina«, hatte sein Vater vor langer Zeit gesagt, und Khalil hatte von seinem Computer aufgesehen. Sein Vater stand in der Tür, im schwachen orangefarbenen Flurlicht kaum zu erkennen. »Was stimmt nicht mit Palästina?« Der Schmerz in seiner Stimme war nicht zu überhören, während er versuchte zu verstehen, wieso sein Sohn sich für Ägypten entschieden hatte, wieso er sich für *irgendein* anderes Land als sein eigenes entscheiden konnte. Nidal war nur ein einziges Mal in Ägypten gewesen, bevor Khalil auf die Welt kam. Hässlich, aggressiv, arrogant, sagte er. Haben uns verkauft, sagte er. Was bedeutete der Ausdruck, der jetzt auf seinem Gesicht lag? Abscheu gemischt mit Neid? Enttäuschung? Als hätte der alte Mann je auch nur einen Funken Engagement für Palästina gezeigt oder irgendetwas dafür getan oder sich auch nur als Palästinenser geäußert. *Ned.* Als hätte er sich nicht sein ganzes Leben lang im Scheiß-Schnee vor Palästina versteckt. Als hätte er an Khalils Bett gesessen und ihm Gute-Nacht-Geschichten aus der Heimat vorgelesen oder ihm Hühnchen mit *zaatar* gekocht und Mahmud Darwish zitiert. Als hätte er uns ein palästinensisches Refugium in der Diaspora aufgebaut, das ich nun einreißen wollte. Ja, was stimmt nicht mit Palästina, Ned? Meine Mutter hat wenigstens versucht, mir alte ägyptische Filme nahezubringen, und ist im Sommer mit mir an den Strand gefahren, damit ich meine Cousins kennenlernte. Wenigstens war sie immer noch Ägypterin. Ich würde alles dafür geben, wenn du mir sagen würdest, was mit Palästina nicht stimmt. Sag mir, warum wir nur ein einziges Mal hingefahren sind, und das nur wegen der Beerdigung deiner Mutter. Sag mir, was Palästina dir getan hat, dass du es in die gerahmte Landkarte am

Ende des Flurs verbannt hast? Sag mir, was mit einem Schuljungen nicht stimmt, der versucht, mit seinem Vater über diese Sache zu reden, die sie »unsere Katastrophe« nennen, und der dann wortlos ein Buch mit Handala-Cartoons in die Hand gedrückt bekommt, begleitet von einem Gesichtsausdruck, der ihn fast um sein stilles Einverständnis anfleht, das alles nicht miteinander besprechen zu müssen. Sag mir, sag mir, was mit meinem Namen ist. Sag mir, warum du das alles mir aufgebürdet hast. Warum du dich von mir abgewandt hast, bis es keine Wand mehr gab, der du dich zuwenden konntest. Lass uns nicht hiermit anfangen. Lass uns nicht damit anfangen. An wen sollte ich mich denn stattdessen wenden? Sag mir, was du da draußen in der Kälte, die du nie dein Zuhause nennen kannst, gefunden hast. Sag mir, wann du entschieden hast, dass du zwischen den beiden wählen musst? Was hat das Arabische in deiner Zunge eingefroren? Bist du eines Morgens in dem Wissen aufgewacht, dass du es nie wieder sprechen würdest? Hast du es beim Bowling vergessen? Sag es mir. Sag mir, was mit Palästina nicht stimmt. Ich muss es wissen.

11

7. Dezember 2011

Mariam lässt die Ohrstöpsel drin, behält ein zügiges Tempo bei und setzt einen Fuck-Off-Ausdruck auf, als sie den Spießrutenlauf aus Worten und Geräuschen und unerwünschten Aufforderungen absolviert. Die kleine Dose Pfefferspray an ihrem Schlüsselbund, die ein Freund von einer Reise eingeschmuggelt hat, umklammert sie fest mit ihrer Hand, während sie sich zwischen kleinen Gruppen von Männern hindurchschlängelt; grinsenden, pfeifenden Männern, Männern, die sich in Pulks auf den schmalen Gehwegen drängen, Männern, die spucken, und Männern, die starren, Männern, die sich dir absichtlich in den Weg stellen, Männern, die dir durch die dunklen Straßen folgen, Männern, die es lieben, dir Angst einzujagen, um sich beim erbärmlichen mitternächtlichen Masturbieren in dunklen Badezimmern daran aufzugeilen. Egal ob sie in der Hierarchie ganz unten oder ganz oben stehen – es ist immer das Gleiche, die gleichen animalischen Bedürfnisse, die gleiche Gewalt der Hände, die gleichen fetten Bäuche, das gleiche väterliche Fleisch, die gleichen einschüchternden Worte, die gleiche brutale Sprache. Jungfräulichkeitstests. Die erzwungenen Vaginaluntersuchungen der Militärärzte, die sie Jungfräulichkeitstests nennen. Die Gartenschläuche der Polizisten, die jungen Gefangenen in den Anus gerammt werden. Die grapschenden Hände von Jugendlichen auf der Straße, die an Kleidern zerren, Fleisch betatschen wollen. Die gleiche Belagerung überall.

Das Cap D'or und seine widerlichen Kellner. Einer von ihnen ruft ihr etwas zu, sie sieht die Bewegung seiner Lippen, aber sie kann ihn nicht hören, sieht kein zweites Mal hin. Über ihr fächert sich das Kodak-Gebäude auf und spannt sich über die Passage darunter. Sie geht die enge Treppe hinauf, die sich um das eiserne Gitterwerk des Aufzugschachts windet, und zieht die Ohrstöpsel heraus.

Ein Versammlungstisch, an dem, sie zählt schnell nach, sechzehn Leute sitzen, nimmt die Mitte des Raums ein. Vertraute Gesichter: Anwälte, Journalisten, Filmemacher. Sie ist spät dran.

Besser gesagt: Die Versammlung hat ausnahmsweise einmal pünktlich angefangen. Sie formt mit den Lippen eine Entschuldigung und bleibt, den Rücken an die Wand gelehnt, neben der Tür stehen.

» – selbst wenn wir die genaue Zahl nie herausfinden, haben wir Hunderte von Namen von Leuten, die für die Revolution zu Märtyrern geworden sind. Wir müssen herausfinden, wer sie waren, müssen ihre Geschichte erzählen. Sie sind von zentraler Bedeutung für unsere Erzählung, sie sind der Grund dafür, dass wir die Revolution am Leben halten müssen.«

Es ist Ashira, die die Versammlung leitet; ihre Stimme ist kräftig und fest und besonnen, ihre Ernsthaftigkeit wird von ihren glatten pechschwarzen Haaren betont, ihr Gesicht mit den hohen Wangenknochen ist erfüllt von einer strengen, schwermütigen Autorität. Ihre Tochter Horreya schläft in ihrem Buggy.

»Wir müssen uns alle Listen der Toten und Vermissten vornehmen, sie zusammenfügen und sehen, wo Lücken sind. Wir denken, dass es mindestens 1000 Tote gab. Aber für den 28. Januar gibt es keine genauen Zahlen. Und wir wissen nicht, wie viele noch vermisst werden. Wie viele im Gefängnis sind. Also müssen wir als Erstes eine Hauptliste erstellen.«

Mariam sieht ein vertrautes Grüppchen von vier Frauen, die sie kennengelernt hat, als sie in den langen Wochen des Juli-Sit-ins Sicherheitsdienst auf dem Platz schob. Dalia arbeitet in einer kleinen Fabrik, und solange sie einen Job hat, zwingt ihre Familie sie nicht zu einer Heirat; Rasha studiert Kunst, zeichnet Comics auf ihrem Notebook und hat zahllose Buttons von Märtyrern an ihrem Rucksack; Fatmas Sohn ist bei einem Autounfall ums Leben gekommen, nun, sagt sie, ist sie an seiner Stelle hier; Lina ist Ärztin, bekommt aber Platzangst, wenn sie in den Erste-Hilfe-Stationen helfen will.

Ganz hinten steht Verena, deren dunkle Haare über ihre schwarzen Kleider fallen.

Mariams Handy vibriert in ihrer Tasche –

Ab jetzt: freie wöchentliche Klinik auf dem Tahrir,
jeden Freitag 10:00 – 15:00. Info bitte weiterleiten.

»Dann«, fährt Ashira fort, »müssen wir die Liste durchgehen und ordnen. Wie viele Kontakte haben wir? Wir müssen einen Weg zur Familie jedes einzelnen Märtyrers finden. Wir müssen sie besuchen. Wir müssen ihre Geschichten in Erfahrung bringen. Wo wurden sie geboren, was haben sie gearbeitet, wieso haben sie sich der Revolution angeschlossen? Was haben sie sich für Ägypten erhofft, was haben sie sich für ihr eigenes Leben gewünscht? Wir müssen uns mit den Familien zusammensetzen und ihnen zuhören, bis wir eine Geschichte für jeden der tausend Menschen haben, die wir verloren haben.«

So viele Tote. So viele Vermisste. Mariam sieht zu Verena hinüber und spürt, wie die schwere Luft des Koptischen Krankenhauses sich wieder ihrer Lungen und ihrer Kehle bemächtigt.

»Und schließlich«, erläutert Ashira mit heller, beherrschter Stimme, »wird die Frage aufkommen, was wir sonst noch für diese Menschen tun können. Wollen wir mit ihnen über Entschädigungen reden? Über ihre Forderungen als Märtyrerfamilien? Oder sind wir ein reines Archivierungsprojekt? Das müssen wir heute entscheiden, denn wenn wir mit den Familien sprechen, müssen wir ihnen klar und deutlich sagen, was wir tun können und was nicht. Habe ich irgendwas vergessen? Nein? Dann übergebe ich jetzt an die Kollegen, die über die Vorgehensweise sprechen werden.«

Wir geben uns alle gegenseitig Kraft, natürlich, aber wie viele schöpfen ihre Kraft aus Ashira? Ashira war im vierten Monat schwanger, als ihr Mann getötet wurde. Am 28. Januar. »Er ist an diesem Tag für uns alle drei aus dem Haus gegangen«, hat sie einmal erklärt. Wer könnte angesichts ihrer Entschlossenheit Schwäche oder Zweifel zeigen? Mariam spürt erneut die zunehmende Hitze der langen Nächte mit den Toten, aber auch die Kälte des Chromtischs und die schwere Dunkelheit des städtischen Leichenschauhauses und die harte Haut von Umm Aymans Hand in ihrer. Toussi, Ayman, Amirah, Khaled, Hadeer, Bassem, Mina. Die Straßen unserer Stadt werden euch zu Ehren umbenannt werden. Ehre den Märtyrern. Eure Namen werden in den Geschichtsbüchern stehen. Ihr habt gegeben, was von uns noch nicht verlangt wurde.

ASHIRA

Ashira wartet. Sie wartet immer. Sie kann nicht damit aufhören, kann ihn nicht abstellen, diesen Teil von ihr, der immer auf das leise Klirren des Schlüssels horcht, auf das Vibrieren eines Telefons, einen Schritt, der vor der Tür innehält, den Traum, der beim Aufwachen nicht vorbei ist.

Manchmal ruft sie sein Handy an. In den langen Sekunden der Stille hält sie den Atem an und bricht in erschöpfte Tränen aus, wenn sie seine Stimme auf der Mailbox hört.

Jeden Mittwoch geht sie ins Leichenschauhaus.

Er ist am 28. Januar für uns alle drei aus dem Haus gegangen. Er ist am 28. Januar für uns alle drei gegangen. Sie wachte mit einem Ruck auf. Er war weg. Nein, er war unter der Dusche. Kam heraus, ein Handtuch um die Hüfte geschlungen, und sein Körper und seine Wärme füllten das winzige Schlafzimmer. Sie war so schwanger.

»Geht dein Handy wieder?«, fragte er. Nein, es ging nicht. Überhaupt kein Handy funktionierte. Dann war er über ihr, schüttelte seine nassen Haare über ihr aus, und sie lachten, und er legte die Hand auf ihren Bauch und dann das Ohr, um das Baby zu hören. »Baby?«, fragte er. »Baby, kannst du mich hören?«

»Wir können sie nicht ewig Baby nennen.«

»Ich weiß.«

»Also lass uns einen Namen für sie finden.«

»Morgen. Wir bleiben den ganzen Vormittag im Bett und stehen erst auf, wenn wir einen Namen haben.«

Als er aufstand, um sich anzuziehen, überlief sie ein kalter Schauder.

»Ich komme mit«, sagte sie.

»Nein«, antwortete er, ohne zu lächeln. »Es ist zu gefährlich.«

»Deshalb will ich ja mitkommen.«

»Nein. Ich gehe für uns alle drei.«

Sie fragt immer noch in den Krankenhäusern nach. In den Polizeiwachen. Alle lügen. Alle sind Mubarak-Anhänger. Vielleicht lebt er ja noch. An ein Krankenhausbett gekettet, in einem Wüstengefängnis eingesperrt, oder er liegt allein im Koma.

Sie findet ihn nicht. Sie geht nach Hause.

Was macht ein Jahr mit einem Körper?

Er ist glorreich gestorben. Opfer müssen gebracht werden. Alles hat seinen Preis.

12

12. Dezember 2011

Das Stella ist Khalils Lieblingsbar in der Altstadt. Wackelige, jahrzehntealte Holzmöbel, uralte gelbe und blaue Tischdecken, die Luft dauerhaft voller Zigarettenqualm. Saad sitzt immer neben der Tür und hat alles im Blick; Saad mag Stammgäste, die keinen Ärger machen, und schüttelt dir die Hand und merkt sich deinen Namen, wenn du ein bisschen Trinkgeld hinlegst, und gibt Marwan – knochendürr, mit glatt nach hinten gegelten Haaren und unendlicher Geduld – ein Zeichen, der greift sich einen Tisch und trägt ihn über seinem Kopf durch den Raum, und sechs Schritte lang kommst du dir vor wie in *Der Pate*.

»Ich hatte heute wieder einen Bus voller Italiener«, sagt Hafez.

»Worum ging's?«

»Ein Stringer-Job. Cyberaktivismus und die Revolution oder was weiß ich.«

»Ein Film?«

»Fernsehen.«

»Bezahlt?«

»Natürlich nicht. Solidarität unter Genossen haben sie angeboten.«

»Harte Währung.«

»Eines Tages sind auch wir Fallschirmjournalisten«, sagt Hafez, »und tauchen wie aus dem Nichts in Rom auf und verlangen kostenlose Unterstützung, um den Menschen in aller Welt die Geschichte aus römischer Sicht erzählen zu können.«

Marwan stellt zwei Bier auf den Tisch.

»Auf blutige Schlachten und blaue Flecken«, sagt Hafez. Sie lassen die Flaschen gegeneinanderklirren.

Dann senkt Hafez den Kopf und fängt an, in sein Notizbuch zu kritzeln. Khalil steckt sich eine Zigarette an und geht auf Twitter:

> @jona9898: Was ist aus der Untersuchung des Militärs zu den »Jungfräulichkeitstests« geworden? Das ist jetzt schon acht Monate her.

> @Nadiaidan: Elf Monate Militärregierung und bei der Polizei gibt's immer noch keine Reformen und Festnahmen. Was ist los???

Hafez kritzelt weiter, Khalil raucht schweigend. Marwan hebt den Arm, um das Radio einzuschalten, und Umm Kulthums Stimme schwebt in den Raum. Während Hafez schreibt, hört Khalil zu, und die Stimme der Frau erfüllt ihn mit gedämpfter Aufregung angesichts der Zukunft, seines nächsten Projekts: Sobald er einmal fünf Minuten Zeit hat, wird er die Alben nacheinander durchhören und einen neuen Zugang zu ihrer Sprache finden, er wird die Songs lernen, die Texte, wird sich selbst lehren, ein Gefühl für die Musik zu entwickeln.

Ein paar Minuten später sieht Hafez hoch. Mit einem verzückten Lächeln putzt er seine Brille.

»Ich hab's!«, sagt er. »Es ist ein *Film!* Der Achtundzwanzigste ist ein Film! Das ist die einzige Möglichkeit. Man kann keine Doktorarbeit, kein Gedicht, keinen Song und kein Buch darüber schreiben. Dafür ist das alles zu groß. Zu sehr für die Leinwand gemacht. Der achtundzwanzigste Januar muss ein Film werden. Das ganze Land strömt auf die Straßen, schlägt die Bullen in die Flucht, brennt die Polizeiwachen nieder. Es geht nicht um einen Helden, es geht nicht um Gefühle oder Innerlichkeit, dafür ist das alles einfach zu groß. Nur das Kino kann dem Achtundzwanzigsten gerecht werden.«

»Soll das heißen, du willst einen Dreh organisieren, bei dem Tausende von Leuten in fünf Städten gleichzeitig Straßenkämpfe aufführen? Dann ruf mal lieber deinen Vater an.«

Hafez ist ein bisschen pikiert. Sein Großvater war Regisseur zu einer Zeit, als ägyptische Filme noch was galten. Sein Vater hingegen produziert den Schund von heute, und Hafez macht ihn verantwortlich für den Niedergang der ganzen Branche.

»Ach, halt die Klappe. Mit einem guten Drehbuch kriegen wir das Geld im Handumdrehen zusammen. Stell's dir doch nur mal vor – Kairo, Alexandria, Fayoum, Suez. Denk an all die Geschichten. An die Leute, die ins brennende Hauptquartier der Partei rennen, um Unterlagen über verschwundene Familienmitglieder zu suchen, an die Leute, die aus dem Gefängnis ausbrechen, sogar *Anführer* der Muslimbrüder, an die Typen in Luxor, die tagelang eine ganze Polizeitruppe belagern, das Abfackeln der Polizeiwache Sayeda Zeinab und die Polizisten, die in Unterwäsche in die Nacht hinausrennen. Treffen und Pläne des Obersten Militärrats, Gamal Mubarak, der einen hysterischen Anfall kriegt, als er im Fernsehen sieht, was los ist. Scheiße, es gibt so unendlich viele Szenen!«

»Sicher. Aber wie willst du das Ganze ohne einen Helden zusammenhalten?«

»Über die Zeit. Oder über ein Thema, das die einzelnen Szenen zusammenhält. Und am Ende haben wir vierzig, fünfzig Szenen, die zusammengenommen das Gesamtbild ergeben.«

Hafez bestellt noch eine Runde und kritzelt noch ein bisschen in sein Heft, bis Nancy reinkommt und sich neben ihn setzt. Nancy und Hafez sind ein angehendes Revolutionspärchen. Sie haben sich in der dunklen Romantik des Tahrir kennengelernt, als sie rauchend die Schlacht in der Mohamed Mahmoud Street beobachteten. Marwan kommt an den Tisch und fragt, ob sie ein Bier will.

»Ja, danke«, antwortet sie und fügt mit aufgedrehter Lautstärke hinzu: »Ja, lasst uns trinken, solange wir noch können! Ihr habt natürlich gesehen, was sie machen, oder? Ihr habt das Video auf Facebook gesehen, oder? Sie kaufen Stimmen. Sie sind da draußen und kaufen Stimmen! Busse der Muslimbruderschaft verteilen Tüten mit Lebensmitteln. Es ist widerlich! Man müsste sie von der Wahl ausschließen!«

Den Stift noch in der Hand sieht Hafez von seinen Notizen auf. »Es ist zwar nicht ganz sauber, aber jeder kann die Initiative ergreifen und Lebensmittel verteilen.«

»Sicher, aber *wir* tun es nicht!«

»Und daran sind die Muslimbrüder schuld?«

»Sie sind diejenigen, die diesen verbrecherischen Zeitplan durchdrücken. Sie hatten Jahrzehnte, um sich vorzubereiten. Wer soll da denn mithalten können?«

»Wen meinst du eigentlich mit *wir?*«

»Du weißt ganz genau, wen ich mit *wir* meine, Hafez. Liberale, Laizisten, was weiß ich – jedenfalls alle, die an den Stränden keine Geschlechtertrennung einführen und nicht sämtlichen Alkohol in den Nil kippen wollen.«

»Aber die Muslimbruderschaft hat den Zeitplan nicht festgelegt«, sagt Khalil. »Das war das Militär.« Er deutet auf die Zeitung, die auf dem Tisch liegt.

SPRECHER DES OBERSTEN MILITÄRRATS (SCAF) BESTÄTIGT ZEITPLAN FÜR MACHTÜBERGABE

Am 30. Juni werden wir einen gewählten Präsidenten haben, und die Armee wird nur noch eine Funktion erfüllen müssen: die Sicherheit des Landes zu gewährleisten. Der Oberste Militärrat hat kein Interesse, an der politischen Befehlsgewalt festzuhalten, und wir werden uns nicht in tagespolitische Belange einmischen.

»Das Militär sitzt in der Klemme«, sagt Nancy. »Sie haben der Nation ein Versprechen gegeben und müssen sich jetzt daran halten.«

Mariam kommt herein, und Khalil spürt, dass jeder Mann in der Bar sie beobachtet, als sie ihn auf die Wange küsst und ihm für einen Moment die Hand aufs Knie legt.

Am Tisch in der hinteren Ecke redet Malik in voller Lautstärke. »Wir *sind* die Krise! Wir *leben* von der Krise! Es ist unsere Scheiß-Aufgabe, Krisen zu *schaffen!* Fuck, Mann, ohne Krise gibt es nur das Scheiß-*Regime* oder *System* oder wie auch immer du es verfickt nochmal nennen willst. Ohne Krise bleibt alles genau so, *wie es ist!*«

The One sitzt ihm gegenüber, zwischen ihnen ein Minenfeld aus leeren grünen Flaschen, überquellenden Aschenbechern, Zigarettenschachteln, Mobiltelefonen und Tellern mit Käse, Tomaten und Hummus.

»Und was«, ruft Hafez quer durch den Raum, »wenn das, was als Nächstes kommt, schlimmer ist? Du kannst nicht für immer nur von der Krise leben. Die Leute sind es allmählich leid.«

»Sie können doch nicht erwarten, dass eine Revolution in zehn Monaten abgewickelt werden kann. So was dauert Jahre!«

»Dann muss man die Leute aber davon überzeugen, dass es sich lohnt, ein paar Jahre darauf zu warten. Sie müssen sich dafür entscheiden. Und wir müssen ihnen zeigen, dass es einen Plan gibt. Sie brauchen konkrete Ideen.«

»Und was genau, mein lieber Hafez, ist eine *konkrete Idee?* Du kannst eine anarchistische Utopie nicht *planen,* das ist doch der springende Punkt. Du kannst nur Prinzipien haben. Es geht einzig und allein um *Prinzipien.* Alle da draußen schwafeln endlos von Demokratie, aber du und ich sind uns sicher einig, dass es ihnen nicht um Demokratie geht. Wahlen sind eine milliardenteure Ablenkung. Tatsächliche Demokratie heißt, dass jeder einen gleichen *Anteil* hat. Also können wir es nur auf die Prinzipien runterbrechen – und darauf langsam aufbauen.«

»Alles schön und gut«, sagt Hafez. »Aber du musst den Leuten trotzdem was geben, woran sie sich festhalten können. Wieso ist Revolution besser als Nicht-Revolution? Wenn du diese Frage nicht mit einem Satz beantworten kannst, wirst du jeden Tag Leute verlieren.«

»Diese Antwort steckt doch schon in: ›Brot, Freiheit, soziale Gerechtigkeit‹.«

»Die Leute wollen aber keine Parolen. Sie wollen einen Plan.«

»Ach ja? Oder wollen sie einfach nur gesagt bekommen, dass alles gut wird? Tatsache ist, dass das hier ein Kampf zwischen gerade mal fünf Prozent der Bevölkerung ist, weil nur fünf Prozent überhaupt bereit sind, zu *kämpfen.* Alle anderen werden sich nachher einfach hinter den Sieger stellen.«

»Jetzt hast du gerade alles zusammengefasst, was die Revolution *nicht* ist«, sagt Hafez.

»Die Revolution ist eine Geschichte, die du erzählst, um die Leute auf deine Seite zu ziehen. Aber letztendlich bleiben die meisten Leute einfach zu Hause.«

»Und was« – alle drehen den Kopf. The One sagt nur selten etwas –, »was, wenn die eine Seite bezahlt wird und die andere nicht? Oder wenn deine Hälfte der fünf Prozent anfängt, sich zu langweilen, und nicht mehr Revolution spielen, sondern einfach nur ihr Leben leben will? Oder wenn deine Hälfte sich spaltet?«

Niemand reißt sich darum zu antworten. Hafez steckt sich eine Zigarette an. Malik ist zu höflich, um es auszusprechen, aber Khalil weiß, was er denkt, ihm geht dasselbe durch den Kopf: Die Zeiten, in denen wir auf betrunkene alte Europäer gehört haben, die uns die Demokratie erklären wollen, sind vorbei.

»Und wen werdet ihr wählen?«, fährt The One fort.

»Ich wähle Hamdin«, sagt Nancy, und Khalil weiß, dass Mariam neben ihm die Augen verdreht.

»Alle anderen boykottieren die Wahl«, sagt Mariam.

The One nickt bedächtig.

»Ich hab mich noch nicht entschieden«, sagt Khalil.

»Das ist nicht dein Ernst!«, protestiert Mariam.

Er hat ständig darüber nachgedacht. Die Muslimbruderschaft will die Wahlen. Die Armee will die Wahlen. Amerika will die Wahlen. Und deshalb sollen wir sie nicht wollen? Wahlen sind der Tod der Politik. Durch die Wahl soll die Revolution erstickt werden. Die Demokratie wird immer an den Meistbietenden verhökert. Wir wollen einen anderen Weg, einen noch unbekannten Weg. Khalil kann die Worte hören, kann die Argumentation nachvollziehen. Die Jungen erledigen das Sterben, und die Alten gehen zur Wahl und stimmen für andere alte Arschlöcher, die den Jungen dann sagen, was sie tun sollen. Es ist völlig klar. Sag einfach *nein*. Aber er kann nicht aufhören darüber nachzudenken, was nach dem Neinsagen kommt?

»Wie willst du sonst an die Macht kommen?«, fragt er.

»Aber das Ganze ist ein *Schwindel*. Wie können wir wählen, wenn das Militär die Wahlbezirke *und* die Wahllokale kontrolliert? Wenn die Muslimbrüder überall im Land Lebensmittel verteilen? Es ist alles nur Theater, und wenn wir zur Wahl gehen, verschaffen wir dem Ganzen nur die Legitimation.«

»Es hat doch jetzt schon die Legitimation«, widerspricht Khalil. »Die Leute wollen die Wahl, und unser Boykott wird sie nicht verhindern.«

»Aber es ist alles nur *Theater!*«, wiederholt Mariam. »Alles ist längst entschieden. Militär und Muslimbruderschaft haben eine *Abmachung* getroffen. Und eine hohe Wahlbeteiligung hilft ihnen nur.«

»Aber wenn du nie an Wahlen teilnimmst, wie willst du dann an die Macht kommen?«

»Ich *will* nicht an die Macht kommen. Du etwa? Willst du Politiker werden? Wir sind die Opposition, wir sind der Störfaktor, wir sind diejenigen, die der Macht auf die Finger schauen.«

»Wir sind die *Krise!*«, brüllt Malik.

Mariam nickt zustimmend. »Ich will keine Macht. Ich will der Straße vertrauen. Es bahnt sich etwas Neues an, das wir noch nicht sehen können. Und wir müssen die Krise so lange am Leben halten, bis es geschieht.«

»Was immer als Nächstes kommt«, sagt Khalil, »ich finde, wir müssen trotzdem versuchen, Macht zu bekommen.«

Schweigen legt sich über sie.

Einen Augenblick später springt Hafez in die Bresche. »Ich habe ein Buch über die Unabhängigkeitsbewegungen in Afrika gelesen, über die Dekolonisierung. Und in so ziemlich jedem einzelnen Fall ist es nach demselben Muster abgelaufen: Die Revolution kommt, sie ist glorreich und beliebt und unbesiegbar, dann geht etwas ein kleines bisschen schief, und das Militär putscht, Leute werden massakriert und ins Gefängnis geworfen, danach kommt ein neuer General daher und stürzt den alten mit irgendwelchen Demokratieversprechungen, und so geht es weiter und weiter. Jedes einzelne Mal.«

»Das wird hier nicht passieren«, sagt Malik mit absoluter Überzeugung. »Alles ist jetzt anders. Wir haben Mobiltelefone und das Internet, Alter. Es braucht mehr als nur eine Armee, um ein Volk unter Kontrolle zu halten. Die ganze Welt hat die Schnauze voll, und alle *reden* darüber. Die *Idee* ist zu stark. Und sie können nicht jeden töten.«

13

Die Fledermäuse flogen heimwärts. Allein in der Dunkelheit des Studios denkt er oft an jene Nacht und ihre unendliche Stille, an die Fledermäuse, die durch die Dunkelheit über dem Fluss schwirrten, an den Panzer, der still in einer Pfütze aus gelbem Licht stand, an die breite leere Straße und an die Jäger der Nacht, die lautlos zwischen den großen Uferbäumen hindurchglitten, ekstatisch in dieser ersten Stille seit Generationen. Woher wussten sie, dass jetzt der richtige Zeitpunkt gekommen war, um zurückzukehren? Hatten sie gewartet und beobachtet und gehofft, wir würden uns endlich alle gegenseitig auslöschen, uns und unseren unablässigen Lärm?

Über dem Schreibtisch hängt Mariams Poster. VISIT PALESTINE. Ihr erster Beitrag zu dieser Wohnung vor Monaten. Der dunkle Baum rahmt das ferne gelobte Land in der Art-Déco-Zeichnung ein, der Felsendom erhebt sich triumphierend im Herzen der ewigen Stadt. Früher war alles so einfach. Ein Zug von Kairo nach Jerusalem. Ein Land, ein Volk, von Casablanca bis Bagdad. Nein, nicht ein Volk. Eine Sprache. Gibt es eine bessere Grundlage für Zusammenarbeit? Die Vereinigten Arabischen Staaten. Ist es das, was wir wollen? Nichts anderes wäre stark genug, um die Weltordnung zu verändern. Und dann was? Dann ziehen wir Grenzen, um alle anderen draußen zu halten? Nein. Die Vereinigten Arabischen Staaten sind nicht genug.

Er klickt zurück zur Aufnahme mit den Fledermäusen, zur einfachsten, glorreichsten aller Nächte. Die Stadt wartet schweigend, die Menschen sind vereint, die Diktatur bröckelt, die Fledermäuse sind frei. Er kann hören, wie sich die Bäume über den Nil neigen. Niemand sonst ist da. Nur Khalil und die Fledermäuse. Wir konnten alle wieder atmen. Er streckte die Hand über das Geländer, lehnte sich weit über den schwarzen Fluss. Sieh dir die neue Welt an, das Undenkbare geschieht. Das alles hast du bewirkt, Bouazizi. Niemand sonst. Hast du einen Augenblick an dir gezweifelt? Hattest du Angst, als du das Streichholz angezündet hast? Das alles hier ist für dich. Alles ist jetzt für dich.

14

19. Dezember 2011

Ein steinerner Fluss aus Blut zieht sich über den Asphalt des Tahrir. An den Ufern die Trauernden. Die Spur eines verlöschenden Lebens. Langsam und still folgt er ihr. Der Platz ist jetzt leer, dunkel und kalt. Die letzte Schlacht war lang. Khalil folgt der Blutspur und den sorgfältig aufgereihten Steinen, die dieses neue Heiligtum markieren. Hier muss das Bluten angefangen haben, in der dunklen Hitze der Platzmitte. Sie griffen am Nachmittag an, Kugeln rasten den Männern in Kampfmontur voraus. Hier muss er gefallen sein. Er sieht Männer, die einen jungen Körper hochheben, sieht blutgetränkte Kleider, die Verfolgung durch die Polizei. Der Tod führt nach Norden. Jetzt ist der Platz still. Bald werden sie wieder angreifen.

Khalil setzt sich vorsichtig neben eine Frau im Arztkittel. Entlang der Blutspur sitzen Trauernde im Schneidersitz, Männer, Frauen, Jugendliche, den Kopf in den Händen, Tränen in den Augen.

»Wer war er?«, fragt er leise, ohne die Ärztin anzusehen.

»Ich weiß es nicht«, sagt sie.

»Hat er überlebt?«

»Ich weiß es nicht.«

Wie viele Leute tragen ihn? Weiß er, was los ist? Alles, was wir wissen, ist, dass er stark blutet. Dass Blut dick wird, wenn es trocknet. Sie kennen sich aus mit Blut. Die Blutspur zieht sich weiter. Es braucht so viel, um uns am Leben zu halten.

Ein Schuss hallt über den Platz.

Sie kommen wieder.

Hunderte von Polizisten stürmen den Platz. Alle rennen los. Er reagiert zu langsam, ist irgendwie der Letzte, und als er endlich losrennt, ist das Kampffahrzeug schon bei ihm, die Scheinwerfer fangen ihn in ihrem gleißenden Licht ein, er hört einen Schuss und rennt und stolpert, als ein Lichtbogen über ihn hinwegschwenkt und eine Sirene kreischt und weißes Licht durch seinen Körper flutet, während eine Peitsche aus Feuer über seinen Rücken zischt, und er stolpert weiter und fällt, und in diesem Moment steckt alles, stecken ein Dutzend letzter Unterhaltungen in einem einzigen Herzschlag, stecken all die Dinge, die er anders hätte machen sollen, und er sehnt sich nach seiner Mutter, sehnt sich danach, dass sie ihm beim Sterben zusieht, ein Todesfall in der Familie, ein Brecheisen und ein Lachen, ein Rollstuhl und Rampen und ein neues Leben auf Rädern, schwache Arme, allein in einer dunklen Wohnung ohne Mariam, allein in einem Meer aus tausend Trauerkarten, der Atem in ihrer Brust, als sie sich das Weinen erlaubt, als sie den Riss in ihrem Inneren spürt. Wirst du dich an mich erinnern? Wird mein Name einen Platz in den Sternbildern der Gefallenen erhalten? Ziehe ich daraus Trost, entspanne ich mich jetzt, lasse ich los? Ich stand, und ich fiel. Du wärst stolz auf mich. Ihr alle werdet stolz auf mich sein. Mutter. Die Nacht ist so lang. Für immer reglos nebeneinander in der Dunkelheit. Bist du schon lange hier, Mama? Du hast mich gesehen, wir hätten zusammen sein können, lass dich von mir herumführen, aber bleib bei mir – es ist besser, zu zweit zu sein. Das weißt du. Ich führe dich herum, bleib einfach bei mir und wir können reden und du kannst mir etwas erzählen. Ich war zu jung, weißt du, ich war zu jung, um zu wissen, was eine Beerdigung ist. Wir wären zusammen gewesen. Wir hätten dich hierher bringen sollen. Wir würden nebeneinanderliegen, stille Körper in Leinen gehüllt und zusammen in der Dunkelheit für eine Ewigkeit ohne Berührung, du und dein Junge. Aber was, wenn die Ewigkeit in verzweifelter Einsamkeit verbracht wird, gemeinsam in einem Familiengrab, aber ohne einander zu berühren, ein Schatten der Sehnsucht in der dunklen, unbeweglichen Nacht der Nächte? Was, wenn ich in jeder Sekunde jeder Minute jeder

Nacht unserer Ewigkeit des Todes nur will, dass du die Hand ausstreckst und meinen Arm berührst? Du musst es mir sagen, und zwar jetzt, weil mein Vater bald in ein Flugzeug steigen wird, und er hat nicht einmal Mariams Telefonnummer, wer also wird ihn abholen, wie soll er den Weg ins Leichenschauhaus finden?

15

21. Dezember 2011

In der Wohnung brennt kein Licht. Khalil bewegt sich nicht, als Mariam ins Schlafzimmer kommt. Er liegt auf der Seite. Dunkle Blutflecken überziehen seinen bandagierten Rücken mit einem Rorschach-Muster. Sie geht ums Bett herum. Er ist wach, seine Augen sind blutunterlaufen. Wie die der anderen. Das Gas macht einen krank. Sie küsst ihn sanft auf die Lippen.

»Wie geht's dir, Liebling?«

Durch den Opioidnebel nickt er schwach mit dem Kopf.

»Wir sollten deinen Verband wechseln.«

»Nein, geht noch«, murmelt er. »Morgen.«

Sie setzt sich neben ihn aufs Bett und streicht ihm zärtlich über die Haare. Er spürt, dass ihr Handy vibriert. Sie beachtet es nicht.

»Ich habe deinen Vater angerufen«, sagt sie.

Er versucht zu antworten, ist aber so schrecklich müde. Kommt er? Holt er mich nach Hause? Nach Hause? *Nach Hause?*

Ihr Handy vibriert noch einmal, und er spürt, wie sie sich bewegt. Dann beugt sie sich über ihn und küsst ihn auf die Wange.

»Ich muss los«, sagt sie. »Es wird nicht lange dauern. Die Witwe von Scheich Emad gibt eine Stellungnahme zu seiner Autopsie ab. Sie wird sagen, dass er von einer Militärkugel getötet wurde.«

»Okay«, murmelt er.

»Ich bin bald wieder da.«

»Ist okay.«

Sie kniet sich neben ihn und küsst ihn noch einmal. »Ich bin wirklich bald wieder da.«

»Mariam«, murmelt er, und sie bleibt in der Tür stehen. Er versucht ihr zu sagen, dass sie ein Mikro einstecken und alles aufnehmen soll, aber er kann sich nicht erinnern, was er sagen wollte, und sein Arm ist so schwer und ragt so sinnlos in die Luft, also senkt er ihn langsam wieder und hebt einfach nur einen Finger zum Abschied, bevor ihm die Augen wieder zufallen, und er hört ihr Telefon draußen klingeln, und vielleicht ist es mein Vater, der anruft, vielleicht reden sie die ganze Zeit miteinander, ja, sagt sie, Ihr Sohn ist in einem Militärgefängnis, ja, ich verstehe, sagt sie, was versteht sie, es ist so heiß unter dem Laken, so heiß in meinem Zuhause, mein neues Zuhause, kaltes Zuhause, Zuhause, nach Hause bitte, steht ein für unsere tapferen Soldaten und Soldatinnen, steht auf, vielleicht wirst du nie wieder aufstehen, vielleicht gräbt ihr Stahl sich tiefer in dich hinein und nagt dein Rückenmark an, und du wirst dich nie verpflichten können, denn du *würdest* dich doch verpflichten, nicht wahr, Kaleel? Wenn dein Land dich rufen würde. Du bist ein guter Junge, Kal, ich kenne dich, ich kenne deinen Vater, wenn dein Land dich rufen würde, würdest du gehen, richtig? Richtig? Zum Ausgang bitte links, Escape-Taste drücken, um auszusteigen, jetzt drücken, nicht aufgeben, übrigens, sag mal, hast du eigentlich dieses Buch von Nick Kristof gelesen, es war ein Geschenk der Tochter eines Kollegen ich hab dir von ihr erzählt ich hätte gern dass du sie triffst und dich mit ihr unterhältst weil ihr gemäßigten Muslime diejenigen seid die sich äußern sollten findest du nicht denkst du nie an Schweinefleisch, *es gibt keinen Ausweg,* weil, lass uns den Tatsachen ins Gesicht sehen, es sind nicht die Buddhisten, die sich selbst in die Luft jagen, also komm und lern sie kennen, sie stammt aus einer guten Familie, ihre Eltern gehören in Tel Aviv der Friedensbewegung an, aber, ach je, *du wirst nie frei sein,* und überhaupt, was ist denn das für ein Bart, Kaleel, du wirst uns doch nicht etwa zum Fundi werden, mein Schatz, denn ich weiß, wir können uns darauf einigen, dass wir einfach nur Bin Laden kriegen müssen, und das Komischste ist, jeder Muslim, den ich je getroffen habe, liebt Schweinefleisch, und ich war mal den Sommer über in Israel und man muss einfach nur mit dem Dialog anfangen aber was ist das nur für ein schönes Land! so komisch das mit all euren Jungfrauen im Selbstmörderparadies aber du würdest doch nicht wollen, dass deine Schwester einen Schleier trägt und fünfmal am Tag betet und den ganzen Ramadan nicht einmal einen Schluck Wasser trinken darf, check es auf Facebook, ist es nur wegen Facebook, wollen die Araber Freiheit, weil sie auf Facebook gesehen haben, dass wir sie haben?

16

24. Dezember 2011

Er hatte wochenlang nicht mit seinem Vater gesprochen, vielleicht sogar monatelang, aber seit Mariam ihm Bescheid gesagt hat, ruft er jeden Tag an. »Du wirst doch jetzt vorsichtig sein, ja?«

»Ja. Mach dir keine Sorgen.«

»Du bist angeschossen worden. Ich muss mir Sorgen machen.«

»Ich werde vorsichtig sein.«

»Und Mariam?«

»Mariam auch.«

»Was denkst du dir bloß, Khalil? Willst du unbedingt umgebracht werden? Was kannst du in dieser Situation denn schon ausrichten?«

»Das fragst du schon die ganze Zeit«, gibt Khalil ungeduldig zurück.

»Aber sieh dich doch um, ihr habt keine Gewehre, keine Bomben. Sei realistisch.«

»Diese Worte sollten wir am Telefon lieber nicht verwenden.«

»Was hier gespielt wird, ist ein völlig neues Spiel, mein Junge.«

»Und mit diesem Spiel kennst du dich aus, ja?«

»Meinst du, du bist der Einzige, der etwas weiß?« Er schweigt einen Augenblick. »Meinst du, du und deine Freunde seid die Einzigen, die für etwas eingetreten sind? Es hat Hunderte von Generationen vor euch gegeben.«

»Ich wollte nicht …«, sagt Khalil. »Es tut mir leid.«

Khalils Vater wartet schweigend, es ist das Schweigen der Gekränkten. Dann sagt er: »Weißt du, es gibt einen Grund dafür, dass du in Amerika geboren wurdest.«

17

2. Januar 2012

Auf ihren Spaziergängen benutzt er den Stock von Hafez' Großvater. Jeden Tag um elf klingelt Hafez an seiner Tür. In der ersten Zeit haben Khalils Beine nur gezittert, und der Schmerz war fast nicht auszuhalten. Aber mittlerweile, den Stock in der rechten Hand, mit dem linken Arm bei Hafez untergehakt, geht es. Der Jahrestag der Revolution steht bevor. Am 25. Januar muss er wieder marschieren können. Am 25. Januar muss er wieder rennen können.

»Komm schon, Rambo«, sagt Hafez, als sie vorsichtig über den unberechenbaren Bürgersteig in Richtung Mohamed Mahmoud Street gehen. Kairo pulsiert wie immer vor Leben, seine unzähligen Geräusche überall. Die verschlüsselte Sprache der Autohupen, ihre endlose Kommunikation der tierischen Spontanreaktionen aus Gruß und Warnung; der Chor der Vögel, die die dämmrige Luft von Zamalek mit ihrem Gezwitscher vor dem Schlafengehen füllen; der Widerhall der Vergnügungsboote unter der Abdel-Moneim-Riad-Überführung; private und öffentliche Unterhaltungen, alle laut gebrüllt, damit die ganze Welt sie hören kann; die Polyphonie nasaler Gebetsrufe, die die Stille vor Tagesanbruch durchbrechen und verkünden, dass es endgültig und unwiderruflich Zeit ist, die rund um die Uhr geöffnete Bar des Odeon zu verlassen und nach Hause ins Bett zu gehen. Und dann die von der Armee errichtete Mauer, die stumm die Mohamed Mahmoud Street teilt, die Graffiti auf den Zementblöcken ein Chor der Forderungen. WANTED steht da in der Type eines Western-Steckbriefs:

LIEUTENANT MAHMOUD SOBHI EL-SHENAWY, OFFIZIER DER ZENTRALEN SICHERHEITSKRÄFTE, WIRD BESCHULDIGT, DUTZENDEN VON FREIEN REVOLUTIONÄREN DIE AUGEN AUSGESCHOSSEN ZU HABEN.

Auf anderen Blöcken finden sich Kritzeleien, die das Militär beschimpfen und die Märtyrer verherrlichen, und die Schablonenzeichnung eines blauen BH:

NEIN ZU ERZWUNGENEN ENTBLÖSSUNGEN.
NEIN ZU JUNGFRÄULICHKEITSTESTS.

»Ich mach nicht weiter«, sagt Hafez.

»Womit?«

»Mit meiner Dissertation. Ich kann jetzt nicht nach London zurück. Nicht bei allem, was hier passiert.«

»Gut.«

»Sie hat einfach keinen Sinn mehr. Die Bilder sind doch alle hier.« Hafez deutet vage auf die trostlose geteilte Straße. »Man muss einfach nur zur richtigen Zeit am richtigen Ort sein.«

Khalil erinnert sich an das berühmte Video von Toussi; an den jungen, von der Polizei gebrochenen Körper, der auf den Müllhaufen in einer Ecke des Tahrir geworfen wurde. Heute wissen wir, dass er Toussi hieß. Toussi. So allein in seinem letzten Moment, der so viele Menschen auf die Straßen trieb, um ihn zu rächen.

»Sag mir noch mal den Titel«, sagt Khalil.

»Lass mich in Ruhe.«

»Komm schon.«

»Die Politik der Kamerafahrt in der filmisch-politischen Selbstdarstellung des amerikanischen und kubanischen Kinos der 1960er und 1970er Jahre.«

Khalil muss so lachen, dass ihm der Rücken wehtut.

Der Wind weht eine Zeitung gegen die Mauer. Immer wieder fliegt sie auf, klatscht gegen die Betonblöcke und fällt aufs Neue zu Boden.

BEWAFFNETE HAMAS-AGENTEN AN
KABINETTS-ZUSAMMENSTÖSSEN BETEILIGT.

»He Süße, tolle Haare«, ruft jemand hinter ihnen. Als sie sich umdrehen, sehen sie Mariam auf sich zukommen, während ein Junge im Teenageralter mit einem letzten Blick zurück über die Schulter hastig davonradelt. Mariam schaut nicht hin. Sie stellt sich neben sie und betrachtet die Schablonenzeichnung des blauen BH und des Stiefels, der auf die Brust der jungen Frau hinunterkracht.

Wenn man sich die Fotos genau ansieht, erkennt man, dass es sich keineswegs um einen Stiefel handelt, sondern um einen Laufschuh. Das ist der Beweis dafür, dass diese Männer Agenten waren, die geschickt wurden, um die Armee in Verruf zu bringen.

Er muss zurück an die Arbeit. Seit dem letzten Podcast sind zwei Wochen vergangen. Er muss anfangen, Material zu sammeln. Die Radiokommentatoren machen ihn krank. Die Facebook-Krieger. Die Arschkriecher, die die Nächte durcharbeiten, um die Köpfe der Leute zu vergiften.

Wieso trug sie diesen aufreizenden blauen BH? Was hat sie sich dabei gedacht? Und ganz offensichtlich hat sie sonst nichts drunter, was also geht hier vor?

»Ach du Scheiße«, sagt Hafez, das Telefon in der Hand. »Leute, das hier wird euch nicht gefallen.«

»Was ist denn?«, fragt Mariam.

»Offenbar hat das Volk gesprochen.« Hafez' Gesicht ist starr vor Ernst.

»Sag schon«, drängt Mariam.

»Ehrlich, es wird euch nicht gefallen«, wiederholt Hafez.

»Sag endlich, was ist passiert?«

»Das *People Magazine* hat Bradley Cooper zum Sexiest Man Alive gewählt.«

»Mann, Hafez! Du hast mir richtig Angst gemacht.«

Am Ende der Straße versammelt sich eine kleine Menschenmenge. Ein junger Mann auf einer Leiter ist gerade dabei, ein Wandgemälde zu vollenden. Aus der Menge heraus beobachtet Abu Bassem, wie die Farben sich zusammenfügen und das Gesicht seines Sohnes ergeben, die schwarzen Konturen seiner Augen, der Blick kühn und in die Zukunft gerichtet. Sie umarmen sich schweigend, während sie darauf warten, dass der Künstler fertig wird. Rund um Bassems Porträt sieht man, hingeworfen mit modernen Pinselstrichen, pharaonische Figuren, die zeitlose Erfahrungen in Sachen gute Regierungsführung vermitteln. Das, denkt er, ist Ägypten. Hier zerstört das Neue nicht das Alte, sondern trägt es in sich, baut darauf auf, bleibt in Verbindung mit ihm. Die Bande, die Fundamente sind stärker. Es geht darum, was man aus dem Alten macht – das ist das Neue. Wir sind New York in den Zwanzigern, wo Musik und Moderne gemeinsam voranstürmen, wir schmieden die Zukunft mit Messing und Stahl, aber wir halten die Geschichten in uns lebendig, bewahren unsere Gefallenen lebendig unter uns. Das Wandbild ist fertig, Abu Bassem tritt vorsichtig nach vorn. Er fährt mit dem Finger über die sorgfältig ausgearbeiteten schwarzen Konturen, einen Augenblick lang allein mit seinem Sohn.

ABU BASSEM

Er ist alles Dutzende von Malen durchgegangen. Den Schlag, den Knall, den Sturz, das Blut. Den letzten Atemzug. Den Anruf. Die Stimme sagte »Bassem«, aber sie gehörte nicht Bassem. Zu spät im Krankenhaus. Bassems Freunde im grauen Flur, die Gesichter finster, zu Boden gerichtet. Kein Arzt weit und breit. Er hatte die Leiche seines Sohnes hochgehoben und war einfach gegangen.

Wenigstens hatte er seine Leiche. Wenigstens konnte er sich verabschieden. Wenigstens werden wir in der nächsten Dunkelheit nebeneinanderliegen.

Er hatte die Leiche – und jetzt hat er auch einen Namen. Captain Mokhtar Ibrahim von der Polizeiwache Imbaba. Er geht auf dem Bürgersteig gegenüber der Wache auf und ab, lässt die Hand über das stachelige Gestrüpp gleiten, der unerbittliche Verkehr eine heiße Barriere zwischen ihm und dem niedrigen Betongebäude auf der anderen Straßenseite. Sie haben Angst. Sie lassen sich nicht mehr allein blicken. Sie sind schwer bewaffnet. Er beobachtet jede Bewegung, zählt die Atemzüge, die Mokhtars fette Wampe dehnen, probt die Worte, die er durch die Gitterstäbe der Zelle im Gerichtssaal sagen wird, wenn der Mörder seines Sohnes der Gerechtigkeit zugeführt wird. In dunkleren, schwächeren Momenten sieht er andere Dinge, eine schwitzende Stirn unter einer einzelnen Lampe, eine flache Hand, die in einem verängstigten Gesicht landet, ein für kleine Schnitte geschmiedetes Messer. Aber diese Bilder schüttelt er von sich ab. Das ist nicht die Gerechtigkeit, für die Bassem gestorben ist, nicht die neue Welt, die er am Achtundzwanzigsten gesucht hat. Wir müssen Geduld haben. Die Anweisung lautet Geduld.

»Wir werden Ihren Sohn rächen«, lautet die Nachricht. »Aber wir müssen das Spiel mitspielen, müssen Macht übernehmen, müssen den Weg für die Wahlen ebnen und sie gewinnen. Sollte heute Nacht eine Polizeiwache brennen, würde es dann morgen Wahlen geben? Natürlich nicht. Also müssen wir geduldig sein und darauf vertrauen, dass unsere Anführer uns Gerechtigkeit bringen werden.«

Er hört die Worte, hört ihre Logik, aber sie schaffen es nicht, dass sich die geballte Faust in seiner Tasche öffnet.

18

14. Januar 2012

Ein schwacher Lichtstrahl schimmert. Ein breiter werdender Kegel beweglicher Farben zwischen zwei perfekten Linien führt vom Projektor in Hafez' Armen zu dem Baumwolltuch, das als Leinwand am Sockel des Monuments für Talaat Harb hängt, der Rauch Dutzender Zigaretten kräuselt sich über der Menge vor ihnen, wabert in den chromatischen Bildwechseln, die auf die Leinwand zuflimmern, in die Augen und Köpfe des Publikums: das sich verändernde Bewusstsein der Zukunft.

Mariam und Khalil stehen ziemlich weit hinten, ihre Hand liegt unauffällig in seiner. Im ganzen Land finden jede Nacht Filmvorführungen auf der Straße statt, junge Männer und Frauen besorgen das notwendige Equipment, rufen ihre Freunde zusammen und übernehmen die Plätze und Straßen ihrer Städte, um auf den alten Mauern die neue Wahrheit aufleuchten zu lassen: Das Militär lügt, die staatlichen Medien sind ihr Sprachrohr, alles, was euch erzählt wird, ist gelogen.

Toussi stirbt jeden Tag Tausende von Malen, Tausende von Malen wird sein junger Körper über die Leinwand gezerrt. Das Chaos von Maspero, die Erstickungsanfälle in der Mohamed Mahmoud Street, der Kugelhagel am 8. April und die Schlacht um die Qasr al-Nil Bridge am 28. Januar werden immer und immer wieder gezeigt. Die Bilder und die Daten und die Namen der Toten sind unsere Geschichte, ewige Rebellion ist unsere Zukunft.

Als Mariam Umm Aymans Stimme hört, spürt sie wieder, wie sich die eisigen Dünste der Leichenhalle in ihren Lungen ausbreiten. »Mein Sohn.« Schnitt von der Mutter auf den Sohn. »Mein Sohn wurde in Maspero zum Märtyrer.« Ein Panzerfahrzeug der Armee rast in die Menge der Demonstranten. »Die ägyptische Armee hat ihn getötet. Daran habe ich nicht den geringsten Zweifel.« Soldaten eröffnen das Feuer auf die fliehende Menge. »Aber mein Sohn ist nicht grundlos gestorben. All unsere Kinder sind für *eine Sache* gestorben. Sie starben für diese Revolution. Sie sind gestorben, damit dieses Land ein Ort wird, an dem die Kinder von *euch allen* aufwachsen können.« Schnitt auf eine gemeinsam marschierende Menge. »Wir werden dafür sorgen, dass die Mörder unserer Kinder ins Gefängnis kommen. Wir werden dafür sorgen, dass der Oberste Militärrat und die Polizei ins Gefängnis kommen. Geht zum Tahrir! Haltet euren Platz. Solange ihr alle auf dem Tahrir bleibt, ist mein Sohn am Leben! Solange ihr alle auf dem Tahrir bleibt, sind all unsere Märtyrer am Leben! Gebt keinen Zentimeter nach! Wir werden ihre Mörder ins Gefängnis bringen. Die Revolution *geht weiter!*«

Die Menge skandiert:

Das Volk! Verlangt!
Den Kopf des Feldmarschalls!
Das Volk! Verlangt!
Den Kopf des Feldmarschalls!

Khalil muss sich inzwischen weniger auf den Stock stützen. Mariam schmiegt sich eng an seine andere Seite. An diesem Morgen hat sie den Verband ganz abgenommen, hat die Mullbinde vorsichtig von der nachgewachsenen Haut seines Rückens geschält. Der Arzt hat gesagt, der Körper werde die Schrotkugeln mit der Zeit von selbst aus sich herausbefördern. Eine nach der anderen. Das könne Monate dauern, hat er gesagt. Jedenfalls kann jetzt niemand mehr an deinem Engagement zweifeln oder über den Pass in deiner Tasche lästern oder fragen, wann du wieder gehst. Denn jetzt bist du ein echter Ägypter.

»Nicht mehr lange«, sagt sie. Der Jahrestag der Revolution rückt in rasendem Tempo näher, und alle erwarten, dass Massen von

Leuten auf die Straßen strömen werden. »Wir müssen den Fernsehsender einnehmen. Unmengen von Leuten werden kommen, wir müssen sie dazu bringen, uns zu helfen.«

»Das Militäraufgebot um den Sender herum wird gigantisch sein«, sagt Khalil.

»Dann müssen wir sie eben überwältigen. Mehr Leute hinbringen, als sie erschießen können.«

»Und das Innenministerium fändest du nicht gut?«

»Natürlich fände ich das Innenministerium gut, aber Maspero können wir tatsächlich einnehmen. Wenn 50 000 Leute hinmarschieren und ganz ruhig den Stacheldraht abmontieren, wird die Armee nicht schießen. Das können sie nicht. Wir überwältigen sie und gehen rein. Jedenfalls müssen wir die Leute dazu bringen, nach Maspero zu marschieren, nicht auf den Tahrir. Wenn alle erst einmal auf dem Tahrir sind, kriegen wir sie nicht wieder weg.«

Der Abspann eines Videos läuft, und eine Gruppe Al-Ahly-Ultras skandiert das vertraute

Tahrir ist unvergessen
Ihr Arschlöcher.

Wir haben es euch gegeben
Wie niemals zuvor.

Khalil spürt, wie das Metall in seinem Körper vibriert, spürt, wie ihn das eidetische Erlebnis plötzlich ganz lebendig macht, als er die Straßengeräusche in sich aufnimmt, das atmosphärische Gewusel weiter vorn, die fernen dunklen Orte, die darauf warten, von einer Sirene ausgefüllt zu werden, von einem Polizeiwagen, der plötzlich um die Ecke biegt und sich in die Arena stürzt.

Wie lange werden sie zulassen, dass wir hier stehen und sie beleidigen? Sollen sie ruhig kommen. Niemand wird rennen. *Geh mit erhobenem Kopf, du bist Ägypter.* Du bist jetzt ein echter Ägypter, so echt wie der Stahl unter deiner Haut.

Ein Gesicht, das er kennt, zu dem ihm aber der Name nicht mehr einfällt, lächelt ihn an. »Hey Mann, wie geht's? Was macht der Rücken?«

»Besser.«

»Super, Bruder. Super. Brauchst du irgendwas?«

»Nein, alles gut.«

Er spürt, wie Mariam sich enger an ihn schmiegt. Er war nie attraktiver als in diesen Tagen heldenhafter Genesung.

»Der Projektor hält sich gut«, sagt sie.

»Er hat bei den ganzen Vorführungen schon einiges durchgemacht«, sagt Khalil. »Ich hab ihn letztes Jahr besorgt. Nach diesem furchtbaren Job, mit diesem kanadischen Fernsehteam und seiner Doku über Tempel und Ley-Linien und diesen ganzen Scheiß.«

»Wie bei Dan Brown?«, fragt Mariam.

»Genau so. Ich hab Tage damit verbracht, mit diesem Idioten von Regisseur um die Pyramiden rumzutraben, um einen ›eingeborenen Hüter des Wissens‹ zu finden und den Boden nach – wie hat er es nochmal genannt? – ›Konduktivitätsbrüchen‹ abzusuchen. Es war furchtbar.«

»Wie hieß er?«

»Der Regisseur? Keine Ahnung. Jim irgendwas.«

»Nein, der Typ, den Tom Hanks gespielt hat.«

»Dr. Robert Langdon.«

»Wow. Das kam ja wie aus der Pistole geschossen.«

Dann erscheinen auf der Leinwand klar und deutlich die Worte: 2. Februar 2011. Khalil spürt, wie die Menge erwartungsvoll verstummt. Die Kamera fährt über den Tahrir, hin zum Museum, zur Kamelschlacht und zu den Molotow-Cocktails, die von prunkvollen Dächern auf die Revolutionäre hinunterregnen. Kairo ist eine neue Landkarte der Erinnerungen. Er kann nicht über den Tahrir gehen, ohne an jene Nacht zu denken, ohne einen Herzschlag lang stolz zu sein auf den Sieg nach Mubaraks letztem Angriff, seinem ultimativen orientalistischen Abschiedsgeschenk: einen politischen Protest mit Kamelen zu attackieren. Dieses miese Arschloch. Der Wind kräuselt die Leinwand. Ein Molotow-Cocktail fällt durchs Bild, aber die Revolutionäre weichen nicht zurück. Die Menge hält den Atem an. Sie werden den Platz halten. Sie werden Mubaraks Milizen zurückschlagen. Die Revolution wird siegen. *Das hier* – er lächelt in sich hinein – das hier ist Kino. Er verplempert keine Zeit mehr in den total überteuerten normalen Kinos mit dem rührselig schniefenden Publikum, den klischeehaften Geschichten, er hat das unzuverlässige und immer wieder enttäuschende Popcorn satt, das viel zu oft labberig und fade ist. Nimmt man noch Kairos Triple-Entente aus grässlichem Sound, unscharfem Bild und perfekt getimter Pause dazu, ist ein beschissenes Erlebnis garantiert – häufig garniert mit einem Publikum, das sich ununterbrochen unterhält: miteinander, mit ihren leuchtenden Smartphones, mit Mr. Cruise persönlich. Wenn er irgendwo eingeladen ist, erzählt er mit stupider Regelmäßigkeit, wie er sich einmal anhören musste, dass die viel zu dunkle Wiedergabe von *Harry Potter* »gewollt« sei, oder wie der Filmvorführer bei *Shutter Island* darauf bestand, an dem unscharfen Bild sei nichts zu ändern, oder wie er während *Step Up 3D* (fragt nicht) tatsächlich in den Projektorraum gehen und dafür sorgen musste, dass die beschädigte Datei noch einmal ab der richtigen Stelle abgespielt wurde.

Die Menge applaudiert beim Abspann. Die Revolutionäre haben gesiegt. Hier sind wir. Die Revolution geht weiter. Vergesst das Kino. *Das hier* ist Kino.

»Zeig mir nochmal die Liste«, sagt er.

Sie zieht mehrere zusammengefaltete Zettel aus der hinteren Jeanstasche, überprüft erst einen, dann noch einen, und reicht ihm den dritten.

FILME ONLINE ANKÜNDIGEN FÜR

Ain Shams Uni (täglich, mittags)
Helwan (Sa., 18:00)
Luxor (Sa., 19:00)
Mansoura (Mo., 15:00; Mi., 15:00)

Matareyya (Mo., 18:00)
Sohag (Mo., 18:00; Di., 18.00; Do., 18:00)
Agouza (Mo., 19:00)
Mahalla (Mo., 19:00)
T5 (Di., 18:00, schwedische Moschee)
Rod al-Farag (Di., 18:00)
Helio (Mi., 18:30)
10 Ramadan (Do., 17:00)
Qalyubia (Do., 18:00)
Maadi (Do., 18:00)
Fayoum (Do., 18:30)
Zaytoun (Do., 19:00 + Demo)
Zamalek (Do., 19:00)
Warraq (Do., 19:00)
Sadat City (Do., 19:00)
Haram (Do., 19:00)
Uni Kairo, Kunstakademie (Mo., 22:30)

Das hier ist Kino. Diese Leute, die Revolutionäre, diese Bilder, die so elegant über die Leinwand laufen, diese Straße im Winterwind. Schnitt auf Alaa, der, seinen neugeborenen Sohn im Arm, triumphierend das Gefängnis verlässt. Vor der Kamera bleibt er stehen:

Wir alle wissen, wer die Märtyrer von Maspero getötet hat. Es wird erst Gerechtigkeit geben, wenn General Hamdy Badeen auf der Anklagebank sitzt.

Die Menge jubelt. Die Revolution geht weiter. Das hier ist es endlich. Das hier ist die Kunst, die die Welt wirklich verändern kann.

19

27. Januar 2012

Uns fehlt der Killerinstinkt. Natürlich fehlt er uns. Unsere Waffe ist die Masse. Der Jahrestag der Revolution kam und ging. Der 25. Januar ist für ein weiteres Jahr vorbei, und Maspero ist nach wie vor in den Händen des Militärs. Die Straßen waren gerammelt voll, zwölf Demonstrationszüge, die alle zum Tahrir wollten, alle zogen sich gegenseitig weiter zum Zentrum, eine Masse, die ihre eigene Schwerkraft aufbaute. Auf den Straßen versammelten sich mehr Leute als je zuvor, Millionen, aber nur ein paar Hundert ließen sich nach Maspero lenken. Kann man eine Menschenmenge dazu bringen, taktisch zu denken? Kann es überhaupt eine Taktik geben, wenn es keinen Anführer gibt? Seit einem Jahr stellen wir uns nun schon dieselbe Frage und sind einer Antwort immer noch nicht näher. Wir müssen Maspero einnehmen. Zwei Stunden, vor einem Jahr. Mehr hatten wir nicht. Zwei Stunden zwischen dem Rückzug der Polizei und dem Aufmarsch der Armee, zwei Stunden, um die richtigen Gebäude einzunehmen.

Ein paar Hundert standen vor Maspero. Ein Minibus ohne Aufschrift schlich durch die Seitenstraßen und sammelte die versprengten Nachzügler ein. Die glückliche Menge jubelte auf dem Tahrir. Die Polizei wartete, den Finger am Abzug.

20

1. Februar 2012

Es gibt einen Toten beim Spiel Al Masry vs. Al Ahly SC.
17:43 – 1. Feb. 2012

Bestätigt. Ein Al-Ahly-Fan stirbt in Umkleideraum.
17:53 – 1. Feb. 2012

Neue Meldungen über drei Tote bei Al-Ahly-Spiel in Port Said. Zahlreiche Verletzte.
18:07 – 1. Feb. 2012

Drei Tote in Spieler-Umkleide. Mindestens 15 im Krankenhaus.
18:35 – 1. Feb. 2012

Was zum Teufel ist in Port Said los?
18:42 – 1. Feb. 2012

Hab Anruf eines Cousins aus dem Port Said bekommen. Er sagt, Dutzende Ultras liegen tot im Stadion!!! Es ist ein Massaker!
18:49 – 1. Feb. 2012

Inzwischen 35 Tote im Port Said bestätigt.
18:51 – 1. Feb. 2012

35 bestätigte Tote?!? Was zum Teufel ist in diesem Stadion los?
18:52 – 1. Feb. 2012

35 Tote in Port Said. Polizei nimmt Rache an Ultras. Was sollen wir tun?
18:55 – 1. Feb. 2012

Und jetzt brennt das Cairo Stadium. Was ist los?
18:57 – 1. Feb. 2012

Sie haben die Stadiontore zugeschweißt. Die Ultras sitzen in der Falle. Sie massakrieren sie!
19:27 – 1. Feb. 2012

Inzwischen mindestens 50 Tote beim Massaker von Port Said bestätigt.
19:34 – 1. Feb. 2012

Es ist im TV. Sicherheitskräfte sehen tatenlos zu, wie Al-Masry-Fans die Ultras attackieren.
19:37 – 1. Feb. 2012

Wieso waren weder der Gouverneur von Port Said noch der Sicherheitschef beim Spiel? Sie sind sonst immer dabei. Das Ganze ist eine Falle!
19:41 – 1. Feb. 2012

Das Flutlicht wurde abgeschaltet, als der Angriff losging. Es war alles geplant.
19:55 – 1. Feb. 2012

Gesundheitsministerium bestätigt mindestens 73 Tote.
20:25 – 1. Feb. 2012

Als die Ultras die Leichen ihrer Freunde nach Hause bringen, zählen sie 74 Tote.

Binnen weniger Stunden ist die Mohamed Mahmoud Street voller Menschen, die Mauer der Armee wird niedergerissen, und die Menge rückt zum Innenministerium vor. Khalil bewegt sich durch den Lärm, die unsichtbare Welt der Schlacht, den Steinhagel, das Zischen eines Feuerlöschers, den Widerhall eines Schusses, die Beleidigungen, die den Feiglingen in Kampfanzügen zugeschrien werden. Er überprüft die Mikros in seinem Kopfhörer. Der Kittel einer Ärztin taucht zwischen den Aufständischen auf und zieht durch seine schnelle Bewegung Khalils Blick auf sich. Er bleibt am Rand stehen und beobachtet, wie sie sich selbstbewusst durch die Menge bewegt, das Aufblitzen und Verschwinden ihres weißen Kittels ist wie ein privater Morsecode zwischen ihnen, den sein Mikro nicht aufzeichnen kann.

Ein Laden brennt. Stimmen rufen in verschiedene Richtungen. *Sand, bringt Sand. Zurücktreten! Macht Platz!* Ein Kette von Jungen versorgt die Männer ganz vorne mit Sand, der auf die Flammen geworfen wird. Die Menge ruft den Leuten in den oberen Stockwerken zu, sie sollen das Haus verlassen, Wasser runterkippen, Schläuche anschließen. Eine weitere Antwort der Bürger auf die Katastrophen, die der Staat auslöst. Lauter Applaus bricht aus, als eine alte Frau in ihrem Sessel aus dem Gebäude getragen wird. Sie sieht aus, als wäre sie schon lange nicht mehr draußen gewesen.

Mariam schiebt sanft ihren Arm in seinen. »Hast du meine Mutter gesehen?«

»Sie ist in der Erste-Hilfe-Station hinter dem Hardee's.«

»Okay, danke. Bis später.« Sie drückt seinen Arm und ist weg.

Er schiebt sich weiter nach vorn. Eine Gruppe Jugendlicher mit einer Plastikkiste voller Steine läuft an ihm vorbei. Ein anderer Junge hat drei Molotows in den Armen. Wie lange können wir noch mit nichts als Steinen und Feuerwerkskörpern kämpfen? Wie lange, bis die erste Schusswaffe auf unserer Seite auftaucht? Irgendwann wird das Ganze kippen. Bei jedem Gewehrknall vibrieren die Schrotkugeln in seinem Rücken. Wir sind immer noch eins. Euer Stahl lebt in mir weiter, vergiftet mich, lässt chemische Partikel in meine Blutbahn einsickern. Seine Muskeln zucken, bereit zur Flucht, als er die Sirene des Kampffahrzeugs hört, aber er rührt sich nicht von der Stelle, fest entschlossen, die Pawlow'sche Reaktion zu unterdrücken.

Die Ärztin im weißen Kittel steht reglos mitten in der Menge, mustert die Polizistenreihen weiter vorn durch ihre Gasmaske.

In der Ferne sieht er den Suchscheinwerfer des Kampffahrzeugs blau aufblitzen. Sie kommen. Er rennt nicht. Das Fahrzeug greift an und verschießt eine Salve schweren Schrots, und die Menge bricht auseinander, aber die Ärztin bewegt sich nicht. Er beobachtet sie, die immer noch reglos dasteht, während die Menge sich teilt und nach hinten drängt und überall Gaskanister landen. Als das Fahrzeug sich nähert, taucht aus der Luke ein Polizist in Schutzmontur auf und verschießt einen Lichtblitz. Der weiße Kittel sackt zu Boden. Das Fahrzeug kommt noch näher, aber sie rührt sich nicht einmal, als sich der Polizist über den Rand beugt und eine weitere Salve auf sie abfeuert. Ein Gaskanister landet vor ihren Füßen und verströmt eine weiße Wolke in die Luft, aber sie bewegt sich immer noch nicht, und Khalil rennt in die Wolke hinein und auf sie zu, während die Tränen über sein Gesicht laufen und kleine Salzrinnsale in seine Wangen brennen. Seine Augen schmerzen und schließen sich bereits, seine Brust verkrampft sich, als er niederkniet und sie in seine Arme zieht, während ein weiterer Kanister hinter ihnen landet, und er dreht sich um, um zu laufen, aber seine Augen lassen sich nicht öffnen, und seine Brust zieht sich noch mehr zusammen, und bei jedem Atemzug ringt er nach Luft, und seine Lungen krampfen, und er rennt halb blind mit seiner Last durch die tränenverbrannte Welt, und alles wird gut, alles wird gut, jeder Muskel kämpft darum, Khalil in Bewegung zu halten, und seine Brust will nicht mehr, während er blind durch Schutt und Geröll taumelt, ein falscher Atemzug, und es ist aus mit dir, also renn, aber fall nicht, renn schnell, aber atme nicht, renn *schneller*, aber atme nicht und fall nicht, renn einfach, renn schneller, ohne zu atmen und ohne zu sehen, renn weiter, bis du durch den schmerzenden Schlitz eines Auges das blasse Schimmern einer Linie siehst, einen Umriss, und die Welt beginnt, sich wieder zusammenzusetzen, und er sieht zwei Ärzte und sinkt mit letzter Kraft vor ihnen auf die Knie, und sie entgleitet seinen Armen.

Er ringt immer noch nach Luft, als die Mediziner ihr die Maske abnehmen und ihren Kittel aufknöpfen, auf dessen Weiß sich ein Muster aus feucht einsickernden, blutigen Flecken gebildet hat.

Die Hand der Ärztin hebt sich, greift nach irgendetwas, packt seine Hand. Ihr Atem ist flach, ihre Augen sind offen, und sie sieht zur Welt auf; sie weiß, wo sie ist, was passiert und – sie hat Angst.

Sie atmet in kurzen, flachen Stößen.

Menschen umdrängen sie. »Zurück!«, ruft einer der Ärzte. »Lasst uns arbeiten!«

Sie versucht, etwas zu sagen, aber sie zieht den Atem so schnell ein, dass sie kein Wort hervorbringt. Sie umfasst seine Hand fester.

»Nein!«, schreit jemand. »Nein! Was macht ihr da?« Einer der Ärzte schneidet ihre Bluse auf, sodass ihre Haut und die kleinen roten Löcher in ihrer Brust zum Vorschein kommen. »Das könnt ihr nicht machen! Ihr könnt nicht so respektlos mit ihr umgehen!«

»Wir brauchen Plastikfolie«, ruft ein Arzt der Menge zu. »Plastikfolie! Ihre Lungen fallen in sich zusammen! Wenn ihr nicht alle helft, wird die Frau sterben!« Die Menge wird aktiv, junge Männer laufen los, andere zücken ihre Handys. »Helft jetzt! Dreht euch um! Hakt euch beieinander ein! Schafft uns Platz zum Arbeiten und gebt der Ärztin ein bisschen Privatsphäre.« Sobald die Leute eine klare Anweisung bekommen, befolgen sie sie auf der Stelle.

Sie sieht Khalil an. Jeder noch so winzige Atemzug drückt ihre Rippen in ihre eingefallenen Lungen. Kurze. Hektische. Atemstöße. Die Plastikfolie wird die Löcher verschließen. Ihre Hand hält seine fest, aber sie sieht an ihm vorbei. Kurze. Hektische. Atemstöße. Jeder Atemzug, den sie zum Leben braucht, bringt sie dem Tod näher.

Sie umklammert seine Hand noch fester.

»Ich bin hier«, sagt er. »Ich bin bei dir.«

Jeder Atemzug ist flacher als der vorherige. Die Ärzte arbeiten schnell, aber es sind zu viele Wunden. Ihre Haut zittert. Ihr Griff lockert sich. Ihre Augen suchen am dunklen Himmel nach einem Trost, der nicht kommt.

21

An der Ecke des Platzes, vor dem Safir, gibt es einen Baum, der jedes Jahr schon früh blutrote Blüten trägt. Die Leute, die an der Straßenecke auf den Bus warten, zermalmen die weichen, zarten, blutenden Gebilde unter ihren Füßen. Der rote Baumwollbaum. Er bereitet uns auf die bevorstehende Hitze vor.

TEIL 2

HEUTE

Während die Verfassungsgebende Versammlung kurz vor dem Scheitern steht und auf den Straßen wegen des langsamen Reformtempos weiterhin Auseinandersetzungen zwischen Protestierenden und Polizei stattfinden, erließ Präsident Mohammed Mursi am Donnerstag ein Dekret, in dem er sich selbst als Wächter der ägyptischen Revolution weitreichende Machtbefugnisse und Immunität gegenüber jedweder Gerichtsbarkeit zugesteht.
Das unerwartete Ausmaß dieser Befugnisse schürte die sofortige Angst, Mursi könne sich zum neuen starken Mann Ägyptens erheben. Historisch gesehen wäre es eine Seltenheit, wenn ein postrevolutionärer Regierungschef derart viel Macht auf seine Person vereinte, nur um sie danach zügig wieder abzugeben.
The New York Times, 22. November 2012

Sie wirft einen weiteren Stein. Wirft ihn mit solcher Wucht, dass sie sich fast die Schulter ausrenkt. Ohne abzuwarten, wo er landet, bückt sie sich, um den nächsten aufzuheben.

»Ihr Wichser! Ihr blöden Wichser!« Mariam war noch nie so wütend. »Ihr bescheuerten Arschlöcher! Überlegt doch mal, was ihr da tut! *Denkt nach!*«

Sie hatten morgens angegriffen. Seit den Verfassungsänderungen des neuen Präsidenten gab es jeden Tag Proteste rund um den Präsidentenpalast. Also kamen sie morgens, um die Leute zu entfernen.

»Ihr verfluchten Schläger, ihr Bastarde!« Sie schleudert den nächsten Stein. »Euer Zuhälter von Präsident wurde doch gewählt, verflucht nochmal! *Gewählt!*«

Die Muslimbrüder haben den ersten Schritt getan. Geschickt haben sie ihre parlamentarische Mehrheit genutzt, um die neue Verfassung des Landes durchzupeitschen, und damit all ihre revolutionären Versprechen und Allianzen verraten. Die neue Verfassung wird die Zukunft des Landes bestimmen, seine Gesetze festlegen und versuchen, seine postrevolutionäre Identität zu zementieren: Die neue Verfassung bietet keiner Minderheit Schutz, unterdrückt Frauen, lässt Folter zu, fördert Privatisierungen und schützt das Militär.

»Meint ihr vielleicht, das war's?« Mariam wirft noch einen Stein in das Niemandsland aus Schutt und Geröll zwischen ihnen. »Meint ihr, es ist so verflucht *einfach?*«

Ihnen gegenüber, mit dem Rücken zum Präsidentenpalast, stehen Männer, Hunderte von Männern. Männer mit langen Bärten und dicken Jacken, die Anweisungen brüllen, Männer mit weniger dichten Bärten und der Wut machtloser Jugend, Männer, die Befehle befolgen, Männer, die sonst nirgends hingehören, Männer, die sich in ihrer Idee von göttlicher Errettung verloren haben, und Männer, in denen das Bedürfnis brennt, das Land zu säubern.

Dann folgen Schüsse, und die Menge zuckt zusammen. Mariam kann das Gewehr nicht sehen. Leute rennen, und Ashrafs Hand legt sich auf ihre Schulter. Wir müssen hier weg. Irgendetwas trifft sie am Hinterkopf, aber sie fällt nicht. Sie rennen beide los. Sie wissen nicht, welche Straßen sicher sind. »Streich deine Haare mal glatt«, sagt sie zu Ashraf, während sie versucht, wieder ruhiger zu atmen. »Zieh dir einen Scheitel oder so was. Damit du weniger revolutionär aussiehst.« Sie nimmt ihre Kufiya ab und merkt erst da, dass sie feucht ist vor Blut.

»Wo geht's zum Palast?«

»Hier lang, glaub ich.«

Sie hören eine Gruppe von Männern laut redend näher kommen und verstecken sich hastig im dunklen Eingang eines Mietshauses.

»Wo sind wir eigentlich hergekommen? Ich kann mich nicht an diese Straße erinnern.«

»Als wir diese Jungen verfolgt haben, sind wir da rechts oder links abgebogen?«

Aus dem Schatten heraus sieht Mariam acht Männer mit Holzknüppeln und zwei Küchenmessern.

»Wisst ihr eigentlich, dass das hier ein christliches Viertel ist?«

»Die Arschlöcher scheinen jedenfalls Geld zu haben.«

»Klar. Die haben alles.«

»Verflucht seien Sawiris, Hamdin und El-Baradei, die Verräter.«

»Und der Papst, der Arsch.«

Mariam legt die Hand auf Ashrafs Schulter: Ganz ruhig bleiben. Es sind zu viele.

»Und was ist mit *dir?* Was machen wir jetzt mit dir? Von wem wirst du bezahlt, he? Von wem?«

Das Klatschen einer Hand auf Fleisch. Mariam strengt sich an, durch das Eisengitter der Tür etwas zu erkennen.

»Von wem wirst du bezahlt? Von El-Baradei? Sag schon. Wir wissen es sowieso, also sag.«

Ein Mann mit nacktem Oberkörper, blutend. Das zerrissene Hemd haben sie ihm wie eine Hundeleine um den Hals gebunden. Seine Augen sind zugeschwollen. Sie waren am Morgen in Mietbussen gekommen, um die Demonstranten zu vertreiben, die vor dem Palast des neuen Präsidenten campierten.

»Du bist Christ, oder? Also, von wem wirst du bezahlt? Von El-Baradei oder vom Papst? Von wem?«

»Ich schneide dir die Zunge ab, wenn du nicht endlich anfängst zu reden!«

»Von wem wirst du bezahlt? Sieh mal, du wirst gefilmt. Also, wieviel hat er dir gegeben? Wir schneiden dir die Kehle durch, Junge! Wieviel hat El-Baradei dir gegeben?!«

Ein weiterer harter Schlag landet auf dem Hinterkopf des Mannes. Mariam spürt, wie Ashraf neben ihr zusammenzuckt. Blut tropft von den Lippen des Gefangenen, als er in benommener Verwirrung den Kopf schüttelt. Alles, was er sagen kann, ist »nein, nein, nein«.

»Wir wissen, dass ihr Geld habt. Wir haben doch heute morgen gesehen, was ihr alles in euren Zelten hattet. Käse! Drei Sorten Käse! Von *Nesto,* ihr Perverslinge!«

»Verflucht seien eure Häuser.«

»Die dreckigen Mistkerle, so viel zu essen, leben alle wie die Könige von ihren amerikanischen Dollars.«

»Mögen sie Vergebung finden.«

»Alle von den Amerikanern bezahlt.«

»Und den Israelis.«

»Sie haben die Amerikaner, wir haben den Koran.«

»Allah sei Dank.«

»Allah sei Dank.«

»Wir haben den Koran und den Präsidenten.«

»Allah sei Dank.«

»Wir sollten zusehen, dass wir zum Palast zurückkommen.«

»Ja, bringen wir diesen Dreckskerl zum Palast.«

»Gibt es viele?«

»Viele was?«

»Gefangene.«

»Das werden wir ja dann sehen.«

»Scheich Yassin hat gesagt, wir sollen uns ihre Hände angucken. Wenn sie dreckig sind, sollen wir sie ihnen abschneiden, weil sie dann Steine geschmissen haben. So können wir sicher sein, dass sie Verräter sind und wir ihnen die Hände abschneiden können!«

»Kommt jetzt, ich glaube, hier geht's lang.«

»Ich erkenne die Straße nicht.«

»Es geht aber hier lang.«

»Komm schon, du Hund.«

Ein weiterer harter Schlag ins Gesicht des Mannes.

»Wir stehen hinter dir, Mursi! Jeder, der dich beleidigt, endet in einem Leichensack!!«

»Mur-siiiiii!!!!! Mur-siiiiiii!«

»Allah ist groß!«

5. DEZEMBER: MUTMASSLICH SECHS TOTE BEI ZUSAMMENSTÖSSEN VOR PRÄSIDENTENPALAST

Khalil beugt sich über den Balkon und versucht, die Straßenkämpfe weiter vorn zu erkennen. Gelegentlich dringt das Krachen eines Schusses zu ihm. Das hier ist der Albtraum. Das denkt er schon den ganzen Tag, und mit jedem Stein, der auf die Milizen der Muslimbruderschaft geschleudert wird, wird das Gefühl in seinem Magen stärker. Das hier ist unser *Afrika, Liebling, was für ein fürchterliches Chaos*-Moment. Es ist die totale Scheiße und ein Vorwand für die Armee, wieder anzurollen und das Zepter erneut an sich zu reißen. Was als Nächstes kommt, wird den Irak aussehen lassen wie einen Kinderspielplatz. Denn wenn das hier auf Mursis Sturz hinausläuft, gibt es in Ägypten keinen Mangel an gestandenen Dschihadisten, glühenden Ideologen und eingefleischten Kriegern, die alle nach Hause gehen, sich bis an die Zähne bewaffnen und mit rauchenden Pistolen wieder herauskommen werden.

Und dann wird es uns leidtun. Dann wird niemand mehr was tun können, außer der Armee und der beschissenen Polizei. Das Land wird geradezu darum betteln, dass sie die Straßen wieder übernehmen.

»Sie halten Leute im verdammten Palast fest!«

Er dreht sich um. Mariam und Ashraf sind gerade in Nancys Wohnung eingetroffen.

»Wissen wir«, antwortet Hafez, dreht seinen Computer um und zeigt Mariam ein Video. »Sie geben damit an.«

Ein Esstisch voller Laptops nimmt die Mitte des Esszimmers von Nancys Eltern ein. Hafez, Rania und Rosa laden Informationen hoch, redigieren, schreiben. Einige andere Gesichter kennt er nicht.

Er geht rein, um Mariam zu begrüßen, und sieht ihre blutverschmierte Stirn.

»Was ist passiert? Alles okay mit dir?«

»Mir geht's gut. Es war nur ein Stein.«

»Warst du ohnmächtig?«

»Nein.«

»Bist du sicher?«

»Ja.«

»Gut, setz dich.«

Er holt Wasser, ein Handtuch und ein Desinfektionsspray und macht sich daran, die Wunde zu reinigen.

»Die Muslimbrüder foltern Leute im Palast«, sagt sie.

»Ich weiß.«

»Und was machen wir jetzt?«

»Was meinst du?«

»Wir müssen sie da rausholen.«

»Wir können den Palast nicht stürmen. Es sind zu viele.«

»Dann müssen wir eben mehr Leute zusammentrommeln. Wenn zehntausend vor den Toren stehen, müssen sie die Gefangenen gehen lassen. Wo zum Teufel *sind* denn bloß alle?«

»Erst kümmere ich mich um deinen Kopf.«

Als die Wunde versorgt ist, setzt er sich neben sie.

»Das hier ist richtig schlimm«, sagt er.

»Wir kriegen die Leute morgen auf die Straße.«

»Das liefert der Armee, was sie will.«

»Was meinst du?«

»Es gibt jetzt schon Leute, die wollen, dass sie eingreifen.«

»Es gibt immer Leute, die wollen, dass die Armee eingreift«, sagt sie.

»Und was, wenn sie es tut? Wenn sie versuchen, ihn loszuwerden …«

»Das werden sie nicht. Sie arbeiten schließlich zusammen. Das hier ist nur ein Test. Die Muslimbruderschaft will nur zeigen, dass sie die Straßen unter Kontrolle hat. Im Augenblick könnte die Armee nicht glücklicher sein. Diese beschissene Verfassung hat ihnen alles gegeben, was sie wollen.«

»Aber vielleicht sollten wir etwas anderes machen.«

»Was denn zum Beispiel?«

»Ich weiß nicht.«

»Willst du etwa eine neue Wahl? Wo wir gerade sehen, wie gut deine letzte gelaufen ist.«

»Ach, klar, es war *meine* Wahl.«

»Du hast schließlich gewählt, oder?«

»Wie du meinst.«

6. DEZEMBER: MURSI: »FÜNFTE KOLONNE UND MUBARAK-ANHÄNGER ARBEITEN ZUSAMMEN, UM ÄGYPTEN ZU DESTABILISIEREN«

In den Nächten sieht er sie: ihre Brust, die sich hebt und senkt, schneller, kürzer, hebt, senkt, fühlt, wie die Hand der Ärztin seine fester umklammert, ihm die Brust zudrückt. Er ringt nach Luft, er liegt auf dem Boden, und die Welt über ihm dreht sich, aber sie ist da, ihre Hände liegen auf seiner Brust, sie ist über ihm: eine ewige Dunkelheit hinter der Gasmaske. Ihre Hände liegen auf seiner Brust. Sein Vater steht über ihnen. Pumpen, sagt er. Pumpen.

Er schlägt mit einem Lineal durch die Luft, der Dirigent, der den Takt vorgibt. Eins, zwei, drei: pumpen. Ihre Hände liegen auf seiner Brust. Eins, zwei, drei: pumpen. Sie beugt sich jetzt vor, tiefer, näher, und er küsst die Maske, küsst die gläserne Dunkelheit, und seine Brust weitet sich zu einem Atemzug, und er wacht schweißüberströmt auf.

Er geht ins Badezimmer und zieht sein T-Shirt aus, dreht sich um und versucht, über seine Schulter zu gucken, seinen Rücken im Spiegel zu sehen. Die Wunden sind lange verheilt, haben nur Narben auf seiner Haut hinterlassen. Wie nah waren wir demselben Tod? Die Datei wartet im Computer auf ihn: Doctor_02022012.mp4. Er öffnet sie nicht.

9. DEZEMBER: MURSIS STABSCHEF BESCHULDIGT, GEFANGENE IN PRÄSIDENTENPALAST GEFOLTERT ZU HABEN

Rania führt am großen Tisch im Chaos-Büro den Vorsitz über die Versammlung. Dutzende haben auf den Aufruf reagiert, dass neue Freiwillige gebraucht werden: Filmemacher, Journalisten, Übersetzer, Wissenschaftler, Fotografen und andere. Alle Stühle sind besetzt, Leute sitzen auf dem Holzboden, lehnen an den Wänden, machen in der Küche Kaffee, rauchen auf dem Balkon.

»Es ist großartig, so viele von euch zu sehen«, sagt Rania. »Es zeigt aber auch, wie ernst diese Krise ist. Da ihr hier seid, wisst ihr auch, dass wir das alles nicht einfach mit einem Lachen abtun können. Man muss nur an Mussolini denken, um zu wissen, wie schnell man in eine kaum aufzuhaltende Spirale geraten kann. Milizen werden losgeschickt, um die Straßen zu räumen, Journalisten werden getötet. So fängt es an. Wir können über sie lachen, so viel wir wollen, aber so fängt es an. Also müssen wir so viele Inhalte produzieren wie nie zuvor. Wir müssen den Medienkrieg dominieren. Wir haben jetzt drei Feinde: die Muslimbruderschaft, die Armee und die Polizei. Ja, sie alle haben unterschiedliche Interessen – aber wir wissen mit absoluter Sicherheit, dass alle auch ein entscheidendes gemeinsames Interesse haben, und das lautet, die Revolution zu beenden.«

Ihr neuester Podcast, *Hochrangige Muslimbrüder kidnappen Protestteilnehmer und foltern sie im Präsidentenpalast,* wurde in einer Woche 200 000 Mal heruntergeladen.

18. DEZEMBER: MÄRTYRERFAMILIEN WARTEN IMMER NOCH AUF GERECHTIGKEIT. MURSI SCHWEIGT

Als der Transistor endlich ankommt, von einem Freund von einer Reise in die Staaten mitgebracht, machen sich Khalil und Hafez sofort daran, einen kleinen analogen Transmitter zusammenzubasteln. Kondensatoren, Widerstände, der Transistor, alles wird sorgfältig zusammengeschaltet und an eine Batterie sowie an einen billigen MP3-Player angeschlossen, der ein einstündiges Programm in Endlosschleife abspielen wird. Spätnachts befestigen sie den Transmitter hoch oben am Stamm eines Baums vor einem Café in Bab al-Louq und verziehen sich.

Auf Khalils Balkon richtet Hafez eine GoPro-Cam auf den Transmitterbaum, während Khalil die Radiofrequenzen absucht:

> *... einer Kampagne, von der es heißt, sie beruhe ausschließlich auf Fehlinformationen, haben Anhänger des Präsidenten genug Stimmen mobilisiert, um eine neue Verfassung zu verabschieden, die das Aussehen des Landes in den kommenden Jahren signifikant verändern und grundlegende Rechte und Freiheiten unterminieren könnte.*

»Da ist es«, sagt Hafez.

Die MP3-Datei wurde speziell für ihr Experiment hergestellt, der Sprecher, ein älterer Mann – ein Onkel von Hafez, ein Schauspieler – benutzt das förmliche Arabisch aller Nachrichtensprecher. Chaos oder die Revolution werden mit keinem Wort erwähnt.

Angeblich bekommt man für illegale Radioübertragungen automatisch 15 Jahre. Sie lehnen sich zurück und warten. Hafez macht ein Bier auf.

»Auf blutige Schlachten und blaue Flecken«, sagt er.

Gleichzeitig werden im ganzen Land Jugendliche in Militärgefängnissen festgehalten und von Militärgerichten verurteilt – eine Praxis der Armee, die von der neu verabschiedeten Verfassung legitimiert wird.

»Glaubst du dieses ganze Zeug?«, fragt Hafez. »Über die Auswirkungen der Verfassung?«

»Es zeigt uns, wie sie denken. Und es macht die Leute wütend.«

»Nicht wütend genug, um dagegen zu stimmen.«

Nach einer Stunde fängt die MP3-Schleife von vorn an:

Guten Tag, hier ist Downtown Today *mit den neuesten Nachrichten. Die Ägypter waren diese Woche aufgerufen, zu den Wahlurnen zu gehen und ihre Stimmen bei einem Referendum abzugeben, das als das umstrittenste in der langen Geschichte des Landes gilt.*

Nach 15 Stunden und 39 Minuten erscheinen fünf Soldaten und ein vorgesetzter Offizier in einem mit Antennen und zwei Satellitenschüsseln bestückten Lastwagen. Sie finden den Transmitter problemlos. Sie befragen die Leute im Café, bleiben aber nicht lange.

»So«, sagt Hafez. »Entweder müssen wir einen Transmitter bauen, der eine Reichweite von mindestens einer Meile hat und trotzdem sowohl mobil als auch unauffällig ist – was unsere Fähigkeiten wahrscheinlich übersteigt –, oder wir müssen uns, so wie es aussieht, für den Augenblick aufs Internet beschränken.«

6. JANUAR: WEITERE ISLAMISTEN BEI KABINETTSUMBILDUNGEN BERUFEN

Es ist gerade mal sechs Monate her, da saßen sie im Greek Club und zählten die hereinkommenden Wählerstimmen. Der Club war voll, an jedem Tisch drängten sich Revolutionäre, Künstler und Journalisten. Aufgeregtes Summen ließ die Luft um sie herum vibrieren.

Zum ersten Mal in der Geschichte der ältesten Zivilisation der Welt wird heute der künftige Regierungschef vom eigenen Volk gewählt.

Als es Abend wurde, trudelten die ersten Zahlen ein. Er kann sich noch erinnern, wie Rania mit dem Handy dastand und die neuesten Ergebnisse verlas: »Mursi, der Ersatzreifen der Muslimbruderschaft, steht bei dreißig Prozent. Abul Fotuh bei 23. Hamdin Sabahi hat komfortable 18, Shafiq 17, und Amr Moussa macht den Schluss mit jämmerlichen elf Prozent.«

Ismailiya, Beheira, Marsa Matrouh und Suez holte Mursi. Hamdin strich Gewinne in Alexandria, Port Said und Damanhour ein. Im Laufe der Nacht richtete sich der Fokus immer mehr auf Hamdin: Er könnte Kairo gewinnen. Und dann hieße es Mursi gegen Hamdin. Das wäre ein Kampf, den wir gewinnen könnten, wenn sich in der Stichwahl alle hinter Hamdin stellen würden.

Und dann kamen die Ergebnisse aus Gharbeyya und Daqahleyya, und die Stimmanteile von Shafiq fingen an zu wachsen. Dann fiel Munoufeyya, Mubaraks Heimatstadt, mit 55 Prozent der Stimmen an Shafiq. Hamdin rutschte ab, Mursi legte unerbittlich zu, und auch Shafiq kletterte immer höher, und plötzlich war das Schreckensszenario eingetreten: Mursi gegen Shafiq. Muslimbruderschaft gegen Militär. Die gleiche Geschichte, die schon seit 50 Jahren aufgeführt wurde. Eigentlich hätte alles anders ablaufen sollen. Es hätte anders kommen sollen.

25. JANUAR: JAHRESTAG DER REVOLUTION MIT MASSENPROTESTEN GEGEN MURSI-REGIME

Auf das hier waren wir nicht vorbereitet.

Mariam steht am Geländer und sieht auf das Menschenmeer hinunter. Rania sitzt auf einem Stuhl hinter ihr, den Kopf in den Händen vergraben, ohne hinzuschauen, aber sie kann nicht verhindern, dass sie die Menge auf der Straße hört. Mariams ausgestreckter Arm deutet in die gelbe Dunkelheit hinab.

»Da! Es geht wieder los.«

Der Tahrir ist voll. Tausende und Abertausende füllen den Platz bis zu den Horizonten aus Beton, aber da, in der Mitte, drängt sich ein Pulk um einen zentralen Punkt.

»Es geht wieder los.«

Khalil rennt die dunkle Treppe hinunter, hinaus auf den Platz, auf das Gedränge zu, auf das Mariams zitternder Finger oben noch immer deutet. Hunderte von Leuten drängeln, rempeln, rufen, recken die Arme, und Khalil zwängt sich zwischen ihnen hindurch, immer tiefer ins Gedränge; Zentimeter um Zentimeter schiebt er sich an rempelnden Schultern und ausgestreckten Armen vorbei, bis er einen halbnackten weiblichen Körper sieht, der sich in einem Meer kratzender und grapschender Hände windet, bis es scheint, als würde die Frau in zwei Hälften zerrissen. *Platz! Platz! Loslassen! Hier lang! Bringt sie hier lang!* Ein Wirrwarr von Stimmen schreit um Hilfe, während sich weitere Hände durch das Gewimmel der Körper recken, um nach jedem Stück Fleisch zu grapschen, das sie zu fassen kriegen. *Sie ist meine Schwester,* schreit ein Junge, *ich schwöre, sie ist meine Schwester!* Ein Mann stößt die Menschen um sich herum zur Seite und brüllt »Weg da! Schämt euch! Geht zurück!«, und Khalil baut sich neben ihm auf, stemmt seinen Körper gegen den Andrang, aber eine Hand packt ihn und zerrt an ihm und schlägt ihm mitten ins Gesicht und schiebt sich in seine Tasche, und eine andere krallt sich so in sein Hemd, dass es ihm die Luft abschnürt, und ein Ellbogen rammt in seine Seite, und ein Messer blitzt im Licht der Straßenlampen auf. »Runter vom Platz!«, ruft jemand. »Wir müssen sie hier wegschaffen!« Zentimeter um Zentimeter schieben sie sich vor, um sich einen Weg hinaus zu bahnen, gefolgt vom Gedränge des Pulks, die junge Frau bewusstlos zwischen ihnen. *Sie ist meine Schwester, ich schwöre, sie ist meine Schwester.* Eine Tür. »Rein. Schafft sie da rein!« Drücken. Drücken. Die Menge schiebt sich langsam vor, die Tür fällt zu. »Keiner kommt hier rein! Keiner!« Khalil dreht sich zum Gedränge um, verschränkt die Arme mit den Männern neben sich, während die Menge an ihnen zerrt, aber sie halten die Arme fest ineinander verschränkt gegen das Geschiebe und das Geschrei und das *Was wollt ihr, wer zum Teufel seid ihr, macht Platz, sie ist meine Schwester, meine Schwester, ich schwöre, sie ist meine Schwester,* das wie der Albtraumgesang eines Vogels auf Endlosschleife aus der Menge dringt. Der Junge, höchstens fünfzehn, hört nicht auf zu drängen und zu schubsen, bis Khalil ihm das Knie in den Bauch rammt und er in die Menge zurückgeschleudert wird. Ein Arm fuchtelt herum, Metall durchschlitzt die Luft, und die Reihe bricht auf, als die Leute vor der schmutzigen Klinge zurückweichen, die einen blitzenden Bogen durch die Dunkelheit beschreibt, und irgendetwas trifft Khalil am Hinterkopf, er knickt ein, sein Schienbein knirscht, Schmerz durchzuckt seine Leiste, und etwas knackt. Ein Kanalisationsdeckel hat nachgegeben, und sein Bein steckt drin, er versucht, sich wieder hochzuhieven, und plötzlich laufen alle los, weil ein Mann in einer schwarzen Balaklava auftaucht – und eine Pistole auf Khalil richtet.

Khalil hört auf, sich zu bewegen. Der Lauf der Pistole zittert. Zittert während langer Sekunden der Verwirrung. Und dann ist der Mann mit der Balaklava weg, rennt zurück in die Menge, die sich vor ihm und seiner fuchtelnden Pistole teilt.

Khalil humpelt hastig zum Eisentor zurück. Ein Krankenwagen kommt. Muss kommen. Wir müssen diese Tür nur ein bisschen länger geschlossen halten. Das ist alles. Nur ein bisschen länger. Das ist alles für den Augenblick. Einfach nur die Tür geschlossen halten.

26. JANUAR: BLUTVERGIESSEN AUF DEN PLÄTZEN AM JAHRESTAG DER REVOLUTION

Mariam steht im dunklen Badezimmer über das Waschbecken gebeugt, reibt im warmen Wasser die Hände langsam gegeneinander. Ihre Arme sind voller Kratzer, ihre Kopfhaut wund von büschelweise ausgerissenen Haaren. Das an ihr Bein gepresste Tuch erblüht in Rot. Das Blut breitet sich spiralförmig aus.

Ein leises Klopfen.

»Sie ist in einem kritischen Zustand«, sagt Rania. »Sie hat zahlreiche innere Schnittwunden. Von einer Messerklinge.«

Mariam hält die Hände weiter unter Wasser, bewegt sie in langsamer Selbsthypnose gegeneinander. Das Wasser stellt keine Fragen. Eine Klinge. Eine Klinge. Ihre Gedanken kommen nicht über dieses Wort hinaus. Sie konzentriert sich auf das Wasser, das aus dem rostigen Hahn fließt. Was ist das? Was passiert hier? Wie sollen wir danach weitermachen?

Ein Telefon klingelt, und Rania geht von der Tür weg. Wir waren nicht vorbereitet. Nicht auf das hier. Das Blut wirbelt langsam durch den Abfluss.

26. JANUAR: 32 TOTE UND HUNDERTE VON VERLETZTEN BEI HEFTIGEN ZUSAMMENSTÖSSEN IN PORT SAID

Am Morgen ziehen sie Bilanz. Hunderte wurden verhaftet, Dutzende getötet, in Port Said und Suez herrscht offene Revolte, Hauptquartiere der Muslimbruderschaft werden landesweit gestürmt und auf dem Tahrir … wie sollen wir das, was auf dem Tahrir geschehen ist, bloß nennen? Die Hände, die Messer, mindestens zwei Dutzend Übergriffe.

Mariam sitzt im Schneidersitz am Fußende des Betts, den Computer vor sich. Khalil versucht, sich aufzusetzen. Sein Körper schmerzt von der Nacht, und im Licht sieht er erst jetzt die Kratzer, die sich über ihren ganzen Arm ziehen.

Massen von Textnachrichten warten auf ihn.

Opantish-Treffen heute Mittag. Wir müssen besser vorbereitet sein.

Sollten wir nicht nach Port Said fahren? Dort gab es letzte Nacht mindestens 26 Tote.

Brauchen mehr Leute für Interventionsteams. Sollten heute einen Aufruf schreiben.

Mindestens 200 Verhaftete von letzter Nacht immer noch vermisst. Wir müssen sie suchen.

27. JANUAR: AUSNAHMEZUSTAND AUSGERUFEN, AUSGANGSSPERRE IN DREI STÄDTEN

Khalil und Hafez sitzen im hinteren Teil des Chaos-Büros auf dem Boden und sehen sich auf Hafez' Laptop Mursis Rede an, während die neuen Freiwilligen eintrudeln.

Ich danke den Männern von der Polizei für ihren großartigen Einsatz zum Schutz von Bürgern und staatlichen Institutionen.

Der neue Präsident sieht nervös auf seine Notizen.

Und ich verneige mich vor den Männern der bewaffneten Streitkräfte, weil sie die von mir erteilten Anweisungen zur Gewährleistung der Sicherheit dieses Landes und seiner Gebäude so unverzüglich umgesetzt haben.

Er sieht erneut auf seine Notizen, erinnert sich daran, dass er souverän wirken soll, und hebt mahnend den Zeigefinger. Mit einstudierter Empörung droht er dem Land mit dem Finger.

Ich habe einmal gesagt, dass ich kein Befürworter extremer Maßnahmen bin, sie aber, wenn ich muss, ergreifen werde. Das tue ich hiermit. Um weiteres Blutvergießen zu verhindern, die Sicherheit zu gewährleisten und die Bürger vor Unruhestiftern und allen zu schützen, die sich nicht an die Gesetze halten, habe ich nach Prüfung der Verfassung Folgendes beschlossen: Erstens wird ein 30-tägiger Ausnahmezustand in den Gouvernements Suez, Port Said und Ismailiya verhängt, der heute um Mitternacht in Kraft tritt. Zweitens verfüge ich für die Gouvernements Suez, Port Said und Ismailiya eine Ausgangssperre ab 21 Uhr.

»Ausnahmezustand …«

»Wir sind den Ausnahmezustand doch gerade erst losgeworden.«

»Was soll das Ganze?«

»Die Leute werden außer sich sein.«

»Es ist, als wolle er den Leuten wirklich vorführen, dass er nicht anders ist als Mubarak.«

Die neuen Verhaftungsmöglichkeiten bedeuten, dass #Mursi der Armee die Macht gegeben hat, auch ihn zu verhaften. Sobald die Bruderschaftskarte aus dem Spiel ist und ihnen keine Vorteile mehr bringt, werden sie ihn verhaften.
@Moftasa
16:14 – 28. Jan. 2013

Im vorderen Teil des Raums steigt Ashraf auf einen Stuhl und hebt die Hände.

»Also gut, hört zu! Ihr habt euch alle freiwillig für die Interventionsteams gemeldet. Willkommen. Für die, die es noch nicht wissen: Die Aufgabe der Interventionsteams besteht darin, in die Menge vorzudringen und die Frauen so schnell wie möglich rauszuholen. Ein paar von euch waren neulich nachts dabei und wissen, wie heftig es zugehen kann. Alle anderen hören bitte genau zu.«

29. JANUAR: ÜBER 50 TOTE UND 1 000 VERLETZTE BEI GEWALTAUSBRÜCHEN AM JAHRESTAG

Er zieht drei T-Shirts übereinander, schiebt ein zurechtgerissenes Stück Pappe darunter, sodass es direkt auf seiner Haut liegt, und stopft die T-Shirts in den Hosenbund. Besser eine Niere als der Bauch. Er zieht den Gürtel, so eng es geht, zu und prüft, ob er noch die Hand dahinterschieben kann. Der Gürtel sitzt fest. Vor zwei Tagen wurde einem Mann der Anus blutig gekratzt. Khalils ganzer Körper verkrampft sich beim Gedanken an einen dreckigen, in ihn eindringenden Fingernagel. Er löst den Türschlüssel vom Ring und stopft ihn in seine Socke, unter seine linke Fußsohle, nimmt seinen Ausweis und 50 Pfund und schiebt sie in seine rechte Socke, bindet die Schnürsenkel fest zu. Nichts in den Taschen. Mikrofon? Nein, dafür nicht.

Die Sonne ist noch nicht untergegangen.

Sein Handy vibriert, eine Nachricht von Mariam:

Sei vorsichtig.

Er nimmt einen dicken Stift und schreibt Mariams Telefonnummer unter dem Ärmel des untersten T-Shirts auf seinen linken Arm. Übertrieben. Wirklich, das ist übertrieben. Aber schließlich wird niemand es je erfahren. Es sei denn, das Schlimmste passiert eben doch. Er macht das Bett, legt ein frisches Handtuch parat, sieht nach, ob es im Badezimmer Seife, Desinfektionsspray, Schmerzmittel und Verbandsmaterial gibt. Wenn wir diese Nächte überleben, haben wir dann überhaupt noch etwas, woran wir uns halten können?

Er geht auf den Balkon und zündet sich eine Zigarette an. Die letzten Sonnenstrahlen überziehen mit ihrem Licht die obersten Geschosse der Gebäude der Altstadt. Die Dächer sind voller Gerümpel, eine Armee gehorsamer Satellitenschüsseln reckt sich ins Nichts, verrammelte Fenster, die Stadt um ihn herum bröckelt.

Er trifft sich mit seinem Interventionsteam, und sie beziehen ihren Posten auf der schroffen Erhöhung gegenüber dem KFC, suchen die Menge nach plötzlichen Bewegungen, nach Panik ab, lauschen auf Schreie. In ihren T-Shirts mit der Aufschrift »Anti-Harassment Force« stehen sie bereit, sofort in Aktion zu treten, zu schreien und zu kämpfen. Sie behalten die Beobachtungsposten im Auge, die sich hoch oben an Laternenmaste klammern, warten auf das Signal für den Einsatz. Es wird in einer einzigen Sekunde enden. Die lautlose Klinge, der Griff, den du nicht lösen kannst, letzte Atemzüge, das Gesicht in eine matschige Pfütze gedrückt.

In der Einsatzzentrale wendet sich Mariam den Telefonen zu und legt eine ihrer Listen vor sich auf den Tisch:

- ~~Vorräte für Teams auf Platz organisieren~~
- Notfallpacks kontrollieren
- Rucksack, T-Shirt, Verbandsmaterial, Tuch, Flip-Flops, Tampons, weite Hose
- sichere Häuser rückbestätigen lassen
- Grundausstattung in sicheren Häusern abfragen
- Desinfektionsmittel, Verbandszeug, saubere Handtücher, Wi-Fi-Passwörter
- Kühlschrank auffüllen
- ~~wie viele Interventionsteams?~~
- ~~mit Teamleitern reden~~
- ~~haben alle alle Telefonnummern?~~
- ~~haben wir genug T-Shirts?~~
- ~~wurden sie gewaschen?~~
- Kontrollraum
- wer ist verfügbar? wer hat wann Dienst?
- Vorräte
- Kulis, Papier, Wasser, Chips, Cola
- Valium

Es dauert nicht lange, bis der erste Anruf kommt:

»Hallo?«

»Hallo? Hallo? Wir brauchen Hilfe. Sie schlagen sie! Sie schlagen sie! Wir brauchen Hilfe, bitte!«

»Wo seid ihr?«

»In Suez. Auf der Demo. Der großen.«

»Aber wir haben nur Leute in Kairo. Hast du Freunde in Suez, die du anrufen kannst?«

»Was soll das heißen? Wir brauchen Hilfe! Bitte!«

»Es tut mir schrecklich leid, aber wir –«

»Du musst jemanden finden! Sie bringen sie noch um! Oh Gott, ich konnte sie nicht stoppen!«

»Okay« – sie muss nachdenken, schnell – »Okay, hör zu. Leg auf, schick mir deinen Standort. Ich versuche, jemanden aufzutreiben.«

»Nein, nicht auflegen! Oh Gott! Ihr Schweine! Ihr Schweine! Oh Gott!«

Sie schluchzt jetzt in ihr Handy. Mariam greift nach einem anderen Telefon, versucht, jemanden in Suez anzurufen, tippt eine Nachricht auf einem anderen. Es muss in Suez jemanden geben, der helfen kann. Sie drückt das Telefon fest ans Ohr, um der Frau näher zu sein.

»Wir schicken jemand. Wir kriegen das irgendwie hin.«

»Oh nein! Oh nein, nein! Ich konnte sie nicht aufhalten.«

»Bist du an einem sicheren Ort? Bleib auf jeden Fall dran.«

»Ich konnte sie nicht aufhalten …«

1. FEBRUAR: WEITERE FREISPRÜCHE FÜR DER TÖTUNG VON PROTESTTEILNEHMERN BESCHULDIGTE POLIZISTEN

Sie sitzen schweigend nebeneinander auf dem Bett, Mariams aufgeklappter Laptop zwischen ihnen. Eine junge Frau spricht mit langsamer, bedachter Stimme:

Zum Glück war meine Freundin bei mir. Sie sagte immer wieder, alles wird gut. Sie flüsterte mir ins Ohr, das Wichtigste sei, dass wir uns aneinanderklammern, egal was passiert. Sie wiederholte ständig, dass alles wieder gut wird. Wir würden da rauskommen. Ich klammerte mich so fest an sie, wie ich konnte, während all diese Hände an mir herumgrapschten.

Der Gastgeber der Talkshow wartet, einen Ausdruck theatralischer Betroffenheit auf dem Gesicht.

»Kennst du sie?«, fragt Khalil.

»Ich hab sie in dieser Nacht kennengelernt«, sagt Mariam.

Ich hab geschrien »Hört auf, hört auf, ihr Tiere«, irgendetwas in der Art, wie eine Idiotin, als hätte das einen Unterschied gemacht. Ich hab gebissen und getreten, aber es waren so viele.

Sie holt tief Luft. Mariam kann sehen, wie die hin und her huschenden Gedanken sich wie eine Landkarte über ihr Gesicht legen. Wie viel wird sie sagen?

Waren diese Männer – waren sie Mitglieder der Muslimbruderschaft?

Was?

Die Männer, die Sie attackiert haben.

Nein. Also, ich weiß nicht. Woher soll ich das wissen?

Aber Sie waren auf dem Tahrir, um gegen die Muslimbruderschaft zu demonstrieren.

Ja.

Es würde also Sinn ergeben, dass es Muslimbrüder waren.

Möglich wäre es.

Mariam merkt auf.

Aber wir wissen, dass Polizisten seit Jahren Leute vergewaltigen. Und wir wissen, dass Vergewaltigungen in dieser Gesellschaft, auf dieser Welt, überall von Männern als Waffe benutzt werden.

Dem Himmel sei Dank, dass es Ihnen wieder gut geht.

Khalil muss dauernd an die amerikanische Journalistin vom letzten Winter denken. »Wie kommt es eigentlich, dass bei der Wahl nicht mehr Frauen kandidieren?«, hatte sie gefragt. »Wieso spricht niemand darüber?« Und immer wieder hört er seine Antwort, vage Worte in dem Sinn, dass wir die revolutionäre Sache zusammenhalten wollen. *Wir.* Wer ist dieses *Wir,* in dessen Namen du so selbstverständlich sprichst? Was sollten diese leicht dahingesagten Worte, die Mariams Sprache vereinnahmen und kolonisieren, ihr Leben, ihre Antwort, in der Jahre der Frustration und der Belästigung und der Unterdrückung und der Anspannung und der Aufopferung liegen? Mariams Antwort, die du nie nachempfinden kannst. Du hast sie dir einfach genommen und für dich beansprucht und ausgesprochen. Weil es einfach war. Und jetzt sind wir hier gelandet.

Sie schläft nicht. Er merkt es an ihrem Atem. Er sieht sie an und ist von seinen primitiven Bedürfnissen angewidert. Sein Penis schrumpft in sich zusammen – *sie ist meine Schwester, ich schwöre, sie ist meine Schwester.* Es tut mir leid, würde er gern sagen. Ich entschuldige mich. Für alles. Für die Männer, für alle Männer und für die Dinge, die sie tun, dafür, dass ich einer von ihnen bin und hier liege und daran denke, wie deine Haut sich anfühlt. Ich entschuldige mich für das Gewicht meines Körpers auf deinem und für jede andere Frau, die ich angeguckt habe. Es geht nicht um Ägypten, es geht um ägyptische Männer, nein, es geht einfach nur um Männer. Es sind die Männer, die man von den Straßen fegen müsste, es sind Männer, die Kriege anfangen und Brände legen und Kinder vergewaltigen und ihre Partnerinnen verprügeln, es sind Männer, die die Luft mit Testosteron und Reviermarkierungen verpesten. Sicher, auch Rania wäre dazu fähig, ein Seehundbaby totzuschlagen, aber es sind immer Männer, immer Männer, die das Problem sind. Weg mit den Männern, und vielleicht hätte die Welt eine Chance. Angeblich können Wissenschaftler ein Baby aus zwei Eizellen erschaffen, also ist das vielleicht unser Ende. Es fällt schwer, das nicht für eine gute Sache zu halten.

3. FEBRUAR: OBAMAS ERSTE F-16-LIEFERUNG EINGETROFFEN

»Natürlich ist das Ganze organisiert«, faucht Nancy, während sie die Notfallpacks auffüllt. »Muss ich es dir wirklich auflisten? Die Muslimbrüder sind an der Macht. Sie kriegen nichts auf die Reihe, und alle hassen sie. So weit verstanden? Und sie hassen alle, die gegen sie protestieren, also verfolgen sie jetzt eine neue Strategie, um die Proteste zu beenden – eine, auf die nur eine heimlichtuerische Organisation wie die *Brüder* kommen konnte.«

»Aber sie wollen doch, dass alles einen stabilen Eindruck macht«, sagt Mariam. Sie ist erschöpft, gibt sich aber alle Mühe, höflich zu Nancy zu sein. »Und durch diese Scheiße sieht es aus, als hätten sie überhaupt keine Kontrolle mehr.«

»Einen Monat lang vielleicht. Dann aber werden sie die *totale* Kontrolle haben.«

»Solche Risiken gehen sie nicht ein.«

»Dann sind es also die Liberalen, die diese Übergriffe organisieren?«

»Wieso muss sie überhaupt jemand organisieren? Wir werden da draußen doch ständig belästigt. Vielleicht ist es nur die logische Konsequenz patriarchaler Verhältnisse.«

»Es muss etwas Organisiertes dahinterstecken. Es fängt jedes Mal damit an, dass eine große Gruppe einen Kreis um eine Frau bildet. Das passiert nicht spontan. Diese Männer kennen sich.«

»Dann sind es vielleicht Freunde, die sich dieses kranke Spiel ausgedacht haben, und alle Männer, die später mitmachen, kennen sich untereinander nicht – und das ist das Problem. Und falls doch jemand das Ganze organisiert, dann wissen die auch, dass ein einziger Funke genügt, um ein beschissenes Riesenfeuer zu entfachen.«

Nancy antwortet nicht. Sie greift sich einen leeren Rucksack und packt die Notfallsachen ein: einfaches T-Shirt, weit geschnittene Hose, Hoodie, Abaya, Unterwäsche, Flip-Flops, Tampons, Binden, Taschentücher, Wasser, Valium. Sie sieht zu Mariam hoch: »Das nächste Mal müssen wir einen von ihnen erwischen. Und ausquetschen.«

»Nancy, wir sind keine Bürgerwehr. Wir sind dazu da, die Frauen zu beschützen.«

»Vielleicht ist das aber nicht genug. Vielleicht müssen wir ein Zeichen setzen.«

4. FEBRUAR: TREFFEN ZWISCHEN AHMADINEDSCHAD UND MURSI WEIST AUF NEUORIENTIERUNG HIN

Mariam geht die schmale Straße zum Leichenschauhaus entlang, die Bäume über ihr, im Schatten des Gebäudes, kämpfen ums Überleben. Ein ausgebranntes Auto ist mit dem Müll von Jahren vollgestopft, magere Katzen scharren darin herum. Heute wurde einer der Vermissten gefunden. Mohamed El-Guindy. Mariam senkt den Kopf, als sie an den schwarzgekleideten Frauen vorbeigeht, die auf dem Hof sitzen. Ein Dutzend junge Männer in Hoodies steht in zornigem Schweigen in der Nähe. Mohamed El-Guindy, ein weiteres lächelndes Gesicht, das ich niemals kennengelernt habe, ein weiterer Tod unter unsäglichen Schmerzen. Sie klopft an das dicke Drahtgeflecht über dem zersprungenen Glas des Eingangs. Der

Angestellte am Empfang will sie erst abwimmeln, sieht aber noch mal genauer hin und erkennt sie. Einen Augenblick lang ist er unsicher, bevor er mit einem genervten Seufzer aufsteht. Der Riegel der schweren Metalltür wird zurückgeschoben.

Khalil setzt den wuchtigen Kopfhörer auf, klickt sich durch seinen Download-Ordner und öffnet die Videodatei »Hamada Saber«. Das ganze Land hat dieses Video gesehen, der Name des armen Mannes ist in aller Munde – aber er ist sicher, dass er es trotzdem irgendwie für den Podcast dieser Woche verwenden muss. Er klickt auf Play.

Er hieß Mohamed El-Guindy und wurde mehrere Tage lang vermisst. Jetzt liegt er kalt auf dem Chromtisch, so wie Mariam es vorausgesehen hat. Rania hat die Arme um die Schultern einer Frau gelegt, die Schultern seiner Mutter. Mohameds Augen sind geschlossen, seine Haare trocken. Mariam nickt kaum merklich, und Rania führt die Mutter aus dem Raum. Die Tür schließt sich, und Mariam hebt das Laken an, mit dem er zugedeckt ist, um nachzusehen, ob der Pathologe schon da war, aber es gibt keine Schnitte. Sie geht zu dem kleinen Raum am Ende des Korridors. »Sag deinem Boss, er soll sofort runterkommen«, sagt sie zu dem blassen Typen am Empfang. »Weil die Jungs da draußen nicht gehen werden, bevor es eine Autopsie gegeben hat.«

Hamada Sabers Oberkörper ist nackt. Er liegt auf dem Boden, wälzt sich auf dem Asphalt von einer Seite auf die andere. Durch den schweflig-roten Dunst ist sein Körper deutlich zu erkennen, allein inmitten schwarzer Kampfanzüge, allein und halbnackt. Sie beobachten, wie er sich auf dem Asphalt zwischen ihnen windet. Er ist alt, er hat keine Haare mehr. Flehend sieht er zu ihnen hoch, bevor ein weiterer Tritt seinen Rücken trifft und jemand ihm die Hose bis zu den Knöcheln herunterreißt, und Khalil spürt, wie der Asphalt Hamadas nackten Körper aufscheuert, klickt auf Pause, als die Männer in Schwarz den Mann zum wartenden Polizeitransporter zerren.

»War der Pathologe schon da?«, fragt Nadia, Mariams Mutter, als sie die Tür hinter sich zuzieht.

»Nein«, antwortet Mariam.

»Wahrscheinlich arbeiten sie noch an ihrer Version der Geschichte. Ich mache die Untersuchung selbst. Kannst du die Tür abschließen?«

Nadia betrachtet sein rotes, verquollenes Gesicht, fährt ihm mit der Hand durch die Haare. »Er ist so jung«, murmelt sie vor sich hin.

Es gibt keinen verwendbaren Ton auf Hamada Sabers Video. Ein rein visueller Gewaltakt. Bei Chaos werden immer mehr Videos nachgefragt. Die Leute wollen die Ursachen ihrer Wut sehen. Khalil hatte schon immer das Gefühl, dass Sound etwas Intellektuelleres und weniger Missbräuchliches an sich hat, eher ein Dialog ist als eine autoritäre Feststellung von Tatsachen. Aber vielleicht ist die Zeit des Dialogs vorbei. Die Tritte landen weiter auf Hamada Sabers Körper. Die Farbe seiner Haut, die aus den Pixeln hervorscheint, ist erschreckend leuchtend.

»Er wurde gefoltert«, sagt Nadia. »Auf üble Weise. Deutliche Anzeichen für eine Strangulation. Und hier: Brandmale. Elektroden auf seiner Zunge. Mach ein Foto.«

»Angeblich ist er bei einem Autounfall gestorben.«

»Das hier musst du auch fotografieren. Wir geben die Fotos an die Medien, wenn sie es weiter abstreiten. Pinzette.«

Mariam reicht sie ihr. Sie kennt die Instrumente ihrer Mutter. Nadia arbeitet zwei Schichten die Woche in einem Privatkrankenhaus. Nur so kann sie ihren Lebensunterhalt bestreiten. Und jeden Freitag praktiziert sie, umsonst und kostenlos, in ihrer kleinen Wohnung in Manial. Anfangs ging Mariam dann morgens aus dem Haus und blieb bis zum Abend fort, um ihr nicht im Weg zu sein. Sie schlug die Zeit im Kino tot oder arbeitete in der Uni-Bibliothek. Aber als sie eines Abends nach Hause kam, saß ihre Mutter mit dem Kopf in den Händen da und weinte. »Was ist?«, hatte sie gefragt und war um den Schreibtisch herumgegangen, um sie zu umarmen. Aber Nadia beharrte darauf, es sei nichts.

Am nächsten Freitag ging Mariam nicht weg. Das kleine Wohnzimmer füllte sich gleich nach der Gebetszeit mit Leuten, ihre Mutter begrüßte sie und bat sie lächelnd in ihr Arbeitszimmer. Der letzte Patient ging erst gegen zehn Uhr abends. Nadia setzte sich an ihren Schreibtisch, notierte sich etwas auf einen Zettel und starrte ihn an, saß 20, 30 Sekunden lang absolut regungslos da. Dann zog sie eine Schublade auf, ließ den Zettel hineinfallen und verließ den Schreibtisch. Mariam legte ihr Buch beiseite, stand vom Sofa auf, ging um den Schreibtisch herum, öffnete die Schublade und fand Dutzende, Hunderte von Zetteln: Notizen, Telefonnummern, Rezepte, Verschreibungen. Monate und Monate unüberschaubaren Verwaltungskrams. Sie zog den Stuhl heran und machte sich an die Arbeit. Schon drei Wochen später organisierte sie die Nachuntersuchungen, die Überweisungen, die telefonischen Nachfragen, die verlorenen Rezepte, die Abrechnungen.

»Das hier musst du auch fotografieren.«

Ein Interview mit el-Beltagy, einem der hohen Tiere der Muslimbruderschaft, sorgt bei Twitter für Aufruhr. Khalil klickt auf einen Link. El-Beltagys Gesicht wirkt ernst:

Reden wir über das Video von Hamada Saber. Hätte man Ihnen das ganze Video gezeigt, dann würden Sie auch die ganze Geschichte kennen. So aber wurde ein Schwindler in einen Nationalhelden verwandelt. Am Anfang des Videos ist nämlich zu sehen, dass der Mann sich selbst auszieht, um sich für die Kamera bereitzumachen.

Die Menge wird wütender, lauter.

Oh Gott, wir werden ihnen zeigen, was Wut ist!

Mariam wählt die Nummer eines Bekannten, der einen Leichenwagen hat, schickt ein paar Jungen mit dem Auftrag los, Stoff für das Leichentuch zu kaufen. Rania sitzt bei der Mutter des neuen Märtyrers. Mariams Handy fühlt sich schwer an, faulig. Sie klopft an das Drahtgeflecht des Rezeptionsfensters.

»Du solltest lieber einen Verantwortlichen anrufen und sagen, dass es hier einen Aufstand geben wird, wenn wir den Autopsiebericht nicht in einer halben Stunde haben.«

5. FEBRUAR: TAUSENDE BEGLEITEN TRAUERZUG FÜR MÄRTYRER

Sie sitzen zusammen auf dem Balkon, ihre Hand in seiner. Er hört nicht auf, sie zu streicheln. Die sternenlose Stadt jenseits des Balkons bedeutet die unterschiedlichsten Dinge für die unterschiedlichsten Menschen. Eine Stadt der Frauen, eine Stadt der Männer, die in dunklen Parallelwelten durch die Nacht streifen. Eine Stadt der Flüchtlinge, die unsichtbar zwischen Restaurants, Dächern und Hilfsorganisationen leben. Eine Stadt der Hotelrestaurants und der Imbisswagen, wo derselbe Teller Bohnen ein Pfund oder einen Tagesverdienst kostet. Eine zentralisierte Stadt, die langsam aus sich selbst herausgesaugt wird, ausgehöhlt von den Satellitenvorstädten, die sie umgeben. Eine Stadt mit tausendjähriger Vergangenheit, die sich hoch über jedem Augenblick der lebendigen Gegenwart türmt. Eine Untergrundstadt aus Polizeizellen und versteckten Kerkern und Transportfahrzeugen, in denen die Opfer in aller Heimlichkeit zwischen den Gefängnissen mit ihren hohen Mauern und Wachtürmen hin und her geschoben werden.

Ihre Hand liegt immer noch in seiner, und das ist gut, denn wenn sie sich allein darauf konzentriert, kann alles andere für eine Minute in den Hintergrund treten, und sie kann es einfach akzeptieren, anstatt es zu hinterfragen oder deswegen zu streiten. Es kann einfach so sein, wir können einfach atmen, ohne an die dunkle Unterwelt zu denken oder an den 25. Januar oder an die Krankenhäuser, die Anrufe, das Leichenschauhaus, ohne zu denken, was passieren würde, wenn wir aufhören würden, oder daran, was kommen wird, oder daran, was wir anders hätten machen sollen, wir können nicht aufhören, wir haben keine Zeit, keine Zeit, an uns selbst oder unsere Fehler oder das Leichenschauhaus zu denken, es gibt nur das Heute, und es gibt nur die Arbeit, es gibt nur das Leben und das Gedränge, das ist alles, das ist alles, was zählt, also brauchen wir nicht zu reden, weil unsere Hände beim Reden so schrecklich zittern würden. In diesem Augenblick ist seine Hand genug, sein Daumen, der mit zartem Druck kleine Kreise beschreibt, ein kleiner Strudel stummer Zärtlichkeit, der uns einen zerbrechlichen Augenblick lang wie eingefroren festhält.

8. FEBRUAR: POLIZEIKASERNEN AUCH NACH DER REVOLUTION NOCH ORTE DER FOLTER

Eine riesige Mitteilung wurde an die Anschlagtafel im Büro gepinnt.

UM EHRLICH ZU SEIN: DER MANN HAT SICH TATSÄCHLICH SELBST NACKT AUSGEZOGEN.

Er hört Rania in der Küche. »Wie konnte das bloß passieren?«, sagt sie. »Wie konnten wir bloß an diese Idioten geraten? Wir *hatten* doch die ganzen Stimmen. Sieben Millionen haben die Revolution gewählt. Wenn Abdel Fotuh und Hamdin ihre beschissenen Egos nur ein einziges Mal für fünf Minuten vergessen hätten, wäre das alles ganz anders gelaufen.« Drei Leute, die er nicht kennt, hören ihr zu. Sie gießt sich einen Kaffee ein. »Na gut, fuck it! Wir nehmen die Muslimbrüder auseinander, und dann machen wir mit der Armee weiter. Jeder, der sich der Dynamik der Revolution in den Weg stellt, wird vernichtet.«

10. FEBRUAR: YOUTUBE ZUM ERSTEN MAL IN DER GESCHICHTE PER GERICHTSBESCHLUSS GESPERRT

An einem zinnfarbenen Morgen wie diesem kann man kaum einen Unterschied ausmachen zwischen dem Leichengrau des Flusses und dem Rauch der Tränengaskanister, die in seinen Tiefen versinken. Ein ausgebrannter Polizeilaster schwelt auf dem Tahrir vor sich hin. Jugendliche bewerfen Polizisten mit Steinen. Ein dumpfer Kreislauf der Gewalt hat sich etabliert. Das Gas treibt von der Straße aufs Wasser hinaus. Mariam, Khalil und Hafez stehen etwas weiter hinten und beobachten das Ganze. Mariam hat eine Gasmaske in der Hand.

Wir kämpfen gegen eine Sklavenarmee, denkt sie, gegen Rekruten, die in den Dörfern gekidnappt und gezwungen werden, in der Hauptstadt Schlachten zu schlagen. Wenn sie nicht hier wären, würden sie in einer militäreigenen Fabrik am Fließband schwitzen oder Großfritteusen für die Kartoffelchips der Armee bedienen. Aber hier bewerfen sie Kinder mit Steinen, bis sie wieder in die für sie vorgesehenen Gefangenentransporter gesperrt und zurück in ihre Hochsicherheitskasernen in der Wüste gekarrt werden. Die Offiziere werden nie verletzt, sie geraten nicht einmal ins Schwitzen.

Hafez hat die Kamera zwar um den Hals hängen, macht aber keine Fotos. Ist doch alles dasselbe, denkt er. Die immergleichen Bilder wiederholen sich. Ich bin nur der Vermittler. Ich sterbe nicht, ich kämpfe nicht, ich frage diese jungen Leute nicht mal um Erlaubnis. Ich fotografiere ihren Mut – manchmal ihren Tod –, und ich bin derjenige, der entscheidet, wie das Ganze verpackt und betitelt wird und wer es zu sehen bekommt. Zwei Fotos finanzieren zwei Monate lang meinen Lebensunterhalt. Wir sind alle Kriegsgewinnler.

Bei jeder abgeschossenen Schrotpatrone sieht Khalil die Ärztin vor sich, spürt ihre Hand, die seine umfasst, spürt, wie seine Brust um ihren letzten Atemzug ringt. Heute nimmt er den Sound nicht auf, er hat bereits endlose Stunden von atmosphärischen Kampfgeräuschen. Und ihre Aufnahme wartet immer noch auf ihn. Doctor_02022012.mp4.

Sie stehen schweigend da. Eine Tränengaswolke wabert über die Straße. Mariam wendet sich an Hafez: »Arbeitest du noch an diesem Drehbuch?«

»Es ist zu einem Albtraum geworden.«

»Wieso?«

Hafez denkt einen Moment nach, bevor er antwortet. Eine weitere Steinsalve wird auf die Polizei losgelassen. »Weil es unmöglich ist, etwas über die Achtzehn Tage zu machen, ohne in Klischees zu verfallen. Sie sind jetzt schon ruiniert, zu Tode erzählt.«

11. FEBRUAR: MURSIS ENTWURF ZU NGO-GESETZ »REPRESSIVER« ALS IN MUBARAK-ÄRA

Mariam hat sich nicht telefonisch angekündigt. Sie stellt Safttüten vor Alias Eltern und zieht die Tür leise hinter sich zu. Alia wird immer dünner, ihr Gesicht ist eingefallen, wird in diesem dunklen Krankenzimmer immer gelber. Mariam lächelt die Eltern sanft an.

»Wie geht es ihr heute?«

»Keine Veränderung, meine Liebe.« Alias Mutter ist jung, viel jünger als der Vater. Die beiden gehen recht förmlich miteinander um.

»So Gott will, wacht sie bald auf«, sagt Mariam.

»Die Ärzte wissen gar nichts.« Die Stimme des Vaters ist leise und tief. »Sie wissen nicht, wieso sie nicht aufwacht.«

»Und wir müssen bald anfangen, über die Kosten nachzudenken.«

»Machen Sie sich deswegen keine Sorgen«, sagt Mariam. »Ich werde das Geld auftreiben.«

»Möge Gott Sie behüten, meine Liebe.«

Mit jedem Tag, der vergeht, verhärten sich ihre Herzen. Alia, eine weitere Verbündete, die ich nie kennengelernt habe. Eingekesselt vom Pulk der Männer, begrapscht von 20 Paar Händen, vergewaltigt mit der Klinge eines schmutzigen Messers. Mariam nimmt Alias Hand.

Was kann dich dazu bringen, nach zwei Wochen aufzuwachen? Sie streichelt Alias Hand. Wir werden das hier überwinden. Wir werden es schaffen, dorthin zu gelangen, wo wir hinmüssen. Wir haben es zu lange vermieden, den Tatsachen ins Auge zu sehen. Die ganze Zeit haben wir innerhalb eines kaputten Systems gearbeitet, haben einen eiternden Körper von innen mit Pflastern zugeklebt. *Das Volk verlangt den Sturz des Regimes.* Also tauschen wir Mubarak gegen Tantawi gegen Mursi gegen Sharon gegen Obama gegen wen auch immer aus, tauschen sie einen nach dem anderen aus, während wir dicke Bücher schreiben und bis tief in die Nacht über »das Volk« debattieren und was es unserer Meinung nach will. Und wir werden es wieder tun, in der wenigen Zeit, die uns noch bleibt, bevor die Welt endgültig dem Fieber anheimfällt, das sie für immer von unserer bakterienverseuchten Zivilisation befreien wird. Oder wir tun das Einzige, was wir noch nicht versucht haben, das Einzige, was vielleicht alles verändern könnte. Die Zeit ist gekommen, die Leute sind bereit: Die einzige Revolution, die noch bleibt, ist die der Frauen. Morgen sagen wir »Es reicht«. Jede Frau wird aufhören zu arbeiten, zu organisieren, die Welt zusammenzuhalten, und wir werden zusehen, wie sie in sich zusammenkracht. Es ist das Einzige, was wir noch nicht versucht haben. Wir alle können das Potenzial spüren, die statische Unterströmung der Stadt, sehen es auf den gefährlichen Straßen in den Augen anderer Frauen, spüren, wie unsere Knochen sich verhärten, wie zugleich jede Kompromissbereitschaft aus unseren Körpern weicht. Die Zeit ist gekommen: Die Bedingungen sind perfekt. Es wird in Ägypten stattfinden: Die Revolution flutet durchs Land, aber die Welle hat ihren Höhepunkt noch nicht erreicht. Angefangen bei Mubarak über die Armee bis hin zur Muslimbruderschaft reißt sie nacheinander alles mit sich, bis nichts übrigbleibt als die ultimative Ungerechtigkeit des

Patriarchats. Jetzt ist der richtige Zeitpunkt, die Menschen sind da, die Flamme lodert: Jungfräulichkeitstests, blauer BH, Massenattacken – wir sind das Ziel, wir sind die Unterdrückten, wir sind die vorderste Front, und da alle anderen politischen Achsen in nutzlose Splitter, fragmentierte Grüppchen zerbrochen sind, gibt es keine andere Kraft des sozialen Zusammenhalts als: Frauen. Frauen erleiden dieselben Demütigungen von Alexandria bis El-Arish bis Alaska bis Adelaide. Jetzt ist der richtige Zeitpunkt, und die Menschen sind hier. Wir lassen uns das nicht mehr gefallen. Euer Arabischer Frühling wird nichts sein im Vergleich zu dem, was jetzt kommt.

Wir werden dir Gerechtigkeit verschaffen, Alia. Wach einfach auf, dann wirst du sehen.

Sie muss zurück zur Corniche. Hat sich irgendetwas geändert? Wie viele Kinder hat die Polizei heute erschossen? Durch die neuen Mauern, die die Stadt teilen, ist sie dem Leichenschauhaus jetzt näher als der Schlacht – vielleicht sollte sie gleich dorthin gehen.

»Brauchen Sie heute Abend noch etwas?«, fragt sie.

»Vielen Dank, meine Liebe. Ruhen Sie sich ein bisschen aus«, antwortet die Mutter.

»Sie müssen nicht jeden Tag kommen«, sagt der Vater und fügt sanfter hinzu: »Wir sehen doch, wie beschäftigt Sie sind.«

»Ich weiß«, antwortet Mariam. »Aber ich komme gern.«

Sie dreht sich um und geht durch den dunklen Flur des maroden Krankenhauses, ruft Rania zurück.

»Rania, was ist los?«

»Erinnerst du dich an diesen vermissten zwölfjährigen Jungen?«

»Natürlich.«

»Vielleicht haben wir eine Spur. Anscheinend halten sie in der Red Mountain Dutzende von Kindern gefangen.«

»In der Polizeikaserne?«

»Ja.«

»Fuck!«

In über zehn Jahren habe ich nicht so viele Fälle von männlichen Aktivisten gesehen, die in Polizeigewahrsam vergewaltigt wurden, wie in den letzten Wochen.
@HossamBahgat
21:23 – 16. Feb. 2013

17. FEBRUAR: WEITERHIN GEWALTSAME ZUSAMMENSTÖSSE IN DER CORNICHE

Wie viele Tage sind wir jetzt schon hier? Khalil steht allein auf der Brücke und beobachtet die Kinder, die die über den Boden schlitternden Gaskanister einfangen und in den Fluss schleudern. Ein Junge wirft lachend einen zischenden Gaskanister zurück auf die wartenden Polizisten. Es ist ein Spiel. Vielleicht ist es für uns alle ein Spiel, ein Zeitvertreib, bis alles vorbei ist. Kinder, die von ihren Eltern weglaufen, der Tod nicht mehr als ein Sport für die Polizei.

Auf die Ufermauern sind Worte gesprüht:

WENN IHR UNS NICHT TRÄUMEN LASST,
LASSEN WIR EUCH NICHT SCHLAFEN.

Um einen Krieg zu gewinnen, braucht man Disziplin. Um einen Aufstand zu gewinnen, braucht man Chaos. Also, was davon sind wir?

Halbwüchsige Jungen werden einer nach dem anderen weggezogen, halb erstickt, das Gas noch an den Füßen haftend, während ihre Freunde sie wegzerren. Mariam steht neben Hafez. Einst, es ist noch nicht lange her, hätte eine Tränengasnacht Tausende auf die Straßen getrieben, sie wären überfüllt gewesen mit entrechteten Jugendlichen, alten Linken, neuen Anarchisten, Fotojournalisten, Auslandskorrespondenten, Ärzten, Polizeispitzeln, Straßenkindern und Krawalltouristen. Aber diese langen, schmerzhaften Nachmittage haben nichts Glamouröses an sich. Niemand ist mehr da, der das zerbröckelnde Spektakel beobachtet.

Ein Motorrad mit einem neuen Verletzten rast mit heulendem Motor auf sie zu. Sie sieht ein von Schrotkugeln verwüstetes Gesicht, eine Blutspur. Dann ist das Motorrad wieder weg, und ein Junge kniet sich hin und sammelt etwas vom Asphalt auf.

»Das hier müssen wir beerdigen«, sagt er und hält ihnen die Hirnfetzen und Schädelsplitter hin.

18. FEBRUAR: MURSI WIRBT BEI MUBARAK-FREUNDLICHEN UNTERNEHMERN IM EXIL UM FINANZIELLE UNTERSTÜTZUNG

Hafez sitzt allein im dunklen Büro. Alle anderen sind schon vor Stunden nach Hause gegangen. Nachrichten von Nancy warten unbeantwortet in seinem Telefon. Er wusste nicht, ob er es auf dem Foto drauf hatte. Er hatte das Foto geschossen, ohne groß nachzudenken. Loslaufen, draufhalten, Auslöser drücken. Ein Kriegsfotograf arbeitet instinktiv. Er lief los, er hielt drauf, er drückte den Auslöser. Aber er brachte es nicht über sich nachzusehen, ob er es wirklich drauf hatte. Das Motorrad raste davon, die Jungen rannten hinter ihrem Freund her. Es sind immer die Armen, die das Sterben erledigen.

Allein vor seinem Computer kann er es sich ansehen. Und es ist da. Das Foto bildet alles ab – die Panik des Todes, die qualmenden Reifen, den herabhängenden Arm, den letzten Abschied. Etwas Heiliges liegt im Bild des Opfers. Etwas Unantastbares, das er verletzt hat. Vorsichtig arbeitet er an Farbe und Kontrast, aber mit jeder Nuancierung wächst in ihm ein Krebsgeschwür des Zweifels. Wie viele Wellen der Empörung müssen wir noch auslösen, um den Funken der Revolution neu zu entfachen? Wie viele letzte Atemzüge werden wir noch ans atemlose Internet verhökern? Wenn der Brennstoff einer Revolution der Tod ist, wie wird sie dann enden?

23. FEBRUAR: ÄGYPTEN BESTELLT TRÄNENGAS IM WERT VON 2,5 MILLIONEN DOLLAR IN USA

Nachts begegnet sie Khalil. Die Ärztin. In seinen Träumen hält sie seine Hand, ihre Beine liegen über seinen, während sie fernsehen. Er träumt von ihrer Berührung, träumt davon, wie sie sanft und liebevoll seine Hand streichelt. Sie sind in einem Haus voller Wärme und weicher Sitzmöbel, sie sind verliebt, seine Hand liegt auf ihrem Knie. Ihr Glück darüber, einander gefunden zu haben, erfüllt den ganzen Raum: Sie müssen nicht reden. Sie hält seine Hand. Sein Herz ist elektrisiert vor Liebe, die Schrotkugeln in seinem Rücken brennen vor Freude. Sie steht auf, zieht ihn mit sich hoch. Er folgt ihr und bemerkt, dass sie etwas an ihrem Kopf festzurrt, und als sie sich umdreht, sieht er nicht ihr Gesicht, sondern das Schwarz der Gasmaske, die lange Dunkelheit darin. Ich liebe dich immer noch, sagt er, ich liebe dich immer noch. Die Maske bewegt sich auf ihn zu, nähert sich, um ihn zu küssen, die Dunkelheit wirbelt hinein in einen Kosmos aus Schusswunden und heftigen Atemzügen und Blut. Ich liebe dich immer noch. Ich bin hier. Ich liebe dich immer noch. Ich bin hier, bei dir. Und dann landet etwas auf seiner Brust, und eine rote Blume erblüht. Er wacht mit einem Ruck und mit schmerzendem Rücken auf und mit einer Trauer, die von stummer Schuld durchsetzt ist und ihn bis zum Sonnenaufgang quält.

24. FEBRUAR: ÄGYPTISCHES PFUND STÜRZT INS BODENLOSE

Nellys Stimme dringt laut durch die sich öffnende Tür: »Mariam, Liebling! Wie geht es dir? Und Sie müssen Khalil sein, wie nett, Sie *endlich* kennenzulernen! Wir haben dieses Treffen *viel* zu lange hinausgeschoben! Mariam, ich kann dir gar nicht sagen, wie schrecklich es von dir ist, ihn so lange zu verstecken und für dich zu behalten. So ein *gut* aussehender Mann! Findest du nicht auch, Honigbär?«

Honigbär, der riesig hinter ihr aufragt, brummelt zustimmend. Seine Arme sind mächtig, dicht behaart und vor der Brust verschränkt. Am Handgelenk trägt er eine wuchtige silberne Uhr.

Nelly entlässt Khalil aus ihrer erdrückenden Umarmung und strahlt ihn an. Er fragt sich, ob seine Kleider noch nach Tränengas riechen.

»Es hat einfach nie gepasst«, sagt Mariam.

»Ein ganzes Jahr lang?«

»Kommt doch erst einmal rein.« Die Hand des Vaters reckt sich ihm entgegen. »Was möchten Sie trinken?«

»Das Gleiche wie Sie, danke«, sagt Khalil.

»Whiskey.«

»Wunderbar.«

»Sie sprechen also Arabisch«, sagt der Vater.

»Ja.«

»Sehr gut. Mariam sagt, Sie sind Amerikaner?«

»Ich wurde nur dort geboren.«

Nelly führt sie ins Wohnzimmer, und sie setzen sich auf riesige Sofas mit Blick in den Garten. Wann hast du das letzte Mal grünes Gras gesehen? Er würde am liebsten aufstehen und die Schuhe ausziehen und die weichen Halme an den Füßen spüren. Es ist lange her.

»Du bist dünner geworden, Liebling! Du musst darauf achten, dass du isst! Ich weiß, du rennst die ganze Zeit herum, aber du musst essen! Khalil? Isst sie? Sie müssen dafür sorgen, dass sie isst!«

Sie hat Recht, denkt Khalil. Mariam wird immer dünner. In den seltenen Momenten, die sie zusammen zu Hause sind, isst sie nie mehr als eine Scheibe Toast. Seit ein paar Tagen ist sie krank, weigert sich aber, sich auszuruhen.

»Also …« Der Vater beugt sich vor. »Khalil, können Sie mir bitte erklären, was genau Sie und meine Tochter eigentlich *tun?*«

»Äh. Natürlich«, stottert Khalil. »Was genau meinen …«

»Nun, ich weiß, dass keiner von euch viel vom Geldverdienen hält. Das meine ich nicht. Aber diese *Aktivismus*-Sache. Wenn ich sie frage, was sie macht, sagt sie, sie sei eine Aktivistin –«

»Ich habe nie gesagt, dass ich eine Aktivistin bin«, widerspricht Mariam.

»Gut, deine Mutter sagt es.«

»Und«, wirft Nelly mit einem sonnigen Lächeln ein, »auf diesem Face sagen sie es auch immer.«

»Es heißt einfach nur Face, Nelly«, korrigiert Mariam sie ein bisschen barsch. »Für Facebook.«

»Wir verdienen das, was wir brauchen«, sagt Khalil. »Wir haben kaum Ausgaben.«

Als niemand darauf eingeht, räuspert er sich. »Ich habe ein bisschen was über Ihr Entsalzungsprojekt gehört.«

»Ja?«

»Klingt sehr interessant.«

»Ja.« Der Vater bemüht sich. »Entsalzung ist der Schlüssel. Wenn wir das Salz rauskriegen, haben wir genug Wasser, um die ganze Wüste zu bepflanzen. Genug, um genauso viel Obst und Gemüse zu produzieren wie *Ihr* wunderbares Land.«

Fuck, was muss man eigentlich tun, um ein Ägypter zu werden? Muss ich mir den Pass an die Stirn tackern? Mir Nassers Gesicht auf den linken und Amr Diabs auf den rechten Arm tätowieren lassen?

»Stimmt«, nickt Khalil. »Palästinensische Produkte sind wirklich hervorragend.«

»Palästinensische?«, fragt der Vater verwundert. »Ach so, ja, Mariam hat so etwas erwähnt. Jedenfalls gibt es nicht viele Ägypter, die Khalil heißen. Fahren Sie oft hin? Bestimmt ist meine Tochter ganz versessen darauf, sich in ein israelisches Gefängnis sperren zu lassen.«

»Nicht oft genug. Aber wenn sich die Lage hier ein bisschen beruhigt, werde ich hinfahren.«

»Die Israelis wollen natürlich unser Wasser. Haben Sie das mit der Finanzierung des elenden äthiopischen Damms mitbekommen?«

»Ja. Und Mursi hat die Sache richtig schlecht angepackt.«

»Das kann man wohl sagen. Der Idiot riskiert einen Krieg!«

Der Vater nimmt einen Schluck von seinem Drink und lehnt sich im Sessel zurück.

Khalil sieht, dass Mariams Hand leicht zittert. Sie schläft nicht genug. Jeden Tag verbringt sie zwischen Corniche und Erste-Hilfe-Stationen und Apotheken und Krankenhäusern und Spendern und Leichenschauhaus. Sie bemerkt, dass er sie beobachtet. Letzte Nacht hatte sie leichtes Fieber.

Komm mir nicht zu nahe, hatte sie gesagt. *Du brauchst dich nicht um mich zu kümmern. Und du brauchst mich auch nicht zu bemitleiden. Es ist einfach so heiß hier drin. Und Medikamente nutzen sowieso nichts.* Aber als der erste kalte Wassertropfen auf ihrer Stirn landete, seufzte ihre Haut vor Erleichterung. Sie entspannte sich und wartete darauf, dass er das nasse Handtuch noch einmal auf ihre brennende Stirn drückte, aber dann war sie allein, und das Zimmer war dunkel, und sie fuhren durch ein Tal mit dunklen Bergen zu beiden Seiten. Ihr Vater war am Steuer, ihr kleiner Cousin und ihre kleine Cousine saßen neben ihr. Das Auto fuhr tiefer und tiefer ins Tal hinein. Der Junge schrie: »Ich sehe was, was du nicht siehst. Nein! Rat nochmal.« Und seine kleine Schwester schrie irgendwas zurück. Sie spielten das Spiel schon seit Stunden, in Endlosschleife. Ich sehe was, was du nicht siehst. Das Auto drang immer tiefer ins Tal ein. Ihr Vater sagte nichts, machte aber auch das Radio nicht an. Die Berge wurden höher, dunkler, schroffer. Scheinwerfer kamen ihnen entgegen, eine Hupe ertönte, ein Fahrzeug geriet ins Schleudern, kreischende Bremsen, und alles erstarrte. Sie sah aus dem Heckfenster, und da war er, zum tausendsten Mal, der Bus, umgekippt, lag quer über der Straße wie ein gestrandeter Wal, ein Meer aus smaragdgrünem Glas zwischen ihnen, blau glitzernd in der heißen Sonne, und mitten auf der Straße eine Bewegung, ein Mann, der sich durch die Scherben über den Asphalt auf sie zuschleppte. Sie öffnete die Autotür. Niemals wird es Worte dafür geben. Sie stand da, die Sonne brannte heiß auf ihren Kopf herab. Dann kamen immer mehr. Sie fielen aus dem Bus. Dutzende von Menschen krochen auf sie zu. *Mariam,* schrie ihr Vater. *Zurück ins Auto!* »Aber –« Der Mann war fast bei ihr. Nah genug, um sie anzusehen. *Mariam! Ins Auto!* Nah genug, um zu sehen, wie sie sich umdrehte, wie das Auto wegfuhr. »Aber – «, sagte sie zum tausendsten Mal. *Mariam,* schrie ihr Vater. *Du kannst nichts ändern.*

»Und?«, sagt der Vater. »Werdet ihr heiraten und uns Enkelkinder schenken?«

Mariam stellt ihr Glas ab. »Darüber haben wir schon mehrfach gesprochen«, sagt sie. »Ich will keine Kinder.« Wer würde schon ein Kind in diese Welt setzen wollen? Wer würde eine Tochter haben und sie auf diese Straßen voller Männer schicken wollen?

»Immer noch dieser Unsinn?«, grollt ihr Vater. »Deine Mutter hat genau das Gleiche zwei Jahre lang gesagt. Wäre es dir lieber, wir hätten dich nicht bekommen?«

Nelly wendet sich an Khalil. »Was ist mit Ihnen, Khalil? Wollen *Sie* Kinder?«

»Ich – ich habe nichts gegen die *Idee.*«

»Also, solange keiner von euch beiden mir sagen kann, wie ihr je Geld verdienen wollt, ist es vielleicht auch besser so. Ist teuer, die Kleinen zu ernähren.«

»Bist du *deswegen* in die Privatklinik gegangen, Vater?«

»Alle gehen in den privaten Sektor, Süße. Das wüsstest du auch, wenn du in diesem Land je einen richtigen Job gehabt hättest.«

»Und?«, geht Nelly hastig dazwischen. »Denkt ihr beide nicht ans Heiraten?«

»Wir brauchen nicht zu heiraten«, sagt Mariam.

Der Vater beugt sich vor. »Bist du sicher?«

»Ja«, antwortet sie kühl.

Der Vater wendet sich an Khalil und fixiert ihn mit einer hochgezogenen Augenbraue und einem furchteinflößenden Blick: »Sind Sie *sicher?*«

»Ja«, kommt Mariam ihm zu Hilfe. »Ich bin sicher. Auch das hatten wir schon.«

»Und ich bekomme nie eine Antwort.«

»Du wirst auch heute keine bekommen.«

Mariam dreht sich entschlossen um und sieht in den Garten hinaus. Der dunkle, verlockend grüne Rasen wird begrenzt von dichten Sträuchern mit roten Blüten. Sie denkt an den Jungen, seine offen hingehaltenen Hände: *Das müssen wir beerdigen.* Ein Grab, nicht besonders tief, mit einer einzigen roten Blume als Kennzeichnung.

»Khalil, mein Lieber, sagen Sie mir –«, Nelly beugt sich vor und gießt sich ein weiteres Glas Wasser ein. »Sie haben also einen amerikanischen Pass?«

»Ja.«

»Oh!« Nelly zwinkert Mariam wenig subtil in falscher weiblicher Solidarität zu. »Wie nützlich.« Aber Mariams Blick ist starr auf den Garten gerichtet.

»Wenn ihr also keine Kinder haben wollt, was wollt ihr dann miteinander anfangen?«, fragt der Vater. »Habt ihr einen Plan für euer Leben? Ich respektiere euch junge Leute, wirklich, das tue ich. Vielleicht wird das nicht immer so deutlich, aber es ist so. Aber ich kann einfach keinen Plan erkennen, nicht für euer Leben und nicht für eure Revolution. Ich war auch gegen Mubarak, natürlich. Das waren alle. Aber dann zieht ihr die Armee in den Dreck, und was haben wir davon? Die Muslimbrüder. Die *Muslimbrüder!* Was wollt ihr gegen sie machen?«

»Siehst du dir keine Nachrichten an?«

»Doch, natürlich. Und ich sehe hundert Kinder, die Steine ins Leere werfen! Was bringt das? So werden sie den Palast jedenfalls nicht stürmen.«

»Nein, aber solange sie da draußen sind, kann Mursi sich nicht als Präsident aufspielen. Es ist eine Botschaft, sie zeigt ihm, dass er sich seine Autorität *verdienen* muss.«

»Aber wieso diese ganze *Gewalt?*«, fragt Nelly. »Könntet ihr nicht einfach friedlich vor dem Palast sitzen?«

»Genau das haben wir doch getan! Und *sie* haben *uns* angegriffen!«

»Ich finde einfach, dass die Botschaft so viel stärker ist, wenn ein Protest friedlich verläuft.«

»Aber letztendlich bewirkt nur Gewalt etwas«, widerspricht Mariam. »Ohne die Kämpfe in der Mohamed Mahmoud hätte die Armee nie ein Datum für die Machtübergabe festgelegt.«

»Nein«, sagt der Vater bestimmt. »Da irrst du dich. Ihr hattet einfach nur Glück. An dem Tag, an dem die Armee beschließt, das Feuer zu eröffnen, werdet ihr sie nicht aufhalten können.«

»In Maspero haben wir sie aufgehalten.«

»Maspero war ein Fehler. Glaub mir. Wenn sie den Befehl bekommen …«

»Ich dachte, du hättest gesagt, dass sie den Befehl nie bekommen werden.«

»So Gott will.«

26. FEBRUAR: SCHLIMMSTER BALLONUNFALL SEIT JAHRZEHNTEN FORDERT 19 MENSCHENLEBEN IN ÄGYPTEN

Die Tage gehen unmerklich ineinander über. Das smaragdgrüne Glas zerschneidet ihre müden Hände, blau und rot bluten sie langsam in die Wüste aus. Der Mann kriecht auf sie zu. Der Aufruhr tobt weiter. Die Proteste hören nie auf. Messer blitzen in der gelben Dunkelheit.

Sie holt sich eine Flasche Wasser, setzt sich allein ins Gras vor der Mogamma3 und gießt das Wasser vorsichtig auf die Erde rund um die einzelne rote Blume. Tote verrotten, versteckt im Leichenschauhaus. Elektroden werden an die Zungen halbwüchsiger Jungen geklemmt. Messerklingen verletzen Genitalien. Der Präsident dankt der Polizei für ihre aufopferungsvolle Arbeit.

3. MÄRZ: HEUSCHRECKENPLAGE AUF DEM WEG NACH ÄGYPTEN

Er steht im Schatten des alten Berges aus Fels und Geröll und beobachtet, wie die Sonne hinter seiner Silhouette verschwindet. Die Wellen sind still, silbrige Geduld des Wassers. Die Sonne geht langsam unter, und er steht im Seichtwasser des Sinai. Der Ostwind, der über das Meer herbeiweht, badet ihn in der Ruhe, die über allem liegt, die kleinen Kräuselwellen, die seine Beine umfließen, sind atemberaubend in ihrer mathematischen Schönheit, aber da ist immer auch die Stimme aus der kratzenden Dunkelheit – *sie ist meine Schwester, ich schwöre, sie ist meine Schwester.* Er ist allein, schwer liegt in seinen Armen das Gewicht eines Körpers, dessen Gesicht er nicht sehen kann, das seichte Wasser erstreckt sich weit und flach und unbeweglich wie Glas bis zum Riff, und er geht durch die Stille bis an den Rand, um den Körper abzulegen und zuzusehen, wie er versinkt, und die Stelle mit Tränen zu markieren, und um sagen zu können, dass sie in gebührender Form beigesetzt wurde.

5. MÄRZ: ÄGYPTEN KÜRZT KRAFTSTOFFSUBVENTIONEN

Keine Zeit für Kunst. Sie produzieren inzwischen zwei Podcasts die Woche. Die Muslimbruderschaft hat das Wochenende damit verbracht, Protestteilnehmer in einer Moschee zu foltern. Die Polizei verhaftet und foltert Dutzende von Kindern. Die Wirtschaft bricht zusammen. Die neue Verfassung ist mittelalterlich. Aufnahme, Schnitt, Upload. Keine Zeit für Kunst. Auch kein Bedarf. Alles, was Chaos bereitstellt, wird zehntausendfach heruntergeladen.

9. MÄRZ: ÜBERGRIFFE DER POLIZEI NEHMEN UNTER MURSI ZU

Die Tür zu seiner Wohnung ist ein Sammelsurium aus Aufklebern politischer Initiativen und Protestslogans – den Ehrenplatz in der Mitte nimmt eine Nofretete mit Gasmaske ein, ihre Augen wild und zornig und herrisch, sein unangefochtener Liebling. Nofretete, immer wachsam, immer zornig, eine ständige Erinnerung daran, nicht zu lange gemütlich zu Hause zu sitzen.

Die Wohnung ist dunkel. Mariam ist nicht da. Sie wird irgendwann neben ihm ins Bett schlüpfen, wenn er schon schläft, und wenn er aufwacht, wird sie schon wieder an ihrem Computer arbeiten. Sie schläft allerhöchstens vier Stunden pro Nacht.

Die Heuschrecken sind nicht gekommen. Jedenfalls nicht in die Stadt. Ihr Nichterscheinen hat ihn mit einer eigenartigen Enttäuschung erfüllt. Er hatte sich gewünscht, dass sie kommen. Hast du dir wirklich eine Plage herbeigewünscht? Wozu? Als Metapher?

11. MÄRZ: MORD AN MUSLIMBRÜDER-KRITISCHEN FACEBOOK-ADMINS SCHÜRT ANGST VOR GEZIELTEN ANSCHLÄGEN

Mariam steht in den Kulissen des Dream-TV-Studios in Media City und beobachtet Ashira. Sie sieht so stark aus, fast wie eine Göttin, das helle Licht wird von ihr zurückgeworfen, als sie spricht:

»Das ist es, was sie uns bieten? Das ist die Revolution, die sie uns versprochen haben? Der Kriegsverbrecher Tantawi wird geehrt, Mubaraks Polizeichefs sind immer noch auf freiem Fuß, und kein einziger regimetreuer Minister wurde verhaftet? Und jetzt auch noch das? Jetzt bringen sie die Leute schon auf offener Straße um. Sie verhaften Hunderte von Kindern und überfallen Frauen auf den Plätzen. Was soll das sein? Jedenfalls nicht das, was uns von den Muslimbrüdern versprochen wurde, als sie schworen, die Revolution fortzusetzen.«

Mariam liebt es, Ashira in Aktion zu sehen. Sie beherrscht den Raum, ohne aggressiv zu sein, sie findet immer genau das richtige Maß an Zorn.

»Nein, natürlich nicht«, grinst der TV-Moderator. »Und wir sollten auch nicht vergessen, dass sie versprochen haben, keinen Präsidentschaftskandidaten aufzustellen.«

»Richtig.«

»Und dann haben sie gleich zwei aufgestellt.«

»Genau. Sie haben von Anfang an gelogen, und jetzt haben sie sich auf dem Rücken der Revolution an die Macht tragen lassen.«

»Wie wahr. Wir nehmen jetzt gerne Anrufe entgegen. Ich weiß, dass unsere christlichen Nachbarn sehr besorgt sind, und wir werden sie zu Wort kommen lassen – nach einer kurzen Unterbrechung.«

Die Muslimbrüder haben nicht viele Freunde in Media City, und draußen verleihen sie ihrem Missfallen darüber deutlich Ausdruck. Dutzende aufgebrachter Männer campieren dort, vollständig ausgestattet mit Toiletten, einem Metzger und offenem Feuer. »Eine mittelalterliche Belagerung« nennen es die Medien.

»Willkommen zurück«, sagt der Moderator mit strahlendem Lächeln. »Ich möchte unser Gespräch mit Ashira Mohsen dort fortsetzen, wo wir unterbrochen haben. Sie sprachen über die Wahlversprechen der Muslimbruderschaft.«

»Fangen wir mit der Strafverfolgung an. Die Polizisten, die unsere Angehörigen getötet haben, müssen vor Gericht gestellt werden.«

»Selbstverständlich muss es Verfahren geben.«

»Das muss es. Und wenn wir den Gerichten unsere Beweise vorlegen, werden diese Polizisten im Gefängnis landen. Wir haben zwei Jahre daran gearbeitet, Namen und Beweise zu sammeln. Einige der Familien kennen die Namen der Polizeibeamten, die ihre Kinder getötet haben. Sie sehen sie in ihren Vierteln. Können Sie sich vorstellen –«

Ashira hält inne, etwas schnürt ihr die Kehle zu.

> Ashira wartet. Sie wartet immer. Sie kann nicht aufhören zu warten. Sie hat die Schlösser nie ausgewechselt. Sie weiß, sie weiß, aber was, wenn doch –
>
> Anfangs rief sie ihn immer wieder an. Am ersten Tag jede Stunde. Betete darum, dass sein Mobilfunknetz wieder erreichbar wäre. Dann jeden Tag. Dann jeden zweiten Tag …

»– können Sie sich vorstellen, wie sich das anfühlt?«

»Ist der Generalstaatsanwalt davon in Kenntnis gesetzt?«

»Natürlich. Ich habe selbst mit ihm gesprochen. Wissen Sie, die Muslimbrüder haben dem ägyptischen Volk Wahlversprechen gegeben, die sie nicht eingehalten haben. Während des Wahlkampfs für Mohammed Mursi sind sie an mich herangetreten.«

»Direkt?«

»Ja, direkt. Sie baten mich als Angehörige eines Märtyrers, auf Wahlkampfveranstaltungen zusammen mit Mursi auf einer Bühne zu erscheinen und zu sagen, dass ich ihn gern als Präsidenten hätte.«

»Wie haben Sie darauf reagiert?«

»Ich habe sie gefragt, warum ich das tun sollte. Sie sagten, Mohammed Mursi sei für uns die einzige Möglichkeit, Gerechtigkeit zu erlangen. Dass er, wenn er an der Macht sei, im Sinne der Revolution regieren werde, dass er dafür sorgen werde, dass es Untersuchungen und Gerichtsverhandlungen gebe. Dass er besser sei als Shafiq. Sie sagten –«

Eines Tages gab es plötzlich ein Freizeichen. Ihr Herz setzte fast aus. Es klingelte und klingelte, und schließlich meldete sich ein Mann, eine Stimme, die sie nicht kannte. Er sagte, er habe die Nummer vor Kurzem gekauft, aber in seiner Stimme lag ein Zittern. Sie rief noch mal an, und er ahnte, wieso sie anrief. Ein Nachbar verkaufe Sim-Karten, die er allesamt in der Nähe seines Hauses im Müll finde. Und wo leben Sie? In der Nähe der Red-Mountain-Kaserne, sagte er.

Die Red-Mountain-Kaserne, eine Kaserne innerhalb einer Festung draußen in der Wüste. Wir alle kennen den Namen, haben ihn aus dem Mund zitternder Kinder gehört, die man verhaftet hatte und die sich in den Kerkern um Eimer mit vergammelten Essensresten streiten mussten. Kann man die Red Mountain zwei Jahre lang überleben? Könnte Michael tief in der Dunkelheit der Kaserne angekettet sein? Sie redete mit freigelassenen Kindern, zeigte ihnen Fotos, Fotos mit und ohne Bart, aber ohne Ergebnis. Man kann nicht an die Türen der Red-Mountain-Kaserne klopfen.

Vergossenes Blut trocknet, Schläge bleiben ungesühnt. Der Durst nimmt zu. Unsere Mörder laufen frei herum. Unser Bedürfnis wird stärker. Die Monate des Redens sind vorbei, ein Wort klebt an ihr wie Schweiß: *al-Qasas*, Vergeltung. Brot, Freiheit und soziale Gerechtigkeit, hieß es am Anfang. Worte, für die es sich zu sterben lohnte. Die neuen Worte lauten: Gerechtigkeit, Rache, Vergeltung. Nenn es Blutschuld. Was immer es ist. Es muss bezahlt werden.

»Wie können wir in Kontakt bleiben?«

Es war das Letzte, was sie ihn fragte, das nutzlose Telefon in der Hand, während sich draußen die Menge versammelte und er sich die Schuhe anzog.

»Bei Sonnenuntergang bin ich wieder zu Hause. Egal was passiert.«

Sie setzte sich auf den Balkon und sah zu, wie er davonging.

Wenn man nichts weiß, bleibt einem nur das Warten. Warten. Auf alles. Darauf, dass du Horreya siehst. Dass du siehst, wie sie zu einer kleinen Frau heranwächst. Warten und nicht warten. Leben und nicht leben. Ich vergesse allmählich, wie es sich anfühlt, dich zu umarmen, vergisst du mich? Bist du an einem Ort, der dich vergessen lässt? Oder ist deine Welt wie unsere, ein grauer Spiegel voller Sehnsucht?

Der Talkshow-Moderator beobachtet sie, ihr Schweigen macht ihn nervös.

»Was haben sie gesagt?«

Ashira hebt den Kopf und räuspert sich. »Sie sagten, sie würden die Sache ehren, für die mein Mann, für die Michael gestorben ist.«

11. MÄRZ: JUNGFRÄULICHKEITSTESTS: MILITÄRGERICHT SPRICHT ARZT FREI

Das Sonnenlicht fängt Generationen von Staub ein, die ziellos durch die Luft schweben.

»Seit wann ist der Laden zu?«, fragt Khalil.

»Schon lange«, antwortet der Pförtner Tariq. »Mindestens zehn Jahre.«

Schwebt Staub für alle Zeiten durch die Luft, einzig und allein getrieben von den Vibrationen der Stadt? Das Sonnenlicht umspielt Khalils Körper, und die Wärme auf seinem Rücken überflutet ihn mit der Erinnerung an das Heiligtum im Innern von Abu Simbel und an die flüsternde Stimme seiner Mutter. Er kann noch immer die Ehrfurcht des Jugendlichen spüren: die Erhabenheit, die Theatralik, der perfekte Einklang mit der Natur.

Eine Neonleuchte erknistert zu Leben, und das Sonnenlicht muss sich geschlagen geben.

»Die Kinder wollen nichts davon haben«, sagt Tariq. »Sie wollen einfach nur verkaufen und fertig.«

Uralte Möbel unter einer dicken Staubschicht, Spiegel, deren Glanz längst erloschen ist, Regale voller Bücher auf Arabisch und Englisch und in der Ecke ein alter Plattenspieler und noch mehr Regale voller Schallplatten.

»Wann ist er gestorben?«, fragt Khalil.

»Letzte Woche.«

»Und die Kinder wollen wirklich *nichts?*«

»Nichts.«

»Ich nehme die Platten.«

»Okay … aber du vergisst mich doch nicht?«

»Wie könnte ich dich je vergessen, Tariq?«, antwortet Khalil und fischt einen Schein aus seiner Tasche.

Hafez sitzt in seinem üblichen Sessel und liest die Zeitung, während Khalil die Platten durchsieht und einige der Namen vorliest:

»Johnny Cash, Dalida auf Arabisch und Französisch –«

»Mach deine Johnny-Cash-Imitation«, unterbricht ihn Hafez.

»Warum soll ich ihn imitieren, wenn wir ihn in echt haben?«

»Ach bitte.«

»Vielleicht später. Erst mal haben wir ein paar Neil Diamonds, die Doors, alles von Fairuz, wie es aussieht, dann Abdel Halim, Umm Kulthum, Ennio Morricone, Charles Aznavour, Dionne Warwick, Serge Gainsbourg, Françoise Hardy. Und Unmengen, von denen ich noch nie was gehört hab: Dora Bandaly … Hoda Haddad … Joseph Sakr … Jacqueline.«

Hunderte von Platten. Musik für ein ganzes Leben. Genau das hast du immer gebraucht. Keine digitalen Ablenkungen mehr, keine väterlichen Ausflüchte – jetzt kannst du dich hinsetzen und dir Platte für Platte alles von Umm Kulthum anhören und endlich alles verstehen, endlich wirst du *sie* verstehen. Der alte Herr wird staunen. Als er die restlichen Platten durchsieht, erwartet er fast, Reverend Franklin darunter zu finden.

Er zieht eine Fairuz-LP hervor und lässt sie aus der Hülle gleiten. »Wow«, macht er und hält sie hoch, damit Hafez sehen kann:

COLUMBIA RECORDS, 24 SOLIMAN BASHA, RADIO CINEMA ALLEYWAY, TELEFON: 43784.

»Unfassbar«, sagt Khalil. »Stell dir vor, ein Columbia-Records-Studio in Kairo!«

»In ein paar Jahren wirst du froh sein, wenn es noch einen einzigen Plattenladen in New York gibt«, sagt Hafez, ohne von seiner Zeitung aufzusehen.

Ein Columbia-Records-Studio in Kairo! Wir kommen jeden Tag an der Gasse vor dem zerstörten Radio Cinema vorbei. Wenn die Leute über das Kairo der Vergangenheit reden, kann er das Bild, das sie malen, nie wirklich glauben. An der Uni wimmelte es von Miniröcken und Vespas, die wie in einem Schwarz-Weiß-Film saubere, breite Straßen entlangratterten. Das Odeon zeigte russische Filme, das Qasr al-Nil französische, die italienisch angehauchten Gebäude der Altstadt erstrahlten in reinstem Weiß, und einmal die Woche gab es eine Ballett- oder Opernaufführung, die angeblich Weltklasse war.

Eine Kirchenglocke ertönt, und Ennio Morricones Klavier schwebt durch den Raum – *The Ecstasy of Gold.*

Khalil setzt sich, macht ein Bier auf. »Dein Foto ist überall«, sagt er.

»Hm«, murmelt Hafez, ohne aufzusehen.

»Freust du dich nicht?«

»Mich freuen, weil ich ein sterbendes Kind fotografiert habe?«

»Du weißt, was ich meine.«

»Nein. Doch. Ich weiß nicht. Wir haben uns das alles selbst zuzuschreiben. Jede Szene muss schockierender sein als die davor. Dann sind sie 15 Minuten lang interessiert, bis der nächste Horror sie erschauern lässt. Und wie viel Horror noch, bis die Leute einfach abschalten?«

Hafez drückt seine Zigarette aus.

»Glaubst du, dass sie gezielt Leute ermorden?«

»Die Facebook-Admins? Drei haben sie ermordet.«

»Und mindestens sechs weitere wurden zusammengeschlagen oder mit Messern attackiert.«

»Vielleicht tun sie es, ich meine, wieso nicht?« Hafez trinkt einen weiteren Schluck von seinem Bier. »Wir sind jetzt Teil des großen Spiels.«

Beide sind nun allein mit der Musik auf dem großen Friedhof, sind Teil des Totentanzes, der spiralförmig darauf zuführt, und als *Ecstasy of Gold* immer lauter anschwillt, hebt Hafez sein Glas: »Auf blutige Schlachten und blaue Flecken. Auf ein ruhmreiches Ende! Auf einen guten Tod.«

Schweigen.

Wann hat die Musik aufgehört?

»Es gibt keinen guten Tod«, sagt Khalil. »Nur den Tod.«

»Es muss auch einen guten Tod geben. Was wäre sonst der Sinn?«

Die Stille hängt zwischen ihnen.

Hafez sieht von seinem Bier auf. »Wärst du während der Achtzehn Tage nicht glücklich gestorben?«

Khalil schweigt einen Moment – »Glücklich ist ein großes Wort.«

20. MÄRZ: RATIONIERUNGEN ANGEKÜNDIGT, BROTPROTESTE BEGINNEN

Die Türklingel weckt ihn. Mariam ist nicht da.

»Guten Morgen«, sagt der Nachbar von oben. »Entschuldigen Sie die Störung.«

»Schon in Ordnung«, sagt Khalil, bittet ihn aber nicht herein.

»Es ist nur … also, es ist wegen der Nachrichten und … wie soll es denn jetzt mit unserem Land *weitergehen?*« Der kleine Mann ringt die Hände. »Was wollen Sie jetzt gegen die Bruderschaft *tun?*«

»Haben Sie die Proteste denn nicht gesehen?«

»Doch, aber sie haben das Land im *Würgegriff.* Und sie haben Amerika und Katar. Soll die Revolution nur *dafür* da gewesen sein? Dass Ägypten in die Hände der Muslimbrüder fällt?«

25. MÄRZ: MURSI STOPPT ARMEEMORD-UNTERSUCHUNG DURCH MENSCHENRECHTSORGANISATION

Neue Nachforschungen von @ChaosCairo: Muslimbruderschaft kidnappt und foltert Menschen in Moschee in Mokattam.

@ChaosCairo: Tolle Arbeit! Wir werden die Schweine von Muslimbrüdern für ihre Taten ins Gefängnis bringen!

@ChaosCairo: Wie können Männer Gottes so etwas in einer Moschee tun?

@ChaosCairo: Ihr sagt nicht, wer damit angefangen hat. Das Hauptquartier der Muslimbruderschaft wurde angegriffen. Sie haben sich nur verteidigt.

@ChaosCairo: Was in Ägypten passiert, bricht einem das Herz.

@ChaosCairo: Wart ihr nicht alle mal auf derselben Seite? Bitte erklärt, was passiert ist???

@ChaosCairo: Zur Hölle mit den Muslimbrüder-Bastarden! Ägypten wird Islamo-Faschismus niemals akzeptieren.

@ChaosCairo: Hört auf mit eurer Mubarak-Propaganda. Die Bruderschaft wurde angegriffen und hat sich nur verteidigt.

@ChaosCairo: Wo war die Polizei die ganze Zeit? Hat sie ihre neuen Partner in Ruhe arbeiten lassen?

@ChaosCairo: Polizei zog sich zurück und überließ Zivilisten einem Mob von Schlägern. Muslimbrüder haben sich nur verteidigt.

@ChaosCairo: Gott schütze Ägypten. Wenn die Muslimbruderschaft ihre Macht erst einmal gefestigt hat, werden wir sie nie wieder loswerden.

26. MÄRZ: ALAA ABD EL-FATTAH WEGEN AUFRUF ZUR GEWALT VERHAFTET

Ali sieht aus wie zehn, ist aber nach Aussage seines Vaters dreizehn. Mariam sitzt ihm gegenüber. Alis Mutter hat einen Teller mit Süßigkeiten hingestellt, und fast hätte sie zugegriffen, hält sich dann aber doch zurück. Sie fühlt sich schuldig, wenn sie isst, fühlt sich in jedem Augenblick schuldig, in dem ihr Körper etwas genießt, wo doch so viel unerledigt ist.

»Ist gut, Ali. Lass dir Zeit.«

Khalil überprüft noch einmal, ob das Aufnahmegerät läuft.

»Sie haben mich gezwungen zuzuschauen. Sie haben mich in den Laster gestoßen, und es waren ganz viele Leute drin, und sie haben uns gezwungen zuzuschauen.«

»Wer?«

»Die Regierung. Die Polizei. Sie haben uns alle gezwungen zuzuschauen. Zwei Männer. Sie mussten sich anfassen. Sie haben gesagt, sie schneiden mir die Kehle durch, wenn ich nicht hinsehe. Dann haben sie uns in ein Gefängnis gebracht. Es war unter der Erde. Einmal am Tag haben sie einen Eimer mit dreckigen Bohnen reingekippt, und alle haben sich drum gestritten.«

Keine Zeit für Kunst. Bald werden wir drei Episoden die Woche bringen.

5. APRIL: MASSENVERHAFTUNG UND FOLTER VON KINDERN AUFGEDECKT

Das Licht fällt in Streifen durch die Fensterläden, streckt sich lang über den Holzfußboden, wird breiter, als es die hintere Wand erreicht, ein Fächer aus Licht und Schatten über Mariams VISIT-PALESTINE-Poster. Er hat ein Buch aufgeschlagen, von Hobsbawm, und eine Passage mit einem schwarzen Stern am Rand hervorgehoben. Er liest noch einmal:

> Die Grundlinien der französischen und aller späteren Politik bürgerlicher Revolutionäre wurden nun klar erkennbar, und dieser dramatische dialektische Tanz würde die kommenden Generationen beherrschen. Immer wieder werden wir sehen, wie gemäßigte bürgerliche Reformer Massen gegen äußerste Reaktionäre und die

> Konterrevolution mobilisieren; wie dann die Massen über die Ziele der Gemäßigten in die Richtung ihrer eigenen sozialen Revolution hinausdrängen, die Reformer sich in eine Rechte und eine Linke spalten. Die rechte konservative Gruppe wird dann mit den Reaktionären zusammengehen, während die Linke bereit sein wird, ihre noch unverwirklichten gemäßigten Reformen mit Hilfe der Massen zu verwirklichen – trotz des Risikos, die Kontrolle über die Massen zu verlieren. Und so geht der Tanz weiter, mit seinen Wiederholungen und seinen Variationen nach dem Muster: Widerstand, Massenmobilisierung, Linkswendung, Spaltung der Gemäßigten und Rechtswendung – bis entweder die gesamte Bourgeoisie in das Lager der Konservativen übergeht oder von der sozialen Revolution besiegt wird.

Ist es wirklich so klar und eindeutig? Sind wir alle verdammt, den Gewissheiten des historischen Materialismus zu folgen? Oder weicht man damit nur der Verantwortung aus? Als Mariam mit ihrem Kaffee ins Schlafzimmer zurückkommt, liest er ihr den Absatz vor.

»Wie deprimierend«, sagt sie.

»Muss es aber nicht unbedingt sein.«

»Wieso nicht?«

»Vielleicht ist es ein Muster, das durchbrochen werden kann.«

»Aber du siehst doch, dass es hier auch passiert.«

»Vielleicht ist es hier trotzdem anders. In Hobsbawms Universum gibt es keine Islamisten. Bei uns geht es nicht um Liberale gegen Konservative. Wir haben die Muslimbruderschaft *und* die Armee: zwei extreme Rechte. Und uns.«

»Immerhin etwas«, sagt sie.

7. APRIL: QUELLE AUS REIHEN DER SICHERHEITSKRÄFTE: ZAHL AUSLÄNDISCHER AGENTEN SO HOCH WIE NIE

Die Orgel erklingt leise und kraftvoll und gefährlich, als Khalil die Kapuze hochzieht und in die Menge gleitet. Über ihm bewegen sich Banner und Plakate im gleichen Rhythmus. Er trägt die Ohrstöpsel, eine Kirchenorgel zerrt an seinen müden Muskeln. Dunkle Körper bewegen sich neben ihm, berühren ihn, drängen, ohne hinzusehen, voran. Fäuste recken sich in die Nacht. *Nieder, nieder, mit allen Präsidenten!* Die Balkone über ihnen sind leer. Der Chor beginnt seinen Gesang, *Koyaanisqatsi.* So sieht das Leben inzwischen aus. Ständiger Protest. Wir lassen uns weder von der Armee noch von den Islamisten noch von der Polizei noch vom globalen Kapital einschüchtern. Vielleicht *sind* wir die endlose Demo. *Brot, Freiheit, soziale Gerechtigkeit.* Wir sind die Opposition. Ist das unsere Rolle? Immer und immer wieder durch dieselben Straßen als ständige Mahnung an die, die an der Macht sind, wer immer sie sein mögen? *Koyaanisqatsi.* Die Orgel klettert höher. Du bist in einer Kirche, einer Kathedrale, gehst die Talaat Harb Street entlang zum Altar. Prophezeiungen. Vielleicht hat Hobsbawm Recht. Wir machen seit Hunderten von Jahren das Gleiche. Marschieren, kämpfen, rufen Parolen, sterben, sorgen für Veränderung, gewinnen, verlieren, marschieren, kämpfen, rufen Parolen, sterben, marschieren, rufen Parolen, planen, versagen, kämpfen, marschieren, marschieren, kämpfen, kämpfen. *Koyaanisqatsi. Koyaanisqatsi. Brot, Freiheit, soziale Gerechtigkeit.* Der Marsch geht weiter. Er hebt den Kopf. Die Stadt beobachtet uns nicht mehr. Jubelt uns nicht mehr zu. Buht uns nicht mehr aus. Und außerhalb? In der Welt? Sieht überhaupt noch irgendjemand hin? Interessiert sich überhaupt noch jemand für dieses ewige Gerangel mit der Muslimbruderschaft? Die alten Kommunikationskanäle mit Athen und Amerika sind ausgetrocknet. Und Syrien, Libyen, Bahrain, Jemen – jeder kann nur für sich bluten. Und Palästina? Wann wird Ägypten mich an dich freigeben? Wie oft können wir noch durch die Stadt marschieren? *Nieder, nieder mit allen Präsidenten!* Wirklich. Ja, ja, erinnert euch, wir sind's. Wir sind die Vorhut, die die Flamme am Leben hält. *Koyaanisqatsi.* Scheich Emad, Gika, Bassem, Mina, Michael, Ayman – wir marschieren hinter euch. Unseren Kriegsbannern. Ihr seid der Grund, warum wir nicht aufhören können. Wegen euch, die ihr alles gegeben habt, und wir können uns nur hinter euch einreihen, bis ihr Ruhe findet. Dieses Mal wird es anders sein. Dieses Mal kann die Zukunft neu erfunden werden. Die Orgel spielt unerbittlich weiter. *Koyaanisqatsi.* Hinter euch immer und immer weiter. Hinter euch immer und immer weiter.

8. APRIL: SITZ DES KOPTISCHEN PAPSTES IN KAIRO ERSTMALIG IN GESCHICHTE DER KIRCHE VON ISLAMISTISCHEM MOB ANGEGRIFFEN. MURSI SCHWEIGT

Ein wütender Mob macht die Straßen unsicher. Ihr Vater ruft an. *Komm bitte vorbei.* Also sitzt sie in seinem Wohnzimmer und wartet auf sein Erscheinen. *Es gibt Zimmer für euch Mädchen.* Sie weiß noch, dass er das immer wiederholt hat. Als wäre dann alles wieder in Ordnung. *Es gibt Zimmer für euch Mädchen.* Und dann war er weg. Sie hat insgesamt vielleicht zwei Wochen in ihrem Zimmer oben verbracht, und jedes von Nelly sorgsam arrangierte Detail – die straff gespannten Laken, die duftenden Seifen, die farblich passenden Handtücher – hat sie nur noch wütender gemacht.

»Mariam«, sagt ihr Vater fast förmlich. »Danke, dass du gekommen bist.«

Sie steht auf, und er beugt sich zu ihr, um sie auf beide Wangen zu küssen.

»Geht es dir gut?«

»Ja, danke.«

»Isst du genug?«

»Ja.«

»Hast du kürzlich mal mit deiner Schwester gesprochen?«

»Kürzlich nicht, nein. Aber ich ruf sie an.«

»Tu das. Sie macht sich Sorgen um dich.«

»Sie ist in Deutschland. Sie kann gar nichts anderes zu tun haben, als sich Sorgen zu machen.«

Er schenkt sich ein Glas Wasser ein.

»Hier«, sagt er und hält ihr einen Umschlag hin.

Sie nimmt ihn und öffnet ihn fast misstrauisch. Er enthält eine Ausweiskarte aus Plastik. Mit ihrem Namen und einem alten Foto: *Belegärztin, New Dawn Cancer Center.*

Sie sieht ihn fragend an.

»Deine Mutter sagt, du verbringst viel Zeit in Krankenhäusern. Und im Leichenschauhaus. Ich dachte, der Ausweis kann dir vielleicht helfen … für deine Sicherheit sorgen. Falls die Polizei anfangen sollte, Fragen zu stellen, bist du im System registriert.«

»Aber wie –«

»Frag lieber nicht.«

»Okay … also … vielen Dank.«

Sie umarmt ihn. Es ist so lange her.

»Ihr tut viel Gutes. Für unser Land«, sagt er. »Wir sind stolz auf dich. Und ihr werdet es schaffen, diese Schweine loszuwerden, so Gott will.«

16. APRIL: MUSLIMBRUDERSCHAFT VERÖFFENTLICHT BUCH ÜBER MURSIS LEISTUNGEN

Khalil wirft einen Blick über seine Schulter, nur ganz kurz – aber nicht zu leugnen. Er spürt seinen Rücken und das Metall, das in ihm steckt, Augenblicke eingefrorenen Chaos, plötzlich überhitzt vom Wunsch nach Aufmerksamkeit. Ein Blick in den Spiegel ist alles, was er diesem Rücken gönnen wird. Ein Blick ist alles, was nötig ist, alles, was er braucht, um sich an sie zu erinnern, zu spüren, wie der letzte Rest ihrer Wärme durch seine Finger rinnt, zu hören, wie ihre letzten Atemzüge aus ihrem Körper flüstern, sie zu sehen – nein, nicht ihr Gesicht. Ihr Gesicht kann er nicht sehen, er kann hinter der Maske gar nichts sehen. Manchmal, wenn er nachts allein ist, versucht er, sich daran zu erinnern, wie seine Schritte unter der Last ihres schlaffen Körpers in seinen Armen immer stockender wurden, wie er durch das Gas vorwärtstaumelte, hin zu den Ärzten, versucht sich an jeden Augenblick zu erinnern, bis sie ihr die Maske abnahmen. Und dann: nichts. Sie ist da, auf deinem

Computer. Doctor_02022012.mp4. Wirst du dir die Aufnahme je anhören? Er sieht das Dunkel ihrer Maske vor sich, sieht, wie sich die brennende Stadt in ihr widerspiegelt, während das Metall unter seiner Haut zu glühen anfängt. Unser Band. Unser Metall, aus demselben Berg in Minnesota gewonnen, eine uralte Einheit, aufgesplittert und zu Millionen Kugeln für 100 000 Schrotpatronen geschmolzen, die auf uns abgeschossen werden, um uns zu trennen, um uns für immer zu binden.

17. APRIL: MURSI VERLIERT NACH RAKETENBESCHUSS ISRAELS KONTROLLE ÜBER SINAI

»Lass das für mich verschwinden. Versteck es.« Sie hält ihm ihr Handy hin. »Lass uns heute was machen, was Spaß macht«, sagt sie. »Was Normales!«

»Klar. Und was?«

»Lass uns ins Kino gehen. Lass uns zum Galaxy spazieren und uns jeden Film ansehen, der gerade läuft.«

»Auf diesen Tag warte ich seit zwei Jahren.«

»Super. Zieh dich an.«

Ihre Route wird bestimmt von den neuen Mauern der Armee, die die Karte der Stadt schraffieren, ein stadtgroßes Betonlabyrinth für Laborhamster, um die ständigen Proteste von den Regierungsgebäuden fernzuhalten. Als erstes aber biegen sie in die Mohamed Mahmoud Street ein, und Stille umschließt sie, als die Erinnerungen an die langen Nächte auf Patrouille zurückkommen, die Messer, die roten Fackeln, die in der johlenden Menge brennen. Sie gehen schnell an den breiten Wandgemälden vorbei, durch die dunklen Erinnerungen hin zur freien weiten Fläche des Tahrir. Aber dann ist da die rote Blume.

»Können wir uns einen Moment setzen?«, fragt sie. Die Blume lebt immer noch, sieht gesund aus. Sie setzt sich vorsichtig daneben und zieht eine Wasserflasche aus ihrer Tasche. Schweigend sitzen sie da, zwischen ihnen die Blume, das letzte Geschenk des Jungen an die Lebenden. Er spürt, dass es sie an einen Ort fortzieht, an den er ihr nicht folgen kann.

19. APRIL: WACHSENDE POLARISIERUNG WEGEN MURSIS PRÄSIDENTSCHAFT

Bataillone von Hamas-Kämpfern sind zurzeit als Polizisten verkleidet im Land aktiv. Im Gegenzug hat Mursi zugestimmt, den Sinai an die Hamas zu verkaufen! Wir haben die Landkarten gesehen. Es gibt *Landkarten!*

Bezahlte Agenten sorgen für Chaos und arbeiten Tag und Nacht daran, die Regierung in Misskredit zu bringen und die Demokratie zu unterminieren.

Schon seit Jahrzehnten ist dieser Plan in Arbeit. Der Sinai wird verkauft!

Ägypten wird geteilt!

Ägypten wird zur Beute! Die ganze Welt will Ägypten auf den Knien sehen!

Als Salafisten, Schwarzer Block oder sogar als Polizisten verkleidete Christen brennen Hauptquartiere der Muslimbruderschaft nieder.

Ein neuer Kreuzzug gegen den Islam ist im Gange, angeführt von einer unheiligen Allianz aus koptischen Medien, El-Baradei und den Amerikanern.

Obama, der heimliche Muslim, ist Teil der Verschwörung der Muslimbruderschaft und verteidigt die Mursi-Regierung.

Obama, der Kriegstreiber, wird von Israel bezahlt und arbeitet mit aller Kraft daran, die Regierung Mursi zu Fall zu bringen.

Die koptische Kirche karrt Busladungen voller bewaffneter Kämpfer an, die den Präsidentenpalast belagern sollen.

Die Muslimbruderschaft ist nicht einmal ägyptisch, sie denken, sie stehen über der Nation, ihre Loyalität gilt nicht Ägypten.

Es ist eine Besatzungsmacht. Ja, sie haben Ägypten besetzt.

Ägypten!

Sie werden den Suezkanal verkaufen, und sie würden auch die Pyramiden verkaufen, wenn sie könnten. Karnak haben sie schon an den Golf verpachtet.

Die Kräfte des Chaos, das Mubarak-Regime, Briten und Iraner schließen sich zusammen, um die Demokratie zu unterminieren und gegen einen gewählten Präsidenten zu agitieren.

4. MAI: MUBARAK-KUMPANE KAUFEN SICH AUS GEFÄNGNIS FREI

»Schlumpfbeeren! O mein Gott, o mein Gott. Seid mal alle still und hört euch das an. Mannomann …« Rania kann sich kaum halten vor Lachen. »*Doktor Schlumpf* verschreibt Kuchen, Torten, haha, hahaha, Kuchen, Torten und Schlumpfbeeren als Teil einer gesunden Ernährung! O mein Gott! Hahahahahaha! Hashtag Schlumpfdorf!!!«

»Was hast du denn auf einmal mit dem Schlumpfdorf?«

Rania kann vor lauter Lachen nicht mehr sprechen. Sie reicht Khalil ihr Handy.

Doktor Schlumpf verschreibt Kuchen, Torten und
Schlumpfbeeren als Teil einer gesunden Ernährung.
#DasSchlumpfdorf
@KandilHesham

»Und das ist ihr Premierminister? Wer *sind* diese Leute eigentlich?« Rania lacht immer noch. »Kann jemand sie in eine Zeitmaschine setzen und ihnen fünf Jahre geben, damit sie sich aufs Regieren vorbereiten? Es ist einfach zu *peinlich!* Mein Gott. Wir können damit aufhören, Artikel zu schreiben oder Videos aufzunehmen, wir müssen einfach nur eine lange Liste aufstellen. Hat jemand einen Stift? Einen Stift fürs Whiteboard? Kommt schon, Leute, was ist das hier für ein Büro? Okay. Nummer eins: Sie haben den Harlem Shake verboten.«

»Damit würdest du anfangen?«, fragt Malik. »Nicht mit ihren verfluchten *Milizen?* Nicht mit der Polizeireform?«

»Ach, du und deine Polizeireform«, winkt Rania ab. »Die Polizei kann nicht reformiert werden, die elenden Wichser müssen alle umgebracht werden.«

»Die Muslimbruderschaft hat sich den Bericht nicht mal angesehen«, beharrt Malik. »Hatten nicht mal die verfickte Höflichkeit, wenigstens *so zu tun,* als würden sie ihn anschauen!«

»Schön. Nummer zwei: Sie haben deinen Bericht nicht gelesen. Und auch nicht den über die Armeemorde während der Achtzehn Tage. Und den über die Folterungen im Ettehadeyya auch nicht. Dann haben wir noch: Kirchen abfackeln, Kinder foltern, die Zerstörung der Wirtschaft, das Durchpeitschen ihrer hinterwäldlerischen Verfassung und die Ehrung von Tantawi und das neuerliche Ausrufen des Ausnahmezustands und die Annahme der IWF-Darlehen und – wir brauchen ein größeres Whiteboard.«

Sie sieht, dass Nancy nicht einmal lächelt, geschweige denn lacht. »Was ist denn mit dir los?«

»Das alles ist doch nicht witzig«, sagt sie streng. »Uns wird das Lachen schon vergehen, wenn wir alle im Gefängnis sitzen.«

7. MAI: MURSI BILDET ÄGYPTISCHES KABINETT UM. DREI WEITERE POSTEN FÜR DIE MUSLIMBRUDERSCHAFT

Ein Wort ist in aller Munde: Tamarod. Rebellion.

Nancy drückt ein Bündel Petitionen gegen ihre Brust. Eine davon hat sie an die Wand gepinnt und packt jetzt einen ganzen Stapel neben die Bürotür. Sie ist sichtlich in Eile. »Wir sollten alle draußen auf der Straße sein, ich gehe zum Talaat Harb, wer kommt mit, wo ist Hafez? Hafez! Lass uns runtergehen, Unterschriften sammeln.«

Tamarod ist eine Petition, eine Bewegung, ein Impuls des Augenblicks – eine Misstrauenserklärung an die Regierung, eine Forderung nach vorgezogenen Wahlen. Die Unterschriftenlisten sind überall in der ganzen Stadt zu finden, kopiert und in Umlauf gebracht von besorgten Bürgern, die emsig Unterschriften zusammentragen.

Eine Stunde später ist Nancy zurück. »Ich muss noch mehr ausdrucken«, strahlt sie. »Alle wollen unterschreiben! Ich brauche mindestens 500. Rania, funktioniert der Drucker?«

»Was?« Rania sieht von ihrem Computer hoch. »Ich glaub schon.«

»Okay, toll. Mindestens 500. Alle unterschreiben. Alle *hassen* ihn!«

Beseelt vom Optimismus der neuen Möglichkeiten flitzt Nancy wieder nach unten.

19. JUNI: POLIZEI BEREITET SICH AUF GEWALTSAME PROTESTE AM 30. JUNI VOR

Ein Schrei, noch rauher durch das knisternde Mikrofon. Das Video ist körnig, braun. Ein Mob, Männer, Stöcke, die sich heben und senken, hochgerissen werden und auf Körper hinabzischen. Erhobene Hände versuchen, Gesichter zu schützen. In der Mitte ein rotes Aufblitzen, das sich deutlich von allem anderen abhebt, greller, schrecklicher. Die Stöcke zischen hinab. Hunderte von Stöcken. Zischen hinab. Wieder und wieder. Keine Gnade. Kein Zögern. Die Stöcke zischen hinab. Ist das jetzt Ägypten? Das Volk verlangt den Sturz des Regimes.

24. JUNI: SCHIITISCHE MÄNNER IN GIZA GELYNCHT. MURSI SCHWEIGT

Sie redet wieder. Ihre Lippen bewegen sich im Schlaf. Er liegt neben ihr und beobachtet, wie ihr Gesicht sich in angespannter, stummer Konversation verzieht, sie sagt einen Namen. »Toussi«, sagt sie. »Wir kommen zu spät, Toussi.« Khalil zieht sie an sich, legt den Arm über sie. »Toussi«, sagt sie. »Lass mich nicht warten.«

Noch zehn Tage bis zu Mursis erstem Jahrestag als Präsident, und die Nachrichten überschlagen sich mit Meldungen über die neue, von der Petition ausgelöste Rebellion. Die Proteste am 30. Juni werden alle bisherigen Proteste in den Schatten stellen. Niemand weiß, was kommen wird. Wie viele werden gegen die Muslimbruderschaft auf die Straße gehen? Wie viele für ihn? Was wird passieren, wenn diese beiden Gruppen aufeinandertreffen?

Er zieht sich an, ohne sie zu wecken.

Auf dem Weg ins Büro deutet alles, aufgeschnappte Gesprächsfetzen und verrammelte Geschäfte, auf gespannte Erwartung hin.

Nancy ist schon im Büro.

»Ah Khalil, gut, dass du da bist. Hi. Ich glaube, wir sollten ein Meeting abhalten. Ich bekomme jede Menge Nachfragen wegen Chaos und wieso wir noch nicht bekanntgegeben haben, dass wir Teil von Tamarod sind.«

»Aber wir sind nicht Teil von Tamarod.«

»Gehst du denn etwa am 30. Juni nicht auf die Straße? Gehen wir nicht alle?«

»Das macht uns noch lange nicht zu einem Teil von Tamarod. Wir haben nie offiziell Position bezogen. Auch für die Wahlen nicht.«

»Ich finde aber, wir sollten Tamarod endlich offiziell unterstützen. Teil des Momentums sein.«

»Das Momentum kommt ganz gut ohne uns klar.«

»Aber du *gehst* doch am Dreißigsten auf die Straße, oder?«

24. JUNI: GERICHT ENTSCHEIDET FREILASSUNG VON ALAA UND GAMAL MUBARAK

»Herein«, ruft der Anwalt des Vermieters. »Nehmen Sie Platz. Sie wollen den Vertrag verlängern?«

»Ja, für ein weiteres Jahr.«

»Gewiss.«

Der Anwalt greift sich einen Hefter, blättert durch die Papiere und fragt, ohne den Kopf zu heben: »Werden Sie am Dreißigsten demonstrieren?«

»Ich weiß noch nicht.«

»Sie wissen es noch nicht? Ich hätte Sie nicht für einen Muslimbruder gehalten.«

»Bin ich auch nicht.«

»Verstehe«, sagt er, obwohl Khalil sicher ist, dass er nichts versteht.

»Und Sie?«, fragt Khalil. »Werden Sie demonstrieren?«

»Ich? Um Himmels willen, nein. Ich bringe meine Familie aus der Stadt raus. Schließlich weiß niemand, was alles passieren wird. Die Muslimbruderschaft ist skrupellos.«

Khalil sagt nichts.

»Eine Bedrohung für unsere ganze Gesellschaft«, fährt der Anwalt fort. »Wussten Sie, dass die Hälfte von ihnen nicht einmal Ägypter sind?«

Khalil schweigt weiter. Der Anwalt widmet sich wieder den Papieren und brummelt vor sich hin. »Und dann diese furchtbare Sache mit den Schiiten.«

»Ja, furchtbar.«

Khalil hätte das Video lieber nicht gesehen. Die Stöcke, die Menge, die leblosen Körper, die in gnadenloser Ekstase durch die Straßen geschleift werden. In seinem Kopf laufen immer wieder die Bilder der Nächte ab, in denen er mit dem Opantish-Interventionsteam auf dem Tahrir unterwegs war und das Polarlicht ihrer Fackel sich einen Pfad durch die Menge brannte, das Wogen Hunderter von Körpern, die alle grapschten, grapschten … Er sieht keine Gesichter, kann eine Nacht nicht von der anderen unterscheiden, aber er hört weiter die Rufe und Schreie und das *Schwester, sie ist meine Schwester,* die ihm durch seine Träume folgen.

»Natürlich« – der Anwalt blickt von seinen Papieren hoch – *»ist* der schiitische Glaube unserer Gesellschaft fremd.«

Jeden Tag stürzt ein Stück des Landes ins Meer, wird in die Wüste geschwemmt. Ein Zug kracht in einen Minibus voller Schulkinder. Ein Gebäude stürzt über den armen Familien ein, die es ihr Zuhause nannten. Eine Fabrik brennt nieder. Ein Fluss wird vergiftet. Khalil drückt sich an die Wand des Aufzugs und bereitet sich – wie jeden Tag – darauf vor, dass sein Boden herausfällt, probt während der langen Fahrt nach oben seine letzten Gedanken.

Wie ironisch, dass unser einziger sicherer Sieg sowohl ein Pyrrhussieg als auch kompromittierend war.
@Alaa
5:39 – 26. Juni 2013

28. JUNI: MILIZEN DER MUSLIMBRÜDER ATTACKIEREN DEMONSTRANTEN IN ALEXANDRIA MIT SCHROTFLINTEN

Mursi drischt zweieinhalb Stunden lang auf die Nation ein, seine Stimme folgt Mariam auf ihrem ganzen Weg durch die Altstadt.

Jede Revolution hat Feinde.

Es wird furchtbar werden am Dreißigsten, und sie kann höchstens versuchen, keine Schrotkugeln in die Augen zu bekommen. Alles andere liegt nicht in ihrer Hand.

Die Revolution vom 25. Januar gehört dem Volk. Es war eine einzigartige Revolution.

Sie zählt ihre Freunde durch, um festzustellen, wie viele Schutzbrillen sie braucht. Sie geht durch die Talaat Harb Street in Richtung alte Oper, und auf jedem Bildschirm, an dem sie vorbeikommt, ist Mursi zu sehen.

Wir müssen operieren, um den Wurm aus dem Körper der Nation zu entfernen.

20. Sie braucht 20 Schutzbrillen. Sie zählt ein zweites Mal. Als sie den Laden gefunden hat, redet Mursi immer noch, nein, er schreit und droht seinen impertinenten Untertanen mit fuchtelndem Zeigefinger.

Manche Leute missbrauchen die Freiheiten, die wir ihnen geschenkt haben!

Hochwertige Schutzbrillen sind teuer. Sie fischt den Umschlag mit der Monatsmiete aus den Tiefen ihrer Tasche und schiebt ihn über den Tresen.

Die Streitkräfte verdienen den Respekt aller ägyptischen Bürger, denn sie haben sich auf die Seite der Revolution gestellt.

Sie verlässt den Laden und geht zurück in die Altstadt. Mursi schreit immer noch. Mit den Schutzbrillen in ihrer Tasche geht ihr Puls ein bisschen ruhiger, und sie stellt sich zu den Leuten, die sich vor einem Kiosk versammelt haben, um sich die Rede anzusehen.

Meine letzte Botschaft richtet sich an die gewissenlosen Unruhestifter unter uns: Entscheidet euch für eine Seite, ihr Verbrecher. Eure Tage sind gezählt.

Ein junger Mann baut sich mitten auf der Straße auf und ruft mit lauter Stimme:

»Nieder, nieder mit dem Scheiß-Mursi-Regime!«

Der Slogan wird von einem Dutzend Stimmen aufgegriffen. Aufgebracht drängen die Cafébesucher der Umgebung auf die Straße.

»Kein einziges Zugeständnis von diesem Arschloch. Nichts!«

»Bezeichnet sich selbst als Muslim, aber kein Wort zu den ermordeten Schiiten.«

»Ich werd ihm seinen Zeigefinger abreißen und sonstwo reinstecken, wenn er nicht aufhört, damit vor mir rumzufuchteln.«

»Der Typ hat echt Nerven!«

»Habt ihr gehört, wie er von der Polizei gesprochen hat? Er hat ihnen grünes Licht gegeben.«

»Jeder, der gegen ihn ist, ist ein Verbrecher? Ach ja? Was Besseres fällt ihm nicht ein?«

»Er ist am Ende, und das weiß er auch! Man sieht doch, dass er Angst hat!«

»Sieht so aus, als würde der 30. Juni genauso ablaufen wie geplant …«

29. JUNI: ARMEE BEREITET SICH DARAUF VOR, MINISTERIEN ZU SCHÜTZEN

Sechs halbleere Stella-Artois-Flaschen stehen auf dem Tisch, Zigaretten qualmen in den Aschenbechern, die Minuten vergehen. Erwartung liegt über der ganzen Stadt. Im Fernseher über ihnen wieder Mursi. Die »Höhepunkte« seiner Rede laufen in Endlosschleife, werden in Talkshows analysiert. Noch 16 Stunden.

Der Kellner kommt zu ihnen. »Hallo, Mariam, was kann ich euch bringen?«

»Wie schlecht ist der Whiskey?«, fragt Rania.

»Kein bisschen schlecht, Rania«, antwortet der Kellner.

»Wir nehmen sieben.«

»Ach du Scheiße«, sagt Mariam.

»Naja, wir können ja nicht die ganze Nacht nur hier sitzen und darauf warten zu *sterben!* Und was schadet schon ein letzter Kater, wenn wir morgen sowieso einen Abgang machen.«

Rania hat mit einem Lacher gerechnet, aber dafür sind alle zu nervös.

»Meinst du wirklich, es wird so schlimm?«, fragt Nancy.

»Keine Ahnung«, antwortet Rania. »Ich hab wirklich keine Ahnung.«

»Wird schon werden«, sagt Hafez, der aus seiner Selbstversunkenheit zu ihnen zurückkehrt. »Das wird richtig groß. Zu groß für einen Angriff.«

Als die Getränke kommen, hebt Rania ihr Glas. »Auf das Unvermeidliche.«

Mariam sieht immer wieder dieselben Szenen vor sich ablaufen. Es wird mit einer Bombe anfangen. Schrotkugeln werden durch die Luft pfeifen, Augen und Gesichter treffen. Sie werden kommen, durch das Gas und das Chaos werden sie kommen. Scharfschützen werden uns einen nach dem anderen ins Visier nehmen. Die Polizei wird eine Bombe legen, um alle gegeneinander aufzubringen. Die Muslimbrüder werden eine Bombe legen, damit vor Angst niemand mehr protestieren will. Die Armee wird eine Bombe legen, damit sie die Ordnung wiederherstellen kann. Die *Feloul,* die Überbleibsel der Mubarak-Anhänger, werden eine Bombe legen, um die Armee zum Eingreifen zu zwingen. Die Israelis werden eine Bombe legen, um einen Bürgerkrieg auszulösen. Die Polizei wird eine Bombe legen, einfach nur, weil sie Blut sehen will. Panik wird ausbrechen, fliehende Menschen werden massenhaft an den neuen Mauern zerquetscht werden, die die Fluchtrouten abschneiden sollen. Es wird Todeslisten geben, und Männer werden mit Fotos von Zielpersonen durch das Chaos streifen. Wir werden zwischen den neuen Mauern in der Falle sitzen, wir werden im Gedränge ersticken. Kann man sich unter einer Leiche verstecken? Kann man die Augen schließen und stundenlang reglos daliegen, während der blutende Fremde über einem sein Leben aushaucht? Kannst du in der Stille der toten Straße den Atem anhalten und zuhören, wie sie durch die Trümmer stapfen, ihre Stiefel auf offene Wunden setzen, immer näher und näher kommen, auf alles schießen, was noch zuckt. Es wird mit einer Bombe anfangen, und die Überlebenden werden zum Camp der Muslimbruderschaft marschieren, um sich zu rächen, und der Bürgerkrieg wird ausbrechen. Es wird mit einer Bombe anfangen, und es wird kein Entkommen geben. Rania knallt ihr Glas auf den Tisch: »*Noch eine Runde!*«

30. JUNI: STUNDE NULL:
ÄGYPTEN ERWARTET SCHICKSALHAFTE ENTSCHEIDUNG

Sie ziehen sich schweigend an, die Morgensonne fällt hell durchs Fenster, die Straße draußen ist so still wie im Winter. Er tritt auf den Balkon. Das Momentum haben wir schon lange nicht mehr unter Kontrolle. Können wir nicht einfach nicht rausgehen? Sprich es aus. Können wir nicht krank oder müde sein oder Angst haben und einfach zu Hause bleiben?

»Wenn Mursi doch nur … ich weiß nicht … ein einziges Zugeständnis würde doch schon genügen«, sagt Khalil.

Mariam legt zwei Schutzbrillen für sie beide beiseite und fängt an, ihre übliche Tasche zu packen. »Er wird keinen Zentimeter von seiner Position abrücken«, sagt sie. Ersatzkleidung, Verbandsmaterial, Desinfektionsspray, Schere, Zeitung, Geld, Feuerzeug, Ladegerät, Gasmaske, Pfefferspray, Klappmesser. »Was immer heute passiert, sie haben einen Plan.«

»Also marschieren wir in eine Falle«, sagt er.

»Es ist zu spät, was dagegen zu tun.«

»Alle haben Pläne, bloß wir nicht.«

»Wir haben nie Pläne.«

»Ja, unsere große Stärke.«

»Es *ist* unsere Stärke«, sagt sie.

Er antwortet nicht.

»Was wäre dir denn lieber? Pläne schmieden, damit wir noch mehr Wahlen kriegen, die von der Armee überwacht werden?«

»Nein, natürlich nicht. Ich bin total glücklich, mein Leben damit zuzubringen, immer wieder auf die Straße zu gehen und gegen jede beschissene Regierung zu protestieren, die da kommt, weil ich zu gut und zu unschuldig bin, um auch nur den Versuch zu unternehmen, selbst an die Regierung zu kommen.«

»Wenn du unbedingt Politik spielen willst, such dir doch eine Partei.«

»Ich will einfach nur wissen, *wofür* ich mein Leben riskiere. Wie der Plan aussieht. Seit wann ist das eine absurde Frage?«

»Für einen Plan zu sterben heißt Soldat sein. Für etwas Neues zu sterben heißt Revolution.«

»Du klingst grade völlig durchgeknallt, wirklich.«

»Dann bleib doch zu Hause. Niemand zwingt dich, auf die Straße zu gehen.«

»Ich werde bestimmt nicht zu Hause bleiben und mir im Fernsehen angucken, wie ihr alle umgebracht werdet.«

Sie schweigt.

Dann sagt sie sanfter: »Hör zu – du demonstrierst für vorgezogene Wahlen. Du demonstrierst gegen den nächsten Diktator. Du demonstrierst, um einen Faschisten zu stürzen. Reicht das nicht?«

»Und die Armee?«

»Die haben sich das letzte Mal, als sie das Sagen hatten, derart die Finger verbrannt, dass sie garantiert nicht nochmal im Rampenlicht stehen wollen.«

»Aber wäre es nicht besser, Mursi einfach abzuwählen?«

»Genau das wird doch gefordert, oder etwa nicht? Noch eine deiner geliebten Wahlen. Wir geben ihnen bloß nicht noch mal drei Jahre Zeit, um sich darauf vorzubereiten. Schau dir dieses eine Jahr an. Schau dir ihr beschissenes Projekt der ägyptischen ›Wiedergeburt‹ an, schau dir an, was mit dem Land passiert. Leute werden *gelyncht.* Fuck, wir werden an einen verdammt finsteren Ort gezerrt.«

30. JUNI: MURSI: ICH WEIGERE MICH, DIE WAHLEN VORZUZIEHEN. ES WIRD KEINE ZWEITE REVOLUTION GEBEN

Khalil sucht die Dächer ab und bemüht sich, zu erkennen, was jenseits des Demonstrationszugs auf sie wartet. Mariam ist mitten in der Menge. Er bleibt am Rand, behält sie aber im Auge.

Die Trommeln geben den Rhythmus für die vertrauten Parolen vor, wecken die alte Kraft.

Das Volk!
Verlangt!
Den Sturz des Regimes!

Eine Gruppe Ultras skandiert den Slogan voller Wut, ihre Trommel treibt den Zug voran. Auf einem großen Banner, das von mehreren Leuten hochgehalten wird, steht:

NEIN ZU BRUDERSCHAFT, ARMEE & POLIZEI.
DIE REVOLUTION GEHT WEITER.

Khalil sucht die Dächer nach dem Glitzern des Gewehrs eines Scharfschützen ab. Wenn es anfängt, werden wir dann alle wegrennen, jeder für sich, oder werden wir zusammenstehen?

Dann sieht er Hafez. »Wo warst du, verfluchte Scheiße?«, fährt er ihn an.

»Ich? Wieso?«

»Ja, du Penner. Wir hatten ausgemacht, wir treffen uns um eins. Ich hab dich die ganze Zeit gesucht.«

»Ich hab gearbeitet. Wo liegt das Problem?«

»Wir hatten gesagt, wir treffen uns um eins. Heute müssen alle unbedingt zusammenbleiben.«

»Ist ja gut, beruhige dich. Alles ist gut. Warst du schon am Palast?«

»Nein. Weil wir gesagt hatten, wir treffen uns hier.«

»Jedenfalls wimmelt es da nur so von Leuten.«

An der Ecke zur Khalifa Ma'moun wird die Straße breiter. In der Ferne sieht Khalil in strahlend wehendem Weiß die Banner der Märtyrer, die ihn begrüßen, und er spürt, wie sein Herzschlag sich verlangsamt. Vielleicht wird es doch keinen Angriff geben. Vielleicht hat Hafez Recht, und das hier ist einfach zu groß. Er geht durch den Garten aus Weiß, durch die Namen, denen sie schon so lange gefolgt sind. Jede Flagge ein Symbol für hundert andere, die sich dahinter einreihen.

Omar Salah, dessen Gesicht das Sonnenlicht perfekt einfing, als wir in seinem Trauerzug durch die Stadt marschierten. Mohamed al-Shafei, dessen Tapferkeit für immer auf Tausenden von Fotos weiterleben wird. Gika, dessen Bild an den Toren des Präsidentenpalasts im Wind wehte. Mina, dessen Gesicht auf dem Banner während jeder Minute jeder Schlacht seit Maspero über uns flatterte und uns durch lange Winter aus Tränengas und Kugeln hindurchhalf. Scheich Emad, dessen Hände die Mohamed Mahmoud Street segnen, das Herz unserer urbanen Nekropole. Khaled Said, dessen Leben wir alles verdanken.

Er sieht Rania und Rosa im Schatten der Flaggen stehen, eingeschlossen in einen seltenen Garten der Ruhe, die weißen Tücher und die im Wind flatternden Gesichter blicken auf sie hinab. Hunderte von Menschen strömen schweigend hindurch, ein stiller

Übergang zwischen der Energie des Marschs der Revolutionäre und der Menschenmenge, die sich rund um den Palast drängt.

Dies sind zweifellos die größten Proteste in der
Geschichte Ägyptens, möglicherweise der ganzen
Region. #30Juni
@Bassem_Sabry

Vor dem Palast ist Mariam plötzlich allein in einem Gewusel aus Prada-Sonnenbrillen und gefälschten Louis-Vuitton-Taschen, Kindern, die mit amerikanischem Akzent kreischen, und Schildern mit der Aufschrift: SISI, RETTE ÄGYPTEN VOR DEN MUSLIMBRÜDERN und DIE ARMEE, DAS VOLK, HAND IN HAND. Obwohl sie es nicht sein sollte, ist sie überrascht, wie viele Menschen es sind. Wo sind all diese Leute hergekommen? Wo haben sie sich die letzten zwei Jahre versteckt? Wo wart ihr alle, als die Muslimbruderschaft uns genau in dieser Straße attackiert hat?

Sie holt tief Luft und skandiert:

Die Bullen!
Sind Verbrecher!
Die Bullen –

»Hör auf! Hör auf!«, schreit jemand aus der Menge. »Das ist nicht die Zeit für so etwas!«

»Die Bullen!«, ruft sie. »Sind Verbrecher!«

»Hey, lass das! Hast du denn keinen Anstand?«, kreischt eine Frau mit hellblonden Strähnchen. »Die Polizisten sind unsere Brüder! Was meinst du denn, wer heute für deine Sicherheit sorgt!?«

»Du solltest mal nachdenken«, kommt von den Lippen einer anderen Sonnenbrillenträgerin. »Wir haben genug von eurem Chaos!«

»Sie ist eine bezahlte Agentin! Lad deinen Dreck gefälligst woanders ab!«

»Für dich gibt es keinen Platz in der Revolution!«

»Höchste Zeit, dass euch mal ein paar Manieren beigebracht werden!«

»Sie wird von den Amerikanern bezahlt! Sag deinem Freund Obama, dass wir keinen Faschismus wollen!«

»Die Revolution geht weiter! Brot, Freiheit und Menschenwürde!«

Ein Mann klatscht rhythmisch in die Hände: »Polizei, Volk, Armee: Hand in Hand!«

Und alle machen mit, in glücklichem Einklang: »Polizei, Volk, Armee: Hand in Hand!«

Sie bauen sich aggressiv klatschend vor Mariam auf, ein Kreis aus Sonnenbrillen und klappernden Armreifen schließt sich um sie herum und skandiert ihr ins Gesicht –

»Polizei, Volk, Armee: Hand in Hand!«

Es sind zu viele. Sie drängt sich zwischen ihnen durch und macht, dass sie wegkommt.

Nancys Wohnung ist voller Leute, die Mariam nicht kennt. Sie bahnt sich einen Weg zum Badezimmer, um sich die Straße von Gesicht und Händen zu waschen. Es ist eine Party. Sie erkennt Nancys Vater, der in der Küche eine Tüte Saft aus dem Kühlschrank holt. »Ihr habt heute wirklich Großartiges geleistet. Sehr beeindruckend.« Er sieht zwischen den wenigen jungen Leuten, die aus Höflichkeit bei ihm stehengeblieben sind, hin und her, das Gesicht strahlend vor Siegerstolz. »Wie viele von euch gehören zu Tamarod?«

Wenn die Muslimbruderschaft auch nur ansatzweise überleben will, sollte Mursi vorgezogene Wahlen ankündigen, und eine neue Führung sollte die MB übernehmen. #30Juni
@Bassem_Sabry

Auf dem Salah Salem Highway herrscht Volksfeststimmung, ein Korso aus Autohupen, Flaggen und Feuerwerkskörpern. Der Verkehr steht still. Khalil sitzt am Steuer, alle schweigen. Er schaltet das Radio ein.

Ganz Ägypten hat heute einen historischen Tag erlebt, die BBC spricht vom größten Protest in der Geschichte der Menschheit. Heute, am ersten Jahrestag der Präsidentschaft Mohammed Mursis, wurden wir Zeuge dessen, was viele Beobachter bereits als neue Revolution bezeichnen.

Er schaltet das Radio wieder aus.

»So, mein lieber Malik«, sagt Hafez. »Wie es aussieht, bist du in dieselbe Falle getappt wie die Muslimbruderschaft.«

»Was soll der Scheiß, Hafez? Was meinst du überhaupt?«

»Die allgemeine Zustimmung, mein Freund. Du hast vergessen, dass die Schlacht zwar vielleicht nur zwischen den oberen fünf Prozent ausgetragen wird, aber den Laden kannst du nur schmeißen, wenn du die entsprechende Zustimmung hast.«

»Wenn du die verfickte allgemeine Zustimmung *fabrizieren* kannst, meinst du.«

»Klar. Fabrizieren, aufrechterhalten, was auch immer. Aber wenn du das nicht kannst, bist du raus. Das ist die neue Welt, mein Freund. Deine zweieinhalb Prozent sollten gut aufpassen.«

»Und was jetzt?«

»Jetzt liegt es an Mursi«, sagt Hafez. »Wenn er vorgezogene Wahlen anberaumt, ist es vorbei. Oder er lässt sich auf einen Kampf ein.«

»Und was ist mit all den Leuten, die wollen, dass die Armee eingreift?«

»So dumm ist die Armee nicht. Dieser Sisi ist angeblich ein cleverer Typ. Er wird nicht den gleichen Fehler begehen wie Tantawi. Sie brauchen eine zivile Fassade.«

Im Tunnel vor ihnen tanzen Männer mit Fackeln und ägyptischen Fahnen einen hysterischen Freudentanz:

Das Volk! Die Armee! Hand in Hand!

Mariam kurbelt ihr Fenster hoch. »Habt ihr euer Zeug, Jungs?«

»Ja«, antwortet Khalil. »Wir haben alles.«

Sie sind unterwegs zum Tahrir. Er wird heute Nacht voll sein. Opantish ist wieder im Einsatz. Im Kofferraum liegen Gummiknüppel und Leuchtfackeln und Pappkartons, die sie noch zurechtschneiden müssen, um sie unter ihre Shirts zu stopfen.

Mariams Handy klingelt. »Ja, wir sind unterwegs. Ich weiß … Die Straßen sind völlig verstopft … wir sind unterwegs.«

Sie beendet das Gespräch. »Es ist wieder so weit«, sagt sie, ohne einen von ihnen anzusehen. »Schon drei Übergriffe.«

1. JULI: VERTEIDIGUNGSMINISTER SISI SETZT MURSI 48-STUNDEN-FRIST, UM EINEN POLITISCHEN KOMPROMISS ZU ERREICHEN, BEVOR MILITÄR EINGREIFT

Die Fackel brennt nächtelang, verbrennt Hände, Gesichter, brennt sich einen Weg durch die Menge. Sie wartet auf den nächsten Anruf, er wartet darauf, dass sich die Faust des Teamleiters in die Luft reckt und das Signal gibt. Feuerwerkskörper lassen den Nachthimmel erstrahlen, jeder Knall schickt eine Schockwelle durch ihre Körper, das Zusammenzucken geprügelter Hunde. Und die Feuerwerkskörper hören nicht auf. Die Anrufe hören nicht auf. Die Faust hebt sich, und er reiht sich ein und schiebt sich ins Gedränge, zwischen die kratzenden Männer und die kreisenden Hubschrauber und die Fähnchen, die auf die grapschende Herde herunterregnen. *Das Volk, die Armee, Hand in Hand.* Mariam hält in der Einsatzzentrale die Hotline besetzt, sie koordinieren 100 Leute an zehn Standorten, teilen die Teams und die Notfallfahrer ein, kaufen Material, beantworten Medienanfragen, beruhigen Nerven, verbinden Wunden. Sie weint nicht im Beisein anderer, nur allein im Badezimmer, und allein in der Dunkelheit denkt sie immer wieder an Alia und ihre Eltern in der grünen Dunkelheit des Krankenhauses, sie warten, warten, warten.

> Mit Feuerwerk auf den Straßen wird das Ende des Demokratie-Experiments gefeiert.
> @SarahCarr
> 16:24 – 1. Juli 2013

Der Tahrir wird von vier riesigen Scheinwerfern beleuchtet, die an Hotelbalkonen hängen, die fähnchenschwenkenden Sisi-Anhänger in strahlendes Licht tauchen und sie wie einen Mückenschwarm auf die Kameras zutreiben.

»Der Tahrir!«, gellt der Sprecher des staatlichen Fernsehens. »Der Tahrir ist nicht der drogenverseuchte, sexbesessene, von Islamisten kontrollierte Ursprung all unserer politischen und wirtschaftlichen Nöte, für den wir ihn immer gehalten haben. Wir haben uns geirrt! Auf dem Tahrir, liebe Zuschauer, das können wir Ihnen heute erfreut mitteilen, manifestiert sich vielmehr einmal mehr der schöne und unbezwingbare ägyptische Geist, der Tahrir ist der Ort, an dem ganz normale Menschen ihr Schicksal in die eigenen Hände nehmen und ihr Vertrauen in General Sisi und die Armee setzen. Das hier ist die Kurskorrektur, die die Revolution und uns alle wieder auf den Weg des 25. Januar zurückführt. Und damit Sie das alles besser sehen können, haben wir Flutlichtanlagen auf Balkonen angebracht. Auf denselben Balkonen, von denen wir früher die Kameras von Journalisten geworfen haben.«

Sie haben alles genau beobachtet, aus ihren Fehlern gelernt, jetzt beherrschen sie das ägyptische Spektakel.

3. JULI: MILITÄR STELLT MURSI UNTER HAUSARREST

Das Dröhnen eines Hubschraubers wird lauter, lauter, lauter. Jubel steigt aus der Menge auf, und die Maschine nimmt huldvoll die Hosianna-Rufe entgegen und lässt ihr infernalisches Getöse hinunterdonnern auf die Massen. Der schwebende Körper gibt sich im Licht tausender grüner Laserstrahlen zu erkennen, die sich gemeinsam mit den Blicken des niederen Volks von hier unten auf ihn dort oben richten; jeder Einzelne in der Menge ein monochromes Versprechen, dem metallenen Gott am Himmel treu zu sein.

Endlich! Ägypten hat nicht nur einen lebenden Ex-Präsidenten, sondern zwei!

Wie immer die Klagen der Demonstranten lauten mögen, es kann keine Alternative zu verfassungsgemäßer und gewählter #Legitimität geben.

Die Armee wird niemals wieder Demokratie zulassen, sobald Präsident Mursi gestürzt ist.

Das hier ist kein Putsch. 14 Millionen Menschen haben die Armee gebeten, sie vor Terroristen zu schützen.

Das Volk hat wieder einmal seine Macht gezeigt. Die Menschen haben gezeigt, dass sie das Regime ändern können, und sie wissen, dass sie es, wenn nötig, noch einmal tun können.

Präs. Mursi genießt große Unterstützung, aber die Proteste werden von den korrupten Elite-Medien verzerrt und hochgespielt.
Unterstützer der Muslimbrüder rufen täglich zu gewaltsamen Protesten auf.

8. JULI: 51 TOTE VOR HAUPTQUARTIER DER REPUBLIKANISCHEN GARDE

Die Spüle in der Küche ist voller Kaffeetassen, Teller, improvisierter Aschenbecher. Der Kühlschrank ist leer. Seit Wochen hat niemand mehr das Büro saubergemacht. Mariam sucht nach einem sauberen Löffel, als die Bürotür aufgeht und Nancys Stimme zu ihr dringt.

»Und wer steckt *deiner* Meinung nach hinter den Angriffen?« Ihr Ton ist scharf, einschüchternd.

»Keine Ahnung«, murmelt irgendwer. Hafez? »Ich glaube nicht, dass sie alle organisiert sind.«

»Lass uns doch mal ein bisschen *Logik* in die Sache bringen, ja?« Nancy ist verärgert. »Wer *profitiert* davon, wenn die Proteste aufhören? *Gegen wen* richten sich die Proteste auf dem Tahrir?«

»So einfach ist das nicht.«

Mariam kommt aus der Küche, um Hallo zu sagen, aber Nancy ist so in Fahrt, dass sie sie gar nicht beachtet. »Vielleicht *doch.* Du hast doch ständig gesagt, dass die Polizei etwas damit zu tun hat. Das habt ihr von Opantish immer gesagt. Aber wieso sollte die Polizei jetzt *diese* Leute attackieren? Es sind schließlich ihre Leute. Und das ist der Beweis dafür, dass es *immer* die Bruderschaft war.«

»So einfach ist das nicht.« Hafez wirkt müde, genervt. Sein Bart ist lang und ungepflegt. Seine Haare auch. Er sieht aus, als hätte er nicht geschlafen.

»Du kannst glauben, was du willst, aber gegen die Logik kommst du nicht an.«

»Schön«, sagt Hafez. »Lassen wir's gut sein.«

»Ich verstehe es einfach nicht. Du warst gegen Mursi. Du wolltest ihn weghaben. Und jetzt ist er weg und fängt einen, fängt einen terroristischen Aufstand an, und jetzt hast du – ja was? – *Mitleid* mit ihm? Sie schmeißen Kinder von *Dächern!* Das sind *Terroristen!*«

Christliche Milizen greifen zu Gewalt, während
30 Millionen Ägypter zusammenströmen,
um Mursi zu unterstützen.

Auf Fotos: Leere Zelte bei
Pro-Mursi-Versammlungen.

Auf Fotos: Rekordverdächtige Menschenmasse
für Präsident Mursi auf der Straße.

Islamistischer Mob wirft Jugendlichen
vom Dach und tötet ihn.

Revolten gegen #Militärputsch in ganz Ägypten.
Meldungen zufolge üben ganze Gouvernements
zivilen Ungehorsam.

Bruderschafts-Demo in Manial
attackiert Anwohner. Mindestens
fünf tote Zivilisten.

14. JULI: 18 TOTE BEI ZUSAMMENSTÖSSEN IN BEIN AL-SARAYAT

Die Nächte gehen ineinander über. Sie machen sich für eine weitere Nacht auf Patrouille fertig. Khalil stopft seinen Ausweis in die eine Socke, den Schlüssel in die andere, und Mariam bleibt kurz stehen, umarmt ihn und sagt, dass er vorsichtig sein soll. Dann ist sie weg, zur Einsatzzentrale, wo sie die drei Hotlines freischaltet und auf den ersten Anruf wartet, ehe die Fackel sich ihren Weg vorbei an den gebleckten Zähnen und durch das Schattenschwarz des Pulks bahnt, während die Hubschrauber über der johlenden Menge verharren und die Hilfeschreie aus den Kreisen der Männer und Messer übertönen.

Mariam findet Khalil auf der schmutzigen Treppe hinter Hardee's, den Kopf in die Hände gestützt, sein Interventionsteam wartet darauf, auf den Platz gerufen zu werden. »Ich hab Sandwiches mitgebracht«, sagt sie, wohl wissend, dass er stundenlang nichts gegessen hat. »Für das ganze Team.«

»Danke«, sagt er, legt den Gummiknüppel beiseite und berührt ihre Hand. Sein Shirt ist am Hals aufgerissen, seine Hände sind schmutzig. Oder blutverschmiert? Was ist bloß aus uns geworden?

15. JULI: SIEBEN TOTE BEI ZUSAMMENSTÖSSEN AUF DER BRÜCKE DES 6. OKTOBER

Er macht die Waschmaschine auf und stopft die Opantish-T-Shirts hinein. Sein Telefon wartet auf der Arbeitsplatte der Küche, aber er lässt es liegen. Nur fünf Minuten, bevor es wieder Zeit ist, die toxischen Dünste des Internets einzuatmen.

Er dreht den Wasserhahn auf, macht das Radio an, beginnt mit dem Abwasch.

Neuen Berichten zufolge kam es im Zusammenhang mit der illegalen Besetzung des Nahda Square in Gizeh und des Rabaa Square in Kairo durch die terroristische Muslimbruderschaft zu Gewaltakten …

Er schaltet das Radio wieder aus.

Sie nennen es Polarisierung. Zwei Seiten des Landes entfernen sich immer weiter voneinander, streben entgegengesetzten Extremen zu, sodass die Mitte sich nur noch an den Rand des Abgrunds klammern kann.

Er greift nach seinem Telefon, das sich so schwer und schicksalhaft anfühlt wie die Büchse der Pandora. Bald steckt er knietief im Sumpf aus rüpelhaftem pro-militärischem Triumphgeschrei und frömmlerischer Scheinheiligkeit aufseiten der Muslimbruderschaft. Und dazu noch die paternalistische Arroganz der internationalen Kommentatoren.

24. JULI: SISI IN REDE AN DIE NATION: GEBT MIR DAS MANDAT, DAS BLUTVERGIESSEN ZU BEENDEN

Hafez reicht ihm eine Zigarette. Zehntausende sind auf den Platz geströmt, um Sisi sein »Mandat« zu überreichen. Sie können nur rauchen und zusehen.

»Weißt du, was das Lächerlichste ist?«, fragt Hafez. »Das Lächerlichste ist, dass niemand das Volk auch nur erwähnt. Wieso ist Mursi weg?« – *BUMM!* – ein Böller lässt die beiden zusammenzucken. Hafez sieht krank aus, als hätte er mittlerweile seit Tagen nicht mehr geschlafen. Er redet schnell, seine Lippen kommen seinem überhitzten Hirn kaum hinterher. »Wieso ist Mursi weg? Weil mehr Leute gegen ihn auf die Straße gegangen sind als je zuvor gegen irgendetwas in der gesamten Geschichte der« – *BUMM!* – »in der Geschichte der Proteste, und ja, jetzt fallen wir zurück in irgendeine Art Engtanz mit der Armee, aber wir wissen auch, dass die Armee die Macht nicht wieder direkt übernehmen kann« – *BUMM!* – Khalil macht die Zigarette an, und sie kratzt in seinem Hals, der von der langen Dehydrierung der Nächte auf Patrouille knochentrocken ist. Er ist zu müde, um etwas zu sagen. »Selbst wenn Sisi spüren würde, dass sich die Hand der Geschichte auf seine Schulter legt, würde der Oberste Militärrat nicht zulassen, dass er die Präsidentschaft übernimmt. Es würde sie auf lange Sicht zu angreifbar machen.«

Zahl der Toten bei Zusammenstößen zwischen Sicherheitskräften und Mursi-Anhängern steigt auf 72.

Neue Beweise, dass Muslimbruderschaft während der Achtzehn Tage Demonstranten UND Polizisten tötete.

Mursi laut EU-Vizepräsidentin Catherine Ashton bei bester Gesundheit.

Innenminister koordiniert sich mit bewaffneten Streitkräften, um Sit-ins auf Rabaa al-Adawiya und Nahda Square aufzulösen.

Gefühle auf #Rabaa ähneln denen auf #Tahrir am #25Jan, allerdings ist Vorgehen der Polizei brutaler & Demonstranten sind entschlossener.

Lasst uns mutig und ehrlich sagen: »Nein zu freien Wahlen in Ägypten.«

Weitere Leichenfunde nahe Sit-ins der Muslimbruderschaft.

Süßes kleines Mädchen singt zurzeit auf #Antiputsch-Bühne des #Rabaa. Für Bilder von größter Massenansammlung, die Kairo je gesehen hat, hier klicken.

Anti-Mursi-Demonstranten berichten Amnesty International, wie sie von Anhängern des ehemaligen Präsidenten gefangengenommen, geschlagen, mit Elektroschocks und Messern traktiert wurden.

#Ägyptens erster & einziger demokratisch gewählter Präsident #Mursi ist der Einzige, der für alle #Ägypter sprechen kann. #Mursi ist ein Symbol für Ägyptens Freiheitskampf.

Rania ist in der Küche. Sonst ist niemand im Büro.
»Wir müssen einen Podcast machen«, sagt Khalil.
»Okay.«
»Wir müssen unsere Position erklären. Ich habe die ganzen Arschlöcher auf Twitter und im *Time Magazine* und sonstwo so satt, dass ich verrückt werde.«
»Dann lass uns was schreiben. Wo ist Mariam?«
»Was meinst du wohl?«

Mehr sagt er nicht. Mariam verlässt die Einsatzzentrale kaum noch. Und er weiß, dass Rania seit Januar nicht mehr dort war.

»Also schreiben wir selbst«, sagt Khalil. »Ist doch ganz einfach. Wir sind weder für die Armee noch für die Muslimbruderschaft, und jeder, der sagt, das seien die einzigen Optionen, hat keine Ahnung, wovon er redet. Die Revolution ist immer noch die stärkste Kraft im Land. Das hier ist nur eine weitere Welle desselben politischen Prozesses, der seit zwei Jahren abläuft, und wenn sie denken, dass Sisi oder sonst jemand stark genug ist, ihn aufzuhalten, haben sie nicht aufgepasst.«

»Du hast Recht«, sagt Rania. »Genau das sollten wir sagen. Aber ich glaube nicht, dass noch irgendjemand zuhört.«

Muslimbruderschaft verweigert sich Bemühungen von Scheich al-Azhar, die politische Krise mithilfe einer nationalen Versöhnungsinitiative unter Beteiligung aller Parteien zu lösen.

Innenminister behauptet, es gebe Pläne für die friedliche Auflösung aller Sit-ins.

Muslimbruderschaft ruft alle Anhänger auf, zu Sit-ins auf Nahda und Rabaa zu pilgern.

Muslimbrüder-Heckenschützen töten 10 Menschen, die vor MB-Hauptquartier protestieren.

#Demokratie #Freiheit #Würde #Soziale_Gerechtigkeit sind Ideen. Man kann eine Idee nicht umbringen, wenn die Zeit dafür reif ist.

Noch einmal zur Erinnerung: Unsere Sicherheit ist die Masse. Wenn euch die Demokratie am Herzen liegt, geht jetzt zum Rabaa oder Nahda!

14. AUGUST: POLIZEIEINSATZ ZUR AUFLÖSUNG VON SIT-INS DER MUSLIMBRÜDER ANGELAUFEN

Geht zu euren Brüdern im Krankenhaus! Die knisternden Lautsprecher hallen zwischen den Gebäuden wider. *Geht zu euren Brüdern an vorderster Front!* Mariam und Hafez hasten durch die Seitenstraßen. Die Gewehre schweigen für den Augenblick. Der Rabaa ist eine Zeltstadt aus Planen und zerbrochenen Flaschen und Gaskochern und Mursi-Postern, aus Männern, die mit Decken voller Steine, mit Sandsäcken und Wasser nach vorn rennen, und aus unerschütterlichen Gruppen von Frauen, die durch den beißenden Rauch marschieren und Schlachtrufe für ihren Präsidenten skandieren. *Bereitet die Barrikaden vor! Es gibt keinen Gott außer Allah! Es gibt keinen Gott außer Allah! Gott liebt die Märtyrer!* Irgendwo in der Ferne brennt etwas Großes.

Hafez hat sich hingekniet, um Fotos zu machen, als eine donnernde Tonbandstimme die Straße beschallt:

> *Hier spricht das Innenministerium. Sie werden aufgefordert, dieses Gebiet unverzüglich zu räumen. Hier spricht das Innenministerium. Sie werden aufgefordert –*

»Komm schon, Hafez!« Mariam zieht ihn am Ärmel. »Wir müssen zur Erste-Hilfe-Station.«

Mit gewaltigem Getöse beginnt der Beschuss. Schwere Artillerie gefolgt von Automatikgewehren. *Bumm. Tktktktk.* Menschen rennen in alle Richtungen. *Bumm. Tktktktktktk.* Ein Bulldozer frisst sich langsam ins Lager hinein, zermalmt die Zelte und die zerbrechlichen Barrikaden. Männer schieben einen Kühlschrank nach vorn, ducken sich dahinter und springen immer wieder aus ihrer Deckung hoch, um Steine zu werfen, aber die prallen harmlos an dem Bulldozer ab. Dahinter kommen ein gepanzertes Fahrzeug und die Gewehre. *Hier spricht das Innenministerium. Sie werden aufgefordert, dieses Gebiet unverzüglich zu räumen. Bumm.*

Tktktktktk. Sie rennen, weg von den Gewehren, tiefer ins Camp hinein, durch die Gassen, und ein Mann fällt, dann noch einer und *Bumm. Tktktktktktktktktktk.* Sie kommen schnell näher. Eine Sirene ertönt, der Bulldozer schiebt sich voran, die hölzernen Zeltstangen geben knirschend nach. Lauf zur Erste-Hilfe-Station sieh nicht zurück zögere nicht atme lauf einfach halt dich am Rand hör nicht hin renn einfach oh fuck renn einfach du wirst es schon merken wenn du angeschossen bist also renn einfach.

Die Erste-Hilfe-Station, ein Chaos aus Rauch und Tränen. Menschen werden blutend und stöhnend hineingetragen, der Zeigefinger einer rechten Hand ragt nach oben, eine dicke glänzende Blutspur zieht sich hinter ihnen her über den Boden, die hohe Stimme aus den Lautsprechern auf der Bühne kreischt immer wieder: *Lauft nicht davon! Es gibt keinen Gott außer Allah. Gott liebt den Märtyrer. Haltet stand! Die Revolution geht weiter! Haltet stand!* Der Geruch, der in der Erste-Hilfe-Station herrscht, nimmt ihr den Atem, füllt ihren Mund, legt sich auf ihre Haut, steigt ihr in die Nase, haucht über den Schweiß auf ihrer Brust, getrocknetes Blut und Desinfektionsmittel und Dreck und Rauch und Angst und Schweiß, und die Fenster alle geschlossen und die Ärzte mit Gasmasken vor den Gesichtern und überall Blut und überall wird gestorben in diesem Raum voller blutiger Decken und blutgetränkter Hemden und die Luft besteht nur aus letzten Atemzügen, herausgeschluchzt aus Lungen, die von Schrotkugeln zerfetzt sind und ein Baby, nein, zwei Babys, weinen, und das ist das einzige Geräusch, das Sinn ergibt. Das gelbe Licht strömt heiß durch die geschlossenen Fenster, und plötzlich ist es Mariam so heiß, als ob sie gleich ohnmächtig würde. Die Schüsse kommen näher. Das ist das Ende. Niemand kommt, niemand versucht, das hier zu stoppen, niemand rettet uns. Sie kommen, die Gewehre und die Panzerfahrzeuge kommen.

Ein Einschussloch kann so klein sein. Ein Körper kann so viel Blut enthalten. Ein Baby kann so lange schreien.

Mach dich an die Arbeit. Konzentrier dich. Sie sieht sich nach Hafez um. Bleibt zusammen. Er filmt. Er wird nicht ohne dich verschwinden. Du kannst helfen. Aderpressen, Verbände, die Blutung stoppen. Das ist alles, was man tun kann. Sie sieht zu den Ärzten hinüber, die Wunden verbinden. Das ist alles, was man hier tun kann. Die Blutung stillen, die Wunde verbinden. Einen Arm retten, ein Bein. Die Blutung stillen, die Wunde verbinden. *Krach.* Ein neues Gewehr. *Krach.* Ein anderes Gewehr, stärker. *Krach.* Sein Echo hallt durch dich hindurch. *Krach.* Jedes Krachen ein sicherer Tod. Leute rennen, drängen, ziehen blutende Brüder und verlorene Söhne mit sich, und Ärzte mit erhobenen Armen flehen sie an zu warten und – *krach* – sie kommen näher – *krach* – Leute drängen durch die Tür nach draußen, und alles ist nur das Um-Sich-Schlagen eines ertrinkenden Körpers, der um einen letzten Atemzug ringt, um eine letzte Chance, und dann sind da noch mehr Körper, neue Verwundete werden in den Raum gezerrt, und die Tür ist ein Portal aus weißem Licht und Wind, und Leute drücken sich rechts und links davon an die Wände. *Krach. Krach.* So viele Leute drängen sich aneinander, halten sich vom Korridor fern, atmen und weinen und beten, alle zusammengepfercht, alle an die Wand gedrückt, und ein Mann liegt blutend da, genau vor der Tür, die Arme ausgebreitet, das Hemd voller Blut, und niemand kann zu ihm, um ihn ins Zimmer zu ziehen – *krach* – das Blut läuft nur so aus ihm heraus und gerinnt rund um ihn herum im Durcheinander aus Pappkartons und Hygienehandschuhen und Papiertüchern und Spritzen und Masken und Plastiktüten und Wasserflaschen. Toussi, du bist wieder hier. Du wirst wieder ermordet. *Krach.* Wir kommen, um euch zu holen, wir kommen. Du bist nass vor Schweiß. Oder vor Blut? Sieh nicht hin. Es gibt nichts, wo du hinrennen kannst. Wir kommen, um dich zu holen, und du kannst nirgends hin, nirgends hin, nirgends hin. Bleib hier, bei den Verletzten, wo du helfen kannst. Sie werden die Verletzten durchlassen. Was redest du denn da? Sie greifen die Erste-Hilfe-Station an, du kannst nicht raus, und der Mann auf dem Boden atmet nicht mehr, die Blutlache wächst nicht mehr, und jemand reckt den Arm in den Flur und hakt die Fingerspitzen in die Hose des Toten, um ihn näher heranzuziehen, und die Leiche gleitet über das heiße Geglitsche aus dickem, dunklem Blut, zieht es hinter sich her, es gerinnt rund um seine Hose, die schwer ist vom Blut, die über seine Hüften gleitet, über die blutigen Schamhaare und den Penis. Bitte, lass mich nicht hier sterben, wo niemand mich kennt und niemand mich finden wird und niemand meine Mutter anrufen wird, wo man mich mit all den anderen Leichen auf einen Haufen werfen und verbrennen wird. Bitte, lass es nicht hier passieren, ohne auch nur einen Stein in der Hand, mit dem Gesicht nach unten in medizinischem Abfall, bitte, nicht jetzt. Wer wird meine Mutter anrufen? Sie wird die Worte hören und sie nicht glauben, aber wissen, dass es wahr ist. Ich kann ihr das nicht antun, sie hält das nicht aus, hält das nicht aus, ich kann ihr das nicht antun. Denk nicht an sie. Wir kommen hier raus. Denk nicht an sie oder deine Freunde, alle in Schwarz, wie sie die Tränen zurückhalten und überlegen, welche Momente mit dir sie in Erinnerung behalten wollen. Sie werden sich an dich erinnern. Ach Khalil, wir hätten so vieles anders machen sollen. Ich hätte eine andere sein sollen. Wie wirst du dich an mich erinnern? Meine Mutter wird ganz allein sein, niemand wird mehr da sein. Sie wird es wissen. Sobald das Telefon klingelt, wird sie es wissen. Eine unbekannte Nummer, und ihr Herz wird aussetzen, und beim ersten Durchatmen der Stimme am anderen Ende der Leitung wird sie es wissen, wird es wissen, bevor die Worte ausgesprochen werden und der Untergang beginnt und die Wohnung in Schwarz getaucht wird, von Tanten und Onkeln und Freunden und Patienten und allen, die je auch nur zwei Worte mit ihr gewechselt haben, alle in einer kargen Prozession aus Formalitäten, Ablenkungen, aus zurückgehaltener Wut, und es wird niemanden mehr geben, mit dem sie reden kann. Wird sich Khalil um dich kümmern, Mama? Wird er kommen und Tag für Tag bei dir sitzen? Werdet ihr euch gegenseitig Kraft geben? Ihr könnt euch umeinander kümmern. Jeder, der heute stirbt, wird als Terrorist verunglimpft werden. Was du da machst, ist keine Hilfe. Das bist nicht du. Hör auf. Still die Blutung, verbinde die

Wunde. Du kannst ein paar Leute am Leben halten. Still die Blutung, verbinde die Wunde.

Warte.

Wie lange ist es auf der Bühne schon still? Wann hat das Baby aufgehört zu weinen?

Eine elektronische Stimme donnert durch den Raum. *Hier spricht das Innenministerium.* Maschinen. Sie haben Maschinen geschickt, um uns zu töten. *Sie werden aufgefordert, dieses Gebiet unverzüglich zu räumen.* Die Luft ist so heiß vor Rauch und Gas und Blut, dass sie kaum atmen kann, und die Kugeln, die Kugeln, zieh einfach den Kopf ein, schnapp dir die Hand von Hafez und versuch weiter zu atmen und zu beten und zu atmen und Danke, Gott zu sagen, und: Bitte mach, dass es schnell geht.

TEIL 3

GESTERN

Morgen werden wir den gleichen Tod sterben.
@mahmoud_hakem
2:23 – 15. August 2013

Ich sitze allein auf dem Balkon in der Hitze und rauche.

Autos fahren vorbei und hupen im Rhythmus des Jubels. Glückliche, verschwitzte Familien rufen *Lang lebe Ägypten.*

Aus einem Laden schwebt Dalidas Stimme unerbittlich zu mir herauf:

My hope, always was, my country
That I'd come back here, my country
Staying close to you for-e-ver!

Halt die Klappe! Halt die Klappe! Halt die Klappe!

■

Jemand hat der Nofretete auf meiner Tür die Augen ausgekratzt, hat das »Nein« abgerissen und *Ja* hingekritzelt, *Ja* zur Verurteilung von Zivilisten durch Militärgerichte.

■

Nachts schweigt die Stadt. Niemand bewegt sich durch die heiße Dunkelheit während der Ausgangssperre. Die Straßen sind still.

■

Du redest im Schlaf. Nicht mit mir. »Lauf«, sagst du. »Lauf.« Ich liege stumm neben dir und lausche auf Hinweise, auf alles, worüber wir nicht reden. Ich hätte mit dir gehen müssen. Ich hätte dasein müssen. »Wir kommen zu spät, Toussi«, sagst du im Traum. »Alle warten auf uns.« Ich warte auf die Worte, nach denen ich nicht fragen kann. Ich habe vergessen, wie man schläft.

■

Das Zimmer bebt. Du schlägst die Augen auf, als ein Armeehubschrauber dicht über uns hinwegfliegt.

■

Die taghelle Welt ist schlimmer.

Sisi ist überall. Von Plakaten in jeder Straße, von Windschutzscheiben, Halsketten, Schlüsselringen und glasierten Kuchen strahlt uns das zuckrige Lächeln des Großen Erretters entgegen, uns, seinen schwitzenden Untertanen. Ganz Kairo ist zu einem militärisch-inspirierten Jahrmarkt mit Sisi-Sandwiches, Sisi-Kühlschrankmagneten und Sisi-Postern, mit Törtchen, die sein Konterfei tragen, und mit nach ihm umbenannten Speiseölen geworden. Frauen in Camouflage-Hosen posieren für Selfies, lassen ihr Vampirlächeln aufblitzen und zeigen ihre Chanel-Krallen. Keine Talkshow wagt es, auf Sendung zu gehen, ohne Loblieder auf seine männlichen Tugenden und sein Charisma zu singen, kein Schaufenster ist vor dem brandschatzenden Mob sicher, wenn nicht dahinter sein göttlich entrückter Blick auf dich hinabschaut. Es wird Blut fließen, Blut und noch mehr Blut. 900 Tote an einem einzigen Tag. Ägypten war nie ruhmreicher. Wir würden auch 9 000 für unser Heimatland umbringen. Bist du nicht erleichtert? Bist du kein Ägypter? Liebst du dein Land etwa nicht? Jetzt zeigst du uns dein wahres Gesicht, jetzt wissen wir, wen wir uns in der Nacht holen werden. Endlich sind wir die Terroristen los, endlich wurden wir befreit. Das Land war dabei zu zerbröseln, Ägypten lag am Boden, die Muslimbruderschaft agierte als Besatzungsmacht, aber jetzt hat der große Sisi uns befreit. Frei, endlich frei, dem Allmächtigen sei Dank, endlich sind wir frei. Hast du gewusst, dass Sisi der eigentliche Name von Ramses III. war? Sisi, der Löwe, der mit dem Herz eines Löwen, der Unerschrockene. Unser Adler, unser Barett und unsere Flagge sind eins in dir, Sisi, und deinen Sieg, den preisen wir. O Sisi, mein Sisi, du hast

Ägypten den Ägyptern zurückgegeben, du hast uns aus der Wüste geführt. Beim Klang deines Namens bekommen Frauen weiche Knie, und Männer sind zum Kampf bereit. Gemeinsam werden wir den Terroristen entgegentreten. O Sisi, mein Sisi, die letzten drei Jahre waren so schrecklich, schrecklich schwer. O Sisi, mein Sisi, du bist die Antwort auf mein Kreuzworträtsel. Dein Name in seiner perfekten und ewigen Symmetrie wird mir helfen, meine Kartoffeln zu verkaufen.

»Masken! Kauft Sisi-Masken! Ausweise! Sisi-Ausweise!«

Ich bleibe vor der Auslage des Straßenverkäufers stehen: Auf Postern posiert Sisi stolz vor einem Löwen in einer Photoshop-Montage; es gibt Sisi-Masken mit leeren Augenlöchern, es gibt Sisi-Personalausweise. *Name:* Abdel Fattah al-Sisi. *Adresse:* Verteidigungsministerium. *Beruf:* Erretter Ägyptens.

Zumindest haben Faschisten nie Sinn für Humor.

Die neue Pop-Hymne an El General hallt durch die Straßen –

This is the hero who gave up his life
Who carried your name, your country

Riesige Lautsprecher ragen vor einem Laden auf, ein gelangweilter Schlägertyp sitzt daneben, die Hand auf dem Lautstärkeregler. Die Musik vibriert durch mich hindurch, verletzt mich.

The one who protects our land
The one who protects our honor

Ich nehme die Sisi-Maske in die Hand, hebe sie vor mein Gesicht und halte den Atem an, aus Angst, durch die Augenlöcher zu gucken. »Fünf Pfund«, blafft der Straßenhändler.

The one who Egypt
Proudly calls her son

Ich gebe ihm das Geld und gehe in Richtung Tahrir, wo die tägliche Demonstration der Liebe zu Sisi stattfindet. Es ist heiß. Ich nehme die Maske nicht ab.

Bless these hands,
Bless my country's army

Es sind keine Autos auf den Straßen, Kinder betatschen Luftballons, junge Frauen essen Eis, ältere werfen den Soldaten auf den Panzern Kusshände zu, posieren für Fotos und rufen:

»Lang lebe Ägypten!«
»Sisi ja! Sisi ja! Mursi nein! Mursi nein!«
»Pass auf, Obama! Pass auf! Stell dich nicht gegen das ägyptische Volk!«
»Das Volk! Die Armee! Hand in Hand!«

Man kann dem elektromagnetischen Klangschrott nicht entkommen.

Sind wir Versuchstiere in irgendeinem wahnwitzigen Experiment? Könnt ihr diesen Mann mit dem Charisma eines schwarzen Lochs, diesen triefenden Sumpf ohne Eigenschaften, in einen politischen Führer verwandeln? Könnt ihr dem einfachsten Handbuch der Machtergreifung folgen und diese quasimodische Kombination aus der typischen Bürokratenwampe, hängenden Wangen und Halbglatze in den Demagogen des Monats verwandeln, dessen Anblick man genauso locker runterspülen kann wie eine Cola? Hier ist der Plan: Identifiziere den Erzfeind, mobilisiere Mördertrupps, pumpe den Äther mit hysterischem Nationalismus voll, posiere für Fotos mit Löwen, drück dich so einfach wie möglich aus, beschwöre eine mythische Vergangenheit, lass Kinderchöre deinen Namen singen et voilà: lehn dich zurück und bewundere dein Werk. Frankensisi. Ein Mann, der aus dem Nichts kam, der nichts weiter ist als die Collage veralteter Ideen, gestützt mit brutaler Gewalt. Ein

Mann, geboren aus der Krise, der Angst und der Kurzsichtigkeit, ein Produkt der Mittelmäßigkeit auf höchster Ebene. Mussolini hatte immerhin ein nach vorn gerecktes Kinn, an dem man seine Wäsche hätte aufhängen können, aber Sisi, dieser mopsige Bürokrat mit seiner Stimme, die am besten in einer Bingo-Halle aufgehoben wäre – ist das alles, was wir kriegen?

Die Faschisten lächeln mich an. Hinter Sisis Totenmaske bin ich sicher. Stumm gehe ich zwischen ihnen hindurch zum Tahrir. Überall um mich herum strecken Männer enthusiastisch die Daumen in die Höhe – *900 Tote an einem Tag!* – und zerkratzen mit ihren Victoryzeichen den Himmel – *Kriegsrecht wieder eingeführt!* – und ich gehe weiter und bin umgeben von Botox-Lippen und über Bäuche hochgezurrten Hosen, von Postern voller bedeutungsloser Worte und dem ansteigenden Geräuschpegel über den Tausenden auf dem Tahrir – dem Schwarm, dem Nest. Bald ist es so weit. Ich bin jetzt Teil dieser neuen Welt.

Segne diese Hände
Segne die Armee meines Landes

Und wie lange wird es dauern, bis sie den Verräter in ihrer Mitte entdecken? Auf jeder Straße der Altstadt gibt es Männer in klobigen schwarzen Kampfanzügen, die Balaklavas übers Gesicht gezogen, die Finger am Abzug, jede Patrone mit Millionen Konsequenzen. 100 potenzielle Todesbringer losgelassen auf eine chaotische Welt. Ich versuche, nicht an meinen Rücken zu denken, wie er schwitzt, juckt, pulsiert, wie die alten Wunden sich langsam wieder öffnen, während ich mich darauf vorbereite, dass die kleinen warmen Flusslinien des Bluts gerinnen und sich mit dem Stoff meines Hemds verkleben, jede blutende Wunde eine Kugel aus Metall, die aus mir herausgezogen wird, mich zur Mündung des Gewehrs zieht, zum Anfang und zum Ende, und alles, was nötig ist, ist das Bellen eines Hundes oder die Fehlzündung eines Autos, damit ein zuckender Finger den Abzug betätigt und getroffenes Fleisch auf den heißen Asphalt fetzt und wir einen weiteren Namen auf unsere endlosen Listen kritzeln können.

Segne diese Hände
Segne die Armee meines Landes

Auf dem Tahrir unterwirft sich die schwitzende Menge den Hubschraubern am Himmel mit dem obligatorischen glücklichen Jubelgeschrei. Eine Frau drückt ein Poster an ihr Gesicht, presst ihre erhitzten Lippen auf Sisis starre Augen und schreit: »Wir stehen hinter dir, Sisi! Lass nicht nach!« Und genau auf dem Mittelkreis des Platzes sehe ich Nancy, die ein Schild hoch über ihren Kopf hält:

SISI, SÄUBERE ÄGYPTEN VOM TERRORISMUS

Ich bleibe stehen und beobachte sie, bin unsichtbar hinter meiner Maske. Die Sonne brennt auf mich herab, ich spüre, wie sich Schweiß auf meiner Oberlippe und auf meiner Stirn sammelt. Ich überlege, die Maske abzunehmen und Nancy in die Augen zu sehen, aber vor meinem inneren Auge sehe ich, wie sie die Hand hebt und auf mich zeigt und ihr Mund aufklafft und das Wort *Verräter* alles andere übertönt. Ich sehe einen leblosen Körper an dem Laternenmast baumeln, an den wir einst Mubaraks Abbild hängten.

Segne diese Hände
Segne die Armee meines Landes

■

Die Tüte mit den schmutzigen Opantish-T-Shirts steht unberührt am Fußende meines Betts. Vom Schweiß jener Nächte durchtränkt modern sie dort vor sich hin, aber ich wasche sie nicht. Ich schlage das Laken zurück und klappe mein Buch bei demselben Abschnitt auf, den ich immer wieder lese:

Als ich zum erstenmal nach Barcelona kam, glaubte ich in einer Stadt zu sein, in der Klassenunterschiede und große Unterschiede im Wohlstand kaum existierten. So sah es tatsächlich aus. »Feine« Kleider waren etwas Ungewöhnliches, niemand war ein Kriecher oder nahm ein Trinkgeld an. Kellner und Blumenverkäuferinnen und Schuhputzer schauten jedem in die Augen und sprachen ihre Kunden mit »Kamerad« an. Ich hatte nicht begriffen, daß diese Erscheinung vor allem eine Mischung aus Hoffnung und Tarnung war. Die Arbeiterklasse glaubte an eine Revolution, die begonnen, aber nie gefestigt worden war. Die Bourgeoisie hatte Angst und verkleidete sich vorübergehend unter der Maske der Arbeiter. Während der ersten Monate der Revolution muß es viele tausend Menschen gegeben haben, die absichtlich Overalls anzogen und revolutionäre Phrasen schrien, um auf diese Weise ihre Haut zu retten. Jetzt aber kehrte alles wieder zum Normalen zurück.
George Orwell, April 1937

■

Mariam sagt, sie riecht das Leichenschauhaus überall. Sie wird es einfach nicht los. Es tropft aus ihren Haaren wie Zigarettenrauch in der Dusche. Sie träumt davon. Sie sieht keine Leichen, kann ihre Gesichter nicht erkennen, aber der Geruch haftet an ihr. Sie träumt, sagt sie, wie ein Tier, in dunklen Gerüchen und durchzuckten Traumata, nichts als Verwirrung, Instinkt und Schrecken –, aus einem Ort vor jeder Sprache.

»Es war, als wären es Maschinen«, sagt sie eines Nachts im Bett, im Dunkel. »Als wären es Maschinen, die uns holen kommen. Sie zeigten überhaupt keine Regung.«

Ich schweige.

»Als wir rauskamen«, sagt sie, »haben sie gejubelt. Hunderte waren tot. Und sie haben gejubelt.«

Mehr sagt sie nicht. Ich weiß nicht, was sie sieht, wenn sie mich ansieht. Einfach nur jemanden, der nicht da war.

■

My hope, always was, my country
That I'd come back here, my country
Staying close to you fore-e-ver!

Die Geräusche krabbeln durch meine Wände, stehen im Dunkel des Schlafzimmers über mir. In meinen Träumen knirsche ich jetzt mit den Zähnen. Ich beiße sie fest zusammen, und meine schlafenden Wangenmuskeln krampfen die ganze Nacht. Ein Teil meines Hirns, jenseits von Vernunft und Rationalität, übernimmt die Vorherrschaft und zerbricht die Knochen in meinem Mund, durchlöchert mein Zahnfleisch mit Druck und Schmerz, der sich in die Stunden des Wachseins und der einsamen Traurigkeit überträgt und verrät, dass sogar ich selbst mir inzwischen Schaden zufüge.

■

Wir sitzen im Chaos-Büro auf dem Balkon. Das Büro ist leer. Hafez zündet sich eine Zigarette an. Unser Schweigen ist lang, das der Stadt nicht. Ich kann ihre Geräusche nicht ertragen, die Normalität der Autohupen, den unausrottbaren Hintergrundlärm des Alltags.

Er schnippt die Zigarettenasche auf den Boden.

An diesem Abend geht kein noch so leiser Wind.

»Ich habe Nancy auf dem Tahrir gesehen«, sage ich.

»Ach ja?«

»Redest du viel mit ihr?«

»Nein«, sagt er. »Kein Wort.«

Ich hätte gar nicht sehen müssen, dass Nancy in der Menge auf dem Tahrir stand. Ihr giftversprühender Twitter-Feed sagt alles:

> Ich habe diese verlogenen revolutionären Bruderschafts-Anhänger, die Ägypten zerstören, dermaßen satt ... Hat Ägypten nicht genug durchgemacht? Müssen seine eigenen Bürger jetzt auch noch alles daran setzen, es zu ruinieren? ... Wenn wir jetzt nicht hinter Sisi stehen, sagen wir Ja zum Terrorismus ... Es reicht.

Zur Muslimbruderschaft zu halten ist Hochverrat, und gegen Verräter muss man mit der ganzen Härte des Gesetzes vorgehen.

Wie konnte das passieren? Wie viele Nächte haben wir gemeinsam gearbeitet und gekämpft? Wann sind alle Faschisten geworden? Fast jeder angeblich liberale Intellektuelle mit einer Zeitungskolumne oder einer Fernsehtalkshow reiht sich inzwischen ein, um Sisis Ring zu küssen und Teil einer fiebrigen Medienorgie zu Ehren des tausendjährigen Nationalismus zu werden.

»Du konntest nicht wissen«, sage ich später, »dass Nancy umkippen würde.«

»Das stimmt nicht.«

»Alle sind verrückt geworden.«

»Mariam konnte sie nie leiden …«

Ich sage nichts.

»Du machst zurzeit also keine Fotos?«, frage ich, und er bedenkt mich mit einem kalten Blick.

»Und du keine Podcasts?«, fragt er zurück.

»Nein, keine Podcasts. Aber warum stellst du deine Rabaa-Fotos nicht ins Netz?«

»Wozu? Alle wissen, was passiert ist und finden es absolut okay.«

Nach einer Minute des Schweigens wendet er sich mir zu. »Eigentlich ist es noch schlimmer. Ich stelle sie nicht ins Netz, *weil sie* genau das wollen. Rabaa war ein Spektakel. Sie wollen, dass wir es sehen, dass wir Angst bekommen, dass wir verstehen, wie weit sie gehen können.«

■

Nofretete.

Es tut mir leid, Nofretete. Ich habe diesen Aufkleber geliebt, die feurigen Augen, die Gasmaske, die hochaufragende Krone. Wir haben uns jeden Tag begrüßt, sie hat zugesehen, wie ich meine Schlüssel gesucht habe, und hieß mich zu Hause willkommen. Und jetzt hat ihr jemand die Augen ausgekratzt. Ein Nachbar, jemand, der jeden Tag an meiner Tür vorbeigeht, jemand, der uns beobachtet.

Vielleicht der ältere Mann von oben? Der, der immer so freundlich war, bis zu unserem letzten Gespräch im Aufzug. »Guten Morgen«, hatte er fröhlich gesagt, »und tausend Glückwünsche an uns alle.«

»Bitte?«

»Die Armee hat sich wieder auf die Seite des Volks gestellt.«

»…«

Er bedachte mich mit einem Blick voller großväterlicher Zuneigung. »Sie waren doch Teil von Tamarod, richtig?«

»Nein, überhaupt nicht.«

»Aber die ganzen Aufkleber an Ihrer Tür.«

»Auf keinem steht Tamarod.«

»Aber«, sagt er geknickt, »Sie müssen sich doch trotzdem freuen.«

»Ich freue mich überhaupt nicht. Bei den meisten der Aufkleber geht es um Kampagnen gegen die Armee.«

»Sind Sie etwa Muslimbruder?«

»Nein, natürlich nicht!«

»Aber dann müssen Sie sich doch freuen!«

»Haben Sie denn nicht gesehen, was sie auf dem Rabaa gemacht haben?«

»Wer?«

»Die Armee.«

»Ich habe gesehen, dass die Bruderschaft bewaffnet war.«

»Sie haben an einem Tag tausend Menschen getötet.«

»Tausend Terroristen vielleicht.«

»Tausend Terroristen …?«

»Die ägyptische Armee würde nie wissentlich auch nur einen einzigen Tropfen unschuldigen Bluts vergießen.«

■

Vier Männer, die an der Straßenecke sitzen, wenden den Kopf nach mir um. Sie haben kleine volle Teller vor sich, essen aber nicht. Auf der anderen Straßenseite wartet ein Taxi mit laufendem Motor. »Wo soll's hingehen?«, ruft der Fahrer. Ich antworte nicht. Bloß nie in ein wartendes Taxi steigen. Die alte Gemüseverkäuferin beobachtet mich, während sie mit einem stumpfen Messer eine Aubergine aushöhlt. Ein mit Postern bepackter Straßenhändler brüllt in die Straße hinein: »Segne diese Hände! Kauft Sisi-Poster! Segne diese Hände!« Zwei Männer mit Sonnenbrillen und Lederjacken lungern unter einem Baum herum. Sie unterhalten sich nicht, sie beobachten einfach nur.

»Basha!«, ruft irgendjemand. Der neue Pförtner hat es sich auf einer Liege neben der Tür bequem gemacht. Er setzt sich auf, reibt sich die blutunterlaufenen Augen. »Basha!«

»Was?«, frage ich.

»Ich muss Ihnen was sagen. Die Polizei war da und wollte wissen, ob Ausländer im Gebäude wohnen.«

»Und?«

»Ich habe natürlich nein gesagt.«

»Sehr gut …«

»Das dachte ich mir auch.«

»Richtig gedacht.«

»Also …?«

»Also was?«

»Bekomme ich also keine Belohnung dafür, das Richtige gesagt zu haben?«

»Was?«

»Sie würden doch nicht wollen, dass ich etwas falsch verstehe …«

Ich gebe ihm 20 Pfund. Die Männer an der Ecke beobachten mich immer noch. Ich stöpsele die Ohrhörer ein, drücke aber nicht auf Play. Es gibt kein Entkommen. Für keinen von uns. Es wird kommen. Das Klopfen an der Tür, die schnelle Spritze, die für Schweigen sorgt, die an der Zunge befestigten Elektroden, die erste Schaufel Sand, die dich in deinem flachen Grab erstickt, Körper, die aus Flugzeugen ins Meer stürzen, stumpfe Macheten, die von Haus zu Haus ziehen. Argentinien, Chile, Algerien, Indonesien. Jetzt sind wir an der Reihe, und auf den Straßen werden sie jubeln, wenn du in den Polizeitransporter gestoßen wirst, sie werden hinterherwinken, wenn du in die nächtliche Wüste gefahren wirst, sie werden einen Steifen kriegen, wenn sie sehen, wie du verzweifelt die Plastiktüte in deinen Mund einsaugst. Es steht uns allen bevor. Es gibt niemanden, der vor Mohamed Ibrahims Rache sicher ist, vor Gamal Mubaraks Rache, vor der Rache jedes Bullenschweins, das am Achtundzwanzigsten aus Angst um sein Leben auf die Felder rannte. Sie werden von Haus zu Haus gehen, und im urinfarbenen Licht einer unterirdischen Zelle werden wir uns alle wiedersehen, nackt und zitternd, ein letztes Mal.

Ein Lastwagen mit aufmontierten Lautsprechern fährt vorbei. Die Straße erbebt im Lärm der Musik:

Segne diese Hände.
Segne die Armee meines Landes.

Eine Hand packt meine Schulter – »Hey«. Ich fahre herum – *das war's* –, mein Körper verkrampft sich, rechnet damit, in einen bereitstehenden Van gezerrt zu werden, meine Rippen, aufgeschreckt und wachsam, warten auf das Eindringen der Klinge. Dann sehe ich die Vogelscheuchengestalt, die vorstehenden Wangenknochen, die rastlosen Augen und suche nach einem Namen. Fuck. Mein Herz rast. »Hey«, sage ich mit immer noch wild pochendem Herzen. Ich kann mich nicht an seinen Namen erinnern, erinnere mich aber daran, was ich als Letztes über ihn gehört habe: dass er im Gefängnis sei. Drogen. Körperverletzung. Irgendwas Heftiges. Irgendwas, was wir geglaubt haben. Aber wieso ist er dann so schnell wieder draußen? »Willkommen zurück«, sage ich.

»Danke.«

Er steht vor mir und geht nicht weiter, also muss ich auch stehen bleiben. Er ist so dünn wie eh und je, seine Kleider sind zerfetzt, und seine Haut erinnert an einen Dalmatiner, voller dunkler Flecken und Narben. Ständig verlagert er sein Gewicht von einem Fuß auf den anderen. Nach einer Pause frage ich, wie es ihm ergangen ist.

»Gut«, antwortet er. »Gut, ich wandle jetzt auf dem Pfad der Tugend, weißt du.«

»Gut.«

»Ja. Und du? Du bist noch hier? In Ägypten?«

»Ich bin noch hier.«

»Und? Wohnst du hier?«

Wir sind nur ein paar Meter von meinem Haus entfernt. Hat er gesehen, wie ich aus der Tür gekommen bin?

»Nein. Drüben in Abdeen.«

Er wird mich um Geld anhauen, da bin ich mir sicher. Wie viel habe ich in der Tasche? Einen Hunderter? Zwei Fünfziger? Zuviel.

»Hast du vielleicht eine Zigarette?«, fragt er, und wir stecken uns beide eine an. Nach einer Weile sagt er: »Sie haben mich Sachen gefragt«, er schaut an mir vorbei, den Blick ins Leere gerichtet. »Als ich drin war. Verhöre, verstehst du?« Sag nichts. Lass ihn reden. »›Wen kennst du vom 6. April?‹, haben sie immer wieder gefragt. ›Wo hängen die Leute rum?‹ Solche Sachen.« Er nimmt einen tiefen Zug. »Ich hab ihnen natürlich nichts gesagt. Aber ihr solltet lieber vorsichtig sein.«

»Jeder muss jetzt vorsichtig sein«, sage ich.

»Ich hab versucht, Mariam anzurufen, aber sie ruft nicht zurück.«

»Du weißt wieso.«

»Sag ihr, ich bin in Behandlung. Ich schwöre.«

»Ich sag's ihr.«

Er quetscht den letzten Zug aus seiner Zigarette und lässt sie fallen. »Man sieht sich«, sagt er und ist weg, und ich bin das Arschloch mit den beschissenen 100 Pfund in der Tasche.

■

Ich mische mich wieder unter die Menge. Die Sisi-Maske lasse ich neben der Tür liegen. Wenn das herrische Klopfen kommt, werde ich sie vor mein Gesicht halten, um sie auf eine falsche Fährte zu locken. Ich werde sie aufsetzen, wenn sie mich durch den spuckenden Mob zerren, der sich um den Polizeitransporter drängt.

Ich habe die Ohrstöpsel in den Ohren. Meine Taschen sind leer, bis auf meinen Ausweis und den alten MP3-Player. Zu riskant, ein Telefon dabei zu haben. Kein Aufnahmegerät. Es gibt ohnehin nichts aufzunehmen. Bald wird es kalt werden. Der Soundtrack von *Solaris* läuft. Ich gehe durch die Massen, die den Himmel nach Hubschraubern absuchen, denen sie zujubeln können, nach Plastikfähnchen, die sie auffangen können. Wir gehören nicht derselben Welt an. Die Poster, der Jubel, die Verherrlichung, die Mordlust. Ich sehe die Welt so distanziert, als wäre sie ein Kinofilm: Die Gesichter strömen im Licht der untergehenden Sonne an mir vorbei, alle gleich, alle dunkel und scharf und für immer unberührbar.

■

Im leeren Greek Club unterhält sich Mariam mit Rania und Rosa. Ich erkenne sofort, dass sie irgendetwas plant.

»Wir planen gar nichts«, sagt sie, als wir nach Hause gehen. »Nur eine Demo.«

»Gegen die neuen Demonstrationsgesetze?«

Nachdem sich Sisi auf dem Rücken der Proteste an die Macht hat tragen lassen, will er sie jetzt verbieten. Kluger Mann.

»Ja, gegen die Demonstrationsgesetze.«

»Und wann?«

»Wissen wir noch nicht. Kommt drauf an, wann sie sie verabschieden.«

»Wo?«

»Irgendwo. Die Details stehen noch nicht fest.«

Sie weicht meinen Fragen aus. Wieso will sie mir nicht mehr darüber sagen?

■

Sechs Männer sind nötig, um Ashraf zu überwältigen. Sie zerren an ihm, treten nach ihm, schlagen auf ihn ein, bis seine Beine nachgeben und er wie ein Elefant in die Knie geht, und die Hyänen treten und beißen und schlagen weiter, bis sein Gesicht von ihren Stiefeln in den Asphalt gedrückt wird, und ihre Knie landen immer wieder in seinem Unterleib, bis er endgültig aufgibt, bis sein Körper sich nicht mehr bewegt, bis seine Augen nicht mehr versuchen zu sehen, ob sie auch Mariam erwischt haben, oder ob sie es geschafft hat, wegzukommen.

■

Als ich aufhöre zu laufen, bin ich allein. Ich dachte, Mariam sei vor mir. Ich wende mich um zur Gaswolke hinter mir. Die Polizei hat aufgehört, uns zu verfolgen, die Leute sammeln sich wieder.

Ich kann sie nicht finden. Niemand hat sie gesehen. Anrufe gehen direkt an die Mailbox. WhatsApp zeigt nur ein einziges graues Häkchen. Mein Handy vibriert, aber es ist eine Nachricht von Hafez.

Bist du okay? Alle wurden verhaftet.

Ich fahre, während Nadia, Mariams Mutter, telefoniert.

»Nein, wir wissen nicht, welche Wache. Wir haben Anwälte an so vielen wie möglich. Wir finden sie, das versprech ich. Ich rufe wieder an, sobald ich etwas Neues weiß. Es gab zu viele Verhaftungen, um sie lange versteckt zu halten. Lass mich wissen, wenn du irgendetwas hörst. Wir müssen schnell sein. Ich würde lieber ein Jahr im Gefängnis als eine Nacht in einer Polizeiwache verbringen.«

Ich fahre schneller. Wir waren schon in vier Polizeiwachen, und nirgendwo gibt es eine Spur von ihnen. Mariam, Rania, Rosa, Ashraf und Dutzende andere. Alle verhaftet.

Eine Menschenmenge hat sich vor der Polizeiwache in Tagamo3 el-Khames versammelt. Ich bin zum ersten Mal hier. Wieso haben sie sie ausgerechnet hierher gebracht? Um sie aus der Altstadt wegzuschaffen? Zwei-, vielleicht dreihundert Leute sind da. Die üblichen Slogans. Mariams Mutter diskutiert mit den Polizisten. Jemand linst durch ein Fenster und sieht, wie Rosa drinnen in einen Raum geführt wird.

Um Mitternacht kommt es zu einem Gerangel, und eine testosterongesteuerte Menge verjagt einen Mann, schlägt und tritt nach ihm, als er wegläuft.

»Wer ist das?«, frage ich Hafez.

»Das?« Er versucht, ihn zu erkennen. »Könnte einer der Gründer von Tamarod sein.«

Ich sehe zurück zur Polizeiwache. Das Ganze war wunderbar eingefädelt.

Das Tor geht auf. Ein Beamter mit Zahnstocher im Mund und Waffe am Gürtel kommt heraus und nähert sich Nadia, die ganz vorne steht.

»Ihre Tochter wird bald freigelassen. Gehen Sie nach Hause. Es reicht.«

»Wir gehen nirgendwohin, bis alle wieder hier draußen auf der Straße stehen«, sagt Nadia laut, aber ruhig. »Und wir verlangen eine Namensliste. Wie viele Personen halten Sie fest? Entweder Sie lassen sofort alle frei oder Sie geben mir unverzüglich eine Liste.«

»Hören Sie«, lächelt der Offizier. »Heute Nacht passiert überhaupt nichts mehr. Wir müssen auf den Staatsanwalt warten. Alle da drinnen schlafen. Also, wieso gehen Sie nicht alle nach Hause?«

»Wir gehen nirgendwohin, bis alle –«

»Hey!«, ruft ein Junge, und alle wenden sich ihm zu. »Sie haben sie hinten rausgebracht! Sie sind weg!«

Nadia dreht sich zu dem Beamten um, der halb schuldbewusst, halb selbstgefällig mit den Schultern zuckt. Sie spuckt vor ihm aus und wendet sich ab.

Zwei Autos nehmen die Verfolgung auf.

»Was meinst du, wo sie sie hinbringen?«, fragt Hafez Nadia.

»Ich habe nicht die leiseste Ahnung.«

Mein Handy vibriert, das von Hafez piepst.

Rosa hat dir ihren Standort mitgeteilt.

»Sie fahren nach Süden«, sage ich und gebe Nadia mein Handy, während wir zum Auto laufen.

Fünf Minuten später kommt die nächste Standortinfo.

»Sie fahren in die Wüste«, sagt Nadia.

Ich trete das Gaspedal durch. Ich denke nicht darüber nach, was die Polizei wohl in der Wüste vorhat, sondern halte einfach nur die Augen starr auf die Straße gerichtet.

In der Wüste herrscht totale Dunkelheit, unsere Scheinwerfer fangen die acht Frauen, die zitternd am Straßenrand stehen, mit greller Gewalt ein.

Es geht ihnen gut. Rosa hat ein paar blaue Flecken, Mariam ist okay. Sie steigt mit einer Frau, die ich nicht kenne, ins Auto.

»Haben sie die Jungs freigelassen?«, fragt sie.

»Nein.«

»Dann müssen wir zur Wache zurück.«

■

Ein übergewichtiger Junge rennt im Wartezimmer des Zahnarztes um einen Glastisch herum, ich drücke gegen die Schmerzen eine Flasche mit kaltem Wasser an meine Wange, der Bruder des Jungen ist mit einem Computerspiel beschäftigt, der Fernseher läuft auf voller Lautstärke, das Telefon am Empfang schrillt aggressiv, ich schließe die Augen und versuche, die Schmerzen in meinen Zähnen auszublenden, schließe die Augen und sehe ihn fallen, sehe ihn immer näher kommen, wir alle sehen ihn, den Molotow-Cocktail, der immer näher kommt, und wir warten bis zur letzten Sekunde, bevor wir uns bewegen, der Fernseher wird noch lauter, ich öffne die Augen, die Empfangsdame schreit ins Telefon – *Was!? Was!? Wann haben Sie ihn das letzte Mal gefüttert!??* – der Junge rennt um den Tisch herum, Ashraf ist immer noch im Gefängnis, Ashraf und zwei Dutzend andere, ich bin gerannt, natürlich bin ich gerannt, jeder rennt. Fast jeder. Der Junge rennt um den Tisch herum, auf der Straße wird gehupt, im Fernseher laufen jetzt Nachrichten – *Polit-Aktivist Alaa Abd El-Fattah wurde in seinem Haus unter dem Verdacht festgenommen, die jüngsten Auseinandersetzungen vor dem Schura-Rat organisiert zu haben* –, meine Wangenmuskeln verkrampfen sich, und ein stechender Schmerz schießt durch meinen Mund, und der Junge rennt um den Tisch, ich konnte es nicht wissen, niemand konnte es wissen, aber Tatsache ist, dass ich sie zurückgelassen habe, ich bin weggerannt und habe sie zurückgelassen, es spielt keine Rolle, sie braucht dich nicht, hat dich nie gebraucht, und das hast du immer gewusst – *Youssef! Hör auf damit!* – der Junge rennt weiter um den Tisch herum, und ich wünsche mir, dass er stolpert und durch das Glas kracht, und der Fernseher wird mit jedem Gedanken noch lauter und das Tinnituspiepsen des Gameboy und das Keuchen des Jungen auch, aber es gibt überhaupt keine Geräusche mehr, jedenfalls keine reinen Geräusche, nichts, was sich vom Lärm der Menge unterscheiden lässt, nichts als statisches Knistern, das die Welt ringsum attackiert, eine Flut von Akustikwellen, alle zerbrochen und hässlich, die sich miteinander zu mutierten Klangmonstern verbinden, bis man nur noch Kohlenmonoxid und Staub atmen kann. Und wir alle tun es, und es interessiert keinen, alle leben und gehen einkaufen und scheißen, und du bist es, du bist die Anomalie, du bist das Problem, wie du dich mit geschlossenen Augen in die Ecke duckst und die Flasche an deine schmerzende Wange drückst und den Atem anhältst und bis zehn zählst.

»Sagen Sie mir, wo es wehtut.«

Das kalte Metall der Zahnarztinstrumente drückt an meinem schmerzenden Zahnfleisch herum. Es tut überall weh. Sein Licht blendet mich. Ich schließe die Augen und versuche, den Schmerz zu ignorieren. Das Radio läuft.

Heute gab Innenminister Mohamed Ibrahim bekannt, dass der Einsatz gegen eine bewaffnete Miliz von Hamaskämpfern unter der Leitung der terroristischen Muslimbruderschaft erfolgreich verlaufen ist.

Ich versuche, nicht hinzuhören. Konzentrier dich stattdessen auf den Bohrer, auf das Schaben von Metall auf Knochen.

»Furchtbar, nicht wahr?«, sagt der Zahnarzt. »Was die Muslimbrüder machen.«

Hör nicht hin.

»Wie können sie ihre eigenen Landsleute töten? Ägypter!«

Er zwingt meinen Mund mit seinen scharfen Instrumenten noch weiter auf. Mariam schläft auf dem Rücken, sieht in die Nacht hinauf wie eine Figur auf einem Sarkophag. Letzte Nacht bin ich wach geworden und habe sie betrachtet, und eine Minute lang war ich sicher, dass sie tot ist. Die lange, berührungslose Nacht im Grab beginnt jetzt.

»Die Muslimbrüder würden lieber das ganze Land zerstören, als zuzulassen, dass es wieder aufblüht –«, sagt der Zahnarzt, während etwas mit plötzlichem, stechendem Schmerz in das wunde Fleisch in meinem Mund eindringt. Kann ich etwas sagen? *Ist es sicher?*

Russlands Präsident Wladimir Putin hat Verteidigungsminister Abdel Fattah al-Sisi jede militärische Hilfe zugesichert, die dieser im Kampf gegen die terroristische Bedrohung in Ägypten benötigt.

»Ägypter! Sie töten Ägypter! Verflucht seien Mursi und alle Verräter!« Die Zahnarztsonde drückt immer fester zu, das Licht blendet – »Das Blut eines Ägypters ist etwas Kostbares« – Ist es sicher? Ist es sicher? O Gott, *ist es sicher?* »Sie können jetzt spülen.« Etwas Kostbares.

Ich spucke einen Mundvoll dunklen, blutigen Wassers aus. Und noch einen. Der Zahnarzt reicht mir ein Papiertuch. Ich schaffe es, ein Wort zu murmeln: »Rabaa.«

»Was haben Sie gesagt?«

»Auf dem Rabaa hat die Armee mehr kostbares ägyptisches Blut vergossen als irgendjemand jemals zuvor.«

»Nein«, sagt der Zahnarzt mit eisiger Ruhe und zieht die Handschuhe aus. »Das war alles Photoshop.«

»Und Maspero?« Ich spucke noch einmal Blut. Was du da machst, ist nicht gerade klug. Er kennt deinen Namen, hat eine Kopie von deinem Ausweis, kann jederzeit einen Anruf tätigen. *Ich habe hier einen Ausländer in meiner Praxis, der über Rabaa redet.*

»Sie haben doch auch gesehen, was sie in Maspero gemacht haben.«

»Ich habe die Lügen der Muslimbruderschaft gesehen, das ja. Sie haben die Armee schlechtgemacht, um die Wahlen zu gewinnen. Wer sonst würde Christen umbringen?«

»Ich war da. Es war die Armee.«

»Mein Junge –«, sagt der Zahnarzt mit Blick in meine Unterlagen. »Wenn Sie ein Kätzchen schlagen, was macht es dann?«

Ich antworte nicht.

»Wenn Sie ein Kätzchen schlagen«, wiederholt der Zahnarzt langsam, »was macht es dann?«

Ich schweige weiter.

»… Es kratzt.«

■

Ashraf,
wie geht's dir? Ich hoffe, die Lebensmittel und die anderen Sachen kommen gut durch und dass deine Zelle nicht zu schlimm ist. Wir suchen alles zusammen, was wir können, und ich arbeite an einem Büchersystem, damit ihr alle genug zu lesen habt. Mariam versucht, dir ein Radio zu besorgen.
Sie arbeitet verdammt hart daran, dich rauszuholen. Das tun wir alle, aber sie am meisten. Sie gibt sich die Schuld. Ich sage ihr, dass sie das nicht soll, aber sie tut es trotzdem. Du kannst es dir sicher vorstellen.

Es gab ein paar große Proteste und massenhaft Medienberichte. Hoffentlich können wir den Druck aufrechterhalten und euch alle da rausholen. Alaa als Mitangeklagten zu haben, könnte gut sein – es bedeutet auf jeden Fall, dass der Druck hoch bleibt. Ist er bei euch in der Zelle oder irgendwo allein?

Gib uns Bescheid, ob du irgendwelche bestimmten Bücher willst, oder ob du neue Ideen – oder neues Material – für Podcasts hast. Wir wollen versuchen, Chaos wieder richtig in Gang zu bringen.

Bis bald, Alter!

K.

■

Im Mittelpunkt unserer Leben gibt es ein schwarzes Loch. Eine Stille, ein unausgesprochenes Lauern, ein Wort, einen Ort, dunkle Materie, die alles andere langsam in ihr Nichts hineinzieht. Tausend Tode live im Fernsehen. Und keiner davon unserer. Und wer sind wir, wenn nicht die, die kämpfen, die, die sterben? Hätten wir bereit sein sollen, für unsere Feinde zu sterben? Haben wir das hier getan?

■

Schwarze Militärjeeps mit offenen Ladeflächen voller Männer in Kampfausrüstung fahren durch die Straßen. Die Luft ist erfüllt vom weißen Rauschen der Hubschrauber, die unablässig über der Stadt kreisen. Jeden zweiten Tag geht eine Bombe hoch, und dennoch schwillt die Stadt an, ihre Wellenform wird dichter und träger mit jedem neuen Leben, das über die benzinverseuchten Arterien der Schnellstraßen in Kairos erstickendes Herz strömt.

Wir warten schweigend an einem Kontrollpunkt. Fünfzehn Polizisten mit Sturmgewehren mustern den gestauten Verkehr. Ausweiskontrolle. Hafez sitzt am Steuer und starrt geradeaus. Ich bin sicher, dass wir alle an dieselbe Nacht denken, in der wir viel zu schnell fuhren, eine Flasche aus dem Duty-free zwischen uns hin und her gehen ließen, auf dem Weg zu einer Party in Mokattam, meine Hand draußen, von der Nachtluft immer wieder nach unten gedrückt. Dann kamen wir an eine Ampel, zwei Polizisten im Auto auf der Nebenspur sahen zu uns herüber, und Malik kurbelte sein Fenster herunter und schrie ohne jede Vorwarnung –

»Hey! Fickt euch, ihr Söhne einer mutterlosen Hure!«

Hafez stieg aufs Gas und schlitterte los, und wir alle reckten den Mittelfinger aus dem Fenster wie ein Haufen dummer Kinder, und die Bullen *rührten* sich nicht einmal!

2011. Die Straßen gehörten uns.

Der Polizist lässt Hafez' Ausweis aufs Armaturenbrett fallen, und wir starren ausdruckslos geradeaus, niemand sagt ein Wort, und wir fahren schweigend weiter.

■

Wir wurden gejagt. Von Anfang an. Ausfindig gemacht und verfolgt von Profis, die nur zu warten brauchten. Sie kamen durchs Unterholz, und wir wussten nicht mal, dass wir bereits verloren waren. Das Juli-Sit-in. Die schlaflosen Nächte, untermalt von Mohamed Mounirs Casio-Keyboard und seiner 80er-Jahre-Drum-Maschine, die immer wieder abgespielt wurden, bis es hell wurde und die Tageshitze kam. Die schlimmsten Tage des Jahres 2011.

Eines Morgens stapfte eine Gruppe von Männern über den Platz. Sie hielten einen verängstigten Jugendlichen zwischen sich, ohrfeigten ihren Gefangenen immer wieder und riefen der Menge zu – *Er ist ein Dieb! Ein Dieb!*

Mariam stand wortlos auf und ging den selbsternannten Sheriffs nach, und ich lief hinterher. Die Gruppe bewegte sich in die Shantytown hinein, die im sowjetischen Schatten der Mogamma3 errichtet worden war. Sie zerrten den Jugendlichen in ein großes Zelt, und ohne einen Augenblick zu zögern, schlug Mariam die Plane zurück und folgte ihnen ins Innere, wo ein Verhör im Gange war. Ein junger Mann mit auf dem Rücken gefesselten Händen wurde von zwei älteren Männern mit Zigaretten im Mundwinkel und Schweißflecken auf dem Rücken und unter den Armen überragt. In der Ecke lag ein weiterer Junge auf dem Boden, die Hände vor dem Leib zusammengebunden, Rinnsale aus getrocknetem Blut um Mund und Nase.

»Wer zum Teufel seid ihr?«, wollte einer der schwitzenden Männer wissen.

»Wer ist *er?*«, fragte Mariam zurück, scharf und bestimmt. »Und vor allem, wer sind *Sie?*«

»Ich bin der Sicherheitschef.«

»Seit wann hat der Tahrir einen Sicherheitschef?«

»Seit es hier vor Spitzeln nur so wimmelt.«

»Was machen Sie mit diesem Jungen?«

»Wir befragen ihn.«

»Sie foltern ihn.«

»Wir stellen ihm Fragen.«

»Sie lassen ihn laufen. Und zwar sofort.«

Der Sicherheitschef machte einen halben Schritt auf sie zu, die Brust vorgereckt, die Augen starr auf sie gerichtet. »Wir lassen ihn laufen, sobald wir unsere Antworten haben.«

»Sie können ihm Ihre Fragen draußen stellen.« Sie hielt ihr Handy hoch. »Ich habe gerade unseren Standort durchgegeben. Anwälte und Journalisten sind unterwegs.«

Ein kleines nervöses Zucken machte sich bemerkbar, als er den rechten Mundwinkel hochzog und das Auge darüber sich halb schloss.

Hätten wir es da schon wissen können? Waren wir da schon unrettbar verloren?

■

Die Kälte hat eingesetzt. Die Polizei läuft Amok, die Gefängnisse sind voll, die Richter feiger, als selbst wir es uns je vorgestellt hätten, und Sisi ist, wie jeder weiß, zu keinem selbständigen Gedanken fähig. Die Straßen sind leer. Posts werden von niemandem mehr geteilt. Radiostationen wurden gesäubert.

»Du solltest Rania anrufen«, sagt Mariam. »Ihr solltet euch an die Arbeit machen. Was Neues über den Schura-Fall bringen.«

»Wir haben schon zwei Episoden über den Schura-Fall gemacht. Hast du die Zahlen gesehen? Die erste hatte 214 Downloads, 42 davon aus Dänemark. Wir müssen uns was Neues einfallen lassen.«

»Nein, wir müssen weiterhin genau das tun, was wir bisher auch gemacht haben«, sagt sie. »Wir waren ein wichtiges Medium, wir *haben* immer noch eine Internetseite, Follower. Wir müssen dranbleiben. Wenn wir aufhören zu berichten, was wird dann aus allen anderen?«

»Aber wir können nicht immer nur das Gleiche sagen.«

»Wenn es nichts anderes als immer nur das Gleiche zu sagen gibt, tun wir eben das.«

»Und was dann? Wir reden so lange auf die Leute ein, bis sie sich gegen die Armee erheben, und die Armee gibt sich geschlagen, und dann? Dann übernehmen wieder die Islamisten die Macht? Oder die Polizei? Die Amerikaner schicken eine Friedenstruppe? Wir können nicht immer nur sagen, dass alles scheiße ist. Wir brauchen eine neue Antwort. Die ganze Welt braucht eine neue Antwort.«

»Und? Arbeitest du gerade daran?«

»Du willst, dass ich mir eine neue Ideologie einfallen lasse?«

»Ich will, dass du *irgendwas* tust. Du bist doch intelligent. Das ist doch dein Ding. Also mach was draus.«

Ich sitze ganz still. Ich kann hier nicht denken. Jedes Mal, wenn ich es versuche, lässt der unentrinnbare Lärm der Straße die Nadel meiner Gedanken in sinnloser Wut ausschlagen. Mariam zieht den Reißverschluss ihres Hoodie hoch und setzt sich auf den Stuhl neben mich.

Nach einer Weile sage ich: »Meinst du nicht, du hättest mir davon erzählen sollen?«

»Wovon?«

»Von deinem Plan.«

»Welchem Plan?«

»*Welchem Plan?* Deinem Plan mit dem Schura-Rat, dem Plan, dich verhaften zu lassen.«

»Was meinst du mit *Plan?*«

»Dass wir gemeinsam da draußen auf der Straße standen und du genau *gewusst hast,* dass du verhaftet werden würdest. Du *planst,* verhaftet zu werden, und sagst mir nichts. Wie ist das möglich?«

»Wenn ich es dir gesagt hätte, wärst du jetzt im Gefängnis.«

Einen Augenblick später stelle ich die nächste Frage. »Hast du es Ashraf gesagt?«

»Nein«, sagt sie. »Er ist nur einfach nicht gerannt.«

■

Der Taxifahrer zündet sich eine Zigarette an, und das Auto füllt sich mit giftigem Rauch. Mach das Fenster auf, lass den Smog herein. Es gibt kein Entkommen.

Wie immer läuft das Radio.

Und was sagen Sie zu dieser Meldung? Ägypten steht heute ganz groß da. Ein Heilmittel für AIDS. Amerika, China, Frankreich – alle haben seit Jahrzehnten daran gearbeitet. Aber Ägypten zeigt der Welt den Weg in die Zukunft. Die Armee hat ein Heilmittel entwickelt. Und sie hat nicht nur AIDS geheilt, sondern auch Hepatitis C.

Ich wünschte, wir hätten Maspero eingenommen.

Der Fahrer taxiert mich aus dem Augenwinkel, und ich warte auf das Unvermeidliche, jeden Moment werden wir mit den nebenbei hingeworfenen Einstiegsfragen des aufrechten misstrauischen Bürgers herausrücken und, wenn alles nach Plan läuft, unverzüglich zu offenen Spionagevorwürfen übergehen. *Sie sind kein Ägypter, oder? Wo kommen Sie denn her?* 67 Sekunden, ein neuer Rekord, sehr verehrte Damen und Herren, eine Hochwassermarke der Geduld und der Akzeptanz, ein neuer Goldstandard, von Ihnen festgelegt, werter Herr. Ja, ich bin aus Ägypten, dem Herrn sei Dank. Der Geburtsstätte aller Dinge, von den Ursprüngen bis zu meiner Person und darüber hinaus. Und Sie? Sind *Sie* Ägypter?

Oh, ein Sohn des Nils! Respekt. Und wie viele Nicht-Ägypter haben Sie diesen Monat schon entlarvt? Ausgezeichnet. Ganz allgemeine Schimpftiraden ausgeteilt? Unverschleierte Frauen, sagen Sie? Christen? Homosexuelle? Ach, das ist doch selbstverständlich. Israelis! Gütiger Himmel! Nein, ich habe nicht gehört, dass ihre Kommandos mit der Hamas zusammenarbeiten, um das Land über den Sinai zu infiltrieren. Nein, mein Radio geht zurzeit nicht.

Tatsache ist, dass es viel zu feiern gibt. Über Menschenrechte und dergleichen können wir reden, wenn wir in einem Land wie der Schweiz leben. Bis dahin müssen wir die Ärmel hochkrempeln und kämpfen. Sehen wir uns unsere Feinde doch an! Amerika, Katar, Israel, die Türkei. Die ganze Welt will Ägypten wieder in die Knie zwingen!

Ja, sie leisten großartige Arbeit, unsere Jungs. Ja, es gibt viele, denen es eine Freude wäre, wenn Ägypten im Staub kriechen würde. Ja, wir müssen. Wir müssen wachsam sein. Wachsam gegenüber den Feinden unseres großartigen Landes! Aber vielleicht werden wir auch gar nicht reden. Vielleicht solltest du dich verdammt noch mal einfach zusammenreißen. Nein, es ist unvermeidlich. Jede Sekunde wird es losgehen. *Sind Sie Ägypter?* Ja. *Aber Sie sehen nicht ägyptisch aus.* Ich bin nur zur Hälfte Ägypter. *Ah, ja dann. Natürlich reicht ein einziger Tropfen aus, um einen Mann zum Ägypter zu machen.* Das wäre schön. *Sind Sie Ägypter?* Ja. *Sie sehen aber nicht ägyptisch aus. Darf ich fragen, was Sie in Ägypten machen? Wieso sprechen Sie Arabisch?* Hilfe! Bringen wir es doch endlich hinter uns. *Sind Sie Ägypter?* Ja. *Und wo sind Sie wirklich her? Oh. Dann sind Sie nicht wirklich Ägypter. Es ist nicht Ihre Kultur.* Habe ich darum gebeten, dass es meine verdammte Kultur ist? Renne ich in einem verdammten I-Love-Pyramids-Shirt rum? Ihr könnt eure bescheuerte Kultur für euch behalten.

Wahrscheinlich gibt es im Augenblick auf der ganzen Welt – strategisch gesehen – kein bedeutenderes Land. Sehen Sie uns doch an. Ägypten steht im Mittelpunkt von allem. Man braucht nur eine Landkarte zu betrachten. Na los! Schauen Sie sie sich an.

Ägypten ist zu einer Insel geworden, die von der Realität wegtreibt. Ein Irrenhaus, in dem wir alle zusammen eingesperrt sind.

Vergeuden wir doch nicht unsere Zeit mit Fakten. Jeder kann Fakten anführen. Die einzige wirkliche Wahrheit liegt darin, wie man sich fühlt.

■

Die Schmerzen in meinem Mund sind nicht auszuhalten. Ich versuche, sie mit Tabletten zu bekämpfen, mit Ibuprofen, Aspirin, Paracetamol, Kodein. Ich reibe mein Zahnfleisch mit betäubenden Salben und Nelkenöl und Eiswürfeln ein, mit aufgelösten Brausetabletten und in Whiskey getauchten Fingern, aber jeder Fortschritt löst sich in Luft auf, sobald ich schlafen gehe. Ich liege im Bett und warte darauf, dass es wieder losgeht, ich liege wach in der drückend gelben Dunkelheit dieser Stadt, die nie schweigt und nie stillsteht, in der Dunkelheit, die sich mit den Namen und Gesichtern und letzten Atemzügen der Toten füllt, die Zeit der Dunkelheit, die jetzt mit Warten verbracht wird, mit Warten, Warten auf das, was kommt, wenn meine Zähne mit ihrem urzeitlichen Knirschen und Mahlen anfangen. Ich bin hier, bei dir. Ich liebe dich immer noch. Wenn der Traum kommt, verbirgt sich der Schmerz. Im Traum sind die Decken niedrig, die Geräusche gedämpft, das Licht ist dunkel. Ich gehe langsam durch das stille Vorzimmer der Moschee in einen Raum mit hoher gewölbter Decke. Ich bin glitschig vor Schweiß, meine Hand tut weh, weil ich sie in der Tasche zur Faust balle. Atme. Du bist im Innern. Mitten im Raum befinden sich zwei kunstvoll gemeißelte Steine: Ishaq und Refqa. Isaak und Rebekka. Seite an Seite, aber ohne sich zu berühren, beide auf ewig allein in der gewaltigen Dunkelheit der Grotte darunter. Ein kühler Wind erhebt sich, um mich zu begrüßen. Eine Hand schließt sich um mein Herz. Mein Genick schmerzt, und meine Haut brennt. Die Wände haben Risse. Einschusslöcher. Wie viele Kugeln hast du hier verschossen, Baruch? Wie viele, bevor du einen Augenblick lang anfingst zu zweifeln? Ich werde zu einem der Einschusslöcher hingezogen, der Wind weht mich auf seine Leere zu, mein Rücken brennt, die Metallsplitter wollen ihre Freiheit, und dann weiß ich, dass sie es ist. Du bist es, nicht wahr? Ist es jetzt so weit? Das Einschussloch atmet, seufzt, und ich berühre es, und es fühlt sich nicht kühl an, sondern warm, und es atmet nicht, sondern blutet, und als ich meine Hand wegziehe, trieft sie vor Blut, und alle anderen Einschusslöcher seufzen kleine Atemzüge aus Blut, und die grüne Farbe über mir reißt und tropft, und eine Flut sammelt sich und breitet sich wie ein Gewitter über die gewölbte Decke der Moschee. Das hier ist der Ort. Das hier ist mein Name. Das hier ist das Ende. Endlich ist es geschehen. Als ich mich umdrehe, steht sie hinter mir: die Ärztin, die Dunkelheit, ihre Hand ausgestreckt. Ich folge ihr hinaus auf die Straße, aber der Weg vor uns ist dunkel, und sie ist bereits weit vor mir, und dann ist alles hell erleuchtet von einer Wolke aus weißem Feuer, die sich über den Himmel breitet und aus der brennende weiße Tentakel fallen, und ein Mann steht in Flammen. Das war alles für dich, Bouazizi. Das *ist* alles für dich. Wir werden es für dich zu Ende bringen. Die Ärztin dreht sich um und sagt mit einer Stimme so gewaltig wie ein Berg: »Es sind mehr, als je genannt werden können, und du sollst sie nennen.«

■

Auf der Straße ist es still. Zwei Panzer stehen in zwei Pfützen aus unbeweglichem gelben Laternenlicht, und ich denke an die Fledermäuse und die Bäume am Fluss und daran, wie ich neben Mariam gehe, und an die Stille der Achtzehn Tage, denke daran, dass ich meine Hand über den Fluss strecken und spüren könnte, wie mein Brustkorb mühevoll versucht, sich zu weiten und einen alten, warmen, verlorenen Teil der Welt in sich aufzunehmen, die Fledermäuse und die Nacht und die Stille einzulassen, einen Moment lang nicht mehr allein zu sein. Rania, Rosa, Hafez – wir alle leben nur Minuten voneinander entfernt. Moskitos sirren mühelos zwischen unseren privaten Welten hin und her, aber wir sitzen allein in unseren maroden Wohnungen und verschwinden stattdessen in unserer Cyberpsyche aus Chats und Küsschen, aus geteilten Meinungen, aus Block- und Like- und Teilen-Buttons, ziehen uns zurück aus einer Welt, die kalt und hart und dunkel ist, zurück in unsere digitale Stadt der gefilterten Kontrolle und Klarheit.

»Sisi-Poster!« ruft eine einsame Stimme auf der Straße. »Sisi-Ausweise! Sisi-alles! Die Revolution geht weiter!«

Ich schließe die Balkontür, aber die Worte vibrieren immer noch nach in mir.

■

Der afrikanische Wildhund hat von allen Tieren die höchste Tötungsrate. Er jagt Antilopen bei Tageslicht. Er ist weder schneller noch stärker als die Antilope. Er kann auch nicht weiter laufen. Aber er hat einen Plan und stellt ihn nicht infrage. Das Rudel fächert sich auf – schnell –, setzt sich an die Flanken des Beutetiers, zwingt es erst nach links, dann nach rechts, dann wieder nach links, ermüdet es mit der tödlichen Geometrie seines Plans. Bald ist die Antilope erschöpft. Bald ist sie tot. Der Wildhund jagt mathematisch. Er hat einen Plan. Er stellt ihn nicht infrage.

Wir hätten es bemerken können. Das Juli-Sit-in. Die Hitze des Sommers 2011. Die Asphaltweiten des Tahrir saugten die Julisonne auf und dampften sie den ganzen Tag und die ganze Nacht zurück, und es gab keinen Ort, den die Hitze nicht erreichte. Die Tage verschmolzen ineinander, die Nerven waren angespannt, Streitigkeiten flammten auf. An den Rändern des Platzes gab es Gerüchte über ständige Attacken, Männer mit Messern und Steinen und Molotow-Cocktails. Drinnen wimmelte der Tahrir vor

Spitzeln und Polizisten in Zivil, die uns mit ihren Handykameras umkreisten, während das staatliche Fernsehen Tag und Nacht über den Sumpf der Unmoral wetterte, in den sich die Mitte der Stadt verwandelt hatte. Wir versuchten, es zu beenden, uns zu unseren Bedingungen zurückzuziehen, aber die Männer des Sicherheitsdiensts weigerten sich, ihre Posten zu verlassen, und wir, die netten Revolutionäre, wollten niemanden allein zurücklassen.

Zwei Tage später trugen genau dieselben Männer militärische Kampfmonturen und zerrten Leute aus ihren Zelten. Ich sah vom Rand aus zu, wie unsere Ex-Genossen das Camp niederrissen, sah sie lachen, als sie jeden schlugen und verhafteten, den sie zu fassen bekamen.

Der Wildhund jagt mathematisch, er jagt mit System. Könnte die Antilope eine gerade Linie einhalten, käme sie davon. Die Antilope ist schneller. Aber es ist schwer – vielleicht unmöglich –, es auch im Dickicht zu sein.

■

Ein Nachbar auf der anderen Seite des Treppenabsatzes lässt inzwischen seine Tür offenstehen und seinen Fernseher so laut plärren, dass alle es hören müssen:

> *Wir müssen uns vor Spitzeln hüten! Wir müssen wachsam sein! Permanente Wachsamkeit ist gefordert! Spione sind unter uns. Britische Spione sehen aus wie Araber, sind aber militärisch ausgebildet! Amerikanische Spione geben sich als Touristen aus und fotografieren potenzielle Anschlagsziele! Palästinensische Spione spähen unsere Gefängnisse aus und suchen nach Schwachstellen, um ihre Anführer zu befreien! Falls Sie etwas bemerken, melden Sie es!*

Ich wünschte, wir hätten Maspero eingenommen.

■

Alles ist so tief vergraben, dass der alte Mann nicht einmal weinen kann. Sein Junge ist tot, und er kann nicht nach Hause gehen, seiner Frau in die Arme fallen und seine Kinder auf seinen Schoß ziehen. Er kann nicht ruhig bei seinen Freunden sitzen, bis nicht alles aus ihm herausgeströmt ist. Er wird den Riss niemals fühlen können. Er wird nicht zulassen, ihn jemals zu fühlen. Die Krawatte von Ramadan Alis Vater ist ordentlich geknotet und sein Anzug sauber, und er ist hier.

»Sie wissen natürlich, dass wir Zeugenaussagen über das sammeln, was in Abu Zaabal geschehen ist. Die Regierung muss dafür zur Verantwortung gezogen werden«, sagt Mariam.

Ich habe zwei Mikrofone installiert, eins am Aufschlag seines Anzugs, das zweite auf dem Tisch, und warte auf ihr Zeichen, die Aufnahme zu starten. Ich bin wieder im Spiel. Die Geschichte von Ramadan Ali muss erzählt werden. Es spielt keine Rolle, ob irgendwer sie runterlädt oder nicht, sie wird da sein, ein Zeugnis, und eines Tages wird es gebraucht werden. Ich bin wieder im Spiel.

Der alte Mann zögert. Mariam rückt ihren Stuhl ein Stück näher an seinen und sagt sanft: »Wir möchten die Mörder Ihres Sohnes vor Gericht bringen.«

»Ich verstehe.«

»Wo möchten Sie anfangen?«, fragt Mariam.

Er räuspert sich.

»Warten Sie, ich hole Ihnen erst ein Glas Wasser.«

Sie verschwindet in der Küche. Das Chaos-Büro existiert praktisch nicht mehr, aber das Wasser läuft noch. Vielleicht können wir darauf aufbauen.

Sie stellt ihm das Glas hin. »Lassen Sie sich Zeit. Vielleicht erzählen Sie mir zu Anfang einfach, was passiert ist.«

»Ja. Mein Sohn war auf dem Weg zur Arbeit. Er arbeitet in der Nähe des Rabaa al-Adawiya Square. Er war auf dem Weg dorthin, als das Sit-in aufgelöst wurde. Wir leben ganz in der Nähe. Dann wurde er verhaftet. Einfach so. Es gibt ein Video von seiner Verhaftung, das Sie sicher gesehen haben. Wir haben ihn auf der Polizeiwache besucht, seine Mutter und ich. Es ging ihm gut. Und dann kam ein Anruf. Als ich … als ich ins Leichenschauhaus kam, haben sie zu mir gesagt, das sei mein Junge. Sie haben gesagt, das sei Ramadan. Ich weiß es nicht. Sie haben sie vergast. Sie haben einen Gaskanister in den Laster geworfen. Die Polizei. Sie haben sie verbrannt. Er sah verbrannt aus.«

Ein neues Banner wurde über die Straße gespannt. In kühnen roten Buchstaben verkündet es MÄRTYRER DER REVOLUTION, darunter Fotos von Dutzenden von Polizisten.

Hinterher halte ich in der Kälte ihre Hand und merke, wie lange es her ist, seit wir einander das letzte Mal berührt haben.

■

ABU RAMADAN

Es ist nicht so, dass er Angst hätte. Er glaubt einfach nur, dass ihm schlecht werden wird. Wie soll er gehen können? Wie soll er atmen können? Wenn er an die Hitze denkt, die Hupen, die Sonne, die auf der Motorhaube eines Autos aufblitzt, als er davor die Straße überquert, das Geschrei, die Abgase. Die Abgase. Er spürt, wie sie in seinen Hals kriechen, an seinen Lungen zerren, seine letzten Atemzüge stehlen. Die Gase. Mein Sohn. Mein geliebter Sohn. Wusstest du, dass es vorbei war? Hattest du die Chance, ein letztes Wort zu sagen, einen letzten Gedanken zu denken? Hast du gegen die anderen Männer gekämpft, hast du es versucht, hast du? Oder war es von Anfang an vorbei? Mein Junge. Die Stadt besteht aus Gas und Hitze und Kampf und Ersticken. Wie lange hat es gedauert? Haben sie euch gehört, die Männer draußen? Die Polizisten? Ist der Mann, der den Kanister in den Laster warf – ist er stehen geblieben, um zuzuhören, wie ihr drinnen sterbt? Mein Junge. Mein Junge. Wie tut man seinen letzten Atemzug, wenn es keine Luft zum Atmen gibt? Mein Junge. Die ganze Welt besteht aus deinem Tod.

■

Mariams Handy klingelt, und ich sehe, wie ihr Körper erstarrt, so wie inzwischen bei jedem Klingeln. Was immer es ist, es ist nie gut.

»Hallo, Tante«, sagt sie, und ich weiß, dass es Umm Ayman ist. »Wie geht es dir? Nein, du störst nicht. Hast du die E-Mail gesehen? Ja, wir wollen auf der Brücke eine Menschenkette bilden. Ja, im Augenblick müssen wir uns auf kleine Aktionen beschränken. Ich weiß. Was? Ich verstehe nicht. Aber Tante …« Mariam steht auf, um hin und her zu laufen, geht in die Küche.

Als sie zurückkommt, bebt ihr Körper vor Schluchzen.

■

UMM AYMAN

Sie kann nicht auf noch einer Bühne stehen oder zu noch einer Kamera sprechen und die ewigwährende Revolution verkünden. So viele sind bereits gestorben, und sie kann kein weiteres Leben auf ihrem Gewissen haben. Sie kann nicht noch mehr junge Männer in den Tod schicken.

Was würde Ayman von ihr erwarten?

Jedes Mal, wenn sie an einer Protestveranstaltung teilgenommen, jedes Mal, wenn sie sich einem Aufruf zum Ungehorsam angeschlossen hat, jedes Mal, wenn sie den Namen ihres Sohnes benutzte, um seine Revolution voranzutreiben, hat sie den Faden eines jungen Lebens abgeschnitten. Sie kann es nicht mehr. Sie kann nicht für ihn sprechen, kann den Leuten nicht sagen, was sie glauben sollen, oder was Ayman ihrer Meinung nach getan hätte, oder was uns Gerechtigkeit bringen könnte. Sie kann nicht mehr bei einer weiteren jungen Mutter sitzen, die gerade aus dem Leichenschauhaus zurückgekommen ist. Sie kann die Namen der vielen Toten nicht länger tragen. Es gibt keine Möglichkeit, sie aufzuhalten. Sie werden alle umbringen. Wir müssen einen neuen Weg finden. Bei jedem Protest, jeder Menschenkette, jedes Mal, wenn wir den Fuß vor die Tür setzen, schießen sie, um zu töten. Sie kann nicht noch mehr junge Leute in den Tod schicken.

■

In der kalten Stille stehen wir auf der Brücke des 6. Oktober. Ich halte ein Schild mit der Aufschrift FREIHEIT FÜR ALAA hoch. Auf dem von Hafez und Mariam steht FREIHEIT FÜR ASHRAF. Für jeden der Gefangenen der Schura-Rat-Proteste gibt es ein Plakat. Wir halten sie schweigend hoch.

Die Menschen in den Autos fahren vorbei, ohne auch nur hinzusehen. Hunderte, Tausende halten den Blick starr nach vorn gerichtet.

Alaa, erst gestern war dein Name in ganz Kairo in aller Munde, dein Gesicht flatterte auf Bannern von Oakland bis Manila. Erst gestern bist du vor das Militärgericht getreten und hast es vor den Augen der gebannten Beobachter aus aller Welt als unzulässig abgelehnt. Du hattest mal so viele Freunde. Wir waren mal Material für die besten Sendezeiten.

Wir stehen vor einem Gerichtsgebäude. Wir stehen auf einer Brücke. Wir rennen – fliehen vor dem Tränengas, vor den Polizisten in Zivil, vor den Schrotgewehren und den Informanten. Wir stehen auf einer Brücke. Wir sind 50 oder 60. Wir waren mal 10 000.

■

Da war ein alter Mann. Es ist Jahre her. Es war eins der ersten Chaos-Treffen in einem Café. Er saß am Nebentisch und sah immer wieder zu Rania rüber, die all die weltbewegenden Dinge aufzählte, die wir tun würden. »Ist was?«, fragte sie ihn schließlich.

»Nein, tut mir leid. Nein, nichts«, antwortete er, wandte sich wieder seinem Kaffee und seiner Zeitung zu. Was für ein bourgeoiser alter Duckmäuser, dachte ich. Aber er konnte nicht aufhören, zu lauschen. Etwas später nahm er all seinen Mut zusammen. »Es ist nur – ich wollte nur sagen … es tut mir leid, aber ich habe einen Teil Ihres Gesprächs mitbekommen. Und … wir stehen alle hinter euch, hinter euch jungen Leuten, also bitte, macht weiter mit dem, was ihr tut.«

Ich denke immer wieder an diesen Mann. Und an den schalen Geschmack einfältigen Stolzes, der in meiner Kehle brannte.

■

Ich kann mich nicht erinnern, wann ich das letzte Mal den Horizont gesehen habe. Ich sitze hier oben im Virginian, dessen weitläufige Terrasse die im Smog versunkene Stadt überblickt, dessen Kellner sich drinnen verstecken und dessen Möbel seit 1970 unverändert sind, und schlage meinen Kragen hoch. Ich war auf diese Winterkälte nicht vorbereitet.

»Scheiß Faschisten!« Hafez redet mit seinem Telefon. Ich selbst lese nichts mehr auf Twitter. Ägypten. Terrorismus. Sicherheit. Stabilität. Es sind nur noch diese vier Worte übrig. Hafez hat sich die Haare abgeschnitten. Ich bin sicher, dass meine eigenen nun anfangen auszufallen. Ich überlasse ihn seinen schlechten Nachrichten. Unter uns brodelt die Stadt. Aus der graugrünen Schmutzwolke ragen ein paar höhere Gebäude hervor, und dahinter erhebt sich wie ein ewig gereckter Mittelfinger der Turm der Schande, der die Skyline beherrscht. Leer, riesig, für immer unfertig reckt er sich durch den Smog wie ein Science-Fiction-Signal an unsere Zukunft in Ruinen. Unser Chrysler Building. Das in Stahl gegossene Symbol unseres Zeitalters.

Am Himmel sind keine Vögel.

»Was soll man tun, wenn niemand mehr hinschaut?«, fragt Hafez. »Was hat es noch für einen Sinn, Fotos zu machen oder Podcasts zu erstellen, wenn alle schon wissen, was du sagen wirst?

Und sie wissen es nicht nur – sie finden es sogar gut.«

»Mariam findet, wir dürfen nicht aufhören. Sie denkt, dass es aufs Dranbleiben ankommt, darauf, einfach nur zu zeigen, dass wir noch da sind.«

»Man muss aber schockieren. Jedes Mal muss schockierender sein als das Mal davor. Was unmöglich ist.«

Wir verfallen in Schweigen.

Sollten wir nicht das neue New York werden? Sollte das alles nicht unaufhaltsam sein? Wir waren doch die Zukunft. Aber es sind immer die Gleichen, die gewinnen. *New York.* Meinst du, dein ganzer wundervoller Fortschritt, die ganze Musik deines Vaters, all das hatte keinen Preis? Es hatte einen Preis wie immer, den gleichen wie immer. Krieg. Immer Krieg. Es kann keinen Frieden geben ohne Krieg. Die moderne Welt ist das Kind des Maschinengewehrs. Vergiss das nicht. Es war nicht die Musik, nicht der Jazz deines Vaters, nicht der *Ulysses* – die haben einen Scheiß bewirkt. Es war das Maxim-Maschinengewehr. Die Moderne wurde in den Schützengräben geboren. Das Drehbuch ist jedes Mal dasselbe. Krieg und Frieden. Krieg und Wiederaufbau. Zerstör den Süden und lass dir den Wiederaufbau bezahlen. Sag, du hast ein Volk befreit und bau mit dem Gewinn New York auf. Leg den Irak in Schutt und Asche und schreib eine Rechnung für den Wiederaufbau. Sag, du hast ein Volk befreit. Brenn alles nieder und schick Bechtel, Halliburton und BP. Stell es schlau an, wie die Israelis. Verkauf die Kugel *und* den Beton. Immer und immer wieder. Also jammere nicht über den Fortschritt. Rede nicht von *Veränderung,* solange du den Preis nicht bezahlen willst. Fortschritt bedeutet Zerstörung, und du musst dich entscheiden, wo du stehst: auf der Seite der Dampflok oder auf der Seite der Männer, die die Schienen verlegen.

Nach einer Weile dreht Hafez sich zu mir um und sagt: »Weißt du, ich war da –«

»Wo?«

»Als diese Ärztin … Die, die du … in der Mohamed Mahmoud.«

Plötzlich scheint mir die untergehende Sonne direkt ins Gesicht.

»Ich habe dich gar nicht gesehen.«

»Ich weiß«, sagt Hafez. »Ich habe gefilmt. Aber als ich dich sah, hab ich aufgehört. Keine Ahnung, wieso. Mein Daumen hat einfach auf den Knopf gedrückt. Es hat sich falsch angefühlt. Aber jetzt bin ich mir nicht mehr sicher. Vielleicht war es noch falscher, es nicht zu filmen. Damals hat es einen Unterschied gemacht. Eine hübsche Frau, die vor laufender Kamera stirbt –«

»Hör auf!«

■

Ich kann mich nicht erinnern, dass es in den Achtzehn Tagen so kalt war. Die Tage waren hell und klar und spornten uns an. Und die Nächte? Die Kamelschlacht war erhitzt von Flammen und Energie, aber die Nächte danach, jene dunklen, mittleren Nächte, sie müssen kalt gewesen sein. Ich sehe den Tahrir immer noch so, wie er damals war, zumindest glaube ich das. Männer vom Land, Tücher um die Köpfe gebunden, dickere Schals um die Schultern geschlungen. Es hatte geregnet. Die brennenden Überreste der Kamelschlacht waren weggeräumt worden, aber die Paranoia des Staates schlich sich klammheimlich ein: Ausländer, Spione, Zionisten, Terroristen – alle angeblich emsig damit beschäftigt, das Land in die Knie zu zwingen. Leute sitzen in kleinen Grüppchen um Feuer herum, teilen sich die wenigen vorhandenen Decken, warten auf den nächsten Angriff. Ein niedriger Dunst hängt über dem grauen Morgen. Werden sie wieder mit Gewehren kommen? Wir werden uns mit allem wehren, was wir haben, wir sind viele. Delegationen aus den anderen Revolutionsstädten – Suez, Alexandria, Fayoum, Mansoura, Luxor, Assuan – haben ihr Lager aufgeschlagen und debattieren nun. Sie sind Botschafter, sie kommen als Träger eines Mandats. Was immer auf dem Tahrir beschlossen wird, wird im ganzen Land befolgt werden.

Alexandria, sagen sie, ist inzwischen autonom. Die Regierung ist vollkommen von den Straßen verschwunden, zivile Brigaden haben die Kontrolle über die Stadt übernommen. Ein Mann aus

Luxor erzählt grinsend, dass sein Bruder eine ganze Polizeieinheit vier Tage lang belagert und eingekesselt hat. Vier Tage! Er kann sich kaum halten vor Lachen. Sie haben ihnen Wasser reingeschickt und gesagt, sie würden sie laufen lassen, sobald Mubarak gestürzt ist. Alle sind geradezu hysterisch vor Lachen. Ich war Ingenieur, Taxifahrer, Lehrer, Tischler, Soldat, Beamter. Mein Leben war nicht so, wie es sein sollte. Das Leben meiner Kinder … Deshalb bin ich hier.

Aber meine Erinnerungen entgleiten mir, verblassen an den Rändern.

■

Im Mülleimer liegt ein Zettel. Ich kann nicht anders, ich fische ihn heraus. Es ist eine von Mariams Listen.

- Briefe für Gefängnis abholen
- Lebensmittel Gefängnis absprechen
- Bücher für Ashraf

■

Am Morgen zieht sie sich eilig an.

»Ich helfe Ashrafs Mutter bei den Einkäufen«, sagt sie.

Mariam hat sich mit Ashrafs Mutter angefreundet, hilft ihr, die Lebensmittelversorgung der Gefangenen mit den anderen Familien zu koordinieren.

»Du solltest mal kurz Pause machen«, sage ich. Seit Rabaa hat sie nicht einen Tag ausgesetzt. Ich sehe, dass ihre Hand zittert, wenn sie isst.

»Mir geht es gut.«

»Ashraf hat eine große Familie. Du musst das nicht auch noch machen.«

»Ich weiß. Aber ich will.«

»Aber du kannst nicht ewig so weitermachen.«

»Nein, nicht ewig. Nur bis er wieder draußen ist.«

Dann ist sie weg, und ich bin wieder allein in der leeren Wohnung. Wie lange können wir so weitermachen? Sehen wir noch etwas ineinander, außer der Erinnerung an unser Scheitern?

■

Ich sitze vor der Mauer des Tora-Gefängnisses auf einem Plastikstuhl. Kein Netz, und ich habe kein Buch dabei. Drinnen wird Ashrafs Fall vor einem kurzfristig anberaumten Terrorismus-Notgericht verhandelt. Sie lassen uns nicht rein, lassen uns nicht zuschauen, also sitzen wir draußen. Ich beobachte vier Reiher, die in einem Abfallhaufen herumpicken, den niemand mehr wahrnimmt. Eigentlich sollten sie weiß sein. Von einem strahlenden, stolzen Weiß. Aber der Müll, von dem sie sich ernähren, hat diese Stelzvögel längst grau verfärbt. Ich sehe die Fledermäuse, die in den stillen Nächten der Achtzehn Tage durch die Bäume der Corniche huschten. Anpassen oder sterben. Die Reiher haben ihre Wahl getroffen, haben Anmut und Schönheit gegen das Überleben eingetauscht.

Mariam sitzt neben der Mutter eines Schura-Rat-Gefangenen, Stift und Papier in der Hand. Sie geht von Elternteil zu Elternteil, kennt sie alle, pflegt einen respektvollen Umgang mit jedem.

■

Mariams Handy klingelt. Es ist früh. Sehr früh. Die Sonne ist noch kaum mehr als eine graue Idee hinter den Vorhängen.

»Hallo?«

»Hallo.« Die Stimme ist tief, männlich, unbekannt.

»Wer spricht?«

»Mariam?«

»Wer spricht?«

»Es wäre besser, du würdest aufhören, Mariam.«

»Wer ist da?«

»Du weißt, wer.«

»Was wollen Sie?«

»Ich will, dass du vorsichtig bist. Du hast einen Ruf zu verlieren. Du lebst mit einem Ausländer zusammen. Du bringst Leute gegen dich auf. Du musst vorsichtig sein.«

»Ich helfe den Familien der Gefangenen.«

»Du machst ihnen falsche Hoffnungen. Du kannst nichts ändern. Nicht du und auch nicht deine Mutter. Okay? Das hier ist der freundliche Anruf. Es wird keinen zweiten geben.«

Die Leitung ist tot.

Sie werden sie foltern. Das weiß sie. Als Erstes werden sie ihre Mutter holen. Sie werden sie foltern. Die Männer, alle in Lederjacken, werden ins Haus oder in die Klinik kommen, und sie wird die Tür weit öffnen, so wie sie es immer tut, völlig angstfrei, und eine riesige Hand wird sie aufstoßen, sie werden sich hineindrängen, und die Wohnung wird voll von ihnen sein, in jeder Ecke werden sie Matratzen aufschlitzen und Schubladen auskippen und Zigaretten auf dem Holzfußboden austreten, bevor sie sie in einen Kerker schleppen, einen Keller, an einen Ort, der kalt und feucht ist und wo es nur eine einzige baumelnde Glühbirne gibt, und sie werden sie foltern. Sie werden sie in einem dunklen Raum foltern, weit weg von allem, wo kein Geräusch sie erreichen kann, und sie wird allein sein und sich selbst einreden, dass sie keine Angst hat, und den Männern sagen, dass sie nie Angst haben wird, selbst dann nicht, wenn sie die Stromkabel zwischen ihren Zehen hindurchziehen, selbst dann nicht, wenn sie ihr das Oberteil vom Leib reißen, selbst da wird sie ihnen sagen, sie sollen zur Hölle fahren, sie wird es schreien, wenn sie ihre Zigaretten auf ihren Brustwarzen ausdrücken, wird ihnen ins Gesicht spucken und nicht wissen, ob heute Nacht das Ende kommt, aber falls ja, soll es bitte schnell kommen, spuck sie an, damit es schneller vorbei ist, es gibt nichts zu erzählen, es gibt keinen Ausweg, und wir werden es nie wissen, werden sie nie finden, nie ihre Leiche sehen, ihr Gesicht, ihre Verletzungen, ihren zerfetzten Rücken und ihre gefesselten Handgelenke, wir werden sie nicht in der Wüste finden, oder im Fluss treibend, obwohl du für den Rest deines Lebens suchen wirst, warten wirst, jedes Klingeln des Telefons ein Stich unstillbarer Hoffnung, jetzt und für alle Zeit. Sie werden sie foltern. Und du wirst nichts tun können. Du wirst stumm und zornig in der Dunkelheit sitzen und nichts tun können, um sie zu beschützen. Sie werden sie holen. Sie werden uns alle holen. Der Finger am Abzug. Er drückte ab. Zögerte nicht. Einer nach dem anderen, eine Kugel in den Kopf jedes Verletzten. Finger am Abzug. Abdrücken. Die gelbe Hitze strömte um sie herum, der Geruch nach Desinfektionsmittel und gerinnendem Blut füllte ihren Mund, und die Männer exekutierten die Verletzten einen nach dem anderen. Finger am Abzug. Abdrücken. Es wird keine Gnade geben. Sie werden sie foltern, sie werden uns alle töten, sie werden die Welt niederbrennen, Finger am Abzug, abdrücken.

■

Es gibt Tage, Minuten, Momente, die ich für immer umkreisen werde. Die Spätnachmittagssonne hängt tief über einem schimmernden Meer aus Menschen und Fahnen und Kleinkindern auf Schultern, und ich stehe auf dem Balkon von The One, dessen Wohnung damals immer vor Leuten überquoll. Leuten an Computern, Leuten, die ihre Kameras aufluden, Zigaretten rauchten, vor der Toilette anstanden, Pläne schmiedeten, Sandwiches belegten, sich umzogen, Zusammenbrüche hatten, Interviews durchführten, ein Nickerchen machten, zu Hause anriefen. Alles noch so neu in jenen ersten Achtzehn Tagen. Im Esszimmer sitzt eine Gruppe um einen Tisch herum, ihre Stimmen sind nicht voneinander zu unterscheiden:

»Nein! Das israelische Gasabkommen gehört unter die ersten fünf. Hohe Priorität. Das ist ein weltweit wichtiger Moment, es geht nicht nur um Ägypten.«

»Okay, okay. Warte kurz, also. *Nummer eins:* Der Sturz des Präsidenten.«

»Lass uns einfach nur Mubarak sagen.«

»*Nummer zwei:* Die Auflösung beider Kammern des Parlaments.«

»Okay.«

»Und dann?«

»*Nummer drei:* Die Aufhebung des Ausnahmezustands.«

»Klar.«

»Einverstanden.«

Die Sonne lässt den Raum wundervoll aussehen. Menschen, Gesichter und Stimmen, die ich noch kennenlernen werde, drängen sich dicht an dicht um den langen Holztisch.

»Was kommt als Nächstes? *Nummer vier:* Aufbau einer nationalen Rettungsgruppe.«

»Ihr wisst, was ich davon halte. Nennen wir es Regierung zur Rettung Ägyptens. Oder, noch besser, nennen wir es Revolutionsrat.«

»Das klingt, als würden wir gleich anfangen, Leute auf der Straße hinzurichten.«

»Und wer soll diese Gruppe auswählen? An wen richtet sich das Ganze?«

»An alle. Wir nehmen Maspero ein, und dann sind wir diejenigen, die Realitäten schaffen.«

Ja, wir werden Maspero einnehmen. Ich kann das Gefühl noch immer nachempfinden. Wir werden siegen.

»*Nummer fünf:* Unverzügliche Parlaments- und Präsidentschaftswahlen.«

»Unverzüglich?«

»Wann sind wir denn alle plötzlich solche Scheiß-Liberalen geworden? Wir haben noch überhaupt keine Ahnung, wo das alles hinführt, wieso schreien wir da sofort nach Wahlen? Das hier ist doch die Chance, etwas anders zu machen.«

»Wir sollten das große Ganze im Blick behalten, nicht über Wahlen reden. Von hier geht eine Botschaft an die Welt aus.«

»Wir brauchen Forderungen, die die Leute verstehen. Wir können uns nicht einfach hinstellen und sagen, wir bieten euch das aufregend Unbekannte der Anarchie.«

»*Nummer Sechs:* Gerichtsverfahren gegen alle, die für den Tod von Revolutionären verantwortlich sind.«

»Sollte das nicht weiter oben stehen?«

»Die Beendigung des Gasabkommens mit Israel müsste spätestens jetzt kommen.«

»*Nummer Sieben:* Unverzügliche Gerichtsverfahren gegen alle, die das Land korrumpiert und verkauft haben.«

Wie schön es war, als die Worte dann vom Balkon herabwallten, sodass die ganze Welt sie sehen konnte. Sanft bauschte der Wind den dicken Stoff und die gemalten Worte.

■

Eine Gruppe von Männern mit eingefallenen Wangen und Dreitagebart steht schweigend in der Wintersonne des Tahrir und hält zerfledderte Sisi-Poster hoch. Ich beobachte sie eine Minute lang: Reden sie miteinander, schauen sie auf ihre Uhren, um zu sehen, wann sie nach Hause gehen können, vergleichen sie Quoten?

Ich bleibe aber nicht lange auf dem Tahrir. Ich gehe durch die Straßen. Eine Weile trödele ich vor dem Takȝeeba herum. Ich will nicht in der Öffentlichkeit sein, unter Leuten, die Spielsteine aufs Brett knallen und im Zigarettendunst über schlechte Witze lachen. Ich will nicht allein sein, ich will nicht unter Leuten sein. Ruf Mariam an. Wir könnten so tun, als wären wir einfach nur ein junges Pärchen, und ganz hinten im großen Saal des Odeon sitzen. Was wurde in den Sechzigern angeblich dort gezeigt? Russische Filme? Italienische? Mariams Mutter hat mir alles über ihre Altstadt von damals erzählt. Stell dir vor mitzuerleben, wie jene Welt stirbt und sich in diese verwandelt. Zu sehen, wie die Straßen deiner Stadt sich mit Staub und Müll füllen und die alten Schönheiten langsam zerbröckeln und diese stumpfen braunen Türme unseren gelb gewordenen Himmel erobern. Stell dir vor zu sehen, wie die Räume deiner Welt dir immer gleichgültiger gegenüberstehen, bis es nichts mehr gibt, was irgendjemand denken oder sagen oder tun kann, außer mit den Schultern zu zucken und den Blick auf den Boden zu senken. Es gibt keinen Ort mehr, an den man sich wenden kann. Das Cinema Miami ist nicht einfach das Cinema Miami, sondern es steht für das Schrotgewehr, das Sayed Wezzas Körper zerfetzt, und Akher Saʒa ist nicht nur ein Sandwichladen, nein, Akher Saʒa bedeutet, mit Malik und Hafez auf der Straße zu stehen und Eiersandwiches zu essen und bis in die Dämmerung hinein zu diskutieren, und die Mansour Street bedeutet, durch die Dunkelheit zu rennen, während die Schrotkugeln fliegen, und die Gasse am Estoril bedeutet, dass du die Hand ausstreckst und meine Jacke gegen die Kälte zuknöpfst und mein Herz gegen meine Rippen hämmert, und die Champollion Street steht dafür, dass Hafez sich vom Tränengas übergeben muss und wir darüber lachen, und die Qasr al-Aini heißt, dass meine Hand nach deiner greift, heißt Zigaretten auf Osamas Balkon, und die Qasr al-Nil Bridge ist die Qasr al-Nil Bridge, und die Mohamed Mahmoud ist unser heiligstes Heiligtum, wo die Stadt der Toten und die der Lebenden aufeinandertreffen. Es gibt keinen Ort mehr, an den man sich wenden kann. Du bist allein. Es gibt keinen Ort mehr, an den du gehen könntest.

■

Die Luft schmeckt nach Eisen und Schimmel. Ein großes Atrium öffnet sich, die Wände ein dunkles Grau, eine einzelne Neonröhre über einem Schreibtisch. Ein Polizist sitzt rauchend dahinter. Er sieht nicht hoch. Hinter ihm das riesige Banner mit der Aufschrift: DIE MÄRTYRER DER REVOLUTION. Gesichter und noch mehr Gesichter toter Polizisten in ihren schwarzen Uniformen. Im Raum ist es still. Die Zellen liegen unter uns. Ich lausche auf irgendein Zeichen, höre aber nichts.

Mariam tritt vor den Polizisten. »Ich suche jemanden«, sagt sie energisch.

Er sieht nicht von seiner Zeitung hoch, sondern murmelt nur ein »Hm.«

»Hafez Mansour. Ein Fotograf. Ist er hier?«

»Nein.«

»Wir waren schon in allen anderen Wachen«, lügt sie. »Er muss also hier sein.«

»Wenn er hier wäre …« – er sieht sie zum ersten Mal an – »würde ich es Ihnen sagen.«

»Wir glauben, dass er verhaftet wurde, als er heute eine Protestveranstaltung der Muslimbruderschaft fotografierte.«

»Dann gehört er zu den Muslimbrüdern?«

»Nein.«

»Dann ist er auch nicht hier.«

»Also kann ich in den Zellen nachsehen«, sagt Mariam provokant. Ich versuche, mich aufrechter hinzustellen, um größer zu wirken.

»Geht nicht«, sagt der Polizist.

»Wieso nicht? Wenn niemand hier ist …«

»Es kommt nicht infrage.«

»Dann holen Sie bitte den befehlshabenden Offizier.«

»Wir sind nicht die Armee, Mädchen.«

»Ich weiß, dass mein Kollege hier ist«, sagt sie kalt.

Mit einem tiefen, genervten Grunzen schiebt er seinen Stuhl zurück und geht zu einem Büro. Er steckt den Kopf durch die Tür und murmelt ein paar Worte, dann dreht er sich zu ihnen zurück. »Sie wollen mit jemandem reden?«, fragt er und deutet auf eine offene Tür am Ende des dunklen Flurs. »Bitte sehr.«

Mariam sieht mich an, und ein Augenblick des Zweifels, der mir Angst macht, hängt zwischen uns. Ich gehe hinter ihr her.

Drinnen sitzt ein großer Mann an einem übervollen Schreibtisch. Ein Aschenbecher quillt auf vergilbte Aktenhefter über. Zwei Walkie-Talkies und drei Handys. Seine Wampe lässt die weiße Uniform fast platzen, eine Patina aus Schweiß klebt an seiner Oberlippe, die Waffe ist an seiner Hüfte festgeklemmt. »Was gibt's?«, fragt er, ohne hochzusehen.

»Sie halten einen Journalisten fest«, sagt Mariam. Die völlige Abwesenheit jedweder Förmlichkeit lässt ihn den Kopf heben, und er sieht uns zwei Revolutionsgestalten, und ein halbes Lächeln breitet sich über sein Gesicht.

»Was hat er getan, dieser Journalist?«

»Nichts«, antwortet Mariam.

»Dann kann es nicht sein, dass wir ihn festhalten.«

»Er ist Fotograf«, sagt Mariam.

»Muslimbruder?«

»Nein.«

»Verbandsmitglied?«

»Nein.«

»Hat er eine Akkreditierung?«

»Das weiß ich nicht.«

»Hm.« Der schwitzende Offizier lehnt sich zurück, steckt sich eine neue Zigarette an. »Sitzen die Arbeitgeber Ihres Freundes in Ägypten?«

Mariam zögert zum ersten Mal. »… er ist Freelancer.«

»Freelancer … und er verdient Geld mit seinen Fotos?«

»Ich bin nicht mit den Details seiner Arbeit vertraut. Ich weiß nur, dass er verschwunden ist.«

»Aber Sie wissen, dass wir hier im Land ein Sicherheitsproblem haben? Dass sich ausländische Mächte in unsere Angelegenheiten einmischen?«

»Alle wollen Ägypten in die Knie zwingen.«

»Richtig. Ausländische Agenten sammeln Informationen. Fotografieren Orte, die für die nationale Sicherheit von Bedeutung sind.«

»Mag sein, aber dieser hier nicht. Er ist Journalist. Er hat das Recht zu – «

»Kommen Sie mir bloß nicht mit Ihren Rechten und diesem ganzen Unsinn.«

»Hören Sie, wir wollen einfach nur unseren Kollegen.«

»*Wir?* Wer ist der Typ da überhaupt?« Er deutet mit seinen Zigarettenfingern auf mich. »Kann er nicht sprechen?«

»Doch, wenn es einen Grund dafür gibt«, sage ich.

»Oh.« Der Polizist sieht Mariam an. »Ist er Ihr *Freund?*«

»Er ist ein Kollege.«

»Also nicht Ihr Freund? Sie sind nicht verheiratet, nicht wahr?«

Mariam wirft mir einen Blick zu: Bleib cool. Aber der Bulle starrt mich an, und ich muss etwas sagen: »Hören Sie, unser Kollege ist verschwunden und –«

Er beugt sich vor, er hat meinen Akzent bemerkt. »Wo kommen Sie *her,* junger Mann?«

»Ägypten.«

»Sie klingen aber nicht so«, sagt er mit zusammengekniffenen Augen. »Und so aussehen tun Sie auch nicht.«

Ich schweige.

»Ich möchte einen Blick in die Zellen werfen«, sagt Mariam.

»Was?«, zischt er.

»Ich möchte in den Zellen nachsehen, ob unser Kollege da drin ist.«

»Was zur Hölle glauben Sie eigentlich, wer Sie sind, junge Frau?«

»Ich bin einfach nur auf der Suche nach einer verschwundenen Person.«

»Die Zellen sind geschlossen.«

Wir sollten gehen.

Aber Mariam rührt sich nicht. Ihr Körper ist wie zum Sprung angespannt.

»Wenn er nicht hier ist, lassen Sie mich doch einen Blick in die Zellen werfen.«

»Sie möchten in die Zellen gehen?«

»Ja.«

Der Polizist drückt seine Zigarette aus und mustert sie langsam von Kopf bis Fuß.

»Sagen Sie Ihrem Freund, er soll draußen warten. Ich will mit Ihnen allein reden.«

»Nein!« Mariam verschränkt die Arme vor der Brust. »Er bleibt hier.«

»Okay«, sagt der Polizist. Ein gelbes Lächeln zerknittert sein Gesicht. »Also gut, er bleibt. Sie wollen also Informationen? Wir auch. Jungs!«

Draußen bewegt sich etwas. Zwei weitere Polizisten tauchen auf und blockieren die Tür. Der Beamte beugt sich vor, sodass seine Wampe gegen den dreckigen Schreibtisch drückt. »Also … wie soll ich Sie eigentlich ansprechen?«

»Sie können Doktor sagen«, sagt sie.

»Sie suchen also einen fremden Mann. Ist er Ihr Ehemann?«

»Nein.«

»Haben Sie einen Ehemann?«

»Was?«, giftet Mariam.

»Sie sind ein hübsches Mädchen. Es ist eine ganz normale Frage. Sie sind mitten in der Nacht mit diesem Ausländer unterwegs und suchen einen anderen Mann, der nicht Ihr Ehemann ist. Was würde Ihr Vater dazu sagen?«

»Wir sind hier, weil wir einen Journalisten –«

»Sind Sie nun verheiratet oder nicht?«

»Wir sind hier, weil wir –«

»Bist du vielleicht hier, weil du gefickt werden willst, Mädchen?«

Mariam sagt nichts. Ich spüre, dass sie versucht, ihre Wut im Zaum zu halten. Meine Schultern warten darauf, dass die Männer mich packen und wegzerren, damit sie sie auf den Schreibtisch drücken können.

»Du sagst, du willst die Zellen sehen? Du willst die Zelle sehen, in der wir die Kakerlake festhalten?«

Die Männer hinter uns atmen schneller, machen sich bereit.

»Du möchtest eine Stunde mit der Kakerlake verbringen? Und du, junger Mann, du guckst dabei zu? Was sagst du dazu, na?«

Mariam hat ihn die ganze Zeit über nicht aus den Augen gelassen. Jetzt fängt sie an zu sprechen, langsam und betont.

»Wir sind hier, weil wir einen Gefangenen suchen«, sagt sie. »Wir haben Anwälte und Journalisten informiert, die bereits auf dem Weg hierher sind. Wir werden diese Unterhaltung fortsetzen, sobald sie eingetroffen sind.« Sie dreht sich um und geht ohne das geringste Zögern zur Tür, und perplex angesichts ihrer absoluten Unerschütterlichkeit treten die beiden Männer tatsächlich beiseite.

■

Als es hell wird, renne ich, und ein Telefon klingelt, und das Land ist wässrig, irgendwie industriell, mit Werbetafeln, Eisenbahnwaggons und Stahlträgern, die Sumpfland überbrücken, und ich laufe vor irgendetwas davon, Männer kommen zwischen den Bäumen hervor und warten in Korridoren, ich habe eine Waffe in der Hand – vielleicht schieße ich auf sie –, ich weiß nur, dass ich laufe. Bleib nicht stehen. Worauf es ankommt, ist nur das eine: Lass immer eine Kugel für dich selbst übrig. Die Männer jagen mich, sie haben sich aufgeteilt und schlüpfen durch die rostigen Waggons und das Schilf, und das Telefon klingelt immer lauter und lauter, aber ich kann doch jetzt nicht ans Telefon gehen! Wir sind in New Jersey. Die Waggons, ein Betriebsbahnhof in Jersey. Ich kenne mich in Jersey nicht aus. Die Männer holen allmählich auf, und ich weiß, was ich zu tun habe, und das Telefon hört nicht auf zu klingeln, also drehe ich mich zu ihnen um und stecke mir den Lauf der Waffe in den Mund und drücke ab. Aber ich sterbe nicht. Mein Mund explodiert vor Schmerzen, und Blut gurgelt meine Kehle hinunter, und sie kommen näher, und das Telefon klingelt noch lauter, und ich höre Ranias Stimme.

»Sag das nochmal!«

Ich schüttele Mariam neben mir wach und sage ins Telefon: »Was hast du gesagt? Hafez? Was ist mit ihm?«

Minuten später sind wir im Krankenhaus. Rania sagt, sie hätten ihn vor einer Stunde gefunden, und Mariam fragt, wie schlimm es ist, und ich höre nur das Wort *Koma*.

Ich sitze auf einem Stuhl vor Hafez' Zimmer und warte. Wir warten alle. Mariam schlüpft leise ins Zimmer und kommt wenig später wieder heraus. Wir brauchen Blut der Blutgruppe 0-negativ, sagt sie in den wartenden Flur hinein. Zahllose Tweets fliegen los. Eine halbe Stunde später ist der erste Spender da.

Wir warten. Wir warten. Die Sonne geht auf.

Stumpfe Gewalteinwirkung. Blutergüsse und Abschürfungen

auf Rücken und Kopf. Einrisse im Analbereich. Drei gebrochene Rippen. Messerverletzungen an den Beinen. Verbrennungen von Elektroden. Spuren von Peitschenhieben. Gebrochene Finger. Vielfache Brandwunden von Zigaretten.

Wir reden nicht, denn wenn wir reden würden, müssten wir denken, und wenn wir denken würden, dann nur daran, was tief unten in den Zellen geschah, daran, dass Hafez in der eisigen Stille ganz allein war, an jeden Schnitt, jede Zigarette, die auf seiner Haut ausgedrückt wurde, jede Stimme, die er vielleicht unter der Erde hörte, jede verzweifelte Hoffnung, jede weitere Minute, die wir nach ihm hätten suchen können, und jeden Augenblick, in dem er betete, dass es enden möge.

Leute bringen Essen und Wasser, Leute gehen und kommen am nächsten Tag zurück, aber ich bleibe auf meinem Stuhl im Flur sitzen. Es gibt keine Fenster, keinen Hinweis darauf, ob es Tag oder Nacht ist. Ein Ort ohne Zeit, wo alles, was zählt, der nächste Herzschlag ist. Männer mit Kathetern, die sich aus ihren Morgenmänteln quälen, und Beuteln mit schwefliger Flüssigkeit, die an ihren Händen hängen, schlurfen vorbei, und wenn ich sie ansehe, spüre ich, wie mein Penis in meinen Körper hineinschrumpft.

Auf der Straße draußen liegt eine tote Katze. Frisch überfahren. Die Augen glänzen noch. Vier Männer mit Schnurrbärten und den weiten Lederjacken der Staatsbediensteten sitzen rauchend daneben, ohne sich daran zu stören.

Die Stadt zeigt weder Gnade noch Respekt. Sie rast weiter, um uns und unsere stumme Insel des Grauens herum.

Die Sonne geht auf. Nichts ändert sich.

Ich will nicht reingehen. Ich beobachte den Flur. Kakerlaken huschen über die Stühle. Draußen verwest die Katze. Überall Infektionen. Auf dem Boden, in der Luft, im Essen, im Zug an einer Zigarette. Sie sind unausweichlich. Die Wände sind voller Graffiti. Nieder mit der Militärherrschaft. Mohammed ist Gottes Prophet. Mursi wird zurückkommen. Die Revolution geht weiter.

Jeder sucht irgendwo nach Antworten.

Wir müssen uns vorbereiten, sagt jemand.

Malik trifft aus London ein. Wir umarmen uns und reden nicht über die Welt da draußen, reden nicht über seinen neuen Job oder sein neues Leben fern von Ägypten. Wir sitzen schweigend nebeneinander. Mariam liest Hafez die Zeitung vor, redet mit ihm über was auch immer, hofft auf ein Zeichen. Nancy läuft im Flur auf und ab. Sie schläft nicht. Wann haben sie das letzte Mal miteinander gesprochen? Die Sonne geht wieder unter.

Mariam kommt auf den Flur und setzt sich neben mich. Obwohl unsere Hände nur Zentimeter voneinander entfernt sind, berühren sie sich nicht.

■

Ein sanftes Zupfen am Arm weckt mich. Mariam. Sie zieht mich hoch, führt mich durch eine schwere gelbe Tür. Du solltest mit ihm reden, sagt sie. Er möchte deine Stimme hören. Einen Moment lang denke ich, dass er aufgewacht ist, aber sie verneint. Trotzdem kann er uns hören.

Sie deutet auf die blauen Schuhüberzieher aus Plastik, die zusammengeknüllt in einer schwarzen Tüte an der Wand hängen. Die Gesichtsmaske, ein dünner Overall, auch aus Plastik, dann kurz die Hände desinfizieren. Wir gehen mit einer Krankenschwester durch den Saal, und ich versuche, nicht auf die Reihen der sich hebenden und senkenden Brustkörbe zu starren, die offenen Münder, ich halte den Blick gesenkt, bis Hafez vor uns liegt, flach auf dem Rücken, unter einem weißen Laken, die Füße nackt. Schläuche. Dutzende von Plastikschläuchen, die alle in seinen Körper rasen, in seine Nase, seinen Mund, seine Arme und auch weiter unten, ich kann und will nicht daran denken. Seine Augen sind offen, aber blicklos. Ein Schlauch verschwindet tief in seinem Mund. Es ist schwer, am Leben gehalten zu werden. Wir können nur hoffen, dass es auch ein wenig Gnade gibt.

Ich setze mich neben ihn, und wir schweigen miteinander. Als die Schwester gegangen ist, rücke ich ein bisschen näher. »Kannst du mich hören?« Ich bin sicher, dass seine Hand leise zuckt. Ist es die, die er sich am Achtundzwanzigsten verbrannt hat? Nein, das war die rechte Hand, seine Wurfhand. Die Hand, die sich den Kanister griff, während wir anderen nur erstarrt und gelähmt dastanden.

Du hast Krater von ausgedrückten Zigaretten überall auf deiner Haut. Drei, vier, fünf Blasen allein auf deiner linken Hand, und ich halte sie fest und weiß nicht, was ich sagen soll. Was gibt es schon zu sagen? Wie oft habe ich an das Zimmer meiner Mutter gedacht, die vergeudeten Stunden, die ich draußen gesessen habe und sie allein ließ. Ich habe immer draußen gesessen.

Du musst Musik vermissen. Ich sehe dich im Sessel in meiner Wohnung, sehe die Schallplatten, fühle die Nadel, höre die Worte, die sich in meiner Kehle drängen, und ich singe so leise ich kann:

I've been in the storm
So long

Deine Haut fühlt sich so lose an, so zart unter meiner Berührung. Wenn ich mit den Fingern darüberstreiche, bleiben Abdrücke zurück. Ganz sanft streichele ich deinen Arm. Es sind ein paar Schweißperlen auf der zarten Haut. Kaum Haare.

I've been in the storm
So long, chil-dren

Wo bist du, Hafez? Bist du hier bei mir oder gefangen in einer Zwischenwelt? Was erwartest du von uns? Was sollen wir tun? Alle sollten eine Liste für den Fall machen, dass sie in diese Lage kommen. Ich weiß, dass ich dann nur die Leute, die mir am allernächsten stehen, bei mir haben möchte. Ich würde wollen, dass man mich berührt. Ich würde wollen, dass der Ventilator auf meiner linken Seite steht, damit die Leute sich an meine rechte Seite setzen, denn wenn ich nur eine einzige Sache bewegen könnte, dann wäre es die rechte Hand. Ich würde nicht wollen, dass man meine Füße anfasst. Oder dass sie zu sehen sind. Ich würde wollen, dass man mir die Nägel schneidet. Ich würde jeden Tag zwei Stunden Musik hören wollen, klassische Musik. Nichts mit Text. Ich würde wollen, dass sich eine Frauenhand auf meine Stirn legt und mir gelegentlich durch die Haare streicht. Ich würde wollen, dass ich mich nicht allein fühle.

Wenn ich doch nur bei meiner Mutter gesessen hätte. Wenn ich nur älter gewesen wäre. Ich hätte einen Stuhl in jenen riesigen blauen, hell erleuchteten Raum bringen und einfach bei ihr sitzen sollen, ich hätte mich neben ihrem Bett einrichten und ihr vorlesen und ihr über die Haare streichen und ihr zeigen sollen, dass ich wusste, wie ich zu dem Menschen werden könnte, den sie sich wünschte. Ich hätte ihr jenen Augenblick des Friedens geben können, während ihr Körper sich langsam abschaltete.

Kann man Verantwortung lernen, ohne sie in jungen Jahren verraten zu haben?

I've been in the storm
So long

Irgendwann fange ich an zu weinen und versuche, ganz leise zu sein, und ich bin sicher, dass ein Finger zuckt, und dann drücken drei Finger meine Hand ganz schwach, für einen winzig kleinen, flüchtigen Augenblick.

Das hier ist ein Test. Der Test eines alten Gottes.

Lord, give me little time
to drift

Eines alten und grausamen Gottes.

■

Am zwölften Tag gibt Hafez auf.

■

Ein metallener Deckel wird über den Körper gelegt, und Hafez wird aus dem Zimmer in den langen Krankenhauskorridor gerollt. Schweigend folgen seine Freunde und Verwandten, all die Menschen, die vor der Tür Wache hielten. Männer strecken die Hände aus und berühren den Sarg. Zu beiden Seiten des Korridors sind wartende Familien aufgereiht. Stille legt sich über alles, als wir zwischen ihnen hindurchgehen. Wir treten hinaus in den Bogengang eines alten Hofs, die Sonne steht tief und wärmend über uns, und die italienischen Säulen, zwischen denen Schwalben hindurchfliegen, werfen ihre eleganten Schatten auf die Mauer. Die ganze Welt, so scheint es, ist verstummt, und Ägypten hat es irgendwie geschafft, einen Augenblick unerträglicher Anmut heraufzubeschwören, um uns auf dem Weg zum Leichenschauhaus zu helfen.

■

Wollte Gott, wir wären in Ägypten gestorben
2 Mose 16,3

■

Ich stehe allein auf der Qasr al-Nil Bridge und blicke auf den dunklen Fluss hinab. Partyboote erleuchten den Nil wie eine Vision in Neon, jedes von ihnen eingehüllt in sein eigenes Echo knisternder Lautsprecher.

Segne diese Hände
Segne die Armee meines Landes
Segne segne diese Hände
Segne die Armee der Hände dieses Landes

Es wird nie mehr verstummen, dieses Lied. Nichts wird sich je wieder verändern. Wir alle zusammen werden in einer tödlichen Spirale wachsender Lautstärke und geplatzter Trommelfelle taub werden. Vielleicht stecken wir tatsächlich alle in der Matrix fest. Ich sehe die Platte auf meinem Regal, höre Hafez lachen, als die ersten Töne von Wendy Carlos' Moog einsetzen. War es ein guter Tod, Hafez? Bist du allein gestorben, oder hast du uns alle um dich herum gehört? Du hast uns gehört. Das haben deine Finger mir gesagt. Du hast es mir gesagt. Die Blasen auf deiner Hand von jenem ersten Kanister. Die Leute, die über die Qasr al-Nil Bridge nach vorn drängten, und die Körper, die nach hinten getragen wurden, und die ausgeschossenen Augen und das immer wieder vom gnadenlosen Stahl der Macht durchlöcherte Fleisch. Leute, die nach vorn rannten, während ich erstarrte und zusah, wie du das sengende Metall packtest wie der Held in einem Film. Bist du für diese Leute gestorben, Hafez, diese Leute, die deinen Namen nie erfahren werden? Für dein perfektes Foto, das sie nie sehen werden?

Der 28. Januar. Jetzt nur noch eine dunkle Blutpfütze, die sich um den Kopf eines jungen Mannes ausbreitet; eine Schleifspur zerebraler Dunkelheit, als er weggezogen wurde und das Blut sich zurücktastete zu dem Moment, an dem es noch am Leben war. Der Sturz war lautlos. Direkt neben mir. Du wusstest nicht, Bruder, dass es dein letzter Augenblick war. Hattest keine Chance, dich ihm zu stellen. Die Kugel kam völlig geräuschlos.

■

Mariam ist nicht zu Hause. Sie verbringt ihre Zeit zwischen Gerichten und Gefängnissen. Ich schicke ihr keine Nachricht. Was könnte ich schon sagen? *Wie geht es dir? Soll ich uns nachher was kochen?* Sollte ich etwa die Sprache normaler Leute imitieren? Ich tue es nicht. Ich versuche, meinen Laptop nicht aufzuklappen. Sitze in einem Sessel und lese ein Buch. Erinnerst du dich? Ich setze mich mit meiner Hobsbawm-Ausgabe hin. Ich kenne die Passage, die ich vermeiden muss. Die, von der ich dachte, sie werde niemals auf uns zutreffen. Stromausfall, und die Wohnung stürzt in Dunkelheit.

Ich stehe auf dem Balkon. Die Straßen sind bis auf die Leuchtreklame auf einem Gebäude in der Ferne schwarz. Ein perfekt grüner Rasen, ein klobiges neues Haus unter einem Bilderbuchhimmel, eine glückliche Familie mit blitzenden Zähnen und die Worte Du liebst Kairo, aber deine Liebe zu ihnen ist größer. Das Haus erbebt, ein Militärhubschrauber dröhnt darüber hinweg. Mein Kiefer ist verkrampft. Ich hole mir noch ein Kodein und spüle es mit Wasser runter. Waren wir nur eine Salbe für die von der Macht geschlagenen Wunden, weiße Blutkörperchen in einem verkrebsten Körper? Waren wir es, die den Körper für diese wenigen zusätzlichen Herzschläge am Leben hielten? Würden wir uns selbst aus dieser Ökologie des Leidens entfernen, würde die Natur dann revoltieren? Oder würde die Flut der Gewalt uns allen einfach den Garaus machen? Am Himmel sind keine Vögel. Keine Vögel in der Stadt. Nur Hubschrauber und die langsam verblassenden Chemtrails der Kampfjets, die luftige Herzen im scheußlichen Rot, Schwarz und Weiß der Flagge malen. Du kannst nicht vorbei, die Grenzen sind geschlossen, es gibt keine Vögel mehr. Ein Glück, dass wir sie los sind, und die Schweine mit ihrer Grippe auch, wir brauchen sie nicht, wir brauchen nichts außer Ägypten. Ein verwesender Eselskadaver treibt den Fluss hinunter. Schließt das Land, das Land ist radioaktiv, kommt in hundert Jahren wieder. Hier gibt es keine Musik, nicht mehr, es gibt nur Lärm, das Geflüster der Verschwörung und das Krächzen der Übergriffe und die Trompeten des Faschismus. Alles Informanten, die einen beobachten. Ich erinnere mich an den Schatten einer Zeit, in der ich, von jeder Kleinigkeit, jeder Zukunftsmöglichkeit in Ekstase versetzt, durch die Straßen lief. Alles, was ich jetzt noch sehe, sind seelenlose Neonröhren und sterbende Tiere und zersplitterte Fenster in bröckelnden Gebäuden und unausweichliche Erinnerungen, die diese schweflige Stadt unserer Toten ausmachen, unsere Mega-Nekropole des Scheiterns.

Ein Schneesturm auf dem Dschabal Katrina, dem Katharinenberg. Eine verpfuschte Operation. Eine Polizeikugel. Eine Fassbombe. Ein Sturz vom Balkon. Einmal im Monat, jeden Monat, wird uns jemand genommen.

> Das hier soll bitte auf meiner Beerdigung gespielt werden. Hoffentlich nach einem langen, glücklichen Leben.
> @Bassem_Sabry

Ja – er ist wunderschön, der Soundtrack zu *Lost.* Bassem Sabry hat einen guten Geschmack. Giacchinos beste Arbeit. Ein anrührendes, unschuldiges Piano, die sanften Violinen, die sich immer höher schwingen und das Bild tragen. Schön. Und dann passierte es tatsächlich. Der Soundtrack wurde gespielt, mittags, auf einem Grammophon, und die Welt gefror. Ein Schwarm des Kummers fand sich unter Tränen zusammen und löste sich wieder auf, und Bassem Sabry war immer noch tot.

Ali Mustafa ist tot. Ein Tod auf Facebook. Ich habe es einmal, zweimal gelesen. Es muss Hunderte von Ali Mustafas geben. Es kann nicht er sein. Nicht der Ali, den du kennst, der Ali, dem du in den Nächten auf der Mohamed Mahmoud begegnet bist. Der Ali, den du kennst, war in Ägypten, nicht in Syrien. Und dann ist da ein Bild, ein weißes Laken, ein blutiges Gesicht, und dein Magen und dein Brustkorb weichen vor dem Bildschirm zurück. Ali. Eine Fassbombe Assads. Seine Schwester kommentiert auf seiner Seite, sie hat die Gerüchte gehört, sucht verzweifelt nach Informationen. Lasst sie das Bild nicht sehen. Bitte, lasst sie das Bild nicht sehen. Nehmt es runter. Bitte. Nehmt es runter. Ach Ali …

Wir sind umgeben von Gesprächen, die wir nicht geführt haben. Namen, die man festhalten muss. Kleine Messer in steter Umkreisung des Herzens.

»Kanntest du Nadine?« Nein. Ich hätte sie kennen müssen. Wir standen auf derselben Seite. Kann ich dich jetzt, wo du gegangen bist, noch vermissen? Kann ich den Arzt hassen, der dich aufschnitt und es deinem Körper überließ, sich selbst zu vergiften?

Das Krankenhaus, das versuchte, alles zu vertuschen? Ich kannte dich nicht, Nadine, aber ich denke an dich. Ich kannte dich nicht, Mohamed, oder die Leute, mit denen du dich auf dem Berg Sinai verlaufen hast, ich weiß nicht, was deine letzten Gedanken waren, inmitten des Schneesturms auf Hilfe hoffend, die nie kommen würde, auf den Armeehubschrauber, der nur Touristen rettet. Ich kannte dich nicht, aber ich weiß, wir waren uns in dieser Sache einig, wir standen zusammen, Nacht um Nacht, Regime um Regime. Wir standen zusammen, wir sind zusammen gescheitert. Wir sterben getrennt voneinander.

■

»Ich habe was geträumt«, sagt Mariam. Ich bin wach. Liege neben ihr.

»Und was?«

»Dass wir alle tot sind. Und in der Hölle leben. Wir wissen es nur noch nicht.«

■

Ich verbringe die Tage allein, gehe mit gesenktem Kopf durch die zerfallende Stadt. Das Büro steht leer. Rania geht nicht mehr aus dem Haus. Malik ist wieder in London. Mariam pendelt zwischen Gefangenen und ihren Familien und Polizeiwachen und Gefängnissen hin und her. Jeden Tag werden Essen, saubere Kleidung, Briefe und Medikamente hineingeschafft; Plastikbehälter, Wäsche und Instruktionen kommen heraus. Ich gehe durch die Straßen, durch unsere und ihre Stadt, die Stadt der Toten und der Lebenden, die Stadt der Lebenden und ihrer Lehnsherren, die Stadt des Staates, die ohne jede Rücksicht durch uns hindurchschneidet, ihr Schattennetzwerk der Gefängnisse und Kerker und Polizeikasernen, verbunden durch die beständige unsichtbare Bewegung verdunkelter Fahrzeuge, wachsamer Patrioten und Radiowellen. Entlang jeder Straße werden Leben vernichtet, zitternd im Laderaum von Polizeifahrzeugen, Befehle werden erteilt, Ängste geschürt und ausgenutzt, während Tausende von Gefangenen in unablässiger Bewegung zwischen Polizeiwachen, Gefängnissen und Gerichten in der ganzen Stadt hin und her geschoben werden. Die Unterwelt hat die Oberwelt verschluckt. Inzwischen übermalen die ehrbaren Bürger der Stadt die Augen unserer Toten mit Farbe. Wir gehen jeden Tag an den geschändeten Gedenkstätten vorbei. Unser ganzes Leben ist eine geschändete Gedenkstätte.

Ich stehe vor der riesigen Ruine des Hauptquartiers der Nationaldemokratischen Partei. Sie ist im Grunde genommen alles, was wir hinterlassen haben. Wie lange werden sie sie uns noch lassen? Ich kann die Hitze immer noch spüren, es war am 28. Januar, der Geruch des Rauchs erfüllte den Nachthimmel, eine Diktatur brennender Papiere flatterte in den Fluss.

Der Fluss blinzelte nicht mal.

Haben wir davorgestanden und geredet? Hafez machte mit seinem Telefon pixelige Fotos, während die Flammen an den oberen Stockwerken leckten. »Sieh dir das an, Mann!«, sagte Hafez immer wieder. »Sieh es dir an, verdammte Scheiße! Was geht hier vor?« Eine Ameisenkolonne aus Möbeln und Computerteilen bewegte sich aus dem Gebäude und in die unten wartenden Boote. Ein Soldat stand vor einem gepanzerten Fahrzeug, wie alle anderen gebannt von den Silhouetten der Flammen. »Ist es ein Putsch?«, fragte Hafez. »Was geht hier vor? Fuck, wo ist die Scheiß-Polizei hin verschwunden? Sind sie abgehauen? Sind sie weg?«

In jener Nacht gab es noch ein Feuer. Es gab Hunderte. Aber eins war das Herz von allem. Ein Armeelaster brannte mitten auf dem Tahrir. Das erste Armeefahrzeug, das auf den Platz gefahren war. Ein paar Kids in der Nähe sagten, es sei voller Munition für die Polizei gewesen, also hätten sie es angesteckt. Aber was war mit dem zweiten Laster? Stand jemand mit einem Molotow-Cocktail bereit? Gab es einen Moment des Zweifels? Der Gnade? Welche Konsequenz lag in jenem Zögern, welche Geschichte ging verloren?

■

»Ich hab dich so lange nicht gesehen«, sagt Rosa und umarmt mich. Ich erwähne nicht, dass das daran liegt, dass Rania aufgehört hat, meine Nachrichten zu beantworten. Vielleicht hatten wir immer nur die Arbeit. Wir müssen das Büro ausräumen. Wir können nicht noch länger Miete für ungenutzte Räume zahlen.

»Hast du das hier gesehen?« Rosa zeigt mir auf ihrem Handy ein Video. Ich habe den Link Dutzende Male zugeschickt bekommen, ihn aber nie angeklickt. Ich drücke auf Play:

Chaos. Was für eine Organisation nennt sich schon Chaos?

Ein eifernder staatstreuer Fernsehprediger spricht in die Kamera.

Glauben Sie, das ist eine Art Tarnung? Nun, wie nennt man den Mossad? Und die CIA? Namen spielen eine Rolle. Diese Leute nennen sich also Chaos und lachen über uns. Schon seit Jahren. Sie haben in aller Offenheit agiert, und die Menschen waren zu naiv, um etwas zu sagen. Sie haben versucht, das Land zu untergraben. Unsere Sicherheit zu untergraben. Haben Lügen und Fehlinformationen verbreitet, die ganz bewusst auf die öffentliche Moral abzielten. Jeder ausländische Spitzel weiß seit Langem, dass man Ägypten am besten dadurch schwächen kann, dass man das Band zwischen Armee und Volk schwächt. Und genau das haben sie gemacht. Sie sollten die Häuser sehen, in denen sie leben. Luxusapartments in Zamalek. Jeden Tag schwimmen sie im Marriott. Sie sollten ihre Kontoauszüge sehen! Die Briten. Die Israelis. Die Hamas. Der Iran. Es gibt keinen Feind Ägyptens, von dem sie sich nicht bezahlen lassen. Und wir? Wir lassen sie einfach machen? Öffnen die Grenzen, damit unsere Feinde finanzieren können, wen immer sie wollen, um uns, wo immer sie können, zu schaden? Ägypten ist die Beute, auf die es viele abgesehen haben. Die ganze Welt will es in die Knie zwingen. Viele haben es auf Ägypten abgesehen. Und das Land ist durchsetzt von Verrätern.«

»Gut, dass wir hier verschwinden«, sage ich.

Als alles gepackt ist, umarmt Rosa mich noch einmal. Ich versuche, ihrem Blick auszuweichen. Wenn wir einander ansehen, ist es wie bei einem alten Liebespaar – all unsere Unzulänglichkeiten und Geheimnisse und Irrtümer liegen offen vor uns.

■

»Ich habe neue T-Shirts gemacht«, sagt Mariam, öffnet ihren zerfledderten Rucksack, zieht ein weißes Baumwoll-Shirt heraus und entfernt die Plastikhülle, bevor sie es mir reicht.

Mina Daniels gezeichnetes Gesicht lächelt mich an, dahinter eine gelbe Sonnenscheibe und darunter die Worte: *Wer ist als Nächstes dran?* Ich falte es sorgfältig zusammen und lege es auf meinen Schreibtisch. Konzentriert zählt sie ihren restlichen Bestand durch. Ist das jetzt das Leben? Ein T-Shirt, eine Tasche, ewige Mahnwachen in Form von Kleidung? Plötzlich überkommt mich die dunkle Hoffnungslosigkeit der Wahnsinnigen, des Irrenhauses. *Hier, schau, was ich für dich gemacht habe.* Gleiche Zeit, gleicher Ort, jede Woche. Nimm die Zeichnung, danke, sie ist wunderschön, falte sie, steck sie ein. Sie weiß, dass die T-Shirts niemanden zurückbringen. Das weiß sie doch noch, oder? Natürlich. Wir erweisen nur den Toten die Ehre.

Wenn Mariam mich ansieht, stellt sie sich meinen Körper dann kalt und still auf dem Chromtisch des Pathologen vor? Stellt sie sich vor, dass jeder Antworten von ihr erwartet? Er wurde erschossen. Eine Autopsie, wir brauchen eine Autopsie. Alle starren sie an. Wird sie darum kämpfen oder wird sie loslaufen, mich einfach nur da rausholen wollen, mich irgendwohin bringen, allein, damit wir zusammen sein können, nur für eine Minute, nur um uns zu verabschieden? Aber sie weiß, dass dieser Moment nie kommen wird. Wir werden nie wieder miteinander allein sein. Vom Leichenschauhaus wird es auf den Friedhof gehen, und unsere letzten Stunden werden mit weinenden Verwandten und zornigen Freunden verbracht werden, und es wird für sie keine Gelegenheit mehr geben, auch nur meine Hand zu drücken oder mir durch die Haare zu streichen oder meine kalten Lippen zu küssen. Nie wieder. In einer einzigen Sekunde können sie uns alles nehmen, ein ganzes Leben voller Dinge, die wir hätten sagen sollen. Worte versteinern, Zärtlichkeiten verklumpen zu Schuldgefühlen. Das Leichenschauhaus, würdeloses Haus des Todes. Die Hitze von Rabaa wird sich nie wegspülen lassen, die draußen aufgereihten Kühllaster, jeder schwer vor ungezählten Leichen, jeder von ihnen beladen mit dem Sohn einer Familie, jeder von ihnen der Mittelpunkt einer neuen und unvergleichlichen Trauer, die Leichen werden sich nie wegspülen lassen, nichts davon wird sich je wegspülen lassen.

■

Du hörst die Musik, die Party, das Gelächter von der Straße. Wie ein Heuschreckenschwarm kommunizieren alle erbarmungslos miteinander, attackieren sich gegenseitig mit Ideen, die von außerordentlicher Überraschungslosigkeit sind. Dieselben Worte immer und immer wieder.

Ich drücke die Tür auf. Das Licht ist gedämpft, die Luft geschwängert von Rauch, der in der Dunkelheit der Körper in meinen Augen brennt. Beiläufig drängeln und pulsieren sie im neonblauen Licht, schattige Gesichter werden für einen Moment vom Aufglühen einer Zigarette beleuchtet, bevor sie wieder im Dunkel versinken. Wer sind diese Frauen, die kreischend lachen, und diese zwielichtigen Männer, die ihre neuen Objekte der Belästigung in Augenschein nehmen, wer sind diese Typen in der Küche, die sich mit High Fives abklatschen und an ihrem Zahnfleisch herumreiben? Was ist das hier? Wie sind wir hier gelandet? Wir, die Nicht-Gefangenen, die Nicht-Getöteten, lassen Flaschen herumgehen, bauen Joints, ficken den Schmerz weg, alle Gesichter verzerrt, animalisch und älter, verzweifelt, einsamer. Jetzt sind *wir* die Zombies, die Versager, diejenigen, die es sich auf Kosten anderer gut gehen lassen, Kinder zum Sterben an die Front schicken und vor den Kameras Tränen vergießen, während wir an ihren Gräbern trinken. Wir sind diejenigen, die entscheiden können, wann wir spielen und wann wir aussteigen. Diejenigen, die gesagt haben, alles könne so einfach sein. Wir. Das sind wir.

■

»In der Geschichte werden die Dantons immer von den Robespierres besiegt, weil zähe, zielgerichtete Hingabe dort zum Erfolg führen kann, wo die Bohème versagt.«

Worte, vor langer Zeit gelesen, an einem Morgen, an dem das Licht, das durch mein Fenster fiel, noch schön war. Aus Millionen werden Tausend werden Hundert wird Einer. Das ist der Lauf der Dinge. Das lange Ende des Außergewöhnlichen.

■

Umm Kulthums Stimme dringt knisternd aus dem kleinen Radio im Stella. Immer noch durchzuckt mich jedes Mal ein Stich der Verbitterung, wenn ich sie höre und nichts dabei empfinde. Inzwischen ist es dein Versagen. Ich ziehe das Handy aus der Tasche und erinnere mich, wie Mariam sich einen Stuhl herbeizog, die Hand auf mein Knie legte und jeder anwesende Mann uns beobachtete. Auf was für dumme Dinge ich stolz war. Was für schreckliche Dinge ich nicht erkennen konnte. Ich drücke auf dem Telefon herum, und als ich hinschaue, sehe ich es: Doctor_02022012.mp4. Nein. Ich kann nirgends hin, es gibt keine Erinnerung, in der ich Schutz suchen kann. Ich lege das Handy zur Seite und zünde mir eine Zigarette an. Früher haben wir diesen Laden vollgekriegt. Dutzende von Leuten schoben jeden Abend die Tische zusammen und erschufen unendliche Kombinationen von Scherzen und Gesprächen und Ideen. Und jetzt? Was tust du, wenn die Welt aufhört, sich vorwärts zu bewegen? Wenn es keinen Unterschied mehr zwischen den Tagen gibt? Wenn die Zeit stehenbleibt und deine Geschichte ihr glorreiches Ziel verloren hat? Wenn es nichts gibt, nicht eine einzige Sache auf der ganzen Welt, die zu ändern in deiner Macht liegt? Wenn deine kunstvollen Konstrukte von Autonomie und wirksamem Handeln zusammenbrechen? Was tust du, wenn Zeit nichts anderes mehr bedeutet als den Countdown zu deinem letzten Atemzug? Es ist, als würdest du dir selbst beim Ertrinken zusehen. Du kennst das Ende, du weißt, was kommt und dass es nichts gibt, was du dagegen tun kannst. Nichts verändert sich. Alles ertrinkt. Alle Zeit und alle Erfahrungen sind ein einziger Strudel, und wir werden alle hineingesaugt. Jeder von uns kommt am selben, tief hängenden Ast vorbei und greift danach und verfehlt ihn und wird immer tiefer nach unten gezogen, während der Ast quälend langsam unserer Reichweite entgleitet, bis nur noch eine einzige Frage bleibt: Wann gibst du auf? Wann wird es einfacher, sich dem Ertrinken hinzugeben?

An einem Tisch in der Ecke erhebt sich eine Stimme. Ein alter Mann mit Pfeife und Halstuch redet auf seinen jungen Begleiter ein. »Was ich von Bashar halte? Ehrlich gesagt bin ich für ihn. Wieso? Das kann ich dir sagen. Weil Bashar al-Assad der Einzige ist, der Syrien retten kann. Der Einzige. Niemand sonst hat die Kraft. Außerdem ist er Alawit. Weißt du, was Alawiten sind? Ohne ihn, ohne Bashar, was würde dann aus den Alawiten? Ja? Ist das etwa Demokratie?«

Ich muss die Ohrhörer einstöpseln, und als ich mein Handy freischalte, ist es immer noch da: Doctor_02022012.mp4. Ich wende mich von allem ab. Ich habe mich so lange von dir abgewandt. Aber wenn wir nichts anderes mehr haben …

Der Beat des Krieges schlägt über mir zusammen, das Geschrei der Männer, das Geräusch des Steinhagels. Unsere Kriegsmaschine. Früher hat das alles meinen Rücken gestrafft, mich vorwärts getrieben, aber jetzt spüre ich, wie mein Rückgrat sich zusammenkrümmt, während ich durch die Menge gleite, die von Steinen übersäte Straße, ein Geist zwischen Männern und Frauen, die nach vorn laufen, nach hinten. Die Erinnerung und die Aufnahme, in finsterem Einklang, ziehen mich unweigerlich zu dir hin. Bei jedem Schuss versuche ich, dich zu hören, deine Stimme, einen Atemzug, einen Schrei, einen Sturz, versuche irgendetwas durch den Nebel aus Gas und fliehenden Menschen zu hören – egal was. Hätte ich schneller bei dir sein können? Eine Sekunde früher? Kann ich dich hier finden, an den Ufern dieses elektrischen Fegefeuers? Kann ich dich für nur eine Sekunde länger am Leben halten?

■

»Willst du fortgehen?«, fragt Mariam. »Nach Amerika?«

»Du denkst immer, dass ich jeden Augenblick in ein Flugzeug steigen könnte«, sage ich.

»Tut mir leid.«

»Aber«, füge ich etwas später hinzu, »vielleicht weiß ich es tatsächlich nicht mehr.«

Das vertraute Schweigen legt sich über uns, schmiegt sich um unsere Schultern, lässt die Luft zwischen uns kälter werden.

»Aber das hier«, sage ich. »Wir beide …«

Wir wissen beide, was jetzt kommt. Du hast darauf gewartet, darüber nachgedacht. Wir beide haben das. Und hat es einmal angefangen, ist es nicht mehr aufzuhalten. Wer bin ich noch für dich? Nur ein Wort, und die Lawine ist losgetreten.

»Ich weiß«, sagt sie.

Ich sehe es vor mir. In ein paar Minuten wird es vorbei sein, und ich werde sie nie wieder zurückbekommen. Es ist das Einzige auf der Welt, worüber wir noch Macht haben – also muss es zerstört werden. Wir sind inzwischen nur noch die Erinnerung an unseren Verlust. Ich werde diesen Augenblick für den Rest meines Lebens bedauern, aber wir wissen beide, dass die Zeit, eine Wahl zu treffen, vorbei ist, wir können unsere Zukunft ohne den anderen vor uns sehen, und sobald wir damit angefangen haben, werden wir nicht mehr aufhören können. Ich werde allein sein. Ich werde für den Rest meines Lebens jeden Morgen aufwachen und diesen Augenblick bedauern. Nimm es zurück. Kämpf, kämpf für die Revolution, kämpf für sie, kämpf für all die Dinge, von denen du gesagt hast, dass du an sie glaubst, als glauben noch leicht war. Nimm es zurück. Wenn du die Welt nicht verändern kannst, ändere dich wenigstens selbst. Nimm es zurück, es ist noch nicht zu spät.

»Willst du, dass ich ausziehe?«, fragt sie.

»Nein.«

Das will ich nicht. Natürlich will ich das nicht. Ich liebe sie und brauche sie und möchte mit ihr davonlaufen, zurück in die Vergangenheit.

»Aber irgendwann muss ich«, sagt sie.

Du wirst nie wieder neben ihr aufwachen.

»Es muss nicht sofort sein«, sage ich.

»Doch, das muss es.«

■

Der Taxifahrer steckt sich eine Zigarette an. Er sieht aus dem Fenster und brummelt leise vor sich hin. »Es ist nicht richtig, was diese Frauen machen. Wie sie angezogen sind! Wenn sie so auf den Tahrir gehen, was erwarten sie denn?«

Ich sage nichts.

Das Radio salbadert durch die immergleichen knisternden Lautsprecher:

Wir zeichnen die Märtyrer der Revolution vom 25. Januar und vom 30. Juni und die Märtyrer der Armee.
Graffiti müssen nicht politisch sein.

»Wo in der Altstadt?«, fragt er.

Ich sage, dass ich zum Talaat Harb will.

Ich will keine Graffiti sehen, an denen ich nicht mit meiner Mutter oder Schwester vorbeigehen kann. Die Wandbilder in der Mohamed Mahmoud sind da, damit die Touristen die Geschichten des 25. Januar sehen können. Und, äh, natürlich auch die vom 30. Juni.

Ich wünschte, ich könnte das Radio abschalten. Ich wünschte, wir hätten Maspero eingenommen.

Plötzlich schalten sich die Gebäude rund um uns herum ab, der Block versinkt in Dunkelheit. Stromausfall.

»Verflucht seien die Palästinenser«, murmelt der Fahrer reflexhaft.

»Was?«, sage ich.

Der Fahrer deutet vage auf das Radio. »Unser Strom. Mursi hat ihn an Gaza verkauft.«

Ich sage nichts.

»Sie sehen nicht aus wie ein Ägypter«, sagt er.

»Ich bin auch keiner.«

»Aber Sie sprechen gutes Arabisch.« Er klingt misstrauisch.

»Ich bin Grieche.«

■

Das dicke, gebundene Drehbuch liegt vor mir auf dem Tisch. Hafez' Vater hat angerufen. Es gab nur eine Sache, die ich aus der Wohnung haben wollte.

STEINE SIND ALLES, WAS WIR HABEN
von Hafez Mansour
Entwurf 21. 9. 2013

Er hat den Titel geändert.

Jede Seite ist mit zahlreichen handschriftlichen Anmerkungen versehen. Dutzende neuer Seiten, mal abgetippt, mal handschriftlich, wurden zwischen die alten gestopft:

SZENEN, DIE NOCH FEHLEN TAG2
5:00: Belagerung der Polizeiwache Sayyeda Zeinab
5:27: Staatsfernsehen verkündet Ausgangssperre
18:01: NDP-Hauptquartier in Kairo in Flammen – Mann sucht drinnen nach Papieren

18:00 – 20:00: Polizei zieht sich vollständig zurück. Suez, Alex. & Kairo
22:12: Alle Flüge eingestellt
22:57: Armee vollständig in Stellung
Mitternacht: Sinnlose Rede Mubarak

Mit der Hand hat Hafez an den unteren Rand geschrieben: *Erst der Anfang. Mach, dass du aus Kairo rauskommst.*

Du hattest Recht, Hafez, es war ein Film, ein cineastischer Traum über die Selbstlosigkeit, in dem die Guten gewinnen; eine Explosion aus Licht und Klang, von epischer Tragweite, ohne Platz für Ego oder Zweifel; eine Geschichte, geschaffen von allen Beteiligten, einen Erzähler braucht es nicht; so zerbrechlich und unsterblich wie Zelluloid; eine 75-mm-Erinnerung, die man zusammen in unserem Auditorium des gemeinsamen Triumphs noch einmal durchleben kann, unsere einzigartige Hinterlassenschaft an zukünftige Generationen. Wenn du ihn nur für uns gedreht hättest, als er noch die Wahrheit war. Die Geschichte verändert sich so unsichtbar wie die Zukunft, bloß schmerzhafter, weil man geschmeckt hat, was heute verloren ist.

Ich blättere zum Ende.

INT. TV-STUDIO – NACHT

Ein STUHL *wird gegen eine Tür gerammt, blockiert sie.* KARIM *rüttelt noch einmal daran, um sich zu vergewissern. Zufrieden greift er sich den schweren Knüppel und dreht sich zu* MARWA *um, die an einem riesigen Kontrollpult sitzt.*

KARIM
Schaffst du es?

Über ihnen laufen auf mehreren Fernsehern die Nachrichten. Der NACHRICHTENSPRECHER *verliest die Nachrichten wie immer.*

MARWA
Ich brauche mehr Zeit!

Sie überfliegt die zahllosen Schalter, die sie zur Auswahl hat.

Es HÄMMERT *an der Tür.*

STIMME DRAUSSEN
Öffnen Sie die Tür!
Öffnen Sie auf der Stelle die Tür!
Sie haben fünf Sekunden, um diesem Befehl Folge zu leisten.

KARIM
Wir haben keine Zeit mehr.

MARWA
Ich hab's.

Sie betätigt eine Reihe von Schaltern, und die Nachrichtensendungen auf allen Fernsehern erlöschen und werden durch das Testbild ersetzt. Sie drückt auf eine weitere Taste und atmet tief ein:

MARWA
Schalten Sie Ihren Fernseher nicht aus, es handelt sich nicht um einen Defekt. Die Revolution des 25. Januar hat das Land übernommen. Der Diktator wurde gestürzt, und die Forderungen des Volkes nach Brot, Freiheit und sozialer Gerechtigkeit werden erfüllt werden. Gehen Sie auf die Straße und schließen Sie sich der Revolution an. Gehen Sie auf die Straße: Die Zeiten, da wir von der Tyrannei regiert wurden, sind vorbei. Gehen Sie auf die Straße: Holen Sie sich zurück, was Ihnen gehört. Holen Sie sich Ihr Land zurück.

Eine dicke rote Linie zieht sich im Zickzack über die ganze Seite. Danach keine Worte mehr.

■

Vor meiner Wohnung lebt jetzt eine Grille. Nach Mitternacht füllen ihre Rufe die Klanglandschaft der Nacht, ihre winzigen Beinchen reiben sich aneinander und übertönen mit ihrer Musik die vielen Millionen anderen Lebensformen und Maschinen, aus denen die Nacht besteht. Ich komme nach Hause, bereit für ihre Unterhaltung, ihre Klage. Ich sitze allein da mit einem Glas Wasser und einer Zigarette und höre ihr einfach zu, ihrem unerwiderten Ruf, ihrer unbeantworteten Übertragung ins All. Die Grille ist geduldig. Die Grille braucht keine Bestätigung von nichts und niemand. Die Grille existiert, um zu handeln, also handelt sie. Die Grille schafft ihre eigene Bedeutung. Und ich denke, dass sie eines baldigen Tages weg sein wird. Bald wird sie weg sein, und ich bin mir nicht sicher, wie ich ohne sie leben soll.

■

Lieber Alaa,

es tut mir leid, dass ich dir bis jetzt nicht geschrieben habe. Es tut mir leid, dass du das alles durchmachen musst. Es tut mir leid für Manal und dass Khaled ohne dich aufwachsen muss. Es wird ihm gut gehen, dafür wird Manal sorgen. Es wird schwer für sie sein, aber sie ist so stark. Es tut mir leid, dass wir einst alle neben dir standen und uns jetzt alle allein zu Hause verkriechen. Es tut mir leid, dass sie dich wollen. Ich kann dir nichts über die Welt hier draußen oder über die Revolution oder die Zukunft sagen. Ich kann nichts sagen, was dir ein Trost wäre, kann dir nicht sagen, dass fünf Jahre schnell vorbeigehen, dass dich dann hier draußen eine bessere Welt erwarten wird, dass wir alle unablässig an deiner Freilassung arbeiten. Ich kann dir nicht sagen, dass das Momentum auf unserer Seite ist, dass es einen internationalen Aufschrei gibt, dass der diplomatische Druck steigt. Ich kann dir nicht sagen, dass Sisi schwächer wird.

Es gibt nichts. Nur das Warten. Nur unterbrochen von dem Wissen, dass unsere Niederlage offensichtlich ist.

Ein Wort wie Solidarität bedeutet nichts mehr. Deshalb kann ich dir nur sagen, dass ich an dich denke.
Ich weiß nicht. Es tut mir leid – alles. Es tut mir leid, dass ich nicht bei dir bin. Es tut mir leid, dass das alles ist, was ich tun kann. Es tut mir leid, dass ich gerannt bin.
K

■

Ich sitze auf der längst verlassenen Dachterrasse des Hotel Odeon. Eine einzige Lampe flackert im Rhythmus des uralten Radios, das Songs spielt, die zu lieben mein Vater mir nie beigebracht hat. Der Barkeeper ist längst gegangen, um den letzten Bus nach Hause zu erwischen, und hat nur einen Jungen dagelassen, der rauchend in einer dunklen Ecke sitzt. Kronkorken von Stella-Artois-Flaschen wölben sich im Aschenbecher vor mir. *Auf blutige Schlachten und blaue Flecken.* Der heiße Wind flüstert über meinen Rücken und meine Schultern, fängt die kleinen Schweißtropfen ein, die sich angesammelt haben und an meinem Metallskelett vibrieren. Wenn ich mich im Gesicht kratze, bin ich überrascht, wie lang mein Bart ist. Ich habe mich schon sehr lange nicht mehr im Spiegel betrachtet. Ich verliere Haare. Sie sind lang, ungepflegt und fallen aus, sie fangen die Hitze ein und halten sie um mich herum fest. Die Hitze bläst mir in den Nacken und fährt durch meinen Körper bis in meine Füße, und plötzlich überwältigt mich die Hitze, eine drängende Hitze steigt in meinen Zehen auf, rund um meine Knöchel, dieselbe Hitze, die zuschlägt, wann immer ich nach Hause komme, eine unwiderstehliche Hitze, die gelöscht werden muss, bevor sie meine Fußsohlen versengt, bevor sie in den Rest meines Körpers hinaufklettert, und ich ziehe die Schuhe und Socken aus und hoffe, dass niemand kommt und mich sockenlos und allein hier sitzen sieht. Ich hoffe, dass mein jüngeres Ich mich nicht sehen kann.

Ist man auch dann ein Märtyrer, wenn man nicht zur richtigen Zeit am richtigen Ort gestorben ist? Es gibt keine Banner, auf denen dein Gesicht im Wind flattert, Hafez, deine Worte wurden nicht auf Mauern gesprayt, aber ich sehe dich überall, sehe dich den Kopf heben und fragen: *Wärst du nicht glücklich gewesen? Während der Achtzehn Tage zu sterben?*

Anfänge und Enden. Alles, was uns geblieben ist. Wann hat es wirklich angefangen? Was für ein glorreicher Anfang! Wann war alles verloren? Was für ein schreckliches Ende es genommen hat. Was hätten wir tun können? Wie konnte uns das passieren? Immer wieder und wieder und wieder und wieder. Fragen. Für alle Zeit. Fragen. Anfänge und Enden. Entweder man gewinnt oder man verliert. Schützengrabenneurose bedeutet, dass das Gehirn von Geräuschen traumatisiert ist, von heftigen Vibrationen, die durch den Geist wummern, eine Klangflut, die die Synapsen wegspült und nichts zurücklässt als eine leere, tote Ebene, in der man sich nirgendwo vor den Polizeisirenen und dem Blaulicht verstecken kann, die aus der Ferne auf einen zurasen, kein Ort, an dem man Deckung findet vor der Bedrohung, die durch die Zähne wachsamer Nachbarn gesungen wird, kein Ort, zu dem man hinlaufen kann, nur die Flut, nur das Ende. Die Geschichte hat sich weiterbewegt, hat uns lebend zurückgelassen, und das kalte Gewicht des Urteils lastet auf unserer Brust wie ein mittelalterliches Folterinstrument: schwerer, kälter, perfekter mit jedem Atemzug und jedem *Warum?* Warum ich? Warum nicht ich? Warum wir und warum jetzt und was jetzt? Was gibt es noch zu tun, wenn man verloren hat? Wir haben versagt. Wir alle. Und die ganze Welt weiß es und verurteilt uns deswegen, wendet den Blick ab, während sich die untote Vergangenheit um unsere Brust ringelt. Keine Verhandlungen, keine Hoffnungen, aber womit bloß sollen wir unsere langen schwindenden Tage füllen? Was werden wir uns selbst sagen, wenn wir in den Abgrund spähen? Was können wir tun, damit es aufhört? Was können wir tun, damit es gut wird? Wann wird es vorbei sein? Wie sollen wir weitermachen? Wie sollen wir weitermachen? Wie sollen wir weitermachen?

Immerhin, jubeln sie im knackenden Fernseher, *sind wir nicht Syrien!*

Anfänge und Enden, Anfänge und Enden, aber immerhin wissen wir mit Sicherheit, dass das hier ein Scheiß-Ende ist. Du kannst es so oft sagen, wie du willst, aber du weißt, dass es vorbei ist, wenn alle entweder tot oder im Gefängnis sind. Und wenn du selbst weder das eine noch das andere bist, warst du schlicht und ergreifend nie wirklich Teil des Spiels.

Selbst die Talaat Harb Street ist zu dieser Stunde still. Die Stadt wurde von den Nächten der Ausgangssperre ein für alle Mal gebrochen. Wenn ich die Ohren spitze, kann ich gelegentlich ein Auto vorbeifahren hören, ich höre das Radio –

Segne diese Hände
Segne die Armee meines Landes

Fern im Osten erschüttert eine laute Detonation die Luft. Eine Rauchwolke steigt in den Himmel auf. Eine Bombe. Ich warte auf den Folgeknall, die zweite Explosion, die jene erwischt, die als Erste reagiert haben, die Helden; aber sie kommt nicht. Hoffentlich wurden nur Polizisten getötet.

■

Ich fliege, fliege davon, steige auf in die Luft. Du wirst wiederkommen, sage ich zu mir selbst, es ist nicht für lange, du bist geschwächt, dein Körper lässt dich im Stich, du bist raus, hier ist kein Platz für dich, nie, also bist du jetzt frei, frei, dich zu verpissen, und ich sehe aus dem Fenster auf die fortwährend gelbe Stadt, und zwei grüne Laserpointer blitzen auf mich zu, suchen vorwurfsvoll in der Dunkelheit nach dem Flugzeug. Eine glückliche Familie auf der Rückseite einer Zeitschrift strahlt sich mit boshaften Blicken an. Ich wende den Blick von der Stewardess und ihrer Rettungswesten-Pantomime. Man kann eine Bruchlandung auf dem Wasser nicht überleben. Keine Babys in kleinen Baby-Rettungswesten werden sicher auf dem Wasser treiben. Ein Absturz auf dem Wasser bedeutet Absturz und Tod. Was soll dieses Möglichkeitstheater? Wieso müssen die Leute immer denken, dass sie eine Chance haben? Du setzt dein Vertrauen in etwas Höheres als dich selbst, wieso sollen wir dann so tun, als seien wir noch im Spiel, bis der allerletzte jämmerliche Atemzug aus unseren sterbenden Lungen weicht? Du hast nichts unter Kontrolle. Du bist nicht im Spiel. Du bist egal. Du bist am Ende dessen angelangt, was du erreichen kannst, und hier sind wir nun, in diesem dunklen pfeifenden Geschoss des Abschieds und der gebrochenen Versprechen, das sich hinauf ins Weltall schwingt, ein Haufen Fremder, angeschnallt und die Luft der anderen atmend, während uns die alten Männer im Cockpit, die mit den zerstörten alten Träumen von Kriegsruhm, aus der Stadt herausheben, weg von den Laserpointern und den Erinnerungen und den Kontrollpunkten der Polizei. *Wo soll's denn hingehen, mein Prinz?*, sagte er. Der Polizist am letzten Checkpoint vor dem Flughafen hielt meinen Pass in der Hand, und mein Blut fing an zu rauschen, aber ich blieb ganz ruhig und sagte, ich wolle nur meinen Vater besuchen, und machte ein ausdrucksloses Gesicht, obwohl mein Magen sich verkrampfte. Ich habe ein Magengeschwür, schon seit einer ganzen Weile, da bin ich sicher.

»Und wo lebt Ihr Vater?«, fragte er, und als ich den Mund aufmachte, um zu antworten, merkte ich, dass ich die Zähne zusammengebissen hatte, und ein stechender Schmerz schoss mir durch den Kiefer.

»In Amerika«, sagte ich.

»Zu gut für Ägypten, was?«

Ich antwortete nicht. In meinen Zähnen spüre ich zukünftige Knochen, die bis auf den elektrisierten Nerv abgetragen sind, die Zukunft eines Invaliden, der nur noch Suppe schlürfen kann. Er sah noch einmal in meinen Pass und ließ ihn dann in den Wagen fallen. »Dann los. Verpissen Sie sich nach Amerika.«

Ich lasse die Armlehne kurz los, um in meiner Tasche nachzusehen, ob ich genug Schmerztabletten dabei habe. Aspirin, Paracetamol, Ibuprofen, Kodein, die ganze glückliche Familie, die Bande, die mir Krebs bescheren wird, mir jetzt schon Magenkrämpfe beschert, an meinen Eingeweiden zerrt, chemische Fäulnis in meinen Därmen schwären lässt. Ist es besser, verlassen zu werden oder schon immer allein gewesen zu sein und es nicht zu bemerken? Ein Sturzbach aus Schweiß fließt über meinen Rücken und kühlt meine Haut, auf der sich Blasen gebildet haben, und ich sehe das Video von Ramy Essam, sehe, wie die Kamera bei der Landkarte sinnlosen Leidens verweilt, die mit Peitschenhieben in seinen Körper eingraviert wurde, und ich spüre, wie meine Haut sich nach einem Ort sehnt, wo sie sich verstecken kann, während die längst verheilten Narben in vertrauter Erregung pulsieren.

Es gibt ein gemeinsames Reservoir der Schmerzen, das wie ein Grundwassertank unter uns liegt. Wenn alles andere verloren ist, wird es das Einzige sein, das uns noch verbindet.

Ich drehe die Lautstärke meiner Kopfhörer auf.

We hope,
that you choke.
We hope,
that you choke.

Abspann. Du fliegst. Du verschwindest. Du rennst davon. Vielleicht ist Freiheit … vielleicht ist Freiheit nichts anderes als der Geschmack von Schuld.

■

Arsenius lebte im Palast des Theodosius als Lehrer der zwei Söhne des letzten Kaisers des vereinten Römischen Reichs. Nach elf Jahren in dessen Diensten betete Arsenius zu Gott und sprach »Oh Herr, zeig mir, wie ich leben soll«, und eine Stimme sprach zu ihm und sagte: »Arsenius, fliehe die Menschen, und du wirst leben«. Und so schloss er sich den Männern und Frauen an, die in die schweigende Wildnis der ägyptischen Wüste geflohen waren, um dort das Leben der vollkommenen Selbstverleugnung zu leben.

Athanasius der Große, etwa 400 nach Christus

■

Ein Kran ragt in den blauen Himmel. Ein mobiler Wachturm. Amsterdam Ecke 125th Street. Harlem, Palästina. Überall um dich herum das Gleiche, jeder Schritt führt dich hinein in den ewigen Sumpf aus Eroberung und Säuberung und Mord. Sie werden nie aufhören, dich zu jagen, es gibt keinen Ausweg aus dem albtraumhaften Loop der Geschichte, in dem du durch den dunklen Bayou stolperst. Es sind die *Dinge*, es geht um die *Dinge*, und wir wollen sie: Die Armee will dein Land und die Briten wollen dein Öl und die Italiener dein Gas und die Amerikaner deinen Luftraum und deinen Kanal, wollen dich als Komplizen, die Türken wollen deine Fabriken und die Australier dein Gold und der Golf deinen Schweiß und die Russen dein Wetter und die Israelis wollen deinen Namen, also bleibt dir nichts anderes übrig, als zu verschwinden. Geh lieber, denn jetzt kommen wir, und als Erstes bringen wir dir Krieg, und du wirst davor fliehen, und wir werden dir Eisenketten um den Hals legen und brandmarken dich mit einem neuen Namen und packen deinen Körper in Teebeutel, wenn wir in den Häusern deiner Großväter ein Tässchen trinken, und wenn der Krieg uns langweilt, bringen wir dir Frieden und Konfliktlösungsresolutionen und interreligiösen Dialog und die Vereinten Nationen und Kreditrichtlinien und Fernsehprogramme, und wenn du daran erstickst, packen wir deinen Kiefer mit festem Griff und zwingen dich, den Mund zu öffnen, damit wir dir strukturelle Anpassungen und Friedenszeltlager und Off-Broadway-Stücke und Hilfslieferungen und Verhandlungen auf höchster Ebene und Schlichtungsrunden und Corporate Social Responsibility eintrichtern können, bis dein Gehirn von unseren bürokratisch verpfuschten, computerbasierten, algorithmisch bestimmten Sprachen der Bedeutungslosigkeit neu konfiguriert ist und du endgültig und auf immer jedweder Möglichkeit des Denkens entledigt bist.

■

Der besondere Triumph liegt in der Unterwerfung der Phantasie.

Es kann nichts Neues geben. Keine neue Musik ist vorstellbar, kein neues Genre, keine neuen Erinnerungen, die man neu verpacken und dann verkaufen kann, keine neuen Geschichten oder Ideen oder Möglichkeiten, kein neues Glück. Es gibt nur Nostalgie und Kitsch und Superhelden und gebrochene Herzen und besiegelte Schicksale und Kapitulation. Es gibt keine andere Realität als diese und keine Vergangenheit, die nicht auf diese Realität zumarschiert wäre. Sie nennen es Fortschritt. Er ist unvermeidlich, sagen sie uns, er erobert alles und zwar jetzt und genau so. Die Welt wird gemacht. Länder sind entwickelt, und andere sind es nicht, und so soll es sein. Es existiert ein System von solcher Dominanz, dass kein anderes mehr vorstellbar ist. Ein System, geschützt von einem globalen Netzwerk aus Stolperdrähten, alle gestrafft und gespannt, um Selbstzerstörung statt Evolution in Gang zu setzen. Sieh dich um. Es gibt keine andere Welt. Es kann keinen anderen Weg geben. Ergib dich. Es gibt nur das Jetzt. Flüstere es abends deinen Kindern zu. Es wäre besser, sie würden es akzeptieren.

■

Ich sitze unsichtbar in der U-Bahn.

Ich kann nicht verhindern, dass ich die Unterhaltungen um mich herum mithöre.

»Ich bin ethnisch ja nicht eindeutig zuzuordnen und habe auf Reisen keine Probleme.«

»Ich war gerade in Indien. Es ist widerlich, überall Müll, aber weißt du, die Leute dort waren glücklich.«

»Wahrscheinlich erlaubt ihre Religion ihnen, glücklich zu sein.«

»Das haben wir hier nicht.«

»Nein.«

»Aber ich war mit meiner Freundin Sarah da, und die Leute dort sind besessen von blonden Haaren und blauen Augen.«

»Ich weiß. Eine Freundin von mir wollte in den Nahen Osten, um sich politisch zu engagieren und was weiß ich, und ich hab gesagt, so, hey, hör mal, okay, die werden dich *nie* respektieren.«

»Nein, nie.«

Manchmal denke ich, ich muss von all den Worten kotzen. Jede idiotische Silbe zuckt durch meinen Magen, und die einzige Möglichkeit, diese Sprache wieder loszuwerden, bestünde darin, den Boden zwischen uns vollzukotzen.

■

Immer wieder denke ich an den Wartesaal im Krankenhaus. Wie viele Stunden saßen wir nebeneinander in jenem Korridor der Krankheit, so allein miteinander? Wie viele Stunden habe ich damit verbracht, mir zu wünschen, meine Hand die paar Zentimeter nach links zu bewegen und deine in meine zu nehmen? Ich habe meine Hand dicht neben deine gelegt, dicht genug, dass du sie spüren konntest, und ich habe Sekunde um Sekunde um Unendlichkeit darauf gewartet, ob du einen Finger bewegen und in meinen einhaken würdest. Konntest du die Fragen und Zweifel spüren, die von meinem Kopf in meine Finger pulsierten und in den synaptischen Spalt zwischen uns fielen? Hättest du mich weggestoßen, hätte ich dich angefasst? Oder hättest du meine Hand sanft gedrückt und sie dann aber fallengelassen? Sind wir in diesem Moment auseinandergebrochen? Heute erscheint es mir verrückt, die Hand nicht nach dir ausgestreckt zu haben. So verrückt, dass ich jetzt, in diesem Augenblick, alles tun würde, wieder dort zu sein und es noch einmal zu durchleben und den Sprung zu wagen und jenes neue Universum zu begründen, das ganz bestimmt aus der Berührung dieser beiden Finger geboren worden wäre. Alles hätte so anders sein können. Wir alle hätten so viel weniger einsam sein können.

Hätten, hätten, hätten.

■

Ich stehe auf dem Bürgersteig und warte. Warte darauf, dass jemand etwas zu mir sagt, mir irgendwas verkaufen will, leise etwas in einer Sprache murmelt, von der er annimmt, dass ich sie nicht verstehe. Aber niemand spricht mit mir. Niemand interessiert sich hier einen Dreck für mich.

Ein Straßencafé. Der Kellner öffnet die Flasche und fängt an, den Inhalt in einen Plastikbecher zu gießen, und einen Moment lang ist da dieser Reflex, dieser Stich, dieser Plastikbecher-Stich, denn der Plastikbecher sagt mir, trink, was immer du willst, sauf dich meinetwegen zu Tode, bitte, aber wir trauen dir nicht über den Weg. Nach dem zweiten Bier könntest du die Flasche irgendwem überziehen, oder du könntest sie kaputtschlagen und dir eine Pulsader aufschlitzen und daliegen und langsam den Boden und die Zigarettenkippen und das fallengelassene Spielzeug der Kinder vollbluten, die entsetzt im Halbkreis um deinen zuckenden, Murphys Gesetz geopferten Körper herumstehen. Der Stich erinnert dich daran, dass du in diesem Kindermädchen-Staat angegurtet bist und man Babies nicht mit der Glasflasche allein lassen kann – du sollst einfach nur das Opiat trinken, das in dem Plastikbecher aufgelöst ist. Der Stich verrät dir, dass du wieder zu Hause bist, im Hamsterrad, und du hast die falsche Abzweigung genommen und musst umkehren und dem beschissenen Schild mit der Aufschrift Freiheit folgen wie der Rest der halbnackten Alkohol-im-Plastikbecher-Trinker am dreckigen Strand, deren einzige Hinterlassenschaft ein Ozean voller Becher ist. Das Meer spült jetzt und für immer ihren Müll an den Strand und bettelt darum, ihn fortzuschaffen, bettelt mit jeder Welle darum, dass irgendjemand den Dreck bitte wegräumt. Wie können wir je anders sein? Du hast eine friedliche Revolution, um einen Diktator zu stürzen, aber um einen friedlichen Übergang zu bewerkstelligen, brauchst du Wahlen, und die Einzigen, die die Ressourcen und die Netzwerke haben, um die Wahl zu gewinnen, sind Ex- und Möchtegern-Diktatoren. Wir sitzen in einem Gemälde von Escher fest. Wir hatten die verdammten Massen. Sieben Millionen stimmten für die Revolution. Hätten die Stimmen sich nicht zwischen Abul Fotuh und Hamdin aufgeteilt, hätten die beiden ihren Stolz für beschissene fünf Minuten beiseite gelassen, wären die Dinge anders ausgegangen. Und wo sollen wir jetzt hin? Wo sollen wir hin in dieser Welt, in der das Einzige, was sich frei bewegt, der treibende Müll fiktiver Kredite ist? Wo gehen wir hin, wenn jeder Zentimeter der Erde bereits jemandem gehört, umfassend bewertet ist und bald von Monsanto aufgekauft wird, wenn jeder ausgegebene Cent ein anderes menschliches Wesen in Knechtschaft hält, bevor er zu einer Patronenhülse umgeschmolzen wird? Was können wir mit Informationen oder Fakten anfangen, wenn die einzige Währung, die zählt, Waffen und Lügen sind, wenn alles, was alle *wollen*, Waffen und Lügen sind? Werden wir für alle Zeiten in unseren digitalen Echokammern plaudern, während Facebook algorithmische Grenzen um uns herum errichtet, die so unüberwindbar sind wie die Berliner Mauer und so unwiderstehlich unsichtbar wie die Schwerkraft, Grenzen, die uns einpferchen in unsere digitalen Kommunen irrelevanter Ohnmacht, aus denen wir gelegentlich blinzelnd herausschauen, um kurz auf die physische Welt der Gewalt zu blicken, die überall um uns herum brodelt? Was nutzen unsere Worte, wenn eine Republik von Menschen, die an etwas glauben, von einem Techniker in Kalifornien aufgelöst werden kann? Sind wir für jene wenigen Monate der Mausefalle entkommen? Gab es einen Moment, in dem wir unser Schicksal tatsächlich selbst in der Hand hatten, oder war das alles nur eine Illusion, Kino, das wir für Wirklichkeit hielten? Wie siegt man? Wie kann man je siegen? Ohne Waffen und Hubschrauber und Kämpferbataillone und Radiosender? Wie kann irgendwer von uns je siegen? Es hat Jahrhunderte gedauert, die Welt zu erbauen. Du meinst, eine *Idee* an sich ist genug? Nein, du brauchst einen Plan und du brauchst Geduld und du musst ihrer Gewalt mit Gewalt begegnen. Du kannst sie durch Menschenmassen überwältigen oder mit Präzision töten. Eine Einheit, vielleicht wäre das alles gewesen, was nötig war. Rein nach Maspero, es übernehmen und die neue Stimme der Revolution durch den Äther schicken. Zwei Stunden. Mehr hatten wir nicht. Zwei Stunden zwischen Rückzug der Polizei und Aufmarsch der Armee. Zwei Stunden, und wir hatten bereits verloren. Die richtigen Gebäude müssen brennen. Die richtigen Gebäude müssen eingenommen werden. Nächstes Mal müsst ihr bereit sein, ohne Zögern zuzuschlagen. Werden wir darauf vorbereitet sein? Trainieren wir, planen wir, bereiten wir uns vor, oder werden wir auch weiterhin immer nur reagieren? Alles war von Anfang an verloren, von dem Augenblick an, in dem wir Maspero *nicht* eingenommen haben, verloren ab dem Molotow-Cocktail, der nicht auf den zweiten Armeelaster geworfen wurde, verloren, als der Platz sich nach Mubaraks Sturz leerte. Das nächste Mal müsst ihr bereit sein. Das nächste Mal? Das nächste Mal werden wir die richtige Revolution erleben. Das nächste Mal werden wir den IS sehen, wir werden Organisation und Präzision und das Ende der Geduld sehen. Die wirkliche Flut wird kommen. Der wirkliche Regen, den man uns immer versprochen hat.

Ich stöpsele die Ohrhörer ein, um mich selbst zu übertönen:

People get ready
There's a rain coming
There'll be no saving
So don't beg your Lord

■

Nachts ist es besser. Dann sind die Straßen still. Ich gehe gern spazieren. Gehen bringt die Gedanken zum Schweigen. Alles, was beim Gehen zählt, ist der nächste Schritt. Flieh die Menschen, und du wirst leben.

Ich gehe stundenlang. Ich werde jede Straße abgehen. Ich werde jede einzelne Straße abgehen, und irgendetwas wird sich verändern. Das gigantische Backsteindickicht Manhattans bedrängt den Himmel. Jazz. Die Zukunft. New York, New York. Stimmt doch, Ned? Hier sind wir. Vielleicht hattest du Recht. Herzweh ist ein Klischee.

Haben wir verloren, als wir aufhörten, uns zu verkaufen? Gab es einen Punkt in unserer Ermüdung, moralische Überlegenheit,

Unerfahrenheit, an dem wir aufhörten, es zu versuchen? Man darf nie aufhören. Ich erinnere mich an ein riesiges Gemälde im Smithsonian: Albert Bierstadts *Zwischen den Sierra Nevada Mountains*. Der paradiesische Blick auf amerikanisches Grenzgebiet, ein eisblauer See, edle Hirsche, ein himmelhoch aufragender Berg in der Ferne. Ein großes, wildes, unendliches Land, das nach Eroberung ruft. Eine Phantasie, die man verkaufen kann. Das Gemälde eines Deutschen, ein imaginärer See, überragt von einem alpinen Berggipfel, in Rom zum Verkauf angeboten, zusammen mit allem, was die Neue Welt den abgenutzten Sehnsüchten der Alten bieten kann. Amerika hat nie aufgehört, sich selbst zu verkaufen, nie aufgehört, neue Körper zu verbrauchen und sie im Beton des amerikanischen Traums zu verbauen. Und wenn schon Amerika nicht aufhören kann, wie sollten wir es können?

■

Der Bass aus einem geparkten Auto vibriert durch die billigen Mauern des Holzschindelgebäudes, Lastwagenmotoren röhren mit bellender Wut, frühmorgendliche Streitereien zwischen Betrunkenen und chemisch Verwirrten werden lauter und lauter. Vereinzelte Unterbrechungen meiner anonymen Einsamkeit, fremd und unerwünscht. Ich bin hungrig und gehe runter zum Pizza-Imbiss, zu früh, um als respektabel zu gelten. Ich lege meinen Dollar hin und setze mich, und über mir hängt ein verblasstes Poster von einer lächelnden weißen Neunziger-Jahre-Familie, die starr in die Kamera grinst. Hinter ihnen der große goldene Sonnenaufgang der Felsendom-Kuppel, vor ihnen die Worte VISIT ISRAEL. Es gibt eine ganze Serie davon. Artefakte eines künftig unhaltbaren Paradoxons. Lächelnde Familie am Toten Meer, lächelnde Familie in einem römischen Amphitheater, lächelnde Familie blickt aufs Mittelmeer. Ich gehe, ohne gegessen zu haben.

Stacheldraht ringelt sich über einem Stück Brachland. Ich höre Vögel, sehe den Draht und strecke mich, um ihn zu berühren. Plötzlich bin ich wieder vor Maspero, das sich mit militärischem

Stacheldraht gegen mich gewappnet hat. Ich ziehe die Hand zurück, und als Erstes fühlst du, wie es warm an deiner Hand herabrieselt, dann siehst du das dunkle Rot auf deiner Haut, und ich stehe neben Hafez, unsere Hände packen den rasiermesserscharfen Draht. Gleichzeitig behalten wir die Soldaten im Auge und achten auf ihre zuckenden Finger an den Abzügen. »Was treibt ihr da?«, brüllt eine Stimme. »Und wen verteidigt ihr? Mubarak? Seid ihr für Mubarak? Stellt ihr euch gegen die ägyptische Nation und auf die Seite Mubaraks?« Eine andere Stimme schreit die nervösen Soldaten an: »He! Wisst ihr eigentlich, was ihr tut?« Die Soldaten rühren sich nicht. Die Menge greift sie nicht an. Nichts verändert sich. Wir mischen uns unter die Menge, die zum Tahrir strömt. Eine Gruppe Kopftuch tragender Mädchen bildet vor uns eine kleine Insel leuchtender Farben. Hinter uns treiben Jungen die Menge mit ihren Slogans und Trommelrhythmen voran. Überall Eltern mit Kindern, kleine Kinder sitzen auf den Schultern ihrer Väter, die ägyptische Trikolore auf die Stirnen gemalt, fähnchenschwenkend.

»Übernachtest du heute hier oder zu Hause?«

»Ich übernachte auf dem Tahrir«, sagt Hafez. »Zwei Nächte zu Hause, eine draußen. Und du?«

»Ich brauche eine Nacht in meinem eigenen Bett.«

»Gut. Hat keinen Sinn, es zu übertreiben. Das hier wird sich noch lange hinziehen.«

»Es heißt, Mubarak fliegt einmal im Jahr nach Deutschland, um sein Blut komplett austauschen zu lassen.«

»Soll das heißen, er wird ewig leben?«

»Ich fürchte, die Möglichkeit besteht.«

»Zur Hölle mit allen Quantensprüngen der medizinischen Forschung.« Hafez reckte die Faust gen Himmel. »Zur Hölle mit euch allen!«

Er bringt mich immer noch zum Lachen.

»Tut mir leid, Bruder«, sagt einer der freiwilligen Sicherheitsmänner, als er mich abtastet.

»Keine Ursache«, sage ich. »Danke für deinen Einsatz.«

Und dann sind wir drin, und der Tahrir liegt grenzenlos vor uns, ein in der Spätnachmittagssonne leuchtendes Meer aus Menschen und Möglichkeiten und noch unbekannten Enttäuschungen.

Keine Ursache, danke für deinen Einsatz.

Ich wische das Blut an meiner Jeans ab. Nutzlose Erinnerungen.

■

Der nächste Krieg hat begonnen.

Mindestens 121 Palästinenser, darunter 25 Kinder, kamen ums Leben, seit Israel vor drei Tagen seine »Operation Protective Edge« startete, die sich jetzt schon als Großoffensive erweist …

Ich sitze die ganze Nacht allein im Greyhound.

Ich sitze auf der Couch neben meinem Vater. Wir sehen uns das Morden gemeinsam an. Wortlos. Das Einzige, was bleibt, sind Namen. In der Nacht träume ich wieder denselben Traum von der Abraham-Moschee in Hebron und den Toten überall; die Einschusslöcher atmen, seufzen, ich berühre eins, drücke meine Hand dagegen, und es fühlt sich nicht kühl an, sondern warm, und ich kann die Blutung nicht stoppen. Wie immer ist die Ärztin neben mir, und alles ist hell erleuchtet, da sich die Wolke aus weißem Feuer über den Himmel breitet. Es sind mehr, als je genannt werden können, und du sollst sie nennen. Alle Namen, aus allen Kriegen, alle Namen, die wir in uns tragen, alle Namen auf allen Listen, die immer länger werden. Mohamed duckt sich weinend hinter seinen hilflosen Vater. Aya, die Kugel des Heckenschützen im Hals, tut ihre letzten Atemzüge allein. Munadel stürzt mit dem Gesicht voran auf den Asphalt einer Siedlerstraße. Hamza spielt im einen Moment Fußball und verbrennt im nächsten unter Qualen. Muhammed, eine Kugel im Bauch, zählt die Minuten seines langsamen Todes. Iman, dessen Herz langsam versagt und der in Gaza eingesperrt stirbt. Haneen, Ali, Husam, Anwar, Mustafa, Islam,

Khaled, Essam, Toussi und viele mehr und mehr und mehr, als je genannt werden können, aber du musst sie im Kopf bewahren und ihre Gesichter nachts in deiner Nähe halten und halten und halten, um ihnen einen Fetzen, nein, nicht Gerechtigkeit, aber zumindest Erinnerung zu geben. Bald wirst du bei ihr sein. Werden wir bald zusammen sein? Werde ich einen Namen für dich finden? Wirst du die Gasmaske abnehmen? Werde ich dein Gesicht sehen? Wirst du meine Hand halten? Wird deine Hand kalt sein? Ich komme. Es wird passieren. Wir werden bald zusammen sein. Es sind mehr, als je genannt werden können, und du sollst sie nennen.

■

Ich werde nach New York zurückgehen. Hier kann ich nicht bleiben.

»Du brauchst neue Sachen zum Anziehen«, sagt mein Vater.

Ich antworte, dass alles in Ordnung ist.

»Komm schon. Sieh dir deine Schuhe an. Wir besorgen dir neue.«

Einen Moment blicken wir beide auf meine abgenutzten Nikes.

»Ich brauche keine Schuhe.«

»Ich weiß, aber ich würde dir gern welche kaufen.«

»Okay«, sage ich. »Danke.«

■

»Hast du die Nachrichten gesehen?« Das Licht der frühen Morgendämmerung ist noch blau. Ich mache die Augen wieder zu. Diane sitzt aufrecht im Bett, das Handy in der Hand. »Sie wollen Mubarak freilassen.«

Ich rolle mich auf die Seite, von ihr weg. »Gut.«

■

Ich sitze in Brooklyn in der Stadtbibliothek. Das bisschen Geld, das ich hatte, ist fast aufgebraucht. Der Prospect Park draußen wartet schweigend. Die Zeitungen sind heute voll von einem neuen

Namen: Michael Brown. Sie haben dich auf der Straße liegen lassen, auf dem heißen Sommerasphalt, vor den Augen der Welt, vor den Augen deiner Familie, vier ewige Stunden lang. Eine andere Stadt brennt an diesem Abend. Hinter mir flüstert ein Mann mit auf die Brust gesenktem Kopf vor sich hin, ein ewiger Streit zwischen den beiden Hälften seines Selbst.

»Irgendwas geht da vor, ja, ich weiß, du brauchst es mir nicht zweimal sagen. Irgendwas geht da vor, aber Jones Jones wird schon rauskriegen, was es ist. Irgendwas geht in *meinem* Haus vor? Du musst – du musst – Halt die Klappe. Du bist in der Bibliothek. Benimm dich ein bisschen, ja? Ich werde es schon rauskriegen. Obama? Obama? Obama ist ein Scheiß-Muslim. Wir wissen einen Scheiß, das zumindest weiß ich. Ich weiß, du brauchst was, das heißt, du bist schwach. Ein Mann muss auf seinen eigenen zwei Beinen stehen. Ich sehe die Nachrichten. Ich sehe, was kommt. Dieses Land bricht auseinander. Obama öffnet die Grenzen. Syrer! Tausende! Hast du die Milch besorgt? Die Milch? Halt die Klappe. Natürlich hab ich die Milch besorgt. Jones wurde *gut* erzogen. Nach *europäischer* Art.«

Ich versuche, mich auf das Buch vor mir zu konzentrieren. Ein blaues Pferd liegt vor mir. Wenn das hier doch nur das Ende sein könnte. Starke Linien, kühne Farben vereinen sich elegant und anmutig und ergeben ein Pferd. Ein Reh, perfekt von unnatürlich harmonischen grünen Dreiecken umfangen. Der Klostergarten des Titels ist nirgends zu sehen. Flieh die Menschen, und du wirst leben. Der Mann hinter mir redet weiter, seine Debatte wird keine Lösung finden. Ein anderer Mann, die Kleider schmutzig von der Arbeit, ist eingeschlafen, seine Tasche dient ihm als Kissen. Sie sind zusammen, die beiden Rehe, passen aufeinander auf in einer Welt, in der die Gefahr noch weit entfernt ist. Eine Frau im Rollstuhl schreibt ein Wörterbuch Wort für Wort ab. Ein Reh sieht im Wald über seine Schulter, eine Mutter säugt ihr Kitz. Kein Tod. Kein Hass. Ein blaues Pferd reibt sich sanft an seinem Gefährten. Sie ist perfekt, die Welt in diesem einfachen Buch. Ist es seltsam, ein blaues Pferd sein zu wollen? Sich danach zu sehnen, ein blaues Pferd zu sein? In aller Schlichtheit von anderen blauen Pferden geliebt zu werden? In diesem Moment der Präzision eingefroren zu sein, nie darüber hinauszuwachsen, nie daran zu scheitern?

Ich überquere die Straße zum Park und gehe Richtung Süden, verlasse den Hauptweg und wandere in die wilderen, einsameren Ecken, finde dort eine Bank, auf der ich schweigend sitzen kann. Ist es besser, Bedeutung in endlosem Kampf zu finden oder endlos mit Bedeutung zu kämpfen? Es ist still hier. Unten, wo die einbrechende Dunkelheit immer wieder vom Leuchten der Glühwürmchen unterbrochen wird, die in stummer Konversation verweilen.

War das alles, was wir zu bieten hatten? Alles, was unsere neue Welt der digitalen Möglichkeiten zu bieten hatte? Nicht mehr als Vögel, die bei Tagesanbruch aus Bäumen auffliegen, eine Massenbewegung synchronisierter Unvorhersagbarkeit, ein einziger Augenblick erstaunlicher kollektiver Aktion, gefolgt von Überlebensinstinkt? Wir waren ein Schwarm Webervögel, der aus der Ferne wunderschön anzusehen war, aber gleichzeitig unmöglich von innen organisiert werden konnte, alle folgten einem Muster, waren von einer Kraft bestimmt, die wir nicht verstehen konnten, von Prinzipien, die in Jahrtausenden der Evolution und von Generationen der Psychologie geschmiedet wurden, jede Entscheidung im Einklang mit den winzigen Anpassungen Tausender anderer Vögel, jede Entscheidung gesteuert vom nicht zu steuernden Schwarm, jede Entscheidung dazu gedacht, alle anderen auf ein noch nicht geschmiedetes Schicksal zuzusteuern.

■

Mein Telefon klingelt. Eine unbekannte Nummer. Mein Telefon klingelt nie. Ein Dutzend schrecklicher Szenarien laufen in meinem Kopf ab.

»Khalil.« Es ist Mariam. Mein Herz gefriert. »Hör zu, Khalil, ich wollte es dir selbst sagen, bevor du es in den Nachrichten siehst … Gestern Nacht haben sie Rania und Rosa verhaftet. Haben sie aus ihrer Wohnung geholt und wollen sie wegen Verbreitung von Fehlinformationen anklagen und, und wegen Gefährdung der nationalen Sicherheit und – was war es noch – Organisation eines Protests … es geht ihnen gut. Anscheinend hat Rosa sich gewehrt oder Widerstand geleistet oder was auch immer, aber der Anwalt sagt, sie ist okay.«

»Und du?«, frage ich. »Was ist mit dir? Wirst du auch beschuldigt?«

»Wissen wir nicht. Ich glaube nicht.«

»Ist es wegen Chaos? Aber wir haben doch seit Monaten nichts mehr gemacht.«

»Wir wissen es nicht. Wahrscheinlich geht es um aktuellere Sachen. Wir werden in ein paar Stunden eine Mitteilung rausgeben.«

»Brauchst du meine Hilfe? Soll ich übersetzen?«

»Nein, ist schon okay. Ich wollte es dir einfach nur sagen.«

Dann ist sie weg.

■

Und so voller Menschen, die rannten, und so voller Menschen, die suchten, machten die schroffen Berge Ägyptens die Wüste zu einer Stadt, aber nicht zu einer Stadt, die gebaut war, um Bestand zu haben, sondern um Ausschau zu halten nach der Stadt, die kommen sollte, und es ist dort, wo die Stimme des Märtyrerblutes zu hören ist, wo ihr glühender Geist lebendig gehalten werden kann.

Athanasius der Große, etwa 400 nach Christus

■

Ich sehe sie in der Schlange stehen, die Lichter der Omar-Makram-Moschee erhellen die Gesichter, die Dunkelheit des Tahrir liegt hinter uns. Sie sieht mich nicht. So viele Leute sind hier. Hunderte, die in verlorenem Schweigen darauf warten, dem Toten die letzte Ehre zu erweisen. All diese Menschen, die wir ständig getroffen haben, sind wieder in Trauer vereint. Sie warten darauf, die Moschee zu betreten, der Familie eines weiteren gefallenen Freundes ihr Beileid auszudrücken. Ahmed Seif. Anwalt der Armen und

Unterdrückten. Ahmed Seif, der Unermüdliche, der Selbstlose, der Pate jedes mittellosen Menschenrechtsanwalts im ganzen Land. Ahmed Seif, den ich nie persönlich kennengelernt habe, dessen Tod mir aber das Herz bricht und dessen Verlust wir uns nicht leisten können.

Seine Familie empfängt die Trauergäste. Alaa und Sanaa, sein Ältester und seine Jüngste, tragen beide die weiße Kleidung von Gefangenen. Alaas Haare sind kurz. Er hatte sich am ersten Tag seines Hungerstreiks den Kopf rasiert. Wie lange noch, bis du nicht mehr allein stehen kannst? Aber er sieht stark aus. Er sieht untröstlich aus, aber stark. Ich beobachte, wie Mariam nach vorne geht und ihn fest umarmt, und ich sehe, dass sie tief Luft holt, während sie sich halten. Sie drückt noch einmal seine Hand, dann geht sie zurück. Die Guten sterben in einem fort, und die Bösen leben ewig.

Sie setzt sich auf einen Platz ziemlich weit hinten.

»Du bist hier?«, sagt sie.

»In Amerika gibt es nichts zu tun.«

Sie lacht leise und drückt meine Hand, und ich setze mich neben sie.

All diese Menschen. Früher haben wir uns jeden Tag gesehen, auf Demos und Versammlungen und Pressekonferenzen und Partys und im Greek Club. Die ganze Revolution ist hier versammelt. Wir können uns diesen Verlust nicht leisten.

Ich sehe Abu Bassem hereinkommen und stehe auf, um ihm die Hand zu schütteln.

»Wie ist es Ihnen ergangen?«

»Gut, dem Herrn sei Dank«, sagt er. »Und dir, Sohn? Ich habe dich eine Weile nicht gesehen.«

»Ich war weg.«

»Gut.« Er spricht so langsam und bedacht wie immer. »Gut. Es ist gut für euch junge Leute rauszukommen, wenn es irgendwie geht. Wenigstens für eine Weile. Möge diese Zeit vorbeigehen.«

Ein Geräusch, ein Dröhnen, ein Menschenandrang in der hinteren Ecke. Sie bringen Seifs Kinder zurück ins Gefängnis, bringen

Alaa und Sanaa zurück hinter ihre Mauern mit ihren Gewehren. Leute drängen näher, rufen Abschiedsgrüße, winken, strecken die Hände aus, um sie ein letztes Mal zu berühren. Ein Dutzend bullige Männer haben einen Kreis um Alaa gebildet und schieben ihn zu einem wartenden Auto, und zwei riesige Beamtinnen haben Sanaas schmale Schultern gepackt und marschieren mit ihr durch die dichter werdende Menge. Mariam stellt sich auf einen Stuhl, um besser sehen zu können, aber sie ist weg.

Dann durchschneiden die Worte die Luft:

Nieder, nieder mit der Militärherrschaft!

Der riesige Raum ist wie elektrisiert und antwortet mit einem donnernden:

NIEDER, NIEDER MIT DER MILITÄRHERRSCHAFT!

Irgendwo aus dem Inneren des Pulks erklingt noch einmal Sanaas Stimme. *Nieder, nieder mit der Militärherrschaft!*, und wieder donnert die Menge mit aller Kraft zurück, die Lungen hergeben: *Nieder, nieder mit der Militärherrschaft!* Fäuste recken sich in die Luft, alles drängt sich auf der Treppe der Moschee, während Sanaa in das Polizeiauto geschoben wird. Und die Menge donnert den Polizisten und ihrem nicht gekennzeichneten Gefängnisbus und ihren Fußsoldaten und ihren Gewehren entgegen: *Nieder, nieder mit der Militärherrschaft!* Jedes Gesicht ist tränenüberströmt und jede Faust hochgereckt, und aus jedem Mund erschallen die Worte, die vielleicht nie so viel Gewicht hatten, nie so wichtig waren wie an diesem Abend.

■

Es gibt keine neuen Worte für Verlust. Sie haben mir alles genommen. Meinen Jungen, meine Brüder, meine Gründe zu atmen. Er zieht den Reißverschluss seiner Jacke bis oben hin zu, bindet sich ein Tuch um den Hals, öffnet leise die Wohnungstür und geht die Betonstufen hinunter durch das dunkle Treppenhaus und vorbei an den verblassten Graffiti. Er lässt sich auf seinen Platz im Internetcafé fallen, setzt die Kopfhörer auf, und seine Finger durchlaufen wie von allein die Tastaturbewegungen, bis der Bildschirm das vertraute YouTube-Logo und die wartende schwarze Videobox zeigt. In diesen Sekunden erfasst ihn jedes Mal ein Grauen. Was, wenn es heute weg ist? Was, wenn Bassem nicht mehr erscheint? Was, wenn es kaputt oder verloren oder gelöscht ist, und das letzte Mal war das letzte Mal, dass ich ihn je sehen werde, aber ich habe es nicht gewusst, und vielleicht nicht so sorgfältig hingeschaut, wie ich es hätte tun sollen? Habe ich mir genug eingeprägt, um mich durch die restlichen Jahre des Vermissens zu tragen? Was, wenn heute der Tag ist, an dem ich herausfinde, dass mir nichts geblieben ist?

■

Mariam sitzt mir gegenüber und richtet den Blick in ihre Tasse. Langsam bewegt ihre Hand den Löffel in einer Spirale, die Haut ihres Arms ist blass.

»Die Schweine haben sie in unterschiedliche Gefängnisse gesteckt. Reine Schikane. Rania ist in Qanater, Rosa oben in Damanhour. Wenn sie zusammen wären, wäre es natürlich viel leichter.«

»Gibt es schon ein Datum für die Verhandlung?«

»Nein. Verwaltungshaft.«

»Was können wir tun?«

»Wir tun alles, was wir können. Aber es sind immer dieselben Probleme. Die Medien sträuben sich, über die Geschichte zu berichten, und Proteste sind unmöglich. Und es sind inzwischen so viele im Gefängnis. Wie soll man es anstellen, immer wieder dieselbe Geschichte zu verkaufen?«

»Rania hätte sicher eine Idee.«

»Wahrscheinlich sitzt sie genau deswegen im Gefängnis.«

»Meinst du, sie werden dich auch holen?«

»Das ist mir inzwischen egal.«

Sie hat aufgehört, den Kaffee umzurühren, hält den Löffel aber immer noch in der Hand. Wie seltsam, nicht über den Tisch zu greifen, um ihre Hand zu nehmen. Wie unwirklich.

»Du hast einen neuen Job?«, frage ich.

»Ja. Im Zentrum für ökonomische und soziale Rechte.«

»Arbeiterrechte?«

»Bauern. Landrechte.«

Du kannst immer noch alles rückgängig machen. Nimm ihr den verdammten Löffel weg und beteure, dass du ein Revolutionär bist und bleibst, bis du stirbst. Steh auf und nimm ihre Hand und sag ihr, dass du an ihrer Seite arbeiten wirst, für die kleinen Schlachten und den großen Krieg, jeden Tag, weil das alles ist, was sich auf dieser sterbenden Welt zu tun lohnt. Verpflichte dich. Verpflichte dich der Revolution, dem Kampf. Vergiss dein Ego und deine Fragen und Zweifel und verpflichte dich einfach. Wenn du nicht mitspielst, kannst du auch nicht gewinnen.

Aber natürlich kann ich das nicht. Es wäre nicht echt.

»Wir müssen uns besser organisieren«, sagt sie. »Für das nächste Mal.«

Das protzige weiße Sofa knarrt, und unser Schweigen füllt sich schnell mit den laut gebrüllten Unterhaltungen der triumphierenden Faschisten überall um uns herum.

Nimm ihre Hand und verpflichte dich zum Tod auf den Barrikaden. Alles andere ist nicht gut genug. Ich sehe Hafez unter der Lampe in meiner Wohnung sitzen. Morricone spielt im Hintergrund – *Wärst du während der Achtzehn Tage nicht glücklich gestorben?* Damals hätten wir alle als Helden sterben können. Aber nicht heute. Tod durch Auspeitschen, Tod durch Stromstöße, Tod durch auf dem Körper ausgedrückte Zigaretten im Keller einer Polizeiwache. Sie hat dich vor langer Zeit hinter sich gelassen.

»Bist du glücklich?«, frage ich.

»Das ist eine dumme Frage.«

»Du weißt, was ich meine.«

»Im Augenblick ist es genug, irgendetwas zu tun. Was auch immer.«

»Genug für das nächste Mal?«

»Es ist alles, was wir haben.«

■

Wir gehen über die Brücke des 6. Oktober. Ein Sandsturm pfeift durch die Stadt. Wir haben schon eine Weile nicht geredet, aber das ist okay, so habe ich mich mit Mariam immer gefühlt, es ist unnötig, das Schweigen mit sinnlosen Geräuschen zu füllen. Sie kneift die Augen zu. Sie sagt, sie wolle mir etwas zeigen. Wir überqueren den Tahrir. Der Platz ist leer. Keine Schilder, keine Feiern, keine Polizei, kein gar nichts. Zwei Jugendliche haben Tücher als Schutz gegen den sandigen Wind um die Gesichter gewickelt und sitzen auf dem ramponierten Sockel der Säule in der Platzmitte, das unvollendete Monument der Armee an die Opfer ihrer Kugeln. Seht meine Werke. Links von uns platzen Belüftungsrohre aus dem Boden wie Termitenhügel auf einer Marsebene. Das große Siebenjahresprojekt der Stadt, ein unterirdisches Parkhaus zu bauen, steht kurz vor seiner Vollendung. Die beiden Jungen beobachten uns, als wir schweigend vorbeigehen. Alle Fassaden der Altstadt wurden gestrichen. Alle, bis auf ein Gebäude: unser erstes Zuhause, von dessen oberstem Stockwerk unsere Worte und Forderungen einst so stolz herabwallten.

Wir biegen links in die Gasse am Estoril ein, und ich frage mich, welche Erinnerungen du damit verbindest. Erinnerst du dich noch daran, wie du meine Jacke zugeknöpft hast, weil es so kalt war, und mich einen Zentimeter näher zogst. Oder wie wir an jenem ersten Abend so dicht nebeneinander in der Bar saßen, dass unsere Beine sich immer wieder berührten, oder an die Nacht vor dem 30. Juni und an unseren Streit am nächsten Morgen – dann bleiben wir stehen. Wir sind in Hafez' Straße. Mariam sieht mich an und wartet darauf, dass ich etwas sage.

Sie sieht nach oben, und ich folge ihrem Blick. Es ist der Straßenname: Hafez Mansour Street. Ich sehe Mariam an, und es dauert einen Augenblick, bis die Worte bei mir ankommen, und ich verstehe, dass ich Hafez' Namen in perfekten weißen Buchstaben auf dem königsblauen Untergrund des Straßenschildes lese. Hafez Mansour Street. Hafez' Straße.

»Warst du das?«, frage ich.

»Nein«, sagt sie, und ich sehe, dass sie mit derselben Verwunderung auf das Schild blickt.

»Wer dann?«

»Ich weiß es nicht«, sagt sie.

■

Ich fahre Richtung Süden durch die Stadt, jede Drehung des Lenkrads führt uns zurück durch die Zeit und die Schichten der Stadt, sie wird immer älter und älter, bis die neuen Türme von Maadi am Horizont auftauchen.

Wir werden nicht lange bleiben. Alles ist vorbereitet, alles ist in der Tasche vor Mariams Füßen verstaut.

»Bist du sicher, dass es funktioniert?«, fragt sie.

Bin ich.

Zehn Minuten später halten wir vor dem Gefängnis mit seinen hohen staubigen Mauern. Die Sonne steht tief am Himmel.

Ich greife nach der Kameratasche, öffne sie und ziehe einen kleineren Stoffbeutel hervor. Ich überprüfe den Transmitter, der sich darin befindet, und drücke auf dem MP3-Player auf Play. Dann stecke ich alles in eine Plastiktüte, steige aus dem Auto, gehe zu einem Mülleimer und lasse die Tüte vorsichtig hineinfallen.

Als ich wieder im Auto bin, hat Mariam das Radio schon angemacht und sucht die FM-Frequenzen ab.

Die ägyptische Luftwaffe hat mehrere präzise Schläge gegen IS-Milizen in Libyen durchgeführt.

Sie sucht weiter.

And tonight, darling, is the night of our lives
Tonight's the most beautiful night of my life

Sie sucht weiter.

… und das war nur einer von Sisis Fehlern in letzter Zeit. Er hat deutlich gezeigt, dass ihm jede politische oder ökonomische Weitsicht fehlt und dass die Probleme des Landes sich unter ihm nur verschlimmern werden. Revolutionäre von Tora, denkt bitte nicht einen Augenblick lang, dass ihr allein seid.

»Es funktioniert!«

Diese Sendung wurde ganz speziell für euch Tora-Gefangene erstellt. Wir werden nicht aufgeben, bis ihr eure Freiheit wiederhabt. Es tut uns leid, dass wir nicht stark genug sind, euch jetzt schon aus dem Gefängnis zu holen, aber wir werden es schaffen.
Nach den Nachrichten über Sisis wirtschaftliches und politisches Versagen bringen wir euch Nachrichten aus aller Welt, die neueste Musik und Filmbesprechungen. Bleibt dran, bis sie rauskriegen, wie sie diesen Transmitter abschalten können …

»Lass uns fahren«, sage ich und mache den Motor an. Die MP3-Datei ist drei Stunden lang. Sie wird sich so lange wiederholen, bis die

Armee den Player findet oder der Akku leer ist. Ashraf und alle anderen gefangenen Revolutionäre, die er informieren konnte, werden die Frequenzen danach absuchen.

■

Ein Boot treibt langsam durch die glitzernde Dunkelheit auf mich zu, umgeben von einem Heiligenschein aus sich spiegelnden rosa Neonröhren. Die Ankunft des Boots wird angekündigt von leise zu erahnender Musik, Tango vielleicht, ein Akkordeon. Ich beobachte es aus der Dunkelheit heraus. Ich sitze allein auf der Imbaba Bridge. Unablässig summt und flackert die Stadt in der Ferne. Das Boot kommt näher. Du bist allein. Sie können dir nichts anhaben. Ich strecke die Hand in die Nacht, versuche, so weit ins Nichts hineinzugreifen, wie ich kann. Fledermäuse flattern in der Dunkelheit an mir vorbei. Das Boot kommt näher, seine Musik hallt von beiden Ufern wider, umhüllt mich und greift zusammen mit mir in den Wind, in die Dunkelheit. Die Fledermäuse durchschneiden die Luft um mich herum auf eine unschuldige Art. Manchmal denke ich, dass unsere Märtyrer ihr zweites Leben in ihnen leben, in den Fledermäusen, den wahren Erben der Stadt. Khaled, Mina, Bassem, Toussi, Ali, Nadine, Michael, Mohamed, Shaimaa, Gika, Ayman, Hafez, Essam, Mahmoud, Karika, Mohab, Ramadan und du, Ärztin, deren Namen ich nie erfahren werde. Ich habe auf dem Dach meines Hauses eine Fledermausbox gebaut. Sie werden kommen, wenn die Zeit reif ist. Nachdem ich sie gestern aufgestellt hatte, ging ich die Treppe runter und sah plötzlich etwas Vertrautes. Zuerst konnte ich es kaum glauben, aber er war wirklich da: der Aufkleber an der Tür meines Nachbarn. *Freiheit für Alaa.* Das Boot kommt näher, die Musik wird lauter, aber ich verfalle nicht in Panik. Eine plötzliche Welle der Ruhe überrascht mich. Eine echte Ruhe, wie sie nur nach Brutalität eintreten kann. Das Boot kommt näher. Eigentlich ist sie schön, diese Vision in Neon auf dem dunklen Fluss. Sie können dir nichts anhaben.

■

Die Tür des Käfigs im Gerichtssaal steht weit offen, und als die Angeklagten hineingeführt werden, bricht der Saal in Begrüßungen und Winken und laute Mitteilungen aus. Die zehn Frauen in weißer Gefängniskleidung treten eine nach der anderen in den Käfig, der an der Wand des bröckelnden Raums mit der Kuppeldecke befestigt ist. Rosa ist fast einen Kopf größer als die anderen Frauen. Ein Polizist in Zivil greift auf der Richterbank nach dem Hammer und brüllt den Leuten zu, ruhig zu sein und sich zu setzen. Die Richter treten ein, und eine Reihe von Polizisten baut sich zwischen ihnen und dem Publikum auf. Der Vorsitzende Richter murmelt etwas Unhörbares. Ich verstehe kein einziges Wort. Rosa steht hoch aufgerichtet im Käfig, das Gesicht konzentriert, um besser hören zu können. Und auch das ganze Publikum beugt sich vor und versucht, die Worte zu verstehen.

»Sie da!«, schreit der Richter plötzlich. »Setzen Sie sich!«

»Es gibt keine Plätze mehr«, ruft ein junger Mann mit langen Haaren zurück.

»Dann verlassen Sie den Saal! Schafft ihn raus! Raus!«

Drei Polizisten trotten zu dem Jungen und packen ihn am Hemd. »Dazu haben Sie kein Recht!«, ruft der Junge, leistet aber keinen Widerstand.

»Machen Sie die Tür zu!«, schreit der Richter. »Schließen Sie sie ab!« Der Polizist, der der Tür am nächsten steht, dreht sich um und betrachtet die Tür. Er hat keinen Schlüssel, soweit er weiß, hat es auch nie einen Schlüssel gegeben, also hält er einfach den Griff fest.

Ich sehe, wie Rosas Blick über die Menge wandert. Ich winke, und sie sieht mich und lächelt. Der Richter murmelt, ein Zeuge wird aufgerufen. Ein Polizist. *Behinderung des Verkehrs.* Dann ein anderer. *Ruhestörung.* Und noch einer. Ich kann sie kaum hören. *Nicht genehmigte Demonstration.* Und dann sind alle auf den Beinen, und die Richter verlassen hastig den Raum. Die Sitzung ist vorbei. Die Menge drängt zum Käfig, zu ihren darin eingesperrten Freundinnen, und ich zwänge mich zwischen zwei Leuten durch und packe den schwarzen Maschendraht. »Rosa!«, rufe ich.

»Khalil!« Sie kommt zu mir, steckt die Finger durch den Draht. »Du bist hier?«

»Ja.«

»Willkommen zurück.«

»Danke.«

»Pass auf, wir haben nicht viel Zeit. Hast du einen Stift? Mariam muss Folgendes wissen: Es gibt hier eine Gefangene im Todestrakt, die nie auch nur einen Anwalt gesehen hat, und sie ist schon seit drei Jahren drin. Ich hab sie nicht gesehen, rede aber durch die Wand mit ihr. Sie heißt Alia Magdy und ist aus Port Said, und jemand muss ihr einen Anwalt besorgen. Es gab einen informellen Hinrichtungsstopp, aber das ist jetzt vorbei. Sie haben wieder angefangen, Leute hinzurichten. Hast du das?«

»Ja.«

Rosa spricht schnell, und hinter uns drängen sich Dutzende von Leuten, die sich laut mit ihren Freundinnen im Käfig unterhalten und witzeln und mich anrempeln, um ihnen näher zu sein und die Finger berühren zu können, die sich durch den Draht recken. »Und jetzt« – Rosa senkt die Stimme und beugt sich dicht an das Metall – »eine Nachricht für Rania. Wort für Wort. Bereit? Ich hoffe, es geht ihr gut. Mir geht es besser, fast allen anderen auch. Wir essen Wassermelone, jeden Tag ein Stückchen, bis zum Monatsende. Ihre Lieblingsschauspielerin aus dem Fernsehen verlässt uns nächsten Monat. Hast du das?«

»Ja«, nicke ich und kritzele und versuche, nicht zu dem Polizisten hinzusehen, der mich beobachtet. Mein Herz rast und mein Körper ist wieder wie elektrisiert, während ich mich beeile, ihre Instruktionen mitzuschreiben.

»Und als Erstes sagst du Mariam: Wir sind alle bereit, am ersten mit dem Streik anzufangen. Das Gefängnis Damanhour ist bereit, und wir fangen am Ersten an, außer sie teilt mir etwas anderes mit. Wenn die anderen Gefängnisse noch nicht so weit sind, soll sie mir die Nachricht zukommen lassen, dass die Mangos noch nicht reif sind. Verstanden?«

Ich schreibe, so schnell ich kann, fühle, wie das Metall in meinem Rücken vor Aufregung wieder lebendig wird, während mein Stift nur so über die Seite fliegt, um mit Rosas Instruktionen mitzuhalten, als eine Stimme brüllt: »SO, DAS WARS!« Zehn Polizisten steigen über die Bänke, um eine Kette zwischen Publikum und Gefangenen zu bilden, während fünf weitere sich an der Käfigtür aufstellen. Rosa schreit über den Lärm hinweg: »Sag Mariam, Samias Ausschlag ist wieder da, sie soll es ihrer Familie sagen. Und Awatef ist wieder in Einzelhaft, und die Medien müssen irgendwas dazu bringen, also sagt es allen Presseleuten, die vielleicht noch auf unserer Seite sind.«

»LOS JETZT!«, brüllt der vorderste Polizist in den Käfig, und alle erstarren, als Rosa sich zu ihm umdreht, einen Schritt auf ihn zumacht, stehenbleibt, ihm in die Augen sieht und sich nicht mehr rührt. Auch der Wärter ist einen Augenblick wie erstarrt und weiß nicht, was er tun soll. Rosas Körper pulsiert ihm so viel Selbstvertrauen entgegen.

Dann erst macht Rosa, jetzt zu ihren eigenen Bedingungen, einen Schritt nach vorn, vorbei an dem Wächter, und verlässt den Käfig. Die anderen neun Frauen folgen ihr. Sie dreht sich nicht noch einmal um. Ich spüre sie wieder, die Elektrizität, die meine Hände zwingt, sich zur Faust zu ballen, aber ich kann nur zusehen, wie die Frauen in der weißen Gefängniskleidung ihr aus dem Käfig folgen, und alle Fragen und Zweifel und Selbstbezüglichkeiten fallen von mir ab, als ich den Zettel mit meinen Notizen zu einem kleinen Quadrat falte und in meine Socke stecke und Rosas Worte noch einmal rekapituliere für den Fall, dass jemand die Notizen findet, und die Menge drängt hinter den Frauen her, die aus dem Gerichtssaal geführt werden, und wir folgen ihnen für eine letzte Sekunde der Botschaften und Instruktionen und Scherze. Und als die Masse der Leute langsam in das große Kolonialstil-Atrium und durch die Türen hinaus in die Hitze des Hofes quillt, erhebt sich ein Ruf gegen das Militär, und die Polizisten verkrampfen sich vor Anspannung und halten uns auf der Treppe zurück, während die

Frauen in Weiß eine nach der anderen in das Polizeifahrzeug steigen, der Motor läuft bereits – und ich beobachte das Metallgitter und versuche, noch einen Blick auf Rosa zu erhaschen, hoffe auf ein weiteres Zeichen, einen weiteren Auftrag, einen weiteren Plan, eine weitere Art zu denken, aber drinnen ist alles dunkel, und der Transporter stößt eine dicke graue Abgaswolke aus, als er langsam wendet, um sie zurück in ihr Gefängnis zu bringen, weit außerhalb der Stadt.

Dank

Es gibt eine große Gruppe von Leuten, ohne die dieses Buch nicht existieren würde. Meine Familie, Freunde und Kollegen in Kairo und insbesondere die, die sich zum Mosireen Collective zusammenfanden. Danke an Lina Attalah für die Gründung von *Mada Masr* und den Raum für so viele von uns, um mit dem Schreiben anzufangen; an Mariam Said für jenen ersten wesentlichen Hauch Sauerstoff; und an Yassin Gaber für die Dienstagabend-Salons im Stella. Danke an die Freunde, die das Manuskript in seinen diversen Stadien lasen: Mai Saad, Sharif Abdel Kouddous, Susan Glynn, Khalid Abdalla und Sherief Gaber. Danke an Alexandra Pringle, dass sie mich einigen Leuten vorgestellt hat; an Matthew Hamilton dafür, immer den richtigen Ratschlag zu haben; und an Ismail Richard Hamilton dafür, dass er mir half, ein chaotisches Leben zusammenzuhalten.

Dank an Lee Brackstone für sein Auge; an Sean McDonald für sein Vertrauen; und an David Godwin für seinen guten Geschmack in Sachen Manuskripte. Dank an Salma Shamel und Rodrigo Corral für ihre wunderbaren Umschlagentwürfe; an Ibrahim El Moallem von *Al-Shorouk*, Marie-Pierre Gracedieu von Gallimard, Diana Gvozden von Hollands Diep, Luigi Brioschi von Guanda und Eduardo Rabasa von Sexto Piso für ihre Begeisterung von Anfang an; und an meine Übersetzer Ehab Zelaky, Sarah Gurcel, Massimiliano Galli, Pon Ruiter und Inga Pellisa; und an Marine Vauchere, Simona Lari und Stella Nelissen. Ich hatte die große Ehre, mit Teams in den besten Verlagen zusammenzuarbeiten. Von daher: Dank an Lizzie Bishop, Rachel Alexander, Hannah Marshall, Maria Garbutt-Lucero, Eleanor Crow und Emma Cheshire bei Faber & Faber; und an Susan Goldfarb, Jane Elias, Sarah Scire, Nora Barlow und Maya Binyam bei Farrar, Straus and Giroux.

Und zum Schluss ein Dank an meine Frau, Yasmin El-Rifae, für das Leben, das das Schreiben möglich machte, und an meine Mutter, Ahdaf Soueif, für das Leben, das es notwendig machte.

Nachweise

Ich habe mehrere Quellen benutzt, um sowohl meinem Gedächtnis als auch meiner Vorstellungskraft auf die Sprünge zu helfen: Die Twitter-Timelines von Alaa Abd El-Fattah, Sarah Carr, Mostafa Hussein, Mona Seif, Salma Said, Sharif Abdel Kouddous, Bassem Sabry, Nazly Hussein, Hany Rasmy, Hossam Bahgat, Heba Morayef, Rasha Azb, Sultan Sooud al-Qassemi, Leil-Zahra Mortada und Amro Ali sind nur einige von vielen; die journalistischen Arbeiten des alten *Egypt Independent* und seiner Reinkarnation *Mada Masr;* das Gleiche gilt für *Jadaliyya, The Arabist,* Jack Shenker, Khaled Fahmy, Ahmed Shokr, Mona El-Ghobashy, Evan Hill, David Kirkpatrick, Louisa Loveluck und Robert Mackey; die Fotografien von Mosa'ab Elshamy; die Archive der Zeitungen *Al-Ahram* und *Al-Shorouk.* Ich habe mich auf die Zeugenaussagen, Beweise und gesammelten Daten von Wikithawra, Opantish, EIPR, Human Rights Watch, We Won't Forget Them und Mosireen bezogen und aus ihnen zitiert. Wo ich spezifische Zeugenaussagen verwendet habe, hoffe ich, dass die Opfer dieser Staatsverbrechen das Gefühl haben werden, dass ich respektvoll damit umgegangen bin.

Schließlich waren die Texte von Alaa Abd El-Fattah, meinem Cousin, dem dieses Buch gewidmet ist, eine Krücke, auf die ich mich – so wie viele andere – regelmäßig stütze. Diese Texte haben ihn seine Freiheit gekostet.

Sachregister

Abaya ist die Bezeichnung für ein bis zum Boden reichendes Überkleid mit langen Ärmeln, das Muslimas traditionell über ihrer Kleidung tragen, wenn sie das Haus verlassen.

Abu Simbel ist eine ägyptische Stadt und berühmt für seine Felsentempel, die im 13. Jahrhundert vor Christus von dem Pharao Ramses II. errichtet wurden.

Achtzehn Tage: Am 25. Januar 2011 beginnen die Massenproteste in Ägypten gegen die Regierung. 18 Tage später muss der seit drei Jahrzehnten amtierende Präsident Husni Mubarak zurücktreten.

Ägyptische Initiative für Persönlichkeitsrechte (The Egyptian Initiative for Personal Rights, EIPR) ist ein Team aus AnwältInnen und AktivistInnen, das seit 2002 Fälle von Menschen- und Freiheitsrechtsverletzungen recherchiert, betreut oder dokumentiert.

Balaklava ist eine das gesamte Gesicht und den Hals umhüllende Sturmhaube.

Basha ist eine respektvolle Anrede, mit der ursprünglich im Osmanischen Reich ein hoher Militär oder verdienter Politiker bezeichnet wurde.

Der *Denshawai-Vorfall* bezeichnet eine blutige Auseinandersetzung zwischen britischen Offizieren und Bewohnern des gleichnamigen Dorfes im Jahr 1906, die als Symbol kolonialer Willkürjustiz in die Geschichte eingegangen ist. Infolge der Empörung über die harsche Reaktion der Kolonialregierung gegen die aufständischen Zivilisten erstarkte die nationale Bewegung Ägyptens.

Ettehadeyya heißt der Präsidentenpalast, in dem auch Folterungen vorgenommen wurden.

Handala ist eine Figur, ein zehnjähriger Flüchtlingsjunge, des populären palästinensischen Cartoonisten Nadschi Salim al-Ali (1938–1987).

Harlem Shake ist der Titel eines Liedes des amerikanischen Hip-Hop-Künstlers Harry Rodrigues, alias Baauer, aus dem Jahr 2012. Im Frühjahr 2013 benutzte der Internetkomiker Filthy Frank das Lied für ein YouTube-Video, in dem sich eine Gruppe Menschen in dem zuckenden Tanzstil gleichen Namens dazu bewegte. Dieser Flashmob fand zahlreiche Nachahmer.

Kabinetts-Zusammenstöße werden die mehrtägigen Unruhen vor dem Kairoer Kabinettsgebäude im Dezember 2011 genannt, bei denen 17 Menschen starben, darunter auch Scheich Emad Effat, und mehrere Hundert verletzt wurden.

Kanun (qanun), die Kastenzither oder auch orientalische Zither genannt, ist ein traditionelles Saiteninstrument und seit dem 10. Jahrhundert bekannt.

Karnak ist eine Kleinstadt bei Luxor mit der größten Tempelanlage Ägyptens.

Kopten sind eine ethnisch-religiöse Gruppe orthodoxer Christen. Die meisten von ihnen leben in Ägypten.

Kufiya ist ein quadratisches, schwarz-weiß oder weiß-bunt gemustertes Baumwolltuch, das von Männern in arabischen Ländern als Kopfbedeckung zum Schutz gegen die Sonne getragen wird. Im Nahostkonflikt entwickelte es sich durch den prominenten Kufiya-Träger Jassir Arafat zu einem Symbol palästinensischer Kämpfer, weshalb es im deutschsprachigen Raum auch als »Palästinensertuch« bekannt ist.

Als *Ley-Linien*, oder Heilige Linien, untersuchen einige Forscher die topographische Anordnung bestimmter Kultstätten und Landmarken auf eventuelle Muster, sie werden aber auch zum Teil als Energie- und Kraftlinien esoterisch verklärt.

Maspero: Bei einem Protestzug in Gedenken an die Inbrandsetzung einer koptischen Kirche im Oktober 2011 wurden in Kairo vom ägptischen Militär 27 Demonstranten getötet und über 300 verletzt, viele davon Kopten. Das Massaker fand vor dem Fernsehgebäude Maspero statt.

Mobinil, seit 2016 mit dem Namen Orange Egypt, ist ein privates ägyptisches Telekommunikationsunternehmen.

Mogamma ist das zentrale ägyptische Verwaltungsgebäude in Kairo am Tahrir Square, es gilt als das meistgehasste Gebäude des Landes.

Mogamma3 ist ein administratives Regierungsgebäude in Kairo am südlichen Ende des Tahrir Square.

Nakba (dt.: Katastrophe) bezeichnet im arabischen Sprachgebrauch die Flucht und Vertreibung von etwa 700 000 arabischen Palästinensern aus dem ehemaligen britischen Mandatsgebiet während des arabisch-israelischen Kriegs im Jahr 1948.

Nesto ist eine bekannte Supermarktkette mit Filialen in der gesamten Golfregion.

OpAntiSH (Operation Anti Sexual Harassment) ist eine AktivistInnengruppe aus Kairo, die gegen sexuelle Übergriffe vorgeht, vor allem bei Massenveranstaltungen und insbesondere auch bei den Vorfällen gegen protestierende Frauen auf dem Tahrir Square.

qahwa ist das arabische Wort für Kaffee und bezieht sich auch auf die Cafés, in denen er getrunken wird.

Scheich al-Azhar ist eines der höchsten Ämter innerhalb des sunnitischen Islam. Der jeweils auf Lebenszeit berufene Amtsinhaber gilt vielen auch als maßgebliche Autorität der ägyptischen Rechtsprechung.

Der *Schura-Rat*, das gesetzgeberisch beratende Oberhaus des ägyptischen Zweikammersystems, wurde von Mursi in seiner Macht gestärkt, nach dessen Absetzung und mit der neuen Verfassung 2014 abgeschafft.

Shaabi ist ein traditioneller Volkstanz und eine ägyptische Musikrichtung, die in den siebziger Jahren im Arbeitermilieu Kairos entstanden ist. Sie zeichnet sich durch politische zweideutige Texte aus und wird vor allem über öffentliche Konzerte und selbstgebrannte CDs verbreitet. In jüngerer Zeit hat sich durch Einflüsse der elektronischen Musik der sogenannte Elektro-Shaabi oder Mahraganat entwickelt.

Supreme Council of the Armed Forces (SCAF), Oberster Militärrat, bestehend aus 18 bis 25 hochrangigen Militärs, der sich während der Revolution 2011 als politischer Machthaber Ägyptens selbst einsetzte und das Kabinett entmachtete. Er geht vehement gegen Meinungs- und Versammlungsfreiheit vor.

Tamarod ist eine Oppositonsbewegung gegen den Ex-Präsidenten Mursi, für dessen Absetzung ein Jahr nach seiner Machtübernahme im Juni 2013 sie nach eigenen Angaben 22 Millionen Unterschriften gesammelt hat.

Der Fanklub der *Ultras* des Kairoer Fußballklubs Al Ahly galt während der Revolution 2011 als wichtiger Teil der Protestbewegung.

Zaatar ist eine Gewürzmischung aus Sesam, Salz, Thymian und anderen getrockneten Kräutern, die traditionell in der arabischen Küche verwendet wird.

Personenregister

Nadschi Salim al-Ali (1938–1987) war ein populärer palästinensischer Cartoonist, der während des ersten arabisch-israelischen Kriegs in den Libanon flüchtete und dort in einem Lager aufwuchs. In seinen über 40 000 Karikaturen kritisierte er die israelische Politik ebenso wie die Haltung Palästinas und seiner arabischen Nachbarstaaten im Nahostkonflikt.

Abdel Fatah al-Sisi (*1954) führte 2013 den Militärputsch gegen Mohammed Mursi an und ist seit 2014 Präsident Ägyptens.

Catherine Margaret Ashton (*1956) ist Politikerin der britischen Labour-Partei. Sie war von 2009 bis 2014 Hohe Vertreterin der EU für Außen- und Sicherheitspolitik und Vizepräsidentin der EU-Kommission.

Athanasius der Große wurde von der orthodoxen christlichen Kirche zum Kirchenvater und 328 n. Chr. zum Patriarchen von Alexandria ernannt, was er bis 373 blieb. 17 Jahre seiner Amtszeit musste er aber im Exil leben. Er verfasste zahlreiche Schriften. Die beiden Zitate auf den Seiten 285 und 298 sind angelehnt an Athanasius-Werke in: *The paradise or garden of the Holy Fathers*, London 1907. Deutsche Übertragung durch den Verlag.

Essam Atta wurde im Februar 2011 von der Militärpolizei verhaftet, zu zwei Jahren Haft im Hochsicherheitsgefängnis Tora verurteilt und in seiner Zelle zu Tode gefoltert.

Hamdy Badeen, General und ehemaliger Chef der Militärpolizei, werden Folterungen und andere Verbrechen (unter anderem beim Maspero-Massaker) zur Last gelegt.

Tarek al-Tayeb Mohamed Bouazizi (1984–2011) war ein tunesischer Gemüsehändler und gilt als Auslöser des Arabischen Frühlings. Am 17. Dezember 2010 setzte er sich auf dem Marktplatz von Sidi Bouzid aus Protest gegen die Willkür des Regimes von Präsident Zine el-Abidine Ben Ali und die schlechten Lebensbedingungen selbst in Brand.

Rachel Aliene Corrie (1979–2003) war eine US-amerikanische Menschenrechtlerin und engagierte sich im International Solidarity Movement (ISM) gegen die israelische Siedlungspolitik im Gazastreifen. Während einer Protestaktion gegen den Abriss eines Hauses durch das israelische Militär in Rafah wurde sie tödlich verletzt.

Dalida (1933–1987), in Kairo als Tochter italienischer Eltern geboren, war eine französische Sängerin und Schauspielerin.

Mina Daniel, koptischer Christ, wurde bei einer Demonstration im Oktober 2011 getötet.

Mahmud Darwisch (1941–2008) war einer der bedeutendsten zeitgenössischen Dichter seines Heimatlandes Palästina. In den sechziger Jahren machte ihn sein Gedichtband *Ölbaumblätter* weltweit berühmt. Er setzte sich für eine Zweistaatenlösung des Konflikts zwischen Israelis und Palästinensern ein.

Amr Abdel Basset Abdel Aziz Diab (*1961 in Port Said) ist einer der erfolgreichsten zeitgenössischen arabischsprachigen Sänger.

Scheich Emad Effat (1959–2011), ein bekannter Kairoer Geistlicher, starb im Dezember 2011 bei Protesten auf dem Tahrir Square. Seine Witwe erklärte, ihr Mann sei vom ägyptischen Militär erschossen worden; mehrere Hundert Menschen nahmen an seiner Beerdigung teil.

Mohammed El-Baradei (*1942) war von 1997 bis zum 30. November 2009 Generaldirektor der Internationalen Atomenergieorganisation (IAEO) und erhielt dafür den Friedensnobelpreis. Ende April 2012 gründete er die »Verfassungspartei« und amtierte im Jahr 2013 einen Monat lang als Vizepräsident.

Mohamed el-Beltagy (*1963) ist ein ägyptischer Arzt und Politiker der Muslimbruderschaft. Er war von 2005 bis 2010 im Parlament, Vorsitzender der Partei »Freiheit und Gerechtigkeit« und wurde mehrmals inhaftiert, zuletzt wurde er 2015 zu 20 Jahren Gefängnis verurteilt. Seine Tochter wurde in dem Protestcamp der Muslimbruderschaft von ägyptischen Sicherheitskräften erschossen.

Alaa Abd El-Fattah (*1981), Sohn von Ahmed Seif, ist Blogger, Softwareentwickler und Menschenrechtsaktivist. Er war einer der Anführer der Massenproteste 2011. Er sitzt zum wiederholten Male im Gefängnis.

Mohamed el-Guindy (1985–2013) kam nach seiner Verhaftung bei Protesten gegen Präsident Mursi vermutlich durch Polizeigewalt zu Tode.

Mahmoud Sobhi el-Shenawy ist ein ägyptischer Militär, der als »eye sniper« traurige Bekanntheit erlangte. Ein an die Öffentlichkeit gelangtes Video zeigt ihn, wie er drei Demonstranten während der Aufstände in der Mohamed Mahmoud Street im November 2011 vorsätzlich in die Augen schießt.

Abdel Moneim Abul Fotuh (*1951), ehemaliges Mitglied der Muslimbruderschaft, wurde wegen seiner Kandidatur für die Präsidentschaftswahl 2012, bei der er den 4. Platz erlangte, aus der Organisation ausgeschlossen. Heute ist er Vorsitzender der Partei »Starkes Ägypten«.

Yosri Mohammad Moustafa Fouda (*1964) ist ein ägyptischer investigativer Journalist. Er arbeitete unter anderem als Korrespondent aus Krisengebieten in Bosnien, Afrika und dem Nahen Osten für BBC Arabic und Al Jazeera in Großbritannien, bevor er 2010 zum ägyptischen Sender ONTV wechselte, wo er in einer Talkshow über die Revolution von 2011 berichtete.

Clarence LaVaughn Franklin (1915–1984) war ein US-amerikanischer Baptistenprediger und Aktivist der Bürgerrechtsbewegung um Martin Luther King. Seine Tochter ist die Sängerin Aretha Franklin.

Gika war der Spitzname des ägyptischen Aktivisten *Mohammed Gaber Salah* (1996–2012). Er wurde am 18. November 2012 bei den Unruhen in der Mohamed Mahmoud Street erschossen und zu einem der Märtyrer der Revolution.

Eric Hobsbawm (1917–2012) war ein vom Marxismus geprägter britischer Sozial- und Wirtschaftshistoriker. Bekannt wurde er vor allem mit seinen

Abhandlungen über das 19. Jahrhundert. Zitate aus: *Europäische Revolutionen*, Deutsch von Boris Goldenberg, München 1978, S. 113 und S. 129.

Mohammed Ibrahim (*1953), auch Mohamed Ibrahim Moustafa genannt, war von Januar 2013 bis März 2015 ägyptischer Innenminister und überlebte einen Sprengstoffanschlag.

Hesham Mohammed Kandil (*1962) wurde nach der Revolution als Minister für Wasserressourcen ins Kabinett und am 24. Juli 2012 von Präsident Mohammed Mursi als unabhängiger Kandidat zum Premierminister berufen. Er übte das Amt ein Jahr lang aus, bis zur Machtübernahme des Militärrats.

Nicholas (Nick) Donabet Kristof (*1959), US-amerikanischer Journalist und Autor, ist zweifacher Pulitzer-Preisträger und seit 2001 Kolumnist bei der *New York Times*.

Umm Kulthum (ca. 1904–1975) war eine weltberühmte ägyptische Sängerin.

Amr Moussa (*1936), ägyptischer Diplomat und ehemaliger Außenminister sowie von 2001 bis 2011 Generalsekretär der Arabischen Liga, nahm 2011 an den Demonstrationen gegen Mubarak teil. Er unterlag bei mehreren Wahlen als Präsidentschaftskandidat.

Alaa Mubarak (*1960) ist ein ägyptischer Geschäftsmann und ältester Sohn des ehemaligen Präsidenten Husni Mubarak. Er und sein Bruder waren kurzzeitig wegen Korruptionsvorwürfen inhaftiert.

Gamal Mubarak (*1963) ist ein ägyptischer Bankier und zweiter Sohn des ehemaligen Präsidenten Husni Mubarak. Er galt vor der Revolution als möglicher Nachfolger seines Vaters.

Mohammed Mursi (*1951) wurde als Vorsitzender der »Freiheits- und Gerechtigkeitspartei«, von den Muslimbrüdern wieder gegründet, im Juni 2012 zum Staatspräsidenten gewählt und im Juli 2013 durch einen Militärputsch abgesetzt.

Gamal Abdel Nasser (1918–1970) war von 1952 bis 1954 Ministerpräsident und von 1954 bis zu seinem Tod Staatspräsident von Ägypten.

Hamdin Sabahi (*1954) ist ein ägyptischer Journalist und Autor. Er trat als Vorsitzender der »Partei der Würde« mehrfach als Präsidentschaftskandidat an. Während der Revolution von 2011 war er einer der Oppositionsführer.

Hamada Saber: Auf einem weltweit verbreiteten Video ist zu sehen, wie er Anfang 2013 von Polizisten verprügelt und mitgenommen wird.

Khaled Muhammad Said (1982–2010) war ein ägyptischer Blogger, der am 6. Juni 2010 in Alexandria auf offener Straße von Polizisten in Zivil erschlagen wurde. Sein Tod löste weitere Protestwellen aus.

Edward William Said, eigentlich Edward Wadie Said (1935–2003), war ein US-amerikanischer Literaturwissenschaftler palästinensischer Herkunft. Sein Buch *Orientalismus* über die Konstruktion des Orients durch den westlichen Blick zählt zu den bedeutendsten Sachbüchern der letzten Jahrzehnte.

Samih Onsi Sawiris (*1957) ist ein ägyptisch-montenegrinischer Milliardär, der mit seinen Brüder ein Firmenimperium führt und unter anderem in Touristik und Immobilien investiert.

Ahmad Muhammad Schafiq, auch Ahmed Schafik (*1941), Offizier der ägyptischen Luftstreitkräfte, war seit 2002 Minister für Zivilluftfahrt im Kabinett des Präsidenten Mubarak und 2011 einige Wochen Premierminister. 2012, bei den ersten Präsidentschaftswahlen nach der Revolution, trat er als unabhängiger Kandidat in der Stichwahl gegen Mohammed Mursi an. Er gründete kurz darauf die Partei »Ägyptische Patriotische Bewegung«.

Ahmed Seif (1951–2014) war Anwalt und einer der wichtigsten Menschenrechtsaktivisten Ägyptens. Wegen seiner Proteste gegen Mubarak saß er in den achtziger Jahren fünf Jahre im Gefängnis, wo er auch gefoltert wurde. Seine Frau und seine drei Kinder, darunter Alaa Abd El-Fattah, sind ebenfalls Aktivisten.

Mohammed Hussein Tantawi (*1935), ägyptischer Militär und Politiker, war seit 1991 Verteidigungsminister im Kabinett von Präsident Mubarak und führte nach dessen Sturz als Vorsitzender des Obersten Militärrates zusammen mit dem ägyptischen Verfassungsgericht kommissarisch die Regierungsgeschäfte Ägyptens. Am 12. August 2012 wurde er von Mohammed Mursi seiner Ämter enthoben und in den Ruhestand versetzt.

Toussi, mit vollem Namen Mohammed Moslehi, wurde bei Protesten ermordet und dann von einem Militärpolizisten auf den Müll geschleift, was in einem Video dokumentiert ist.

Sayed Wezza, auch bekannt als Sayed Abdallah, wurde bei Protesten gegen das Regime und gegen Polizeigewalt zum Jahrestag der Revolution am 25. 1. 2014 in Kairo von Sicherheitskräften erschossen.

Scheich Ahmed Yassin (1936/37–2004), ursprünglich Mitglied der Muslimbruderschaft, war einer der Mitbegründer der Hamas und wurde durch israelisches Militär getötet.

Die englische Ausgabe erschien 2017 unter dem Titel
»The City Always Wins« bei Faber & Faber Ltd., London.

Die Übersetzung aus dem Englischen wurde mit Mitteln
des Auswärtigen Amts unterstützt durch Litprom e. V. –
Literaturen der Welt.

1. Auflage
Genehmigte Taschenbuchausgabe Januar 2020
by btb Verlag in der Verlagsgruppe Random House GmbH,
Neumarkter Str. 28, 81673 München

Umschlaggestaltung: semper smile, München nach einem Entwurf
von Bjørn Lyng unter Verwendung einer Illustration von
© DOTDOTDOT in Zusammenarbeit mit SINNSYKSHIT
Druck und Einband: GGP Media GmbH, Pößneck
mb · Herstellung: sc
Printed in Germany
ISBN 978-3-442-71683-8

www.btb-verlag.de
www.facebook.com/btbverlag